أحضان المنافي

رواية

أحضان المنافي

أحمد عبد الملك

دار جامعة حمد بن خليفة للنشر
HAMAD BIN KHALIFA UNIVERSITY PRESS

دار جامعة حمد بن خليفة للنشر
صندوق بريد 5825
الدوحة، دولة قطر

www.hbkupress.com

الطبعة الثانية عام 2020

الترقيم الدولي: 9789927141379

تمت الطباعة في الدوحة-قطر.

مكتبة قطر الوطنية بيانات الفهرسة – أثناء – النشر (فان)

عبد الملك، أحمد، مؤلف.

أحضان المنافي : رواية / أحمد عبد الملك. الطبعة الثانية. - الدوحة : دار جامعة حمد بن خليفة للنشر، 2020.

صفحة ؛ سم

تدمك: 978-992-714-137-9

1. القصص العربية. 2. القصة العربية -- قطر. أ. العنوان.

PJ7804.M3. A333 2020

892.736 – dc23

202027548053

المحتويات

-1-
وردة وميهود

أحسستُ بصلابة الكرسي الخشبي تحت مؤخرتي. تحرّكتُ قليلًا حتى لا أتورط في (بواسير) يُعرِّضني لإحراجات لا داعي لها، خصوصًا في هذا الوقت الذي أنا فيه بأمَسّ الحاجة إلى الجلوس على الكرسي وممارسة الكتابة.

المقهى الشعبي يحتضنه ماءُ الخليج من جهتين. مراكبُ صيدٍ صغيرة وعليها عُمّالٌ هنود لم يكونوا، يومًا، صيادين في بلدانهم؛ لكن النفط له رائحة نافذة. جذَبهم النفطُ من الجبال والوديان وديمقراطية الهند العتيقة، إلى التكَسُّب حتى في البحر الذي يأتي إليهم بالدوار والإسهال.

مياهُ الخليج تلطمُ وجهَ الكورنيش في غضب بائن. عبواتٌ بلاستيكية فارغة تحاول الانتحار على طريقة الحيتان الغاضبة. رجالٌ بُدناء، ونساءٌ بدينات يحاولون تخفيف أوزانهم الزائدة، عبر المشي السريع أمام المقهى الشعبي. الوجوه، في هذا المكان، كلُّها تلبسُ أقنعة. الرابحُ في لعبة (الدامة) يضحك، لكن قلبه يدمى، لأنه لم يربح في الحياة. والمنتعشُ من جراء شرب الزجاجات الغازية الفائرة، تجده يُخفي روحًا مُعذَّبة تحت جلده، لم يصلها الانتعاش منذ عشر سنوات. الهَمُّ يجثم فوق الصدور، رغم خروج الزفير الاصطناعي عبر الشيشة. شبابٌ بين الأربعين والخمسين، يجلسون يوميًّا، في هذا المقهى الشعبي. الكُلُّ يُمثِّل شخصين: أحدُهما البارزُ المحاوِرُ الباسمُ العابس، والآخرُ يقبعُ تحت الجلد. تعلّمَ كيفَ يصمت حتى يأتيه الراتبُ

آخر الشهر. كبارُ السنّ في هذا المكان يفضّلون تدخين (الكدو)، ويبدو أنه استُجلب من إيران قديمًا، كما أن تبغَه هو (التنباك) الأصلي غير المخلوطِ بنكهاتٍ غريبة مثل العنب، والتفاح، والمانجو، والليمون، مما تحفل به المقاهي الشعبية في البلاد العربية. الاحتجاجات تتوالى ضد (سهيل) -النادل الآسيوي- الذي يفهم معنى اللعنات والسِّباب، لكنه يبتسم ويهزُّ رأسه جريًا على العادة الهندية، ويأتي بالطلبات ولو بعد حين. العصافير تتقافز وتلتقط حبات (النخِّي) -الحمُّص غير المهروس- الذي تشتهر بتقديمه المقاهي الشعبية في الخليج، حيث يَعمد بعضُ الرواد من فرط وحدته وخيبة آماله، وعدم وجود من يسمع حديثه الصامت، إلى مُداعبة هذه المخلوقات الرقيقة ويرمي إليها بحبَّات (النخِّي) علّها تبقى قريبة منه. يمُرُّ أحدُ روّاد المقهى فيدوس الحبَّات بقسوة، فتتطاير العصافير الضعيفة. ينظر صاحبُ العصافير إلى الحبَّات وقد تساوت مع أرضية المقهى، فيتخيَّل الحبَّاتِ سنواتِ عُمره التي سحقتها أقدامُ الزمن المُرّ.

جلتُ ببصري في الوجوه التي يسهل على المرء اكتشافُ حُزنِها من أول نظرة. وقعت عيناي على (أبومرزوق) صاحب الوجه الضخم المائل نحو السُّمرَة. عينان غائرتان ترتفع فوقَها الجفون، وشيبٌ مُبعثر هنا وهناك. الإزار يتسللُ من تحت الثوب في شكلٍ غيرِ مُرتَّب. الثوبُ الذي لم يعرف الكَيَّ منذ فترة طويلة. يبدو أن زوجته الصغيرة قد طردته من المنزل. ما عاد (أبومرزوق) يُلبّي طلباتها الملحاحة. يغوص (أبومرزوق) في صمت قاتل، وهو يُوغل إصبعَهُ المعقوفَ داخل منخاريه، دونما إحراج أو خجل من مرتادي المقهى. باليد الثانية، يُمسك عصا (الكدو)، وينفث الدخان الملتهبَ من ثلاثِ فتحات. بعد أن يتلاشى الدخان، يعود الإصبعُ المعقوف إلى منخاريه من جديد، وتبدأ رحلة الاندماج العفوي في حركة مُقزِّزة ومُقرفة. كان (أبومرزوق) يعمل سائقًا ماهرًا في البلدية، وبعد إصابته في الرُكبة أحالوه

إلى التقاعد. ومع ضغط السُكّري، وتقدّم العُمر، فقدَ الإبصار في عين واحدة؛ لذلك تجدهُ، دومًا، يومئ برأسه إلى اليمين عند الحديث، كي يُحدِّد موقعَ مُحَدِّثه بالعين اليمنى. جماعةٌ من المصريين يلعبون الورق، وهم يستلذون بالشيشة التي تُذكِّرهم ببلدهم، وأحبائهم، وحكاياتهم. عَرَقُ (سهيل) يتقاطر فوقَ نار الشيشة، مُحدثًا صوتًا مُميزًا، لحظة ملامسةِ العرق لجَمر رأس الشيشة، و-لربما- امتزج أيضًا مع شاي (الكَرَك) في وعاء الطبخ الكبير في المطبخ. (الكرك) شايٌ مغليٌّ جيدًا مع الحليب تشتهر بتقديمه المقاهي الشعبية، ويتفنَّن أصحابها في تقديم مشروبات حارّة: شاي بالزنجبيل، شاي بالزعتر، شاي بالقرفة. كما دخلت هذه المقاهي أنواعٌ أخرى من المشروبات العربية مثل المرَمية والسحلب والزهورات التي تُجلب من مصر والشام.

تناولتُ كوبَ (الكرك). تذكَّرتُ عرَق (سهيل). أرجعتُ الكوبَ إلى مكانه، وعدتُ أحملقُ في الوجوه. ماذا تريد هذه الوجوه الصامتة؟ هل تبحث عن غدٍ جديد، أم أنها جاءت كي تنتحرَ، ببُطءٍ، في هذا المكان؟ بعضُ الوجوه يضحك، بل يصرخ، تنفيسًا عن مكنون أسود، لكن معظمها يُفضّلُ الصمت، لأنّ السكوت في الأماكن العامّة أمرٌ جيد. الشباب المُقالون من أعمالهم، ومكاتبهم المُطهَّمَة، وتليفوناتهم، وخدمهم، وسياراتهم الفارهة، ومهماتهم الرسمية، ومقابلاتهم اليومية؛ أصبحوا رقمًا غير قابل للقراءة أو القيمة؛ فهو رقم على اليسار، كما يقولون. كَم من هؤلاء الشباب يُمارسون حياتهم الطبيعية؟ وكم منهم يُعطي زوجته حقوقَها الشرعية، بنَهم ورغبة؟ وكم منهم لا يلتهمُ حبَّات (الفياجرا) وأخواتها، قبل معاشرته الزوجيَّة، خوفًا من الفشل الجنسي، الذي يُضاف إلى فشلهم الرسمي؟ تتقاطع أصواتُ روّاد المقهى، في هدوء يقترب أحيانًا من الموت، وأحيانًا أخرى يثور لاعبو (كوت الستة) -في لعبة الورق- عندما يفشل فريقٌ في اللعبة، وينال العتابَ والهجاءَ والسخريةَ أعضاءُ الفريق الخاسر. ضرباتُ أحجار لعبة (الدومينو) توقظ نبضَ

بعضِ الروّاد السادرين في تفكير عميق، مثل (أبومرزوق)، وتُخرجُ البعضَ من إغفاءةٍ مسروقةٍ عن عيون الحضور. قواربُ صيد تقتربُ من الشاطئ. آسيويون ومواطنون يتحلّقون حول أكوام السمك الطازج التي أُفرغت، للتو، من القوارب. (أبومرزوق) ما زال يحفرُ منخاريه. اللعنات تزداد على (سهيل). عجوزٌ يميل إلى أُذن صاحبه، بعد أن تلفَّتَ حَذِرًا:

- يقولون... توجد روسيّات هنا؟

يرفع صاحبه رأسه، كأنه سُحِبَ من زمان آخر. تفرّس في الوجوه، وقال:

- يقولون، لكنني لم أُشاهدهنّ.

يتلفت الرجلان، من جديد، ويعود الأوّل مُلحًّا:

- لقد افتُتحت فنادقُ جديدة.
- هذا يسمّونه (الانفتاح) يا أخي. لقد تجاوَزنا الزمنُ يا (أبوعبدالله).
- لكن القلب ما زال أخضرَ، يا (أبوناصر)!

يقتربُ أكثرَ من وجه صاحبه، وكأنه يُسِرُّ إليه بمعلومات جدّ مهمّة:

- هل جرّبتَ الفياجرا؟

أحسّ صاحبهُ بشيء من الحرَج:

- كلا. يقولون إنها تُتعب القلب، ونحن تكفينا جراحاتُ قلوبنا المُتعبة.

صوتٌ احتجاجيٌ ينطلق من الكرسي المحاذي لي:

- متى ستأتي هذه الترقيات؟ لقد ابيضّت أعيُننا من الانتظار.

صوت آخر:

- (سهيل)... أين الشيشة؟

حوار يتقاطعُ مع كركَرةِ الشيشة، ويصلُ إلى أُذني:

- اليوم، نشروا تفاصيل (محاكمة المختلسين) في الصحف.
- ربَّنا يحفظ لنا (وردة) من الخبثاء.
- كانوا، في السابق، يتكتَّمون على مثل هذه الحوادث.

- نحن نعيشُ عصرَ الحرِّيّة والانفتاح. المجرمون يستحقّون العقاب.
- كانوا، في السابق، يُرقُّونهم.
- لقد انتهى زمان العبث، يا أخي، نحن نعيشُ دولة المؤسسات.

غصْتُ في صمت عميق. كان بودي أن أشاركَهم الحوار، وأروي لهم قصَّتي، لكنني استدركتُ ذلك، وفضّلتُ أن أُحادثَ نفسي، بما يُشبه الهذيان. لماذا أنا هنا؟ هل ارتكبتُ جريمةً؟ هل آذيتُ أحدًا من الناس؟ هل سرقتُ من المال العامّ؟ هل خُنتُ (وردة)؟ تمازجت، في داخلي، حرارةُ الأسئلة، مع زُرقة البحر وغموضه، مع براءة الصحراء، قبل أن يدنِّسها جورُ القراصنة الأوغاد. لم أسمع أيَّ جوابٍ لأسئلتي، وعدتُ أُحملقُ في الوجوه من جديد، وأتلصصُ على القصص العجيبة في المقهى.

التليفزيون المُثبّتُ على جدار المقهى يبثُّ صور الطائرات الأمريكية وهي تُشحنُ إلى المنطقة، استعدادًا لضرب العراق المُحاصَر. حاملات الطائرات العملاقة تدخلُ مياه الخليج. الساسة الأمريكيون يُبرِّرون استعدادَهم لضرب العراق. بعضُ القادة العرب ضبابيون تجاه ضرب العراق. ملايين الناس في أنحاء العالم يتظاهرون ضد ضرب العراق. روّاد المقهى من كبار السنِّ، غير المتعلِّمين، يُحبِّذون سماعَ الأصوات الشعبية من التليفزيون، ويلحّون على (سهيل) بتبديل المحطة الإخبارية. عجوز تنحنحَ في احتجاج واضح:

- أزعجتمونا مع الأخبار. نُريد طرَبًا.

احتجَّ أحدُ المتقاعدين الشُبّان:

- لا... لا (سهيل)، دَع المحطَّة ولا تُغيِّرها.

رمقهُ العجوز بنظرة يائسة، وعاد يَمصُّ خرطومَ الشيشة.

سئمتُ من التدخين. رفعتُ رأسي لأجدَ والدي أمامي. لقد توفّي والدي منذ عشرين عامًا؛ إنه شبيهٌ به: الأنفُ الطويل الحُسامي، وحبَّاتُ الجدري

تنتشر على الخدَّين، وعينان حادَّتان جدًّا، وقامة طويلة لا انحناءَ فيها، ونحافة تُنبئ عن صحَّة جيّدة. أخذني هذا الرجل إلى أبي.

كمعظم سُكّان الخليج من غير الميسورين، كان والدي -رحمهُ الله- يعمل غوّاصًا لدى أحدِ مُلّاك السفن. وكان يحملُ هَمَّ تربية إخواني معه إلى البحر. ثلاثة شهور، كان يعيش مع المجهول. يعود، بعدها، كالحَ الوجه، شديد السُمّرة، نحيل الجسم، تفوح منه رائحةُ (زفارةٍ) خانقة، وقد يأتي أحيانًا، بقروح كبيرة في ساقيه، أو آثارِ كَيّ خلفَ رأسه. يقولون إن الكَيَّ يُشفي البحّار من الصداع المتكرِّر. يأتي الوالد ملهوفًا لرؤيتنا، وقد حمل معه بعضَ المحّار الكبير، الذي يستهويني كي أرسمَ أو أكتبَ عليه. كما كان يحمل إلينا، في (جِرابه) المُهترئ، بعضَ حيوانات البحر، ومنها (العوعو) -أي نجمة البحر- الذي نُطبقُه على بعضه، ونصنع منه حمارًا يجرُّ زجاجة فارغة، أو نسحبُه بواسطة حبلٍ صغير من أحد أطرافه الواقفة كالرأس. كنّا نتخاصم، أنا وأخي، الذي يصغرني لاقتناء (العوعو) الأكبر. يتدخَّلُ والدي -رحمهُ الله- ويقول: «العوعو الأكبر لـ(ميهود)، لأنه أكبر»، فينزوي أخي في استكانة المهزوم. بعد أن نتوارى، مع هدايا الغوص البسيطة، يلتفت الوالد إلى الوالدة. بالطبع، لقد تولَّدت لديه رغبةٌ جامحة في الاختلاء بها. إنَّ أَكْلَ السمك الطازج مع سُكّرِ التمر، والرياضة اليومية في البحر، من مَطلع الشمس إلى مَغيبها، يجعلُ الجسمَ نشِطًا ومُتقدًا. شخصية والدي ليست بعيدة مني، إنه يجمع بين الدين والدنيا، إذ -رغم شدَّة تديُّنِه وحفظِهِ للقرآن والسنة وقصص الأنبياء وسيَر التابعين، ومداومته على الصلاة في المسجد كُلَّ فرض- كان شغوفًا بالسينما، فكان يذهب إليها أكثرَ من أربع مرات في الأسبوع، وكان كُلَّما عاتبتهُ والدتي يقول لها بمَكر:

- هذه الليلة، سيعرضون فيلمًا جديدًا.

في الوقت ذاته، كان مُحبًّا للشِعر، ويُكررُ حوادثَ المجُون وقصائده، في

أيّ مجلس يضمُّه مع الآخرين. كان يُتقن الشِعرَ العربيَّ والشعر الفارسي؛ يقرأ لكل من الخيّام، والفردوسي، والشيرازي، بالإضافة إلى عنترة ومجنون ليلى، وغيرهم من الشعراء. كان يميلُ إلى الاستشهادِ بأبياتٍ من الشِعر، كلّما طالَ الحديثُ أمرًا من أمور الدنيا. كما كان حاضرَ البديهة والنكتة، وهذا ما جعلهُ محبوبًا في المجالس. وقد يكون لمعرفته القراءة والكتابة دورٌ في ذلك. ومع هذا، أجدهُ صارمًا في التربية، لا يتسامحُ عندما نتأخّر عن الحضور إلى الغداء، أو عندما نذهب إلى البحر. أَذكرُ أني كنتُ قد تَسللتُ مع بعض أبناء الجيران، إلى البحر، ذات مساء، من شهر رمضان، ثم علمتُ بأن أخي الصغير قد أخبره بأنني قد ذهبت إلى البحر، فتوعَّدني بعقاب لا بدَّ منه. وكان من عادته أن يفطر بالتمر والماء، ويذهب إلى المسجد لأداء صلاة المغرب، ثم يعود بعدها، لمواصلة الفطور معنا. كنت هاربًا ذاك المساء، خوفًا من عقابه؛ أسرقُ النظرات من خلف سور الحديقة العامّة القريبة من منزلنا، وأتحيَّنُ فرصةَ خروجهِ، لكي أَنقضَّ على الطعام، إذ كنت صائمًا، رغم عصياني لوالدي. تَحركتُ قليلًا بعد أن أصابني الألم في ساقي من كثرة جلوسي القرفصاء. تقدّمت نحو منحنى الحديقة، فإذا أنا -وجهًا لوجه- مع والدي. لا مجال للهرب! أمسكني من يدي، وضربني ضربة واحدة بيده المفتوحة فوق ظهري. انفلتُّ من بين يديه، وأنا أتحسَّسُ ظهري من لسعة الضربة. انتهى العقاب، ولن يُوجد غيره في المنزل. هكذا كان عقاب والدي، رحمهُ الله. لم تكُن تلك الضربة الوحيدة هي العقاب الوحيد الذي نلته من والدي، لقد كانت ضربة (المِسباح) -المسبحة- على ظهري، يومَ تشاجرتُ مع أخي الأصغر وشكاني إليه، وكانت الأقوى والأعنف. أذكر أن حبَّات (المِسباح) قد ارتسمتْ في ظهري، لأسابيع. لم يكُن والدي يتعمَّد إهانتي أو تفضيلَ إخوتي عليّ؛ بل كان صارمًا من أجل أن يجعل مني شخصية تستطيعُ مواجهة الحياة. كان يُردِّد دومًا عندما يراني أستذكرُ دروسي:

- القوة لك...

وكان يردّد بيتَ الشعر:

تعلّمَ كلّ يوم حرفَ علمٍ   ترَ الجهّال كلّهم حميرا

لقد كانت تلك الكلماتُ البسيطة المُحَفِّز الرئيسي لي، لتكملة دراساتي العليا، والفوز بمراتبَ كبيرة، وإن تَحطّمتُ في النهاية. أخذتُ عن والدي حُبَّ الأدب، واللغة العربية، بالذات، إلى جانب التاريخ وسِير العِظام. كان يجلسُ ليقرأ في (ليوان) البيت، على حصير من الخوص، يستند إلى مسند محشوّ بالقطن. على جدار المنزل، صورة لطاووسين متقابلين، وهي صورة معروفة جدًّا في الخليج، في الخمسينيات. تقبع (المرفاعة) فوق رؤوسنا. وهي مكان حفظ السمك أو اللحم، بعيدًا عن القطط، إذ لم يكن يوجد في ذلك الوقت ثلاجات. وكانت (المرفاعة)، وهي مثلث خشبي يُربط بسقف المنزل، ثلاجةَ العصر.

في أيّام الشتاء، يأنسُ الوالدُ المنزل، ويُكثر من مداعبته للوالدة. وكان كلّما قرأ شيئًا أعجبه، التفتَ نحو الوالدة، وأسمعها ما قرأ. الوالدة لم تكن تُعيرُه أيّ اهتمام. كانت مشغولة بالطبخ، ومسحِ ما علقَ بعينيها من رائحة البصل المُحَمّر في الزيت، وعادةً ما تُعلقُ عليه، بأنه يجب عليه الخروجُ من المنزل، والكفُّ عن هذه القصص والترَّهات، وألّا يُشاغلها بتلك الكلمات السخيفة، لكن الوالد عنيد، ولا يمكن أن يتركها تتفوّق عليه بسهولة:

- ماذا تعرفين أنتِ عن عنترة العبسي؟

- لا أريد أن أعرف... يجدر بك أن تخرج وتدَعني وشأني.

- عنترة العبسي... اسمعي ماذا قال في عبلة ابنة عمّه.

تقاطعهُ بعنفٍ واستخفاف:

- كفَّ عن هذا... دعني أُكملْ عملي... سيأتي الأولادُ من المدرسة.

- هذه المرأة مجنونة، ولا تريدُ أن تتعلَّم شيئًا.

- يكفي، يا رجل! اتقِّ الله... قُم واذهب إلى المقهى.
- إلى المقهى؟ هل أنا ساكن في بيت أبيك؟

أَحسّتْ الوالدة بالإهانة، كما أَحسَّ الوالد بتأنيب الضمير. قد لا ألومه؛ فهو يُفاخر بمعرفته القراءة والكتابة والشِعر، وكان قد تجاوز السبعين. أين المتفاخرون، هذه الأيّام؟ بعضهم لا يستطيع وزنَ بيت من الشِعر، ويتصدّر الصفحات بلقب الشاعر الأوَّل. آخرون يُخطئون في الإعراب والنحو، ونجدهم على الشاشات يخلعون على أنفُسهم ألقابًا شتّى: الإعلامية القديرة... الإعلامي الباحث، الخبير الإستراتيجي، وغيرها من الألقاب التي لا تدُلُّ على المضمون. كان والدي على حقٍّ فيما ذهب إليه؛ إذ لا يوجد من بين جيراننا الأقربين مَن يفكُّ الخطّ أو يكتب رسالة، وكان على الوالدة أن تسمعه، على الأقل، لكنه لا يُضيّع فرصةً يُمكُن أن ينالَ من الوالدة، عبرها، شيئًا. يقترب منها ويلامس ظهرها بحنيّة فائقة:

- هل زعلتِ؟
- اغرُب عن وجهي... لا بارك الله في اليوم الذي عرفتك فيه...
- انظروا إلى هذه المرأة... كنتُ أمزحُ معكِ، يا امرأة... الرسول كان يمزح مع زوجاته.
- لا تقارن نفسَك بالرسول الكريم... يجب عليك التخلّص من كُتب المجون هذه... وألا تُبقي في البيت سوى القرآن الكريم.
- حاضر يا أمّ (ميهود)... لكن، ابتسمي من تحت (البَطُّولَة) الجديدة، كي أرى وجهَكِ الجميل.

البَطُّولَة هي غطاء الوجه الذي تضعه المرأة، وغالبًا ما تُصنع من قماش مغموس باللون النيلي اللامع، والجديد منها يترك آثارًا نيليةً على وجه المرأة عند ملامسته لوجها وعرقها، وهي تُغطّي الوجه، بحيث لا يُرى منه

إلّا العينان. بعض النساء المتطوّرات، نُطلق عليهن لقب (زكرت)، يَملنَ إلى إثارة الرجال، بتقصير طولِ البَطُّولَة من الأسفل، بحيثُ يُمكن رؤية الشفتين أسفل البَطُّولَة. وهو عاملُ إثارةٍ مُحبَّب لدى الرجال ذوي النظرات الزائغة. البَطُّولَة، غالبًا ما تضعها -على وجوههن- نساءُ المدن، كغطاء للوجه أمام الغرباء من الرجال، وهي مختلفة عن (البُرقع) الذي ينتشر في المجتمعات البدوية، فالبُرقع أطولُ -نسبيًّا- من البَطُّولَة، وأخف؛ حيث يُصنع من قماش خفيف أسود، ولكنه لا يسمح إلّا برؤية العينين من وجه المرأة.

رمَقتهُ الوالدة بنظرة فيها سخرية وانكسار، وعادت لتُدخِل رأسَها بين (جولة) الطبخ والقِدر الذي فوقها، حيث لاحظتْ خفوتَ اللهبِ من عنق (الجولة). زادت الوالدة شحنة الهواء في (الجولة) فنشط اللهب وتوزع ببراعة، تحت القدر. (الجولة هي أداة الطبخ، وتعمل بالكيروسين).

لا أدّعي أنني أخذتُ من والدي شدّة التديّن ولا روح الدعابة، بقدر ما أخذت عنه حُبَّ اللغة والشِّعر وسِيَر العظماء. لقد كان والدي الباعثَ الأول لتخَصُّصي في الأدب العربي، بجامعة بيروت العربية، في السبعينيات.

لم يكُن مبلغ النصف (روبية) الذي يُخصّصه الوالد لي، يوميًّا، يكفي للطعام في المدرسة، فكيف يكفي لشراء مُعِدّات مواهبي المتعددة، والتي منها الرسم على الخشب بالنار، ولعبة كرة القدم، وتصليح الدراجة المهترئة التي أعطاني إيّاها زوجُ أختي. ألحقني زوجُ أختي بالعمل معه في البناء، صيفًا، حيث عطلة المدارس الصيفية. لم تحتمل أصابعي الغَضَّة شراسةَ الطابوق وحِدّةَ الإسمنت. تعبتُ جدًّا من نظرات أصحابي، كلَّما شاهدوني بالثياب الرثة وبقايا الإسمنت مُتعرجة في جسدي، بينما هم يتلذّذون بشرب المياه الغازيّة الملوَّنة، ويرفلون بثيابهم الناصعة. كبار السن من العاملين معي فخورون بشبابي واندفاعي للعمل، حتى لا أخيّب ظنَّ (التنديل) المسؤول عن العمل؛ لذا أجدهم يستظلّون بالأشجار من لهيب القيظ، ويَدَعونني أحملُ

خلطة الإسمنت وحدي، وأنا -بداخلي- أسبُّهم وألعنُهم. كان عليّ أن أعمل، مهما كان العمل مُضنيًا ومعيبًا في نظر بعض أقراني، فيوم استلام الراتب أكون أسعدَ إنسانٍ في الدنيا. استلمتُ، ذات مساء، راتبي الأوَّل، فأعطيتُ والدتي جزءًا منه، واشتريت بدلةً للعيد، وكانت أول بدلة تحتوي جسدي؛ رغم خشونتها عندما تلامس رقبتي أو ما بين رجليّ، كما اشتريت دراجة مُستَعملة من سوق (الحراج). نسيتُ عذابات الطابوق والإسمنت واحتجاجات (التنديل). استحمَمتُ ورششتُ عطرًا رخيصًا، على وجهي، كان زوج أختي قد تكرّم به عليّ، وركبتُ الدرّاجة، أُفاخرُ بها في الحي، وأتعمَّد المرورَ على الدكاكين ومواقع تجمُّعِ أقراني الذين يحتقرون عملي.

ذات صيف، وبينما كان أغسطس يمارسُ أسوأ عاداته في استعباد البشر وإضعاف هِمَمهم، سقطتُ مغشيًّا عليّ. هُرِع إليَّ العمال، وسحبوني إلى ظلِّ الشاحنة التي نُحمّلُ عليها الطابوق. أحسستُ بالماء البارد يلفح وجهي، لكن ما أفاقني، فعلًا، هو رائحة البنزين، بواسطة الخرقة التي قرَّبها أحدهُم من أنفي بعد أن غطَّسها في (تانكي) بنزين الشاحنة. استعدتُ وعيي، وبدأتُ أنفضُ ما علق بملابسي من ترابِ الأرض، ووَحلِها. في المساء كنت أحكي لوالدي ما حدث. لم يؤجِّل الوالد الأمر. استدعى الوالدة، وأمرها أن تُشعل (جولة) الطبخ، كي يُحمِّرَ حديدةً معقوفة يستخدمها للكَيّ. جاءني الموت في تلك اللحظة، وبدأتُ أركضُ في حوش المنزل، كالخروف الهارب من سكّين القصّاب. كنتُ أصرخُ بأعلى صوتي: «أنا في صحّة جيِّدة، ولقد وقعتُ نتيجة ارتطام قدمي بإطار سيّارة قديم». همَستْ الوالدة في أذن والدي، بهَمهماتٍ، لم أفهمها. هنالك حالات تُصيب الأولاد تسمى (استرواح). وعادة ما تبدو على الأولاد والأطفال حالاتُ وهنٍ وميلٍ إلى الهدوء والنوم، مع اصفرار الوجه وخمول العينين. علاج هذه الحالة يتطلب إدخال عود ثقاب تعلوه قطنة مُبللة بالكيروسين والكركم الحارق، في (است) الولد، ما يجعله يقفز

كالحصان، وتذهب منه حالة (الاسترواح). حَكَكتُ (استي) خوفًا ممّا قد يُصيبها؛ وتذكّرتُ حالة (حمّود) -جارنا الشيطان- عندما عالجوه بهذا العلاج الشعبي. لم يأبه (حمّود) بالمارّة في الحيّ. أنزل سرواله وأخرجَ عودَ الثقاب مع القطنة من (استه) وعرّضَ مؤخرته للهواء كي تَخفَّ حِدةُ حرارة الكيروسين والكركم المشتعلة بداخله. كانت الوالدة تبحث عن قطنة نظيفة، في صندوقها (المُبيّت). الوالد دخل المطبخ ليأتي بعود الثقاب، أما أنا فقفزتُ من فوق الجدار مُطلقًا ساقيَّ نحو السوق الكبير. كان الوالد يعتقد أنني في الداخل، وخوفًا من هروبي من الباب، وقف عند الباب من الداخل. جاءت الوالدة بالقطنة المُبلَّلة بالكيروسين والكركم، نادت عليّ. كنتُ أُسابقُ الريح نحو السوق، وأتحسَّسُ مؤخرتي بصورة لا شعورية. ماذا سيكون عليه الحال لو نفذّت الوالدة علاجَها، وأدخلت القطنة اللعينة هناك؟

أعادني مشهدُ توجُّعِ (حمّود) من استِه، إلى توجُّعي من الكرسي الصلب في المقهى الشعبي، رغم مرور أكثر من أربعين عامًا بين الوَجعين. حاذاني صديقي (صلاح). وبدأ الحديث عن (وردة). من عادة الناس، هنا أن يبدؤوا أحاديثهم المنقولة عن آخرين بكلمة «يقولون». لربَّما كانت استهلالًا ظنّيًا يُبعدُ ارتباط الحديث بالقائل؛ أو ادّعاءَه نسبةَ القول إليه. تناول صلاح حبَّتيْ (نخّي) من الصحن، وأومأ برأسه نحوي:

- يقولون... إنهم أقالوا الوكيل!

ردَدتُ عليه، ولاحظتُ أنه لم يحْلق وجهَهُ منذ يومين، وبدا كأصحاب الكهف، بينما كانت الغترة الصفراء تنزلق على كتفيه، دونما تهذيبٍ أو ترتيب، وبدا أنفه المفتوح كمغارتين في جبال (تورا بورا)، يستنشق كمياتٍ كبيرة من الدخان والأكسجين معًا، الشيب يتسللُ من فَوْدَيْهِ بشكلٍ عشوائي.

- أيّ وكيل؟
- وكيل الإعلام.

- لم يطل مقامُه، في الوزارة، كثيرًا!
- ماذا عملَ للوزارة؟
- وماذا عمل السابقون؟
- هكذا أهل هذا الزمان... يُعيِّنون ويُقيلون!
- هذا يكفي، يا (صلاح)... لا تتدخّل في السياسة... الجدران لها آذان!
- ما عرفتُك جبانًا!

تلفَّتُّ حولي لأتأكَّدَ من أنه لا عينَ ولا أذن تلاحقانا، وقلت:

- أنا لست جبانًا، ولكن: «مَن خافَ سَلِم».

هزَّ (صلاح) رأسه هازئًا ومتحدِّيًا، ورفع صوته ليَسمعَهُ الآخرون:

- يا أخي، ماذا عملنا حتى نخاف؟ نحن لم نسرق، ولم نقتل، كما أن موضوع الوكيل على كُلِّ لسان، حتى لسان العجائز.
- لنُغيِّر الموضوع!
- ما عهدتُك جبانًا هكذا! أين آراؤك عندما كنتَ في أمريكا؟ أين ما تعلَّمته عن حرِّيّة الرأي وحقوق الإنسان؟
- يكفي، يا (صلاح)!

زاد غضبُه، وكأنني وخزتُه بإبرةٍ حادّة، وخالطهُ الشعورُ بالظلم من الإحالة المُبكّرة للتقاعد، مع انهزامه الداخلي، وعدم قدرته على الحديث، في العلن، عن حالته وحالات غيره. انفجَر صارخًا:

- لا... لا يكفي... لقد تقرَّحت مؤخِّراتُنا ونحن على هذه الكراسي ننتظر الرحمة، تمامًا، كما تقرَّحت ونحن على مقاعد الدراسة في الخارج!
- الرحمة من فوق، يا (صلاح)!
- صحيح من فوق... لكننا نحتاجها من تحت، أيضًا. إلى متى سوف

نظل نحملقُ في هذا البحر الصامت الجبان؟

- هذا بحر (وردة) الجميل!
- ماذا أعطتنا وردتُكَ هذه؟ أتذكر أيّام القاهرة؟ أتذكر كيف كنا ندافع عنها، ونُجهّز لها الاحتفالات والأغاني؟
- إنها وطني يا (صلاح)... ومن يجرؤ على نسيان وطنه؟ أتَذكرُ عندما كنّا نتغنّى بحُضن (وردة) الكبير؟
- لم يعد هذا الحُضن يحنو علينا، عندما صِرنا في أشدّ الحاجة إليه!
- لا تبالغ، يا (صلاح). المسؤولون لهم وجهات نظر فيما يتَّخذونه من قرارات.
- أنت بارد، يا (ميهود). لقد علّموك ثقافة التبرير.
- أنا لا أُبرِّر، لكن الحياة علمَتني الصبرَ على الابتلاء.
- نحن لا يفارقنا الابتلاء، ولا البلاء.
- بلاءُ (وردة)، ولا نعيمُ الغربة.

أرجعتني الغربةُ إلى الوراء، وغصتُ في تفكير عميق. كيف كانت (وردة) تتراءى لنا، ونحن في الولايات المتَّحدة، وكيف كان الثلج كمعطف ضخم يلفُّ المدينة الصغيرة في أعلى شمال الولايات المتَّحدة واسمها (سيراكيوز). الثلج يلفحُ المنزل الخشبي الصغير. المنزل في الطابق العلوي من المبنى ذي الطابقين. في الطابق الأرضي تسكن عائلة آسيوية من الفلبين، نادرًا ما نقابل أفرادها، الذين كانوا متوحِّدين، ولا يريدون تشكيل صداقات مع أحد. لا أثر لأيِّ درجة حرارة. عَلَمُ (وردة) يتصدّر صالةَ الجلوس، ومناظر من معالمها المعروفة، على الحائط. كنّا نزهو، عندما يزورنا بعضُ الطلبة الأمريكان، بأن نشرح لهم الأماكن المهمّة في (وردة)، ومميزاتها. آيات قرآنية معلّقة على الجدار ضمن أُطرٍ ذهبية. الثلج يلطمُ زجاجَ النافذة كَهرٍّ يريدُ الدخول إلى دفءِ المنزل. نشراتُ الأخبار تُحذِّرُ من عواصفَ ثلجية، وتعْرِضُ مشاهدَ

الحوادث المؤسفة على الطرقات السريعة. لم أتمكّن، يومها، من الذهاب إلى الجامعة. أسندتُ رأسي إلى خريطة رُسِمت عليها ملامح (وردة) الرئيسية. تحسَّستُ الطرق من وسط المدينة إلى الكورنيش. كنتُ ألمَسُ نبضَ (وردة) من القرطاس الصامت. اجتاحني شوقٌ طائش لتلك المدينة الهادئة، حيث تركتُ فيها زوجتي وابنتي ذاتَ العشر سنوات. لبُرهة، خلتني (خالد بن طوبال) في (ذاكرة الجسد) لأحلام مستغانمي. أيمكن أن أعودَ في صندوق خشبي إلى (وردة)؟ وهل (وردة) نسخة كربونية من (قسنطينة)؟ قد تتشابهان في بعض الملامح.

المدن العربية تَضنُّ بحرارة استقبال أبنائها الظافرين الناجحين، وتَرْبِتُ على أكتاف الفاشلين، الذين لا يحضرون رُبع الوقت المُخصَّص للدراسة! المدن العربية تحملقُ في وجه المتخرّج الجديد، لأنه عاد مسرعًا، متناسيةً أنه قضى أربع سنوات، من عُمره القصير، يتغنّى بلحظة العودة، بعد رحلة عناء مع الدراسة والمُناخ المزعج، واللوعة لفراق الأهل والأحبّة، وسهر الليالي الطوال، بين الخوف من الفشل، وملاحقة السفارة وأسئلتها البوليسية المُتكرِّرة عن درجاته ودوامه الدراسي. وما إن تطأ قَدمُ الطالب أرضَ وطنه، تغيبُ كلُّ اللوحات السوداء التي استعمرت عينيه، وتنقشع عن مآقيه كُلُّ الغيوم التي كانت تُهدِّدهُ بالمستحيل. ينسى -وهو يطأ أرضَ المطار- كُلَّ آلام الغربة، كما تنسى النَفساءُ ألَمَ خروج الطفل من رحمها، مع أوَّل صرخة. لم تكُن بداخلي صرخة، وأنا أطأ أرضَ المطار، لأنني واثق من أن أحدًا لن يسمعها! هل كنتُ وحدي في هذا المُعترك النفسي؟ هنالك آلاف الطلبة الذين عادوا إلى بلدانهم، ولاقوا المصير نفسه. هل ما زال لغزُ (الأنا) يُطاردني، كما تنبأ بذلك (ميلان كونديرا)، وأن التاريخَ يقف على ورقتي متضرِّعًا أن أُحلِّله كموقف وجودي، أم تراني أبدو أكثرَ ضعفًا بحيث أُؤمن بمقولة الكاتب: «أي إنسان يواجه قوَّة متفوّقة هو ضعيف، حتى لو امتلك جسدًا رياضيًّا كجسد

(دوبشيك))، أم أنني أبدو مُستسلمًا كحال (تريزا) التي لم تستطع احتمال مواقف الضعف المُهينة فاختارت الهجرة؟

نحن -الخليجيين- لا نستطيع الهجرة إلّا إلى دواخلنا. نجولُ ونُعربدُ، ونَشقى ونتألَّم، ونفرح ونثور، تحت جلودنا. لم نعتد الهجرة إلى أوروبا أو أمريكا، لكي نعيشَ، ونتكسّبَ، ونغسل الصحون... لا عيب في ذلك، لكن ثقافة النفط شكّلتنا وقَولَبَتنا على نحوٍ، يُشوِّهُ الإنسان، في دواخلنا، وأضحينا استهلاكيين، بصورة واضحة. تزاحمتْ في رأسي الكلمات، التي عاصرتني وعصرتني أمام خريطة (وردة) المُستندة إلى الجدار كتمثال إغريقي. خِلتُني (تركي الحمد) في (جروح الذاكرة)، بل بَطلتهُ التي قاومت انزلاق الحياة من رحمها، بعد معاناة تزاحم الكيان البشري الجديد، لكن ذاكرتي تحتاج إلى أكثر من مخاض، وأكثر من دفقٍ للحياة، كونها تتعامل مع ذاتٍ، تبدو -في كثير من الأحيان- حذرةً حَذرَ البحّار من القرش، أو حذرَ المُسْتَجوَب في الغرفة المظلمة.

من جديد، رحتُ ألمسُ خريطة (وردة)، وأشمُّ رائحة البحر الذي يُحاصرها. كَم من الوقت سوف أبقى وسط هذه الثلّاجة، في أقاصي شمال الولايات المتَّحدة؟ ثلاث أو أربع سنوات! إنها فترة طويلة والمُناخ لا يساعد على تقصير الأيّام، التي تبدو كيوم الأحد، عند طلبة الثانوية! أواني الطبخ ما زالت في المغسلة، منذ يومين، ورائحة القمامة البائتة تنتشرُ في أنحاء الشقّة، وتتعاركُ مع رائحة البخور، الذي أحرقهُ لإزالةِ الروائح من الشقّة. الكتب متناثرةٌ، بلا ترتيب، على الأرض، بقايا سهرة البارحة ما زالت حيّة. المِنفضَة تحتضنُ أعقابَ السجائر الميّتة. شالُ (هيلين) يرقد بطمأنينة على الكرسي الوثير. شخيرُ زميلي (روميتي) (ناصر) يتصاعد من غرفته. لقد أجهدَ نفسَه، البارحة، كثيرًا مع صديقته!

عدتُ إلى الخريطة من جديد، وقد استوطنَ عينيَّ حلمٌ جديد: ستَمضي

الأيّام، سأعود بالشهادة وأتبوّأ منصبًا مهمًّا، ولسوف أتحدثُ الإنجليزية بطلاقة، وأخدمُ (وردة) الخدمةَ اللائقةَ بها.

لكزني (صلاح) بقوّة. عدتُ -من جديد- إلى تذكُّر صلابة الكرسي وقسوته:

- يا لهم من بخلاء، يكسبون كثيرًا ولا يضعون وسائد للكراسي!

ردَّ (صلاح)، وكأنهُ يريد مَن يُعينه في محنته:

- لقد ذكّرتَني بألم مؤخِّرتي يا (ميهود). كبرنا، يا أخي.
- حقًّا. لقد كبرنا، ولكن قبل الأوان.
- ماذا تعني؟
- أبدًا. لا تفتح معي موضوعًا جديدًا، يا (صلاح)!
- أعرف كَم تُحبُّ (وردة)، وبودِّك لو تُضحّي بحياتكَ من أجلها.
- أجل. أُحبُّها، يا (صلاح)... أُحبُّها جدًّا!
- ولكن. هل تُبادلك الحبّ؟

تخلّصتُ من حوارِ صلاح وشِراكِه المعروفة، وعدتُ لاستحضار الأحداث الجارية. تمازجت أفكاري -لواقع (وردة)- مع صوت التليفزيون، وهو يتحدَّث عن قمم عربية. فاجأني (صلاح)، من جديد:

- هل تَذكُر (بوفهد)؟
- مَن (بوفهد)؟
- موظَّف العلاقات العامّة في الوزارة.
- أجل... ماذا حصل له؟
- لقد تجاوز الستّين، وما زال على رأس عمله.
- ما العيب في ذلك؟ يستاهل.
- أعني أنه يحمل الثانوية، وما زال على رأس عمله!
- وليكن.

استفحلت شهوةُ (صلاح) للصراخ، وتلفَّتَ أكثر من مرَّة، مُحاذِرًا من أن يكون هنالك مَن سيَسمعه:

- أقول لك إنه يحمل الثانوية وبالغشّ، وما زال على رأس عمله، ونحن لم نتجاوز الخمسين، نجلس هنا نشمّ إبطَ (سهيل) النَّتن، ونحرقُ صدورَنا بنار الشيشة. لقد نصحتك بأن تفتح مشروعًا تجاريًّا، فهذا أفضل لك من الذهاب إلى أمريكا، لكنك لم تسمع الكلام.
- لقد شجَّعني حبُّ (وردة) على الدراسة، واستحثَّتني أنانيَّتي على أن أكون متعلِّمًا!
- ها هي نتيجة الحبّ.
- إنه قدري... أقدارُ المئات من أهل (وردة).
- هكذا، بكُلِّ بساطة، (مُقلِّدًا): إنه قدري!

حاول صلاح تقليدي بحركة كوميدية؛ بعد أن لوى عنقه وفمه، مُتندِّرًا بحالة اليأس التي كنتُ فيها. لكنني استجمعت قواي، بعد أن سيطر عليّ خدرُ الشيشة وانتصافُ الليل:

- أجل، يا (صلاح)... الحبُّ هو الذي يبقى إلى الأبد.

-2-

موهبة

«لماذا أُدخّن بهذه الطريقة؟ لم أكُن مدخِّنًا طوال خمسين عامًا! لماذا أُدمّر حياتي؟ ألا تكفيني سهامُ المرض الاجتماعي؟»

تقاذفتني الأسئلة، وأنا أتفرَّسُ في الوجوه، حولي، في المقهى الشعبي. أزحتُ خرطومَ الشيشة جانبًا، وأخذت نَفَسًا عميقًا؛ قصدتُ منه تنظيفَ رئتيّ من دُخان المعسّل. وقع بصري على وجهٍ مألوف، ركَّزتُ عليه؛ إنه أحد الأطباء. ماذا يفعل في المقهى الشعبي؟ زادت ضراوة الأسئلة عليّ. على البُعد، جلس شابّان في العشرينيات، يتسابقان في نفث دُخان الشيشة، ويرسمان دوائر في الفضاء، تتصاعد من فم كلٍّ منهما. نسماتٌ مُنعشة تأتي من الشمال. كنت أحاول تفادي هجومَها على ظهري. مسكين هذا الظهر، حتى الآن لم يعرف الأطبّاءُ سببَ الآلام التي تستقر في ظهري، وتُقيّد حركاتي، حتى تلك التي تستوجب حركةَ ظَهْرٍ مهمّة. لقد استضافني المستشفى خمسة أيّام، ولم يتوصّلوا إلى حلٍّ لمُشكلة هذا الظهر. أَشارَ عليّ البعض بالسفر إلى الخارج، حيث العلاج الجيّد الراقي، عوضًا عن هؤلاء المُتمرِّنين في ظهري. عادت عيناي إلى ذاك الوجه. إنه (فرج)، عازف العود الأوَّل في أواخر الستينات. يا الله! ماذا فعل الزمانُ بوجه (فرج) المصقول؟ لقد زالت تلك النَضارةُ، ووَهنَ الجسمُ الرياضي، تشعّبَ شاربه العابثُ في وجهه وغالبَهُ البياض. يبدو أن ظهره -هو الآخر- فَقَد صلابته؛ إذ تتدلى رجلٌ واحدة من فوق الكرسي الخشبي الصلب، بينما يثني الرجل الأخرى

باتِّجاه صدره. مسكين (فرج)! يبدو أنه يُعاني من مرض الرُّكبة. كانت صور (فرج) تظهر في الصحف والتليفزيون، وكان يُفاخر بارتداء أحسن الملابس مع نهاية الشهر، واستلام الراتب. أخذني وجهُ (فرج) إلى الفرقة الموسيقية، في عام 1968. لم أكُن ذا صوتٍ جميل؛ ولم تكُن لدي موهبة التلحين. أَشارَ عليّ بعض الزملاء أن أُجرِّب التمثيل، وكان التمثيل جزءًا يسيرًا من نشاطات الفرقة الموسيقية. شاركتُ في التمثيل للإذاعة، وجذبني سماعُ صوتي في الإذاعة، لأوَّل مرّة. دأبتُ على التمثيل مدَّة قصيرة، ثم تحوّلتُ إلى التأليف. كانت الأمورُ تلقائيةً وشفّافةً بين كُلِّ أعضاء الفرقة، وبين مسؤولي الإذاعة، آنذاك. وكانت روحُ الدعابة والنكتة لا تفارقُ أعضاء الفرقة، رغم اختلاف بيئاتهم وثقافاتهم وأعمارهم. (فرج)، المتَّكئ على الوهن هنا، كان معروفًا بإعجابه بنفسه! (خالد)، كان يُحبُّ المُعجَبات؛ حيث كان يُغنّي في الفرقة، وكنا نسميه (عبدالحليم حافظ). (عبدالحميد) كان الأخ الروحي لكُلِّ مُنتسبي الفرقة، وكان دمثَ الأخلاق، جمَّ الأدب. يسكنهُ حُبٌّ غير عاديّ للناس، خصوصًا لـ(وردة). كان من أهمّ الفنّانين في الفرقة، وهو المؤسِّس الحقيقي لها، ولم يحصل أن غَضبَ من أحد، أو تشاجرَ مع أحد... كان قاسمًا مُشتركًا للودِّ والأخلاق والطيبة، إضافة إلى كونه جميلَ الوجه والهيئة. (عيد)، كان يَسكر بشرب العطور! الويسكي الأسكتلندي لم يكن متوفِّرًا آنذاك، في (وردة)، فكان يعمدُ إلى شرب العطور القويّة مع كوب الشاي الصباحي.

يتجمَّع أعضاء الفرقة في مبنى الفرقة المتواضع، من الخامسة مساءً وحتى الحادية عشرة ليلًا؛ حيث يتدرَّب الموسيقيون على الأغاني السائدة، آنذاك؛ استعدادًا لحفل قادم، أو لتسجيل أغنية جديدة لأحد المطربين. بعد انقضاء فترة التدريب، يقصدون المطعم الهندي، على دوّار المطار، يتناولون عشاءً حارًّا في ظلمة المكان؛ حيث يَحفُّ بهم غبارُ السيّارات الصغيرة والتاكسيات

المُتعَبة. حاول أحدُ الخبثاء، بعد أن رَفس قطَّة، تموءُ تحت رِجل الطاولة، أن يَسدَّ شهية الآكلين:

- ما الذي يُدريكم أنَّ ما تأكلونه هو دجاج؟ لماذا لا يكون لحمَ قطط؟

رمقوه بنظرات احتجاج وقرَف. أخذ (محمّد) القزم كأسًا باردة من الماء، وسكبها على وجه المتحدث. انتفض الأخير، وهرب نحو الطاولة الأخرى. أزيزُ الطائرات يكسرُ هدوءَ المكان، ويُشتتُ النغمات الموسيقية التي يُدندن بها (عبدالحميد)، وهو ينقر الطاولة بإصبعه الرقيق. لم يكُن المطار، آنذاك، يستقبل الطائرات الضخمة، بل بعضَ الطائرات ذات المراوح المُزعجة، وكنّا نُسمّيها (أم أحمد).

في أحد الأعراس، التي أَحيتْ الفرقة فيها حفلًا موسيقيًا، تخلَّلتهُ مشاهدُ فنية تمثيلية، وقف اثنان من مفتولي العضلات، يبدو أنهما من منتسبي (دور زكرت)، وهي أماكن اللهو الطرب، والمجون، أحيانًا. وقفا بانتظاري حيث كنتُ أمثّلُ دورَ فتاة في المشهد التمثيلي. ولقد بالغَ (عبدالرحمن) في وضع المكياج على وجهي. فبدوتُ -حقًّا- فتاةً في السابعة عشرة. لم يُصدِّق الشابّان الأسمرانيان أنني رجلٌ بشنب. جاء (عبدالرحمن) ناصحًا لي بالانتظار، وعدم الخروج حتى يذهب معازيمُ الحفل، ويتوارى الرجلان المُتحيّنان فرصة خروجي. اضطربتُ، وتلاحقت دقاتُ قلبي. هذا هو الفن الذي تريدونه؟ سألتُ نفسي. استعرتُ علبة ورق تنظيف، وأزلتُ المكياج الذي جعلني كالمهرّج. خلعتُ (البخنق) و(الدرَّاعة) ولبست ثوبي العادي، ولففتُ وجهي بـ(الغترة) ثم خرجتُ مُحاطًا بأربعة من الزملاء. لقد نجوت من مصير قد يكون مزعجًا جدًّا.

ذات يوم، انحشر خمسةٌ من الزملاء في سيّارة (عبدالرحمن)، قاصدين الإذاعة لتسجيل أغنية وطنية، كنتُ معهم، بالطبع. اصطَففنا أمام المايكروفون بصورة طفولية بريئة. بدأ مهندسُ الصوت إجراءَ تجارِبه المعهودة قبل التسجيل. لم يكُن صوتي يروق له، وهذه هي الحقيقة، لأن صوتي دونَ

إيقاع. عاملني مهندس الصوت وكأنني قطعة ديكور. سجّلَ (عبدالرحمن) اسمي بوصفي مُشارك في الأغنية، رغم أنني أفسدتها. لكنَّ المهندس كان يُغلق المايكروفون الذي أمامي. بعد أسبوعين، استلمت شيكًا من الإذاعة بقيمة خمسة ريالات، وكان أوّلَ شيك أستلمه في حياتي! صرفته، بسرعة البرق، من البنك. كان سعر الخمسة ريالات، لا يتعدّى دولارًا وأربعين سنتًا! ولو فكرتُ في الاحتفاظ بالشيك، حتى هذا اليوم، لكان من (الأنتيك) الذي يُثمَّن بسعر كبير.

استأنستُ أجواءَ الإذاعة؛ وتعرَّفت إلى بعض المذيعين والمخرجين، وساهمتُ، رويدًا رويدًا، في تأليف بعض المَشاهِد التمثيلية المحليّة، ضمن برنامج الأسرة. أن تسمعَ صوتَك عبر الإذاعة عام 1968، كان شيئًا من المُعجزات التي تُحيطكَ بالدهشة والغرور. كنتُ ألحُّ على والدتي بأن تسمعَ صوتي عند التاسعة من كُلِّ صباح. أدخلتني الإذاعة عالمًا آخر. لم أكن أهتم بعملي الصباحي في البنك. وكثيرًا ما ضَبطني مراقبُ البنك الإنجليزي، وأنا أكتبُ بعض المقاطع الحوارية للإذاعة؛ لذا خِبتُ في البنك، وأضعتُ فرصةَ عمري الجميلة، في أن أكون من أصحاب الملايين أو المراتب العليا. في عام 2000، يُذكّرُني مديرُ البنك معاتبًا:

- لو أنك ظللتَ في البنك، لكنتَ المدير العامّ بعدي، لكنك اتجهتَ إلى الأغاني وإلى المُعجبات في الإذاعة والتليفزيون.

كلامه كان صحيحًا... وأستحضرهُ كشوكةٍ في جنباتي، كلَّما تذكَّرتُ حالتي مع الصحافة.

تبلورتْ موهبتي في التأليف، وصرتُ أكتبُ المسلسلات الطويلة ذاتَ الحلقات الثلاثين. يقف، ذات مساء، المُخرج (نوري الجمعة) وهو مذيع موهوب ومُخرج جيّد في الإذاعة، ليضربَ زجاج الاستديو بكلتا يديه، إعجابًا ودهشة من اندماجي مع ممثِّلة في دور تمثيلي -عن فتاة كانت معي

في القاهرة، في الستينيات- حيث كنتُ أمثلُ دور عاشقٍ لتلك البنت المصرية، وكان المشهد حميميًّا.

(وردة)، عرفتْ الانطلاق والحيوية والجرأة منذ الستينيات! استقبلني (نوري الجمعة) بالقبلات والأحضان، بعد أن انتهى المشهد، بينما كَستْ وجهَ الممثِّلة حُمرةُ خجلٍ رائعة! استدعاني مراقبُ البرامج في الإذاعة، بعد أن استمع إلى المسلسل، وأمرني أن أكتب مسلسلًا جديدًا، من ثلاثين حلقة، وذلك لبثِّه في شهر رمضان. سررتُ بالعرض، خصوصًا وأن مكافأة الثلاثين حلقة، عندما تأتي دُفعةً واحدة، تسّر الناظرين. بعد شهرين، كنتُ أسجّلُ المسلسل مع زملاء من أعضاء الفرقة، وكنتُ البطل فيه. إن دخول الفتيات، في الستِّينيات، إلى الإذاعة كان عملًا شجاعًا ومغامرة، لا يتقبلها المجتمعُ المُحافظ.

وقفت (فاطمة) لِتُمثِّلَ دور العاشقة أمامي. كنتُ أُلاحظُ تَحرُّجَها ولجوءَها إلى تغيير بعض الكلمات الجريئة التي تحمل معاني التحريض والإثارة العاطفية. كنتُ أُقدِّرُ موقفَها وحرجَها أمام المُخرج ومهندس الصوت، والممثِّلين الذين ينتظرون دورَهم في غرفة الكنترول، ولو أن المشهد يفقد بعضَ حماسته ووَقعه على آذان المستمعين. كان همّي الأكبر أن ينجحَ المسلسل، ويفوز بثقة مدير الإذاعة ومراقِبها. لم تذهب جهودي سُدًى. تم بثُّ المسلسل، وتناقل الزملاء الإذاعيون أخباره وجرأته في الطرح الاجتماعي. تسلَّمتُ الشيكَ الكريم، وأقمتُ حفلة متواضعة في المقهى الهندي. لم تكن هنالك وجبات من لحم القطط، بالطبع.

ركبتُ تاكسيًّا من مقرّ عملي في البنك قاصدًا المنزل. لم تكن لديّ سيّارة، آنذاك. كان راتبي 400 ريال (أكثر من 100 دولار بقليل)، وعليَّ أن أُوفرَ 100 ريال للعائلة، والباقي أصرفهُ على (الكشخة)، أي الأناقة، ومتطلَّبات العصر. لاحظتُ أن سائق التاكسي يعبثُ بمؤشر الراديو محاولًا تركيزَ المؤشِّر على الإذاعة المحلية. مَدَدتُ يدي نحو المؤشر وثبّتُه على المحطة. التفت السائق نحوي:

- الله! أنا أُحبُّ الإذاعة، تُقدِّم لنا مسلسلات جميلة.

استهلال جيِّد لحوار مع سائق التاكسي. حاولتُ جَرجرةَ الرَّجل إلى المزيد:

- هل تداوم على سماع الإذاعة؟
- أجل، خصوصًا مسلسل «خالد».

أحسستُ بنشوة الانتصار، فالمسلسل من تأليفي، وتمثيلي. داخَلَني شعورٌ بالانتشاء، لأُفصِحَ للسائق عن شخصيَّتي... لكنني تريثت، قال السائق:

- تصوَّر، يا أخي.

قالها بلكنة يمنية شمالية.

- تصوَّر، يا أخي... أنا أوقف التاكسي عند الخامسة، وقت بثِّ المسلسل، حيث أذهب بعيدًا إلى (المحرَقة) كي لا يزعجني أحد. أُحبُّ شخصية خالد هذا. إنه عاشق. لا بدَّ أن تكون صديقتُه جميلة.

زاد السائقُ اليمني في مدح المسلسل، وإعجابه بالقصِّة، وتمثيل الممثِّلين. نقدتهُ ريالًا، ودلفتُ إلى المنزل. احتوتني غرفتي الصغيرة، بطرف المنزل. ليس فيها أثاث فاخر: سريرٌ خشبي قاسٍ، وخزانة ملابس ذات بابين، وطاولة كتابة من (الفورمايكا) الرخيصة. حمّام الغرفة أشبه بصلعة رَجلٍ مُسِنّ، مساحته ثلاثة أمتار، من الإسمنت الخشن. ليس فيه أيَّة ديكورات، مَن يدخل حمّامي؟ كانت قدماي ترتجفان، أيام الشتاء، من برودة أرضية الحمّام. ما كان يخطر ببالي، آنذاك، تجميلُ الحمّام أو الغرفة إطلاقًا. طاولة الكتابة كانت أعزّ ما في الغرفة. هل يُمكن لشخص يُريد أن يُصبحَ مشهورًا أن يسكن في هذا المكان، أم أن الظروف سوف تتغيّر؟ تهتُ بين الأسئلة التي لا تؤدي إلى شيء، وسط ظروف الفقر والعَوز وبساطة التفكير والطموح. أخرجني صوت الوالدة تدعوني للغداء. ماذا سيكون الغداء؟ هل سيكون من موائد الأثرياء؟ إنه نسخة من غداء الأمس وأوَّل أمس، وسيكون نفسه في الغد.

بدأت المجلّة الوحيدة، في (وردة)، تنشر صورتي، مع أخبار قصيرة حول نشاطاتي بالفرقة والإذاعة. صاحبُ المجلّة رجلٌ قارب الستين، لكنه كان يحتفظ بروح الشباب، ورغم ثرائه الكبير، كان متواضعًا وكثيرًا ما حثّني على الكتابة في مجلّته، التي تُمثّل منبرًا إعلاميًا مُهمًّا في بداية السبعينيات. قبلتُ عرضَ صاحبِ المجلّة، وبدأت أكتبُ في صفحة القرّاء، كتاباتٍ طفولية بدائية، غلبت عليها لغةُ الحوار الإذاعي، التي استحوذت على فِكري وسلوكي. بعد عام استطعتُ الحصول على صفحة كاملة خاصّة بي، ثم تقاسمت الكتابة فيها، مع زميل قلم اسمه (أحمد الولهان)، وثقَ بنا صاحب المجلّة، وزاد في تشجيعه لنا. اشتهرتْ الصفحة كونها الأولى التي تحمل صورةَ شابين من (وردة). كانت الكتابات عبارة عن تحدٍّ لغوي وموضوعي بيني وبين (الولهان)... لغة نثرية تقتربُ من روح الشعر، حوَت مواضيعَ: الصدق، والبحر، والجفاء، والتشاؤم، والوجد. كانت الصفحة متنفَّسًا رائعًا لي؛ أضافت لشخصيتي أبعادًا رحبة، إلى جانب تحقيقها الحلم الإذاعي الجميل. في هذه المرحلة من حياتي، بدأتُ أضيقُ ذرعًا بأرقام البنك ومسؤولياته. يقف المُحاسب الإنجليزي فوق رأسي ليسحب ورقة (فولسكاب) مُسطّرة، كانت عبارة عن صفحة حوارية مع (الولهان). لم يفهم المحاسب ماذا يوجد في الورقة... رماها على مكتبي، وهو يزأر:

“You should give the bank its time, do not do this again”.

«عليك إعطاء البنك وقته؛ لا تفعل هذا مرّة أخرى».

رمقتهُ بنظرة احتجاج، وانعقد لساني عن الكلام. ذهبَ المُحاسب إلى مكتبه الزجاجي، وأشعل سيجارة. سرقتُ نظراتٍ إلى الوراء لأجدَ المحاسب يراقبني كصقر. فقد كان ينظر نحوي بتحَدٍّ وتركيز. أعدتُ رأسي إلى مكتبي وبدأتُ أكتبُ ورقة حوارية أخرى. طُظ فيه... ماذا يمكن أن يفعل؟ يشكوني، أم يفصلني من العمل؟ طُظ... البرَكة في الإذاعة.

زادت الأعمال الإذاعية، كما زاد راتبي في البنك، على عكس ما توقَّعت من تهديدات المُحاسب الإنجليزي. لقد كنتُ المواطن الوحيد الذي يحمل الشهادة الثانوية في البنك. كنت، حينها، مُنتسبًا إلى جامعة بيروت العربية في لبنان. لقد ساعدني المدير التجاري للبنك، حيث كان يتوقَّع مني أن أحلَّ مكانه في المستقبل؛ لكنني خيَّبتُ آماله، باتِّجاهي نحو الإعلام والصحافة، وبدأ يتندَّر عليّ كلَّما قابلني، بعد أكثر من ثلاثين عامًا:

- ها، ماذا عملَ لك الإعلام؟ لم تسمع كلامي، وإلّا كنتَ الآن من كبار رجال الأعمال في البلد.

كان (محمَّد بوخمّاس) قد عَلِمَ بإحالتي إلى التقاعد المُبكِّر، وجلوسي في المنزل، دون عمل. كنتُ أتردَّد على البنك، الذي ظلَّ حسابي فيه أكثر من خمسة وثلاثين عامًا. ألتقي أحيانًا بـ(محمَّد) الذي يداعبني كلَّما رآني:

- ذهبت إلى الإعلام من أجل البنات والشهرة. انظر كيف أنت، الآن. أنا أريد التقاعد، ولو كنتَ هنا لأخذتَ مكاني؛ الراتب، هنا، ثلاثة أضعاف راتبك مع الدكتوراه.

كنتُ أبصقُ على ذاتي، كلَّما ذَكّرني (محمد) بالدكتوراه والدراسة. ها هي الهامات المُنتصبة على أرجُل الجهل والزيف، تتقاطرُ على البنك، كي تُودع أموالًا يصعُب حسابُها، دونما دراسة أو تعب. أما نحن فهاماتنا تنحني، وجيوبنا خالية، بل لا أحد يردُّ علينا السلام.

اشتريتُ سيّارة متواضِعة، وكانت الأولى التي أسوقها وحدي. وكثيرًا ما كنتُ أسترقُ النظر من نافذة غرفتي خوفًا من عبث الأطفال بها وهي واقفة بجوار المنزل. لقد غطَّيتُ كراسيَّها بغلالة جلدية شفّافة حتى لا تبلى من الاستعمال. أخرجتني السيّارة من الانتظارات العديدة للتاكسيات، ومن الإحراجات المُتعدِّدة مع زميل لي في البنك (يوسف بوعينين)، الذي لم يَبخل، يومًا، في توصيلي من المنزل وإليه، كما كانت السيّارة معينًا جيدًا

لي في الذهاب للتسجيل في الإذاعة، خصوصًا لِتجَنب إحراجاتي مع (عبدالرحمن) العَصبيّ، وقت الظهيرة، الذي يحتاج فيه إلى الراحة. كنا نُفضّلُ التسجيلَ وقت الظهيرة، لخلوّ الاستديوهات من زحمة العمل، وكذلك خلوّ المبنى من الموظَّفين. ساهمت السيّارة في تردُّدي على الجريدة، والالتقاء ببعض الإخوة من الصحافيّين العرب الذين توثَّقت علاقتي بهم. كما ساهمت السيّارة في مشاركتي أعضاء الفرقة الموسيقية في الرحلات الخلوية إلى البرّ، أيّام الشتاء. كما ساهمت في توصيل مُدرّس مادة (عِلم العروض)، الذي كان يأتيني مرتين في الأسبوع ليشرح لي هذا العِلم الغريب، الذي لم أدرُسهُ في الثانوية. انتسابي إلى جامعة بيروت العربية، وتَخصُّصي في اللغة العربية، عزّزا موهبتي في الكتابة، وإجادتي اللغة، وتنوّعِ قصصِ المسلسلات التي أكتبُها.

لم تكُن الفرقة الموسيقية -كما يبدو من الاسم- تُعنى بالفنِّ الماجنِ، أو الخروج على المألوف. بل كانت ملجأً لذوي المواهب. ولعَلَّ أغلبَ المُبدعين الذين نراهم، اليوم، على الساحة الفنيّة، هم من مُنتسبي الفرقة، آنذاك. لقد حملَ شبابُ الفرقة على عاتقهم حفظَ التراث، وتطويعَهُ مع الاتِّجاهات الجديدة للأغنية. كانت الأغاني تُسجّل في الإذاعة، ثم تَطوَّرَ الأمرُ، عندما سافر بعضُ أعضاء الفرقة إلى القاهرة للدراسة.

نجح (عبدالحميد)، وهو من أفضل الموسيقيين بالفرقة، ورئيسها، في جمع التراث وتوظيفه، علميًا، في مجموعة من أغاني الأطفال وأغاني المناسبات والعمل، والاتِّجاهات الدينية، أيضًا. ولقد كانت للتلقائية والحميمية، بين أعضاء الفرقة، مؤثِّراتٌ إيجابيةٌ في نجاح (عبدالحميد) وزملائه في تسجيل التراث المحلّي، وإبراز مطربين، نالوا شهرةً واسعة خارج حدود (وردة). لم يكُن ثمّة روتين في عمل الفرقة. ولم تتقرّح جدرانُها ونفوسُ أبنائها بالألقاب والانتماءات الزائفة، التي يُروّج لها البعضُ اليوم في المنتديات الثقافية ومجالسها. كانت الثقافة التلقائية والحُبُّ الصادق ديدَنَ

أهلِ الفرقة. لم تكن الحوافز مُشجِّعة، لكنَّ الإخلاصَ للعمل، عزّزَ مساحاتِ النجاح. لقد اعتمدت الإذاعة الرسمية اعتمادًا كبيرًا على إنتاج شباب الفرقة، سواءٌ أكان ذلك في مجال الأغنية، أم في مجال التمثيل، أو إعداد البرامج. ولمّا أُنشئتْ الفرقةُ الموسيقيةُ الرسميةُ الخاصةُ بالإذاعة، كان جُلُّ شبابِ الفرقة قد أصبحوا موظَّفين رسميين فيها.

سافر (عبدالحميد) إلى القاهرة، لدراسة الموسيقى. كان عليه عدم التصريح بذلك، لأنّ دراسة الموسيقى تعني العصيان في ذلك الوقت. وقد درس الأدبَ -فترةً- إرضاءً لأهله، إلى جانب دراسته الخفيّة للموسيقى، ونجح في المجالين. (محمود) سافر إلى القاهرة لدراسة الطبّ، لكنَّ شغفهُ بالمسرح، جعلهُ يُغيّر كُلَّ خِططه، ويدرس النقد. (ناصر) الذي لازمني في رحلة الدراسة، في الولايات المتَّحدة، كان جميل الهيئة، ولم يمنعه تخرُّجه من المعهد الديني، من الغناء، مع أنه دخل الأزهر الشريف؛ لكنه أصبح نجمًا، فيما بعد، وطبقت شهرتُه الآفاق، مع الألحان الجميلة التي لحَّنها له (عبدالحميد)، وكان أغلبها من كلمات (محمود)، الشاعر المُرهف. رغم أنني لم أكُن من طلبة القاهرة، كنتُ شغوفًا بالاستماع إلى نشاطات شباب الفرقة، ونجاحاتهم في التخصُّصات الفنِّية التي يدرسونها.

تيّاراتٌ فكريةٌ كثيرةٌ ومتنوّعةٌ كانت تتقاذفنا، نحن طلبة بيروت، وزملاءنا طلبة القاهرة. عَشقَ البعضُ الناصرية. تعلّم البعضُ النظريات الشيوعية، وبدا البعضُ الآخر متمسِّكًا بالدين ومُستمتعًا بمناخات الحرِّيّة، وتَعدُّد البيئات الاجتماعية، والفكرية.

في عام 1975، احتدمتْ الأحداثُ في بيروت: حاصرَنا الرصاصُ من كُلِّ جانب؛ واحتلَّ جنودٌ سطحَ عمارتِنا، في حيّ (الرملة البيضاء). لم يكن هنالك بُدٌّ من الانتقال إلى مكان آخر. أمرت السلطاتُ، في (وردة)، بنقلنا إلى (الإسكندرية) حيث الجامعة الأُم لجامعة بيروت العربية. لقد انفجرت

قنبلةٌ تحت العمارة التي قصدناها مع زميلنا (عبدالله جباري)، هربًا من مشهد الجنود وأسلحتهم فوق رؤوسنا، عندما احتلّوا عمارتَنا. كنا -لأول مرة- نُشاهد الرصاص والقنابل بأم أعُيننا. أَذكرُ أن (عبدالله) قد جُرح، ذات مساء، فأخذناه إلى مستشفى (البربير)، والرصاص يتناثر حولنا. شكرًا لصاحب تاكسي (السرفيس)، الذي توقَّف وأخذنا من منطقة الروشة، التي تحوَّلت إلى ملجأ للرصاص، بعد أن كانت ملاذًا للعاشقين.

لقد كان الانتقال إلى (الإسكندرية) تحوّلًا آخر في حياتي. وصل القطار (وكانت أول مرة أركب فيها القطار) إلى منطقة تسمّى (كامب شيزار). لم نكن، أنا وزميلي (ماجد) نعرفُ أين نسكن، وأين مقرّ الجامعة. تطوّع أحد الشيّالين -على رصيف المحطّة- بحملِ أغراضِنا الشخصية، وسألنا: إلى أين؟ تبادلتُ النظرات مع (ماجد)، وكنّا لا نلوي على شيء. كما كنا كالمولودين حديثًا، لا نعرف أيَّ شيء عن هذا المكان، إلّا ما كنّا نشاهده في السينما، من أفلام (شادية، ورشدي أباظة، وفاتن حمامة، وشكري سرحان). ركبنا تاكسيًا، قذفَنا عند باب أحد البيوت. صعد الشيّالُ إلى الطابق الأوّل في العمارة، ثم نزل بعد ثلاث دقائق، وحملَ الحقائب، ثم قال:

- تفضَّلا... لقد وجدت لكم سكنًا رائعًا... هيّا.

تبادلنا، أنا و(ماجد) النظرات، ورفعنا حواجبنا إلى أعلى، ثم تبعناه إلى الطابق الثاني من المبنى، حيث استقبلتنا سيِّدةٌ عليها آثار الثراء المحدود. الذهبُ يحاصرُ معصميها المُمتلئَين، ومن صدرها تتدلى قلادتان ضخمتان، وفي رأسها مشبكٌ ذهبي مستدير. كانت (معلمّة) من النوع الجيِّد، تفحّصت وجهينا بصورة استفزازية، وقالت:

- الغرفة (بحري)... الهواء هنا نقيّ... الليلة بعشرة جنيهات.

عدنا أنا و(ماجد)، إلى تبادل النظرات البلهاء واللعب بالحواجب. وافقنا بعد لحظاتِ صمتٍ، قطعها تكسيرُ السيِّدة للبامية. أدخلَ الشيّال أغراضَنا في

الغرفة، ثم دخلنا خلفه. نقدناهُ أربعة جنيهات، وتوارى بعد أن شَكرَ السيِّدة. جلسنا، أنا و(ماجد) على السرير، نُحملقُ في الغرفة، ونتبادل النظرات. كيف نعيش في غرفة واحدة، وعلى سرير واحد. رغم أنه من نوع (كينغ سايس). أين الحمّام؟ إنه خارج الغرفة.

- روحي يا بنت وأتي لنا باللّحمة. اعملي لك همّة شوية.

أخرجتنا صرخةُ السيِّدة على خادمتها، من دهشتنا الكبيرة، وبدأنا نتهامس أنا و(ماجد):

- هل نستطيعُ العيشَ والدراسة... هنا؟
- من الأفضل أن نخرج من هذا المكان.
- أنا معك... هيا لنخرج.

حملنا حقائبنا، وتَسللنا خارج الغرفة. لَمَحتنا السيِّدة:

- على فين، إن شاء الله؟ لم يُعجبكُما المكان؟

تعثَّرنا بالحقائب، ووقفنا في مواجهة السيِّدة. كان الموقف مُحرجًا جدًّا. ما هو سبب رفضنا للغرفة؟ من سيبدأ الكلام؟ بعد تردُّد، انطلق لساني من عقاله:

- شكرًا لك... نحن سوف نذهب عند أحد أصدقائنا.

رفعت السيِّدة حاجبًا واحدًا، ومطَّتْ شفتَها السفلى، وعادت إلى تكسير البامية، دونما كلمة. وجدناها فرصة للانطلاق من الشقّة. حملنا الحقائب، وخطَونا مُسرعَين على الدرج الإسمنتي المثلوم. بتنا تلك الليلة في أحد الفنادق المشهورة، على الشاطئ. في الصباح قمنا بالاتِّصال بالمكتب الثقافي في القاهرة، وتأكَّدنا من وجود مكتب له في الإسكندرية. خلال ساعات تعرَّفنا إلى العمارة التي يسكنها طلبةٌ، بشكل دائم، في الإسكندرية. أخذنا تاكسيًا وقصدنا عمارة (الأوقاف) المُنتصبة على الشاطئ. رحّبَ بنا الطلبة، ودعونا إلى وجبة دسمة. كان السكنُ همَّنا الأكبر. (عبدالعزيز)، كان كريمًا

معنا جدًّا. اتَّصل بأصحاب الشقق... وفي خلال ساعتين، كنتُ أحتلُّ شقَّةً رائعة، في الطابق الحادي عشر، ويحتلُّ (ماجد) شقَّةً في الطابق السابع.

دارت عجلةُ الزمن، وانتظمنا في الدراسة. تكاليفُ الحياة في (الإسكندرية) أقل مما هو في بيروت. كان الراتبُ يزيدُ كثيرًا. البركة في الحكومة التي لا تُقصر مع أبنائها. كلَّما جَمَعَنا مكانٌ مع طلبة القاهرة، يحسدوننا على رواتبنا العالية ونفائس الألبسة التي كُنا نقتَنيها. كان (ماجد) قد استلف سيّارة من أحد الطلبة، الذين لم يواصلوا دراستهم، لظروف معيَّنة. وكنا كثيرًا ما نذهب إلى (القاهرة) للالتقاء بالطلبة، وحضور بعضِ نشاطاتهم وحفلاتهم ونقاشاتهم الحادَّة، حول الأوضاع في العالم العربي.

الجَمالُ الإسكندراني معروفٌ في الأوساط المصرية، وظروف الدراسة والتنقُّل، لا بُدَّ أن تأتي بصُدفٍ جميلة. دخلت (هدى) الشقّة، وبدأت في ترتيبها، مع أنني كنتُ أريدها لإعادة ترتيب حياتي. كانت مُدرِّسة في مَدرَسةٍ ابتدائية، جميلة الوجه، طويلة الشَّعر، تُخفي وراء عينيها غاباتٍ من الألم، لكنها تبتسم في كُلِّ لحظة، وتُشعركَ بذاتكَ وأهميّتِكَ إنسانيًّا. كانت تأتي من المدرسة الساعة الثالثة ظهرًا، وتبقى معي حتى الثامنة مساءً. كان عليها الذهاب مُبكرًا لأنها تعيش مع والدتها، التي تقلق عليها، كلَّما قرُبت الساعة من الثامنة. حملتُ لها معي أجملَ الذكريات، رغم أن الستَّة شهور التي قضتها معي كانت كيوم (الويك إند) الذي ينتهي بسرعة. لم تكُن حياتي في (الإسكندرية) ثقيلة، ولم يكُن همُّ الدراسة موجعًا، كما كان الحال في بريطانيا، عند الإعداد للدكتوراه. كنا نجولُ مركزَ المدينة، ونسهرُ كثيرًا. كنا نجتمع أنا و(عبدالله) و(عبدالرحمن السيِّد) في إحدى البلكونات، ونبدأ في المُذاكرة. كنا نتسابق في الإعراب والنحو، كوننا في الكلية نفسها، وفي التخصص نفسه. أَذكرُ أننا كنا نجلس، لساعات، نُعربُ آياتٍ من القرآن الكريم، ونحفظها كشواهد، قد تأتي في الامتحان. (عبدالله) كان الأبرع

في اللغة العربية، كما أن لديه لمسات شعرية، وكثيرًا ما أَلّفَ أغنياتٍ في مراحلَ من حياته. كنا نحتكم إليه، أنا و(عبدالرحمن)، كلَّما اختلفنا على مسألة لغوية. (عبدالرحمن السيِّد) كان مُولعًا بالجنس؛ فقد كان يُعاشر أيَة امرأة يقابلها، مهما كان مستوى جمالها أو أخلاقها أو حتى صحَّتها. (كان فحلًا من دون فياجرا!). حقًّا، كانت أيامُنا في الإسكندرية جميلة ومدهشة، لكنَّ أجملَ الأوقات، كانت تلك التي نذهب فيها إلى (القاهرة)، ومعنا أنواعُ من السمك الذي يُحبّه الطلبة من أبناء (وردة)، وهو (الصافي)، حيث يُباع بأرخص الأثمان في الإسكندرية، ويُسمّونهُ (بطاطا). نجتمع كثيرًا في شقّة (عبدالرحمن) أو (عبدالحميد)، ونبدأ أَحاديثَ شائقةً، حول التأليف الغنائي، وآخر ما جادت به قريحةُ (محمود)، الشاعر المُرهف. وحول آخر أخبار (ناصر) الذي بدأ يُسجّل أغاني عاطفية للإذاعة.

جاءتني زوجتي وابنتي ذات السنة والنصف، فأَدخلتا البهجة والنشاط في الشقّة، على الرغم من مغادرة (هدى) حياتي، بسلام وهدوء ومحبّة. صرنا نتجوَّلُ في أماكنَ عديدة، ونذهب إلى (القاهرة) معًا، في القطار، وأحيانًا في سيّارة (ماجد). كنّا في السنة الثالثة من زواجنا. وكانت الأمور بيني وبين زوجتي طبيعية، ولا أذكر أن عكّرها أيُ مُنَغِّص في تلك الأيّام، سوى ليلة عودتنا من سهرة، لنجدَ بابَ الشقّة مغلقًا، ولم تكُن لدينا نسخة من المفتاح. كانت الشغّالة نائمة مع ابنتي. ضربنا الباب، بكُلِّ قسوة، فلم يُفتَح. ضغطنا جرس الباب، وكنّا نسمع رنينِ الجرس في الداخل، لكنَّ الشغالة كانت نائمةً نومَ الموت، وحتى البنت لم تكُن تسمع الجرس أو صوتَ رفسَ الباب، بقسوة. راودتنا أفكارٌ عديدة: أتكون الشغّالة قد هربت مع البنت؟ ماذا حصل للبنت؟ إن بوابَ العمارة لا يملك مفاتيحَ احتياطية للشقق. نهضَ من فراشه، إثر سَماعهِ الرفسَ المتواصل على الباب، وجاءنا تسبقه رائحة المعسّل البائتة في فيه، منذ العاشرة ليلًا. لم يستطع فعل شيء. لقد أَكّد لنا أن الشغّالة والبنت

لم تخرجا من العمارة. زاد ذلك في اطمئناننا على وجود البنت في الشقّة. لكن، هل هي بخير؟ لم نستطع النوم. وكان (ماجد) قد ذهب لإحضار عائلته من (وردة)، وأعطاني مفتاح شقّته. دخلنا، أنا وزوجتي شقّة (ماجد)، إلى أن ينبلج الفجر، لنعودَ إلى مهاجمة بابَ الشقّة، من جديد. لم ننم. كنا حَذرين، وكلٌّ منا ينظر في عيني الآخر، في تراسلٍ اتِّهامي، ومقاربات بالتقصير. لم يكُن الحوار الصامت يُغنينا عن الهمس عن أحوال البنت، وماذا فعلت بها الشغّالة (أم مؤخِّرة كبيرة). هكذا كنتُ أُسميّها. مع أوّل نور للصباح طلعنا إلى الشقّة. وبدأتُ الضرب والرفسَ على الباب. بعد برهة فتحت الشغّالة (أم...) البابَ، وهي تمسح آثار النوم من عينيها، وبدا شَعرُها الكثيف غيرُ المنظَّم كشَعر أهلِ الكهف. نظرتُ في وجهها، موجّهًا إليها قبضة يدي. لاحظت زوجتي الموقف، فأمسَكت يدي:

- أين البنت؟

صرختُ في وجهها... ردَّتْ بكلمات غير منتظمة، حيث آثار النعاس ما زالت عالقة بكُلِّ أنحائِها المُبعثرة:

- نايمة، يا بيه.

هنا، هدأت الثورة، وانطلقت زوجتي تتأكَّد من وجود البنت في الغرفة. الحمد لله. وقفتُ أتأمَّلُ وجه الشغّالة (أم...)، وأسألها: ألَم تسمعي الجرس أو محاولات تحطيم الباب؟ كانت قد افترشت البلكونة المُطلّة على الفندق الضخم. أغلقتْ باب البلكونة، واستمتعت بالهواء (البحري)، مُطلقةً لجسدها العنان في التصرُّف على طبيعته، دونما مراقبة من أحد.

تلك هي الحادثة الوحيدة التي عكّرت صفونا، إضافةً إلى حادثة أخرى مُماثلة، عندما استغنينا عن تلك الشغّالة (أم...) ووظَّفنا شغّالة أصغر منها سنًّا... حيث أخذت البنت -ذات يوم- من الواحدة ظهرًا، إلى البحر ولم ترجع إلّا بعدَ الثامنة، وكانت البنت البيضاء اللون قد تحوَّلت إلى سوداء،

من حُرقة الشمس، ومن الرمل الأسود الذي غطّى جسدَها. ذكّرتني حينها بأفلام أطفال المجاعة في إفريقيا. لقد قلقنا عليها كثيرًا، وعندما صرختُ في (أمينة)... وكنّا نسميها أمُون. تحدَّثني قائلة:

- أنا شغّالة اليوم. بس بكرة، سوف أكون كاتبة أكبر منك.

استغنينا عنها في اللحظة ذاتها، وقرَّرتْ (أمّ خالد): «لسنا بحاجة إلى مشاكل الشغّالات»، وبدأتْ تهتمُّ بأمور الشقّة بنفسها.

عدتُ إلى (وردة) عام 1976، بعد أن حصلتُ على ليسانس الآداب. تلقَّفتني الوزارة بترقية إلى درجة جيّدة يُسمّونها (السنير)، وهي مأخوذة من كلمة (Senior) الإنجليزية. لقد تغيّرت الأحوال في (وردة)، وتحدَّثت بعضُ المناطق، وساءت الأمور في الفرقة الموسيقية، التي ذهب أغلبُ أفرادِها للدراسة في الخارج. استبدلت الفرقة مبناها التراثي، المحشور في الطريق الضيّقة المُظلمة، وسط الحيّ الشعبي، إلى شقّةٍ على شارع مزدحم. قصدتُ الفرقة في مكانها الجديد. الوجوه -أيضًا- جديدة، وبعضُها لا يعرفني، ولا يتذكرُ أنني كنتُ سكرتيرَ الفرقة، لسنوات، وأَحدَ المبدعين فيها. أحاطت بي نظراتٌ فاحصةٌ غير مريحة. كان استقبالًا غير لائق بمتخرّج يُعَدُّ من أوائل الجامعيين، من أعضاء الفرقة ومسؤوليها. انقبض قلبي، في تلك الزيارة والتي كانت آخر زيارة لها، حيث شعرتُ بأنني غريب، ولا أنتمي إلى ذاك المكان. قرَّرتُ الابتعاد، والتركيز على عملي الإداري الجديد ومسؤوليّاته الجسّام، أمام الحكومة. وكنت كلَّما اشتدَّ بي الحنين إلى الفرقة الموسيقية أُخرِجُ ثلاثةَ ألبوماتٍ للصور، وأستعرضُ الأيّام الجميلة الهادئة التي عشتها في الفرقة، وأقارنُ بين براءة العيش والتواصل، في تلك الأيّام، وبين المخالب الجديدة التي تعلّمتْ ثقافة الاتّجار والمراوغة والتخطيط للمُتاجرة، حتى بأحاسيس الناس.

(مريم)، كانت محطّةً مؤثِّرة في حياتي. كنتُ قد تعرَّفتُ إليها بواسطة أختي، لكنَّ انشغالاتي بالكتابة والإذاعة لم تترك لي فرصة التفكير فيما يُسمّونه

الحُبّ. أحبَّتني الفتاة، وكنتُ أعاملها كأخت لي كلّما جمَعتنا صدفة. (مريم) فتاة رقراقة أصيلة، مستديرة الوجه، بيضاء تسرُّ الناظرين. جسدها متوائم، في قالبٍ أَبدعَ الله خَلْقه. فمُها صغير كحبّة فراولة. عيناها واسعتان. محتشمة المظهر. تداوم على الصلاة، وتخبّئ خلفَ عينيها حزنًا كربلائيًّا. حرَّضتني أختي للتقرُّب منها، فلم ألتَفت لذلك، في بادئ الأمر. التفتُّ، بعد فترة، إلى الوجه القمري. كنتُ أُسمّيها (القمر) لدقّة استدارة وجهها. أعادني هذا الحُبُّ المفاجئ إلى توازني، بين هموم العمل واستحثاثات الهواية، ومتطلّبات المقالات الأسبوعية، التي بدأت أكتُبها في الجريدة، التي صدرت وقتها، وبين الاهتمام بمظهري وشكلي الخارجي، والخروج من حالات (البهدلة) التي كنتُ عليها، ولم يُلفت أحدٌ نظري إليها. كنت أقابلُ (مريم) عند باب منزلهم، حيث تخرج من الغرفة لتودِّعني، احتضانٌ حميمي، وقبلاتٌ مسروقة أحيانًا، وممنوحة أحيانًا أخرى. شوقٌ جارف واحتراقاتُ الأنفاس التي توقظ الليلَ البهيم. كانت تلك اللحظات خروجًا من واقع الوهم الذي يتمطّى في الدروب نهارًا. كانت اتّكاءةً حقيقية على مرض الذات.

انتشرت قصّة حُبنا في الوسط النسائي، ولاحظ الخبثاء والخبيثات تلميحاتي في المجلّة أو الجريدة إلى (مريم) وشغفي في التغزُّل بها.

ذات مساء، رَمتْ عليّ أُختي رسالة من (مريم)، فتَلقَّفتها كعصفور بريء. اختليتُ في غرفتي والعرق يتصبَّب من أطرافي، مع كُلِّ كلمة تقع تحت بصري... كانت الابتسامة تذوي من على شفتي، والعرق يزيد في غلوائه تحت إبطي وحول عنقي. لقد أَعلنت (مريم) موتَ الحُبِّ بيننا. هكذا، دونما أسباب أو أعذار. ازدادت دقّات قلبي. قرأتُ الرسالة مرّةً أخرى... لعلّها تكون مزحة. نحن لم نكُن في شهر أبريل، والكذب حتمًا لا يكون في أمور الحُبّ! داخلتني موجاتٌ من الغضب والأسى والحيرة. كيف ينتهي هذا الحُبُّ... وهو لم يزل في عامه الثاني؟ امتلأت عيناي بالدموع. كنت

أريد أن أصرخ للجدران. رفعتُ قبضة يدي، وهويت بها على الجدار. كان الجدار أصمّ، فلم يُعرني أيَّ انتباه. تهاويتُ على السرير، ووضعت الرسالة على صدري الملتهب... فاجأتني صورة (مريم) كفيلم تسجيلي... نحيتُ الرسالة جانبًا، واتَّجهتُ نحو البحر. للبحر، في حياتي تأثيراتٌ متنوعة. كان يُشكِّلُ المورد الأوَّل لحياتنا أيّام الغوص، وكان موئلَ التسلية وصيد السمك في أيّام الصبا والبراءة. وعندما أحببتُ (مريم)، صارَ البحرُ المؤنسَ والصديقَ الذي أُجالسهُ في المساءات السرِّية... وأحكي له ما حدث بيني وبين (مريم). استقبلني البحرُ -كعادته- صامتًا إلّا من قرقعة بعضِ العلب الفارغة التي تناطحُ صخورَ الشاطئ. ماذا أقول لهذا الصامت الرهيب؟ هذا المخلوق العملاق الذي لا يُمكنه لفظ كلمةٍ واحدة، في الوقت الذي يُمكنه قتلُ المئات من المسافرين. تمامًا كما خَنقَ العديدَ من البحّارة، أيّام الغوص. يمدُّ البحرُ لسانًا رقيقًا تحت قدمي... بعض القشوريات تتجوَّلُ، عَمياءَ، على الشاطئ. نوارسُ تتصارعُ حولَ سمكةٍ نافقة. آسيويون يتَسلّون بصيد السمك الصغير عديم الفائدة. انتهيتُ من كُلِّ كلماتي. لا جواب من البحر. في تلك الأيّام، ليس من المُستحبِّ التعَرُّضُ لبنات الناس، ونقلُ أخبارهن للأصدقاء، لذا كان من غير المُمكن أن أَسّر بسرِّي مع (مريم)، إلى صديقي (عبدالرحمن).

كان لا بدّ لي أن ألتقيها، ولو لمعرفة سببِ ذلك التحوُّل في حياتها. حاولتْ (مريم) التهرُبَ من ملاقاتي... لكنَّ حُبَّ والدتها لي، وحرصَها على أن أكون بجانبها، ساعدني على الدخول إليها في المجلس. شعرتُ بانتصار لحْظَويّ، عندما أشارت والدتها عليّ بالدخول إليها. لذّةُ انتصار رجولية... سأدخل على (مريم)، دونما تلصُّصٍ، بل بمشروعية. نقرتُ الباب الخشبي المصبوغ بلون أخضر... لا جواب. لاحظتُ أن ستارة المجلس قد تَحرَّكت من الداخل، وفتحت الباب بهدوء. بدا صدرُها أكثرَ

تفجُّرًا وتحُررًا من قبل. رَفعت وجهَها القمري، الذي كانت تسكنه قبائلُ الاشمئزاز، والأسئلة، وحِراب التحدّي. انطلقت الكلمات الحيادية، كوجهِ الموت، من فمها الصغير:

- أهلًا (ميهود).

نَطقتْ اسمي، وكأنها تنطقه للمرَّة الأولى. كلماتٌ باردة مُشكِّكة... ونظراتٌ حيادية كسراب الصحراء. غمزتُ لها بأن أدخل، ونُغلق الباب. قالت:

- ما هي أخبار أختك (عائشة)؟

لم تكن لديَّ شهيّة لسماع هذا السؤال الغبيّ! قطَّبتُ شفتيّ؛ وعدتُ مُستعينًا بغمزاتي لها بأن أدخل الغرفة. أخذتْ والدتها (دلَّة) القهوة ودخلتْ إلى غرفة والدها. دفعتُ الباب بهدوء وأغلقته، وألفُ شيطان يدور حولَ رأسي. قلت لها، بغضب:

- ماذا بكِ؟ ما هذه الرسالة؟ ما الذي حصل منّي؟

تراجعتْ إلى الوراء، ومساحةٌ من الاستياء والقرَف تعلو مآقيها، ردّت بقرف:

- لا تتحدث معي هكذا.

استجمعتُ نفسي... وأخذتُ في ترتيب كلماتي... بلعتُ ريقي أكثر من ثلاث مرّات، قلت لها:

- مريم... ماذا تعنين بالرسالة؟

هذه المرَّة، كانت (مريم) أشجعَ مني. تقدَّمتْ بثبات وواجهتني. ما كانت عيناي تقويان على التردُّد عن ملاحقة نهديها الظافرَين. رَفعتْ يدها وأحكمتْ إغلاق إزرار قميصِها الوردي. تقابلت عينانا، قالت بحزم:

- اسمع، يا (ميهود). أنا لا أصلح لك زوجة؛ حولك مُعجباتٌ كثيرات... ويُمكنك اختيار مَن هي أَجمل مني.

حاولتُ التودُّدَ إليها، وخفَّفتُ من حدّةِ صوتي؛ كحصان ينتظرُ رصاصةَ الرحمة، وقلتُ بانكسار:

- لا دخلَ لي بمَن حولي. أنا أُحِبُّكِ أنت، يا (مريم)... ما الذي غيَّرَكِ هكذا؟

كانت (مريم) قد اتَّخذَت قرارَها، بكُلِّ حَسم وجدِّية. استدارتْ حولي، ثم اتَّجهتْ نحو خزانة كبيرة، فأَخرجَت كومةً كبيرة من الصور والرسائل... وضعتها أمام صدري، وقالت:

- اسمع، يا (ميهود)... لم يعُد بيننا حُبّ. لقد كانت مراهَقة طفولية عبثية... ولم نُقدِّرها حقَّ قدْرها. خُذ رسائلك، وأرجوكَ أن تحرق رسائلي وصوري التي لديك.

تسلَّمتُ كومةَ الرسائل كحُزمةِ موت... بدأت قدماي ترتجفان... زادت ضرباتُ قلبي... نظرتُ إلى الرسائل والصور، ثم رفعتُ وجهي نحوها، سألتها دونما كلمات: لماذا؟

تَحرّكت نحو الباب، وأدارت المزلاج:

- عدني بأن تحرق رسائلي وصوري، ولا تخبر أحدًا بالقصّة.

بعد أن امتلأت عيناي بالدموع، لم أستطع رفع رأسي والنظر إلى عينيها. قلتُ شبهَ باكٍ:

- لقد حَكمتِ عليّ بالإعدام، يا (مريم). أنتِ الحُبُّ الأول في حياتي.

فتَحَت البابَ، كما لو أنها تريدُ إنهاءَ المقابلة:

- ستجدُ حُبًّا جديدًا، غدًا.

استجمعتُ قواي، ونظرت بين عينيها... اختلط لَوْمي بغضبٍ رُجوليٍّ وحَسرةِ ضَعف. حرَّكتُ قدميّ بصعوبة. خرجتُ من الغرفة، ومن المنزل، ومن حياتها إلى الأبد. ولم أشاهدها إلّا مرّة واحدة في موقف عزاء. واحترامًا لتلك المرأة، قررتُ عدمَ كتابة قصّتنا بالتفصيل، واكتفيت، هنا، بهذه الإشارة المُختَصرة.

أعادني صوتُ (صلاح) من شرودي:

- أين ذهبت، يا (ميهود)؟ أنت لا تكُفُّ عن التفكير.

اعتدلتُ في جلستي، وتلفتُّ حولي، ثم أجبته:

- أهلًا (صلاح).
- أهلًا أنت، أيها العاشق الولهان. بالمناسبة، أنت معزوم غدًا عند (عبدالله المفلس).

أَعرتهُ بعضَ الانتباه:

- ما المناسبة؟
- لقد استلم بيته الجديد من المقاول.
- لقد صار استلام البيوت هذه الأيّام عاديًّا. أَتَذكُرُ البيوتَ الشعبية؟
- ذلك زمان وَلّى.

تذكَّرتُ يوم ذبحَ والدي خروفين عند استلامنا المنزل. يقولون إن سَكبَ الدمِّ على الشيء الجديد بركة.

إن قلبي يسكبُ يوميًّا، دماءَه بصمت... ولا تأتيني البركة!

أعادني (صلاح) إلى الحوار، من جديد:

- نعم... أذكر كيف حاولت الحكومةُ تجميعَ ساكني الخيام وبيوت الشَّعر في بيوت متحضِّرة... وفيها كُلُّ المَرافق.
- هل تذكر أيّام الدراسة في الخمسينيات؟

شعرتُ بنوع من الحنين إلى الماضي الجميل، وأخذتُ أحثُ (صلاح) على الاسترسال في حديثه:

- نعم... كنُا نستلذُّ بالطعام الجيِّد والمشروبات الغازية واللبن في الفرصة، وكُلُّ ذلك بالمجَّان... أيّام الدراسة.
- كانوا يوزِّعون علينا كِسْوتيْ الشتاء والصيف، كذلك.
- كنا نستولي على طعام الطلبة الضعفاء والطلبة الصغار.

- أنا كنت أتفق مع (البوي) ليُعطيني طبقيْن.
- طول عمرك شيطان.

على البُعد، كان (أبوعبدالرحمن) يتمايلُ فوق (الكنكري) وهي الحجارة المكسّرة التي يستخدمونها في البناء. كانت أرضية المقهى الشعبي مفروشة بتلك الحجارة. ليلة الجمعة، يغصُّ المقهى بالروّاد. ألقى (أبوعبدالرحمن) التحيّة بتثاقل، وكأنه يحملُ هَمَّ الدنيا على كتفيه. (أبوعبدالرحمن) من الفنّانين التشكيليّين الذين كانوا نتاج الحراك الثقافي في (وردة). تخرّجَ في كليّة الفنون الجميلة، في (القاهرة)، ونال عِلمًا آخر في الولايات المتَّحدة في أواخر السبعينيات. لقد مثّلَ (وردة) في العديد من المعارض والمُنتديات الفنّية... كما أن قسمًا من لوحاته يُمثلُ تاريخَ العطاءِ الفنّي لشباب (وردة). تهاوى (أبوعبدالرحمن) على الكرسي الصلب، ورفع رأسه نحوي:

- ما أخبارك، يا (ميهود)؟

نظرتُ في عينيه. فَهِمَ قصدي... ربّما! لكن حالتي تكشفُ ما بداخلي، وتحريضهُ لي دفعني إلى الاستجابة لفرصة الاستحثاث الجديدة، فقلت:

- كما ترى.
- هل انضممتَ إلى السَّماريّة؟

(السَّماريّة) لقبٌ أطلقه أَحدُ الفنانين التشكيليين المعروفين على الموظَّفين الذين يُحالونَ إلى التقاعد المُبكِّر. و(سَمّاري) تعني انسياب القارب فوق سطح الماء، دون مرساة. أي لا يدري إلى أين هو ذاهب. لقد استحسنَ العديدُ من (السَّمارية) هذه التسمية، وبدؤوا يتداولونها، على سبيل التندُّر والشكوى من الحال. رددتُ عليه:

- يبدو كذلك، يا (أبوعبدالرحمن).
- أنا لا أعرف ماذا يجري، بالضبط.
- من الأفضل أن نبقى دون أن نعرف، المعرفة تُهْمة في هذا الزمن.

- هل تشاهدهم في المواقع الإعلامية، والمحافل الثقافية؟

خطفني الحوارُ من المقهى الشعبي، إلى كُتبي التي زادت على الثلاثة عشر كتابًا، وخبرتي في عملي التي تجاوزت الثلاثين عامًا. تذكَّرتُ الإجادة في العمل، والخوف من الخطأ، والتعارض مع النظريات المهنية. قارنتُ ذلك مع ما يجري، اليوم، على الشاشات والجرائد، وكيف كان المذيعون في الإذاعة والتليفزيون يُحاسَبون على الخطأ الواحد في نشرة الأخبار. أما اليوم فإنَّ عاملَ (الاستهلاكية) قد دخل في أضيق الثقوب. فها هي مذيعة لا تستطيع أن تُلقي بالتحيّة على الجمهور... تحتلُّ موقعًا زمنيًّا ممتازًا في التليفزيون. وهناك صفقاتٌ ومعاملاتٌ من تحت الطاولة، لشبان جُدد لم يتمَرسوا في العمل، بل أتوا من الصفوف الخلفية يَحثُّهم النَّهمُ الشديد للمَنصب دونما اعتبارٍ إلى المهنية. أغنياتُ (فيديو كِليب) تجتاح الشاشات، والرسائل المقروءة تحتلُّ أكثر من ثُلث الشاشة. تركيزٌ مؤثِّرٌ على مؤخِّرات الراقصات. راقصات تحوّلن إلى مطربات، وممثِّلاتٌ تحوّلن إلى مذيعات، وبناتُ هوًى تتلقَفهُن الفضائيات، وحسناواتُ الإعلان تُحطّمن أساسَ قواعدِ اللغة، وتُضرب لهُن المواعيد لتوقيع عقودٍ بمئات الآلاف من الدولارات.

سحبَ (أبوعبدالرحمن) المسبحة من يدي، وقال متسائلًا:

- أين ذهبت؟ ستبقى (ميهودًا)، طول حياتك.
- أنا هنا، ولكن كلامك أخذني إلى أيّام الجِدِّ والمثابرة والحرص على المهنية والأمانة... ونحن نرى العجب هذه الأيّام.
- هل أنت موقوفٌ، رسميًّا، من كُلِّ النشاطات؟

تحريضُ (أبوعبدالرحمن) لا ينتهي، وشهيَّتي لقذفِ ما بصدري من هموم تنفتح مع كُلِّ حديث حول المأساة:

- لا أدري، يا (أبوعبدالرحمن)... منذ ثلاث سنوات لم يتَّصل بي أحد يبدو أنهم أوصلوا لي الرسالة.

- لكنهم بحاجة إلى خبرتك وجهودك المُعَطّلة.
- لا شك في أن لديهم المبرِّرات لذلك.

في الطرف الآخر من المقهى، كان حوارٌ يدور حول بعض المختلسين في الدوائر الحكومية. لقد ساهمَ نشرُ بعض المعلومات، في الصحف عن محاكمة هؤلاء المختلسين، في تعبئة الرأي العامّ، وحقّ الحكومة في محاكمتهم. في طرف آخر، كان النقاش حول المهرجان الثقافي والمشاركات الأجنبيةِ فيه، ومشاهدِ كشفِ مفاتنِ المُشاركات من بلدان أوروبية وإفريقية، حيث لم يتقبّل المجتمع تلك المشاهد، وانقسم بين مؤيدٍ ومُعارض. هذه هي الديمقراطية وحريَّة الرأي! وصل قاربٌ من (الفايبر جلاس) إلى الشاطئ المُحاذي للمقهى... كان يقوده آسيوي حرقت الشمس وجهَه، فزادته سوادًا على سواد. القاربُ لأحدِ الضُبّاط المُحالين إلى التقاعد، ولقد وظَّفهُ لصيد السمك، وبيعه على الشاطئ. لقد باع الضابط عزبتهُ، وسرّح عُماله الأربعة الذين يعملون في العزبة، ثم اشترى ثلاثة قواربَ صغيرة لصيد السمك. تدافع الناسُ نحو القارب للفوز بسمك طازج، يحملونه لبيوتهم. هذا السمك أطيبُ من أسماك سوق السمك التي تبقى مدفونة في الثلج لأيّام. عاد كلٌّ منّا ينظر في وجه الآخر... بعد أن تحلّق الناس حول القارب، وعاد (أبوعبدالرحمن) إلى مناوشاته، سألني:

- ماذا تنوي أن تعمل؟
- لا أدري، يا (أبوعبدالرحمن).
- لا بد أن تتحرَّك... ثم عليك الكف عن تعاطي هذه الشيشة.

سحبَ (أبوعبدالرحمن) خرطوم الشيشة من يدي، بصورة استفزازية، ورماه على الأرض. عاتبته صمتًا، وكأنه ارتكب جُرمًا كبيرًا، قلت:

- كيف أتحرك؟ هل تريدني أن أرقص مع الراقصين، أم أُطبِّلَ مع الذين يستقبلونهم في السيّارات الفارهة!

- قصدي أن تذهب إلى المسؤولين.
- للمسؤولين عيونٌ ترى، وآذانٌ تسمع؛ ويعرفون أين أنا.
- مع ذلك اذهب لهم.

انتصبَ أمام ناظري مشهدُ ملاحقتي للمسؤول، وكيف كنتُ أتعذَّبُ بانتظار موعد مجهول قد يحمل إليَّ البُشرى. ثلاث سنوات، بعد رحلة المنفى الثالث، لم تكُن كافية لسماع صوتي. أربعُ رسائل التماسٍ وخنوع وقبول بالأمر الواقع، بل استرضاءٍ وذلّ. أكُلُّ ذلك ليس كافيًا لسماع صوتي؟ كنتُ أستيقظ مُبكِّرًا، وأفتحُ هاتفي الجوال لعلَّ رسالة أو مكالمة من مدير مكتب المسؤول تأتي. صار مدير المكتب (هذا) ملاكَ الرحمة الذي أنتظره كُلَّ صباح، ولا يأتي. تراءى لي مشهدُ ذاك المسؤول في الإدارة المهمّة... كيف كان ينظر إليَّ باحتقار وتكُبّر، وهو الذي لم يتعَدّ الثانوية، وليست لدية أيّة خبرة في مجال عمله. كان يقول لي صامتًا، عبر عينيه الواسعتين المملوءتين خيلاء واستصغارًا: أنا المدير، هنا. وأنا لم أتغرّب، ولم أدرس مثلك، وخبرتي العملية لا تتجاوز عُشر خبرتك. أنا هنا، وأنتَ في الخارج. هذا هو عصرُنا. مسكينة (وردة) بهذا الجيل، وتلك الأفكار! لا ندري إلى أين نسير؟ ما هي خططنا؟ كيف نتحاور؟ كيف نمارسُ فعلَ اليوم العادي... لا الاستثنائي؟ هزَّني (أبوعبدالرحمن)، من جديد:

- لماذا لا تعود إلى التأليف، فأنت موهوب؟

رمقته شزرًا... متقزِّزًا من أوضاع الإبداع الحالية، وقلت:

- التأليف! من يسمعك الآن؟ إنهم يريدون (شاكيرا) و(أمّا نعيمة)، والأراجوزات التي (تَتنطَّط) على المسرح كالقرَدة.
- إذن، ماذا ستفعل؟
- أتسوَّل.

قلتُها بحُرقةٍ وزفرةٍ حَرَّى... فعلًا، لماذا لا أتسوَّل في بلاد الله الواسعة؟

اندهش (أبوعبدالرحمن) مني، وأبدى وجهًا هازئًا:

- ماذا؟

- قلت لك: أتسوَّل. قد أجد عملًا يُعوّضني حالةَ الفَقدِ والتشرُّدِ، وهذا الاحتراق اليومي في هذا المكان البائس.

- وتترك (وردة)؟

هجمتْ علينا لحظةُ صمت؛ وكأنني طُعِنتُ في خاصرتي:

- علينا التكيّفُ مع الأوضاع الجديدة.

- التكيّفُ لا يعني التسوَّل والهروب.

لقد قمتُ بكلّ المحاولات. يبدو أن اسمي قد تمَّ تعميمُه على كُلِّ الجهات، وكأنني من منتسبي (القاعدة).

- بالمناسبة... هل سمعت بمذكِّرة الإصلاح التي تقدَّمت بها مجموعة من المفكرين السعوديين إلى الأمير (عبدالله بن عبدالعزيز)؟

- سمعت.

- خطوة جيِّدة... على الأقلّ، تَفكُّ الخطوطَ المُتداخلة.

- المنطقة كلُّها تمرُّ بمرحلةٍ حرجة.

- يوجد مُخطَّط لتغيير وجهِ الحياة في المنطقة.

- يبدو أننا سوف نبقى تحت رحمة الأمريكان لفترة طويلة.

- الرحمة من الله... وسنرى.

- ونعمَ بالله، لكن ألا ترى هذا التدخُّل اللامحدود في حياتنا وقيمنا؟

هل لك أن تخبرني ماذا يأكل أولادُك، ماذا يلبسون، ماذا يشاهدون، ماذا يقرَؤون! إنها الثقافة الليبرالية التي بشّرت بها (كونداليزا رايس)، وتحدّثتْ بها العالم الإسلامي بقولها: «سنفرض الأفكارَ الليبرالية الأمريكية، وإن تعارضتْ مع الإسلام».

أعادني الحديثُ إلى موقف شيخ دين مشهور في الحيّ الذي أقطُن فيه، حيث قال بعد الصلاة أمس، وبعد أن سأله أحدهم -بخبث- عن دور الدُعاة في حثّ الحُكام على عدم قبول ضرب العراق:

«شيوخ الدين عندنا موظَّفون لدى الدولة؛ ولا يتمتَّعون بحُرِّيَّة، ولا يُمكن لهم أن يتحدَّثوا في موضوع، تراهُ الدولة غير مناسب. غدًا، سوف تخرج مظاهرة في لندن من مليون مسلم مؤيدين للعراق. أين نحن من هذا؟»

حاول الشيخ الوقور أن يكون دبلوماسيًّا، حتى لا يُحرج نفسهُ مع المسؤولين الذين يحترمونه ويُجلّونه، أيّما إجلال! ذكّرني الموقفُ بما حصلَ، قبل شهور، عندما أقدمَ أحد المواطنين في الكويت على قتل جندي أمريكي. وحارَ المصلُّون -بعد أنْ قُتل- في اعتباره شهيدًا أم مجرمًا!

وقبل أسابيع، أعلن وزير الداخلية السعودي أن «الإخوان المسلمين أصل البلاء في المنطقة». وأنهم «أخذوا يُجنِّدون الناس، ويُنشئون التيّارات، وأصبحوا ضدّ المملكة». ولقد ردّ مُرشدُ (الإخوان) على حديث الوزير بنفي ما نُسب إلى الإخوان؛ مؤكدًا «أن الإخوان حافظوا على هويَّتهم الحقيقية، وانتسابهم لجماعة الإخوان المسلمين، ولم يأت أحدٌ منهم بعمل ضدّ المملكة».

رسالة (بن لادن)، عبر قناة الجزيرة، تدعو إلى الجهاد مع العراق ضدّ «الصليبيين». ويَعتبرُ «كُلَّ من يُعِينُ أمريكا، من حُكام الدول العربية، مرتدًّا عن الدين»، ويرى أن «الحرب ضدّ الأمريكيين هي لنُصرة المسلمين، وليس من أجل نظام بغداد»، الذي اعْتَبرهُ «من أنظمة الجاهلية».

انقسامٌ دولي حول ضرب العراق، ومواقفُ متعدِّدة من أوروبا، وموقفٌ أمريكي من القرار (1441). بريطانيا تحشد قوّاتها في مطار (هيثرو)، بعد أخبارٍ عن وجود قنبلة. قناة CNN الأمريكية تعلنُ أن عدد القوّات الأمريكية التي تدفَّقت على الخليج وصلت إلى خمسة عشر ألف جندي، وهو العدد الكافي لشنِّ الحرب على العراق.

ندوةٌ علمية مُغلقة تشيرُ إلى أن تكلفة الحرب على العراق ستكون مليارَيْ دولار، وأن إعادة إعمار العراق سوف تحتاج إلى مليار دولار، سنويًّا. النُخبُ الخليجية المُغيّبة عن القرار السياسي، يرون في تلك الندوة، أن احتلال العراق ليس من أجل عيون العراقيين، وتخليصهم من بطش (صدام حسين)، بقدر ما هو استغلال الموقف لنهب ثروات العراق.

ماذا تفيدُ الموهبة أو الكتابة، يا صديقي في مثل هذه الفوضى والأفكار والاتِّجاهات المتضادّة والبغاء السياسي، عبر الفضائيات؟ يوم العشرين من مارس 2003 يُضرب العراق؛ ويوم التاسع من أبريل تدخل القوات الأمريكية بغداد، وتُعلن سقوط النظام الذي تلاشى مع دخول طلائع القوات الأمريكية. وبينما كان وزير الإعلام العراقي (الصحّاف) يمارسُ كذبهُ على الأمّة العربية، تمامًا كما حصل عام النكسة في (1967)، تبدأ مرحلة جديدة في المنطقة، حيث تُرهَن هذه المنطقةُ -لأجَلٍ ليس بقريب- في يد الولايات المتَّحدة.

كانت ليلة صيفية مُنعشةً من شهر أبريل (2003)، جمعتني مع (أبوعبدالرحمن) ومجموعة من الأصدقاء في المقهى الشعبي، الذي استأنسَ الهمسات والتلميحات، واختبأت، في جنَباته، آراءٌ وقصصٌ يَصعبُ نشرها. رائحة المعسّل تزكمُ الأنوف... (محمود) يُجفِّف أصابعهُ من بقايا (الباجلة) أي الفول. الوجوه تبدو في كآبة واضحة. ورغم أصوات المتشاكسين حول لعبة الورق أو الدامة، فإن القلوب تسكُنها أنّاتٌ ثقيلة، والنفوس تبدو مُنكسرة كالأمواج العطشى المُنتحرةِ على الشاطئ.

ورغم وجود هذه (الشلة) التي جمَعها الهَمُّ المُشترك والمصيرُ الواحد، وهو التقاعد المُبكِّر، كنتُ أشعُر بوحدةٍ قاتلة. لقد انفضَّ عني كُلُّ الأصدقاء والمنافقين وعَبدة المَنصب. ذكّرتني الحالةُ بوفاة الدكتور (فوزي) وزير المالية العراقي -كما ورد على لسان (رفعة الجادرجي)... في رواية (جدار بين ظلمتين)- وكيف أنه لم يحضُر مأتمهُ إلّا حفنة من الأصدقاء؛ مما حدا

بالمؤلِّف أن يستحضر حكاية شعبية تقول: «عندما نفقتْ بغلةُ القاضي، خرجَ جميعُ أهالي بغداد للسير وراء الجثة؛ ولكن عندما مات الوالي لم يخرج أحد في تشييعه».

هل أنا أسيرُ في جنازتي؛ وأستعرضُ موتي في شوارع المدينة؟ هل أنا فعلًا مشروعُ موتٍ لا يحتاج لرصاصة أو قنبلة؟ هل ظهر (سعدون شاكر) آخر من جديد؟ وهل حقد عليَّ هذا الجديد كما حقدَ على (الجادرجي)؟ تقول المؤلفة الثانية لـ(جدار بين ظلمتين)، وهي زوجة (الجادرجي): «لا أدري ما هو سبب الحقد والضغينة على (رفعة) من قِبَل رئيس المخابرات (سعدون شاكر)؟ هل هو حقد طبقي، يا ترى؟ فليس هنالك أيّة معرفة أو علاقة بينه وبين رئيس المخابرات!»

أيكون هنالك (سعدون شاكر)، في مكان آخر من العالم، ويمارسُ دوره؟ هل تكون المزاجية معَوِّلًا رئيسيًا في تقدير الناس، وتصنيفهم، دونما اعتبار لمؤهِّلاتهم واتِّجاهاتهم الفكرية؟ شعرتُ، للحظات، أن أحدهم اتَّخذ موقفًا عدائيًّا ضدّي، تمامًا، كما اتخذ (سعدون شاكر) موقفه من (رفعة). كنتُ أسألُ نفسي: لِمَ هذا الموقف العدائي نحوي من قِبَل (سعدون شاكر)، وما الذي فعلته، كي يأخذ مني مثل هذا الموقف الانتقامي؟

نحن، في (وردة) نعيش اتِّجاهاتٍ نحو الديموقراطية، ونسمع عن مبدأ تكافؤ الفرص، ووضع الرجل المناسب في المكان المناسب. كما أن السلطة المُستنيرة لا يُمكن أن تعوّل على المواقف العدائية، مهما كان مصدرها. هل هذا إقرار بالحقيقة؟ ساءلتُ نفسي. ترجّحَ لديَّ الاتّجاهُ الإيجابي نحو الاقتناع، ورغم ذلك لم استبعد وجود (سعدون شاكر) آخر.

هل ذهبتْ الثلاثون عامًا، التي قضيتها في الكتابة، سُدًى؟ وهل الكُتب الثلاثة عشر التي قمت بتأليفها، في الثقافة والتربية والإعلام، غيرُ جديرةٍ بأن تمنحني تأشيرة الدخول إلى قلوب البعض، وإن كانوا من البائسين الحَقَدَة؟

كتابُ طبخ واحد، أخرجتهُ إحدى قريباتي، كان أوفر حظًّا من كتبي الثلاثة عشر. شركتان سرقتا ألفَ نسخة من كتابين لي، وشركة أخرى في بلد مجاور لم تحاسبني على ستمئة نسخة من كتاب آخر. ناشرٌ عربي أخذ مسوَّدَتَيْن لكتابَيْن وطبعهما، ثم عرفتُ أنهما يُدرّسان في بلاده، ولم يُعطني سوى مئة نسخة، ولما طالبته بالمزيد من النسخ أرسل لي فاتورة بقيمة ألفَيْ دولار؟ تصوَّروا: أشتري كتابي الذي أعطيته الناشرَ مجّانًا بألفَيْ دولار؟ هكذا تُجهضُ المواهبُ، في عالمنا العربي. وهكذا يتمُّ سَبي الكُتّابِ وصلبهم على أعمدة الانتظار. بينما الكاتب في الغرب يكفيه تأليفُ كتاب واحد ليظل مُستظلًا بظلّه طوال حياته.

رفعتُ رأسي -وأنا غارق في مكتبتي- نحو أكوام كتبي التي تكدّست على الأرفُف، وبعضها افترش الأرض. ماذا لو أصبحت مطربًا، أو ممثّلًا؟ ماذا لو أصبحت رياضيًّا، ففِعل القدَم -اليوم- أهمُّ من فِعل العقل! الفرصة كانت متاحة في السبعينيات، على الأقلّ سيكون الانتشار أكبر، والعمل أسهل، والمواجهات اللعينة مع أصحاب الألسن الطويلة أقلّ. تساءلتُ بواقعية وتجرُّد: «هل يمكن أن تكون محتويات كُلِّ هذه الكتب غير جديرة بالقراءة؟ ولماذا ألوم شركات التوزيع؟ الناس، الآن، لا يقرَؤون. إنهم مولعون بالغناء والفضائيات والإنترنت. شركاتُ النشر والتوزيع لا تغامر من أجل عيون الكُتّاب». قد يكون الأمر هكذا، ولكن ماذا عن الكتب العلمية التي تُدرَّس في الجامعات؟ لماذا لا يتمّ اقتناؤها في جامعة (وردة)؟ أَتصِحُّ المقولةُ العربية، هنا:

أحـــرامٌ على بلابله الـدو حُ حلالٌ للطير من كُلِّ جنس

استحضرتُ مشهدًا لمقابلةٍ لي مع أحد المسؤولين، عندما أهديته كتابًا جديدًا من مؤلفاتي. قلّبَ المسؤولُ الكتابَ يمينًا وشمالًا، ثم ابتسم، وقال:

- والله ثقيل هذا الكتاب.

لقد تعلّم البعض، من بعض الجامعات العربية، ثقافة الشَكلِ والمَظهرِ والوزن. وكان التندُّرُ، دومًا، حول رسائل الدكتوراه على أنها بالكيلو. أي أن المُشرف على الرسالة يحرصُ دومًا، أن تكون الرسالة ثقيلة، كدليل «علميٍّ» على قوَّتِها ورَصانتها.

أشفقتُ على حالي، عندما رأيتُ صورة أحد المُزوّرين الذين انتحلوا شخصية من عائلة مرموقة، وكتبَ مقالًا ضدّي، وكيف أن الجهات المسؤولة قد أوقفته وحقَّقت معه، واتَّهمته بسرقة أوراق رسمية، وانتحال شخصية أخرى والقذف بحقِّ مُواطن. لقد ذهب كُلُّ هذا، ثم وجدتُ هذا الشابَّ يعمل في موقع مُهم، في أحد مجالس الدولة. ولمّا سألتُ عن مصير التحقيق، قيل لي إنه قد حُفظ. لم يطُل بقاءُ ذاك الشابّ المتهوِّر كثيرًا في تلك المؤسَّسة، فقد واصلَ عبثه، ووصلت (رائحتُه) إلى المسؤولين، فتمَّ طرده من المؤسَّسة. وللأسف ظهرَ كَنبتٍ شيطاني في مؤسَّسة أهم، وما زال يعيثُ فسادًا، وتتصدر صورته الصحف. لماذا يتسلَّق المزوّرون والخَونة وأصحابُ الشياطين ويصلون؟ لماذا يحتلّون المواقع، وهم لا يستحقونها، ويبقى المخلصون الأنقياء يُلوِّثونَ صدورَهم بِسُمِّ الشيشة؟

أَدخُلُ على مدير مكتب أحد المسؤولين الذين عملتُ معهم طويلًا، وبيدي معاملة بسيطة، كان لا بُدَّ أن يوقّعها المسؤول. لم يقُم هذا المدير الجاهل لتحيّتي، وكنتُ أَكبر منهُ سنًّا وخبرةً ودرجةً وظيفية. نظر إليّ بطرف عينه، وقال: «المدير لا يوقّعُ مثل هذه المعاملات»... نحّى الورقة، بكلِّ احتقار، وعاد ليواصل قراءة الجريدة. تصوَّروا أن يحدث هذا معي، أنا الذي خدمت تلك الوزارة قبل أن يدخل هذا المدير إلى الابتدائية... أين الإدارة؟ أين احترام الإنسان في وزارته؟ أين الرقابة على تصرُّفات مدراء المكاتب الذين يعتقدون أنهم يملكون الوزارة، ومن حقِّهم احتقار الناس؟

صاح بي (صلاح)، من جديد:

- ألو... نحن هنا... ماذا بك اليوم؟

عدتُ من شرودي، واصطنعتُ ابتسامةً صفراء، على مَضض. أرجعتُ خرطوم الشيشة إلى فمي. أطلق (صلاح) رصاصتهُ الجديدة:

- أَلَم يدعُوكَ لإلقاء محاضرة في المهرجان الثقافي؟

رمقته بنظرة حازمة، وكأنني ردَدتُ الرصاصة إلى صدره. زمَمتُ شفتيّ، وقد داهمني حزنُ (يعقوب):

- لا. لم يَدْعُني أحد.

- عذاري.

قالها صلاح، وهو يعني ما يقول. فـ (عين عذاري) إحدى عيون الماء في البحرين، وكانت تسقى الأشجار البعيدة، نظرًا لتدفق الماء بعيدًا، ولا يبقى منه الكثير للأشجار المحيطة بالعين. وقد استُخدِمت هذه الظاهرة كمَثلٍ ورمز للذي يُكرم الغريب ويحفلُ به، بينما يُهمل القريب. التفتُّ إلى (صلاح)، وقلتُ باهتمام واضح:

- نحن جاهزون يا (صلاح)... وهذه بلادنا وسنُشارك لو طلبوا ذلك منا.

رفع (صلاح) يده في وجهي ساخرًا، كالعادة، وأومأ برأسه نحو البحر قائلًا:

- انطر، يا حمار، لين يجيك الربيع!

زمَمتُ شفتيَّ من جديد، ورمقته بنظرة احتجاج:

- مشكور، يا (صلاح).

اعتدل (صلاح) في جلسته، بعد أن حَكَّ مؤخِّرته متألّمًا من خشونة الكرسي الذي يجلس عليه، وقال:

- لعنهم الله... لا يضعون لنا وسائدَ جيّدة تَحمينا من هذه الكراسي المزعجة. يأخذون نقودنا، ويعذِّبوننا.

تناول (أبوعبدالرحمن) طرفَ الحديث:

- لقد وضعوا ميزانية ضخمة لمهرجان هذا العام.

عاد (صلاح) لإثارتهِ المَعهودة:

- لعلنا نستفيد من هذه الميزانية، ويَسعد بها أبناءُ (وردة).

حاولتُ ترجيحَ صوتِ العقلِ والاعتدال:

- مشاركة مثقَّفين عالميين أمرٌ مُهمّ.

شعرَ (صلاح) كأنَّ سهمًا توغَّلَ في صدره:

- ماذا عن الفنّانين والمثقَّفين المحلّيّين؟ لماذا لا يشاركون في المهرجان؟

بدا (محمود) على بُعد، يجُر قدميه. إنه يوم الخميس، الذي يأتي فيه من (وجد). كعادته، يمشي (محمود) والهَمُّ يسبقُ خطاه. طوّح رأسه يمينًا وشمالًا. استوى على الكرسي. لم يدعه (صلاح)، وبادرَ في مُشاغبته:

- هل أتيت من (وجد) لِتُشاركَ في المهرجان الثقافي؟

يُدرك (محمود) أن (صلاح) يحاولُ إثارته، ولقد تمَّ الإعلان عن أسماء المشاركين في فعاليّات المهرجان، كما أنه يعلم ماذا يريد (صلاح)، لكن (محمود) اصطنعَ حالةً عقلانية مثلي:

- المشاركةُ واجبةٌ في أيِّ نشاط محلّي.

هزّ (صلاح) رأسه مُستنكرًا:

- الله أكبر! انظروا إلى الفلسفة.

حاول (محمود) جرَّ الحديث نحو الأوضاع في المنطقة. وروى ما سمعه من أخبار محطة هيئة الإذاعة البريطانية، لكنَّ (صلاح) عرفَ نواياه:

- اسمع... لقد مللنا من موضوع ضرب (صدام). حتى (سهيل) بدأ يُحلِّل ويُنَظّر... نحن نَمرُّ بأزمة ثقافية، ولا بُدَّ أن يكون لنا رأيٌ فيها!

يبدو أن (صلاح) قد نجح في استقطاب اهتمام (محمود)، فالتفتُّ إليه باهتمام:

- مَن خَلَق هذه الأزمة؟

- مَن تقصد؟؛ نحن طبقة المثقفين؟

اعتدل (محمود)... وبدا أكثر جدِّيةٍ ممّا سبق:

- نحن جزءٌ من المشكلة... لقد منحتكم الدولة نعمةَ الحرِّيّة بقرار، ولم يجرؤ أحدٌ منكم على الكتابة عن مشاركتكم.

دخل (أبوعبدالرحمن) في الحوار، ساخرًا:

- نحن؟ مَن يَسمع صوتنا يا (محمود)؟ ثم هل تعتقد أن رؤساء التحرير سوف ينشرون ما بداخلنا، دونَ حذفٍ أو إضافة؟

ردَّ (محمود)، بسخريةٍ أكثر حِدَّة:

- لديكم قرارٌ بحرِّيّة التعبير. يُمكنُكم التظلُّم في المحاكم، إذا رفض أحدُهم نشرَ مقالاتكم!

أحسّ (صلاح) بأنهم قد سحبوا منه خيطَ الحديث، فقال:

- الحرِّيّة التي تتحدَّثون عنها مربوطة بالقانون.

عاد (محمود) إلى حدَّته:

- وما هو القانون؟

ساد (الشلة) صمتٌ طارئ!! هزّ (صلاح) رأسه كمَن يودّ الحديث، فانعقد لسانه. نظر (محمود) في وجه (أبوعبدالرحمن)... شاركتُهم النظرات الحَيرى. لم أحتمل الموقف، فضربت الطاولة المستطيلة بقبضة يدي فاهتزتْ أكواب (الكرك)، وترنَّحت عبواتُ المياه البلاستيكية. سقطت ولّاعةُ (صلاح) على الأرض. توجَّهتْ ستُّ أعيُنٍ نحو وجهي الذي احتقن، بصورة مفاجئة. انتَصبت. نَحَّيتُ الطاولة عن طريقي، وغَمْغمت:

- تصبحون على خير.

كانت نعالي تَغرزُ (الكنكري) داخل الرمل، ونظراتُ الأصدقاء تلاحقني بدهشة. تبعني (محمود). تواجهنا عند الشاطئ. تحدَّثنا... وتحدَّثنا طويلًا. انفضَّ سامرُ المقهى الشعبيّ. لملمَ (سهيل) الكراسي والأواني، وكَوّمَ خراطيم الشيش في كرتونٍ مُغبَرّ، وسكبَ لنفسه كوبَ شاي أخير. ساعاتُ الفجر الأولى بدأت تتوالدُ في وجه السماء... وحديثي مع (محمود)، لا يسمعه أحدٌ سوى البحر. هذا الكائن الخرافي الذي يَسمع كثيرًا، لكنه لا يردُّ... ولا يُخبر أحدًا بكلمة. المدينة نائمة بهدوء تحت هدير المُكيِّفات، والبحرُ يُسجِّل آهاتي وآهاتِ (محمود).

-3-

المنفى الأول

يكون المنفى قسريًّا، في أغلب الأحيان، وقد يكون اختياريًّا، عندما تُلجِئُنا الحاجةُ إليه. لا تختلفُ المنافي، من حيث إحساس الإنسان بالغربة، والوحدة، والانسلاخ عن التواصل الاجتماعي. حتى هذا المقهى، يستشعرُ بعضُهم فيه غربة؛ كونه انفصلَ -عاطفيًّا، ونفسيًّا، وإداريًّا- عن محيطه الذي يعيشُ فيه، كُلَّ لحظة، فما بالكم عندما يكون الإنسان منفيًّا داخل ذاته، وموثوقًا إلى عذابات الذات المُثخنةِ بجراحها، واحتجاجاتها الخرساء ضدّ الأشياء المقلوبة والأفكار المعكوسة، التي تمثلُ منهاجًا لواقع حال المجتمع الذي رضعَ حليبَ العادة، وتربّى داخل حُضن الخنوع.

صوتُ غسْل الأواني ينطلق من مطبخ المقهى الشعبي، ويدُ (سهيل) مروحةُ غسّالةٍ أتوماتيكية تقلبُ الكؤوس والأطباق وتغمرها في رغوة بائتة، في حوض المطبخ. لا وقت لديه ليحُكَّ أنفه. الكُلُّ يطلب. الكُلُّ يلحّ بالصراخ والانتقاد والتذمُّر، وترديد اللعنات. بدأ المغيبُ يُجمّع رواد المقهى وكأنهم (روبوتات) تنجذب نحو المقهى، ببرمجةٍ مُسبّقة. (أبوعبدالرحمن) يجرُّ رجليه على بُعد، و(صلاح) يوقف سيّارته الجديدة، ويدور حولها، ليتأكدَ من عدم وقوفها مُعرّضَة لصدمةٍ أو خدش جديد. (أحمد) الذي يغيبُ عن (الشلة) كثيرًا، ويتعذّر عن مجالستهم، يبدو هذه الليلة مفتوحَ الشهية لحوار ساخن مع (الشلة)، رغم أنه ما زال يرضعُ الهاتف مع (الجوهرة). الْتَوَتْ الأعناقُ نحو فتاة أجنبية تمشي على الرصيف، بسروال قصيرٍ لاصق،

أبرزَ مؤخِّرتَها بتفاصيلَ دقيقة. شاركتُهم الالتفاتات اللهَفى. وأخذني المشهد إلى (هيلين)، هَجمَ عليّ المنفى.

في نهاية السبعينيات، وفي عام (1979) -تحديدًا- كنتُ ضمن بعثة إلى الولايات المتَّحدة لمواصلة دراساتي العليا. كُنا ستةً من مؤسَّسة واحدة. اعترض مديرُ المؤسَّسة على سفرنا بهذه الطريقة، خصوصًا أننا من خِيرة الموظَّفين المهنيّين، إلّا أن وكيل الوزارة بدا متعاطفًا معنا، وأقنع المدير بضرورة سفرنا؛ حيث سنكون النواة الأولى من الإداريين الذين درسوا فنونَ العمل في الولايات المتَّحدة، ولسوف نكون عُدةَ الوطن عندما نعود. يا للخيبة! لم نكُن، في النهاية، سوى أصفارٍ على الشمال.

مدينة (نيويورك)، كانت -بالنسبة إلينا- الحُلم الذي سوف نعيشه سنتين أو أكثر. لأوَّل مرَّة، نُشاهد التاكسيات الصفراء، على الطبيعة، بسائقيها السود العَصبيِّين، والهنود الذين يمضغون (اللبان). لأوَّل مرَّة، ترتفع رؤوسنا بهذه الطريقة لنرى نهايات ناطحاتِ السحاب. انطلق التاكسي من مطار (كينيدي) إلى مطار (لوجوارديا)، في ساعة إلّا رُبعًا، ونحن -الستة- محشورون داخل التاكسي. كُلٌّ منا مُنهك، بعد سبعِ ساعاتٍ من الطيران إلى مطار (هيثرو) بلندن، ثم ست ساعات إلى مطار (كينيدي)، وأمامنا، كذلك، ساعةُ طيران حتى مدينة (سيراكيوز). كُلُّ شيءٍ جديدٌ ومُبهر. الثلج يُغطّي أرصفةَ الشوارع، بصورة غير مُنتظمة، وناطحاتُ السحاب نظيفة... تلمع وكأنها صُفَّتْ، لِتوِّها، على الجادّات. سائقُ التاكسي مندمجٌ مع أغنية من أغاني السود، يهزُّ رأسه يمينًا وشمالًا. خوفٌ مَمزوجٌ بالدهشة من السائق، لكثرة تركيز الأفلام الأمريكية على وصف السود بالإجرام والعنف، كما يعملون -حاليًّا- مع المسلمين. حَملَ كُلٌّ مِنَّا حقيبته، ثم أدخلناها الطائرة الصغيرة، فلا يوجد حمّالون في المطار. ركبنا مُنحنِي الهامات، لأنَّ قُطْر جسم الطائرة لا يحتملُ انتصابَ شخص، ولو كان قصيرًا. أزاحَ كابتن الطائرة ستارة قديمة، بينه وبيننا

قائلًا: .O.K، فردَّ عليه ثلاثةٌ من الأمريكان بالكلمة ذاتها. أدار مُحرِّكَ الطائرة، فأخذت تتهادى كفراشة في حقل ذُرة. لم تكُن الطائرةُ تتَّسع لأكثرَ من عشرة ركاب، ولم يكُن فيها مضيفات أو حتى خدمة. كانت الطائرة الشيء الوحيد الذي لم يكُن (كلاس) في هذا الرحلة، تبادلنا النظرات أنا ومجموعتي. الأمريكان الذين احتلوا بداية (الفراشة) -أعني الطائرة- انهَمَكوا في القراءة، وأحدهم نامَ قبل الإقلاع. استدارت الطائرة وأخَذتْ موقعها للانطلاق. كانت الطائرة من النوع القديم، وتعملُ بمروحتين صغيرتين. بعضُنا تألَّم من ثنيّ رِجله قبل الإقلاع. (ناصر)، المعروف بحُبِّه للنوم، ظلَّ مستيقظًا، وكأني به يتذكَّر مُعجباته ومُعجبيه في الخليج، وحفلاته وسهراته الطويلة. لِمَ يُشغِلُ نفسه بهذا السفر المُضني. ماذا ستفعل له الشهادة، عندما يعود إلى وطنه؟ كأنه استسَلم لقدرٍ صعب. أسندَ رأسه للنافذة (الميني)، وأخذ يرسم لوحاتٍ خيالية على الثلج المفروش تحت الطائرة. أشجار السنديان العتيقة تبرز كرماحٍ إفريقية، من خلال الثلج الناصع. رذاذُ مطرٍ خفيف يلفحُ الطائرة الصغيرة. رياحٌ يزدادُ غضبُها، كلَّما ارتفعتْ. أصبحت الطائرةُ (لا شيءَ) في السماء، التي تحوَّلت إلى ثلاجة بحجم الكون. الطائرة ترتفع خمسين قدمًا، وتهوى ثمانين. اصْفرَّت وجوهُ بعضِنا، وعلى بُعد ثلاثة أمتار (هي مساحة الطائرة)، كان (ماجد) يرفع إصبعَهُ مُتشهِّدًا. يبدو أنه يتعرّض -لأول مرة- لموقف كهذا. (محمّد) الأسمراني، تحوَّلَ لونهُ إلى أصفر مائلٍ إلى البُنيّ. بعد معاناة تُقاربُ الساعة، حاولت الطائرة (الفراشة) الهبوطَ في مطار (سيراكيوز)، ثم عادت وارتفعت من جديد، وكأنها ريشة في عاصفة. كان الثلجُ يغطّي المدرج بقسوة. يبدو أن عُمّال المطار أهملوا رشّ المواد المُذيبة، على الثلج. استدارت الطائرة، وعادت مُحاولةً الهبوط من جديد. بعض الزملاء أخرجَ كيسَ التقيُّؤ. الأمريكان كانوا يبتسمون من وجومنا وهدوئنا القاتل. نزلت الطائرة أخيرًا، وأخذنا أمتعتنا. كان التاكسي الذي بعثت به إدارة معهد اللغة، في انتظارنا.

وهذا ما هدَّأ من روعنا، إذ كُنا نتساءلُ: كيف ستتصرف لو لم يستقبلنا أحد؟ أخذَنا التاكسي إلى فندق قريب من معهد اللغة. الرؤوس ما زالت تشرئبّ، والعيون تُلاحق البنايات التي نراها، لأوَّل مرّة. لهجة السائق، لا نعرف إلّا اليسيَر منها. تَوَزَّعنا على الغُرف، في الفندق... ماتَ كُلٌّ منا في فراشه.

في الصباح، كانت سيّارة المعهد بانتظارنا. الثلج، هو الآخر، بالانتظار. لم نكُن قد اشترينا ملابسَ مُناسبة للثلج ومنها الأحذية، إذ إن السير على الثلج، بالأحذية العادية، مستحيل. قابلتنا امرأة سوداء جاحظة العينين، نحيفة كعمود نور، كانت قد صبغت شعرَها، لتوِّها، وأسبغت عليه من (الجِلّ) اللامع، فبدا وجهُها النحيف ضائعًا بين الشَّعر المنفوش كشبكة صيد مُمزقة. كان قفصُها الصدري يبرز من خلال فتحة القميص... قلادةُ مكسيكية رخيصةٌ تتوسَّط صدرَها النحيف، وشالٌ أسود رقيق يتدلّى على كتفها المعْوَجّ. إنها مديرة المعهد. بدَت تحاول التحدُّث بإيقاعٍ هادئ، كي نفهَمها. كنتُ أُجيد اللغة الإنجليزية أفضل من زملائي؛ كوني عملتُ في أحد البنوك في نهاية الستينيات، وهذا ما جعلني لا أحتاج إلّا لـ(كورس) واحدٍ في اللغة، ودخلتُ الجامعة بعده. زملائي، بعضُهم فَغَر فاه محاولًا فهمَ هذه اللكنة الجديدة، وبعضُهم هزّ رأسه متظاهرًا بالفهم. بعد ساعة من الحديث، فهمنا أنه يتوجَّب علينا أن نفهم طبيعة المجتمع الأمريكي، ولعل أوَّلَ بداية سليمة، لذلك، أن نعرف متى نقول: (من فضلك) و(شكرًا). أرشدتنا مديرة المعهد إلى بعض المواقع المهمّة: مخفر الشرطة، ومبنى البنك، والمطعم العربي، ومركز الطلبة الوافدين، والبار. وتلت علينا شروطَ المعهد، وأوقات الدوام الرسمية، ثم أعطت كُلًّا منا خريطة للمدينة، وحدَّدت موقعَ المعهد بالنسبة إلى موقع الفندق. نهضَتْ، وودعتنا، على أمل أن يكون الغدُ موعدَ الامتحانات التمهيدية لتوزيعنا على الفصول، بحسب مقدرتنا اللغوية. استدركت المديرة عندما

لفظت كلمة (بار)، ولاحظت ابتسامتي المُريبة. اقتربت مني، وهمَست:

- هنا في أمريكا، الكُلُّ يعمل ما يحلو له، ضمن القانون. نحترم احتفاظَكم بقيَمكم، وعليكم أن تحترموا قِيمَنا... مجتمعنا مفتوح ومُتعدِّد الجنسيات والأعراق... سوف تلاحظون أننا أكثر الشعوب انفتاحًا على الآخرين.

تَجمَّعنا في المساء، في الفندق، نتساءلُ عن موقع إقامتنا الدائمة، ونوعية المنزل، وإيجاره الشهري، ومَن سيشتري سيّارة، ومن ذا الذي سيعتمد على ركوب الباص. الأهمّ من هذا كلّه أن نشتري ملابسَ ملائمة لهذه الثلّاجة الكبيرة. كنت ألمحُ بعضَ النفور والاستياء على وجه بعض الزملاء: (ماجد) لم يكن مرتاحًا للمكان، و(منصور) الذي يُحبُّ السهرَ والبارات، لم يكُن مُحدِّدًا لموقفه، و(ناصر) بدا لصيقًا بي، نظرًا لصداقتنا العائلية التي تمتدّ لأكثر من خمسة عشر عامًا. أما الزميلان الآخران، فلم يُحدِّدا موقفهما.

في اليوم التالي، كُنا في مركز الطلبة الوافدين. سُرِرنا عندما قابلنا طلبةً من مناطق شتّى من العالم: الكويت، ولبنان، وبنغلاديش، والإمارات، والسعودية، والصومال، وهذا ما هدَّأ من روعنا، وخوفنا من أن نكون الوحيدين في هذه المدينة... الثلاجة. أخذنا أحدُ الطلبة اللبنانيين إلى مطعم القدس. ذكيٌّ صاحب المطعم. لقد وضع لافتتين على المطعم. إحداهما بالعربية تقول: مطعم القدس، والثانية بالإنجليزية تقول: مطعم الملك داوود، كأنه يريدُ جذبَ العرب واليهود إليه! تناولنا قائمة الطعام وبدأنا نتبادل النظرات. كنّا قد قاربنا الثلاثين من العُمر، لكننا -في هذه المدينة- بدَونا كأطفال، نحتاجُ معاملة خاصّة. وكنّا حَذرينَ... ودوما نتلفَّت، كي نسمع ما يُقال حولنا. كانت سَحنتنا العربية سببًا في هذا الشعور المزعج. فاجأتنا النادلةُ في المطعم بملامستها العفوية لرأس (محمد) -وهو أصغرنا، والأسمر الوحيد فينا- عيناه الحادتان تركّزتا على جهة الملامسة خوفًا وليس خجلًا. أنزل (محمد) عينيه، وركّزهما على مؤخِّرة الفتاة

الفاتنة. كان ثدياها مُتلهفَين للخروج من ربقة القميص الأبيض. شعرُها الذهبي يبعثُ رسائلَ إغواء، ويتسرَّبُ إلى شفتيها. عيناها الزرقاوان تُذكِّر بممثِّلات مسلسلات الفضاء الأمريكية، حيث تبدو الممثِّلة كدُمْية وراء العدسة اللاصقة، أو حتى عينيها الطبيعيتَيْن. نحن، فقط، لم نألف العيون الزرق... لم يتغزَّل بها شعراؤنا لأنهم لم يروها حقَّ الرؤية. اثنتا عشرة عينًا حاصرت الفتاة الرائعة المُترجرجة الأعطاف، وهي توزّع ابتساماتها المجّانية. حاول كُلٌّ منا تفريغَ شحنات الخوف، من داخله، بالابتسامة، أو بتلفظِ بضع كلمات غير مفهومةٍ لديها. استدارت من جديد، ووقفت خلف (محمد)، بكُلِّ براءة، تحاول أخذَ طلباتنا، ونحن كنّا قد نسينا الجوع. بدَت -من خلال ابتساماتها- كأنها تقابل قومًا من كوكب آخر. تحرَّكت فينا أشياءُ أخرى! بدا (محمّد) خجولًا ومُرتبكًا. لكَزتُهُ في رِجله من تحت الطاولة، مُمازحًا:

- يبدو أنها تُحبُّ السُمر. يا بختك.

سجّلت النادلةُ الشهيّة طلباتنا، التي قد تبدو غير شهية لدى الزملاء. ابتسمت، وانطلقت إلى داخل المطعم. لقد حرّكت النادلةُ، في الشباب، شهوة الصدفة الأولى، ومَلذات الغُربة الحميمية. إنها أوّلُ أمريكية جميلة يقابلونها بعد مديرة المعهد (السلوقية)، حيث أعادتهم النادلةُ الفاتنة إلى شقراوات (هوليوود) اللاتي يتربّعن على عرش السينما الأمريكية.

خرجنا من المطعم، بعد أن نقدنا النادلة بقشيشًا حاتميًّا، شكَرتنا عليه شُكرًا مرصّعًا بابتسامات واسعة. تجشَّأ أحدُنا بصورة لافتة، ما جعلَ بعض المارَّة يزدروننا، بصورٍ شتَّى. أحدهم قال: (Shit)؛ أي قذارة. وآخر قال: عرب وَسِخون. لم يعِ الزملاءُ الخمسة ما نالهم من كلمات نابية؛ كونهم مشغولين بأحاديث شتى. ابتسمتُ بداخلي، وأنا أتذكر كلمات مديرة المعهد عن الاختلافات بين الشعوب، في العادات والتقاليد. في المساء، تَحلّقنا حول المدفأة في بهو الفندق، وتسامرنا حتى موعد النوم.

بعد أن ظهرت نتيجة الامتحان التمهيدي، كنت في الفصل الأول من المعهد، وتوزَّع الباقون على الفصلين الثالث والثاني. كان (منصور) أقدرَ الشباب استيعابًا للُّغة، وأكثرَهم جرأةً في الدخول في نقاشات مع كُلِّ مَن يقابله، وهو الأسلوب الأمثل في مواجهة حياة الدراسة في أمريكا أو أوروبا.

وصل أحدُ السماسرة مع مديرة المعهد (غلوريا) السمراء، وقد لوّث السمسارُ أرضية الفندق الحمراء بما حمله حذاؤه من ثلج الطريق. رمى مظلَّته بجوار المدفأة، وخلع جاكيته الأزرق المُبتلّ، وبدأ يلهث. ثم جلسَ بجانبي. عرضَ الزملاء عليه طلباتهم: ثلاث شقق في مبنى واحد، يُستحسن أن تكون في طابق واحد. الإيجار لا يتجاوز ثلاثمئة دولار للشقّة. وأن تكون كل شقّة متكاملة، وبها حمامان، ولا تبعد عن المعهد. حكّ السمسارُ البدين طرفَ أنفه، وأنزل جزءًا من كنزته الصوفية، التي رفعها كرشُه إلى صدره. استلَّ دفترَ مواعيده من جيب بنطلونه الخلفي... مهترئٌ ذاك الدفتر، ويبدو أنه عانى من برودة خارجية وحرارة داخلية. وضع القلم بين شفتيه اللتين بدتا صفراوين من أثر تدخين السيجار الرخيص، فبدتا كـ (است) كلب. اتَّفق معنا على أن يمُرَّ صباحًا، ويصحبنا إلى معاينة الشقق المطلوبة.

نهضتُ -بعد أن ودّعنا الرجل والسيدة (غلوريا)- إلى موظّف الاستقبال الذي يتحدَّث الإنجليزية بلكنةٍ فرنسية. كان باسمَ الثغر، طلقَ المُحيّا. يرفع كُلَّ حين، (غرّته) التي تهوي على عينيه، بلا انتظام. بعد حديث قصير، عرفتُ بعض ملامح الحي المحيط بالفندق. التفتُّ إلى الزملاء:

- ما رأيكم أن نخرج قليلًا من هذا السجن؟

ردَّ (محمّد)، بسرعة وخوف:

- أنا لن أخرج... هنالك العديد من المجرمين في الجوار.

ضحكتُ على سذاجته وبراءته. تبعني الآخرون في التندُّر على موقف (محمّد)، الذي بدا كطفل يخاف الظلام... ردَّ ناصر:

- أنا أريد الخروج.

احتجَّ (ماجد) الذي كان أقلَّنا استيعابًا للُّغة، في ذلك الوقت:

- يا جماعة... الخروج غيرُ آمنٍ هنا.

اقترح (منصور) على الزملاء أن يخلدوا للنوم. نهضوا بتثاقل، يطوِّحون رؤوسَهم يمينًا وشمالًا، في إشارة إلى سكّةِ المجهول. غاصَ (ماجد) في صمتٍ قاتل. لربما أخذهُ الحنين إلى ابنيه في (وردة)، وكيف ستعتني بهما زوجته التي تعمل مُدرِّسة، ولربما تذكّر والده العجوز وزملاءَ المهنة، الذين كان يستقبلهم، يوميًا، في مكتبه، أو تذكّر الشاطئ في أقصى شمال (وردة)، ورحلة الصيد الأسبوعية، كُلَّ خميس، تساءل في داخله: لماذا كُلُّ هذا الاغتراب؟ ماذا سوف تعطينا الشهادة؟ كأني به يستعجلُ الرحيل، دون أن يُدرك أن رحيلًا، من نوع آخر، بانتظاره. أمسكتُ يدَ (ناصر)، وخرجنا إلى الحانة المجاورة للفندق.

في الحانة الصغيرة، كانت ضحكاتي تختلط والموسيقى الصاخبة، بعد أن تعرّفنا إلى النادل أنا و(ناصر). عادة الندلاء أن يفتِّشوا عمّا في قلوب مرتادي الحانات، ويتعرَّفوا على خباياهم وأسرارهم. الأمر، بالنسبة إلينا كان مختلفًا؛ كان النادل يودُّ معرفة المزيد عن ثقافتنا وموقع بلادنا. حاصرَنا بسيلٍ من الأسئلة السخيفة، وأخرى ذات قيمة. كنتُ أستعرض معه براعتي في اللغة، بينما كان (ناصر) يتجوَّل بين الأجسام الضخمة التي تتجشّأ، دون توقف، نتيجة شرب البيرة المُضاعفة من الأنبوب (درافت)، وقد يتجشّأُ بعضهم من مكان آخر بسرِّية وصمت. لا أدري لماذا تَطيَّرَ منا المارَّةُ عند مطعم (القدس)، عندما تجشَّأ أحد زملائنا؟! ألَحَّ النادلُ علينا بالرقص مع فتاتين من عملاء الحانة. استبدَّ النشاط بـ(ناصر)، فتقدَّمَ من إحداهن. لم يكُن يعرف تركيب الجملة، قواعديًّا. هزّ رأسه وعيناه تتركّزان على نهدَيّ الفتاة:

- You dance... هل ترقصين؟

كانت خفقاتُ قلب (ناصر) تضطربُ من الموقف، ولولا التَوقُ لتعَلُّم اللغة، لما استطاع أن يُبرز هذه الجرأة. ابتسمت الفتاة، وردَّت بلطف:

- Yes ... نعم.

أمسَكتْ بيد (ناصر)، وضاعا بين زحام المتراقصين. دخانُ الحانة يخنق الأنفاس، ورائحةُ البيرة تستعمرُ المكان. ليست الرائحةُ بعيدة عن رائحة أخرى، في تلك الأجساد. كان (ناصر) مزهوًّا بأوَّل انتصار رجولي تلك الليلة. هنأتهُ، بينما كنتُ أتبادلُ ابتسامة، على البُعد، مع إحداهن. عُدنا مُنتشين إلى الفندق. كانت الجَلبة العربية المعروفة تُرافقنا، عندما دلفنا بابَ الفندق. تنبَّه لنا موظَّف الاستقبال، وأشار علينا بضرورة الالتزام بالهدوء، واضعًا سبابته فوق شفتيه، مكوّنًا تقاطعًا صليبيًّا شبيهًا بالصليب الذي يطلُّ من خلال قميصه.

انتظم عِقدُنا. وبدأنا نسير كالقطار، في طريقنا إلى المعهد. لم يكُن المعهد يبعد سوى عشر دقائق، عن الفندق، مشيًا. في الطريق، تزحلقَ (ناصر) ووقع على قفاه. ضحك عليه (منصور)، لكن الأخير سقط أيضًا، وهو يلعنُ الثلج. تراشقنا بالثلج، في حبور طفولي، وكأننا أطفال روضة. توزَّعنا على الصفوف، وبدأت أيامُ الجِدّ.

بعد أسبوعين، حدّد بعضُنا مرحلته المقبلة. البعضُ سوف يستمرّ في المدينة، وبعضنا سوف يرحل عن أذى الثلج وكآبة المدينة، إلى المدن الراقية مثل (لوس أنجلوس) أو (سان دييغو)، حيث المُناخ الملائم، والملامح الراقية لـ(بيفرلي هيلز)، واستديوهات هوليوود، وشواطئ (سان دييغو). كنّا قد توزَّعنا على الشقق الثلاث، حسب الانسجام النفسي، لكلٍّ منا تجاه الآخر: سكنتُ أنا مع (ناصر)، و(ماجد) مع (منصور)، و(محمد) مع (سعد). حاولنا، من البداية، توزيع أوقاتنا، وتحديدَ أوقاتِ الزيارة والمرح، وأوقاتِ المُذاكرة. كانت عطلة الأسبوع لنا عيدًا، نتجمَّع في شقة (ماجد) -الباسم

الحَبوب- حيث يتلهّى عنّا بإعداد (المجبوس): الأرز باللحم أو الدجاج. وكنّا ندعو بعض الزملاء من المعهد؛ أما الزميلات، فلا مانع من حضورهنّ.

بعد شهرين، توطَّدَت علاقتنا بالمجتمع الأمريكي، وصرنا أكثر قُربًا من الأحداث التي تحيط بنا، سواء أكانت عبر التليفزيون أو الإذاعة المحلِّية أم عبر الصحيفة المحلِّية. اشتريتُ سيّارة جديدة؛ كوني عقدتُ العزمَ على البقاء ودخولي الجامعة، فورًا، بعد الفصل الأول في معهد اللغة. حذا (ناصر) حذوي، واشترى سيّارة، كذلك. كان (ناصر) قد اتَّفق مع ذاته أن يُلازمني، بحُكم العلاقة العميقة التي تربط بيننا. زملاؤنا الأربعة، لم يغامروا بشراء سيّارات، وذلك لإحساسهم بعدم التلاؤم مع المكان.

ذات مساء، وبينما كنّا أنا و(ناصر) في حلقة التزلُّج على الجليد، تعرّفتُ إلى (هيلين)، وذلك بعد وقوعي مُتدحرجًا لأمتار، إثر اختلال توازني وعدم إلمامي بالتزلُّج. لم نكُن، في (وردة)، نعرف سوى كرة القدم... ويا ليتني أفلحتُ فيها، لكنتُ في حال أفضل! تلقَّفتني (هيلين) باسمة، وحاولت رفعي. تلاقت عينانا. جميلة كانت عيناها! شعرتُ، من البداية، بصدق الفتاة وذكائها. شكرتها، بعد أن تعارفنا، وأخبرتها عن المكان المشهور الذي نقصده في عطلة نهاية الأسبوع، واتَّضحَ أنها تسهر هنالك، أيضًا. عرضتُ عليها أن نلتقي في عطلة الأسبوع المقبل، فوافقت باسمة، ثم توادعنا.

لم تكن (هيلين) فتاة عادية. كانت طالبة تمريض في إحدى الجامعات، أبوها محام مشهور، لكنَّ بساطتها في التعامل، وصدقها، قرّبني منها أكثر، وأصبحتْ جزءًا مهمًّا من تكويني العاطفي، والاجتماعي، في صقيع تلك البلدة. تعرّفتُ، من خلال هذه الفتاة إلى المدينة بسرعة: المكتبات العامّة، والبحيرات الجميلة، ومزارع قطف الثمار، والأماكن التاريخية، وشلالات (نياجرا) المُرعبة، والأسواق الضخمة، ومراكز لعب البولينغ، وغيرها. أثْرَت (هيلين) الجانب العاطفي، وتلبية الإلحاح البيولوجي فيّ، كما ساعدتني

كثيرًا في فكِ بعض الكلمات الصعبة في المقرَّر الجامعي الذي سَجلتُ فيه. وبقدر ما كانت فخورة بتلك العلاقة، وتشعر بزهوّ عندما ينعتونها بأنها صديقتي، كنت أنا خائفًا من مصير تلك العلاقة، التي أعتبرها محطَّةَ عبور قصيرة في حياتي، وقد لا أكون صادقًا فيها مئة بالمئة. قدَّمتني (هيلين) إلى والدها، الذي صافحني ذات صباح، دونما مبالاة، لكنه طلب مني الاهتمام بابنته.

في النادي الأشهَر في المدينة انتشرت رائحة عطر (البولو) الذي كنتُ أُفضّلهُ على جميع العطور. التفتت (هيلين) لتَجدني خلفها، أُحاذي رقبتها بأنفي. عرّفتني إلى (دونا)، صديقتها، فتبادلنا التحيّة. رقصنا تلك الليلة كثيرًا، وما إن بدأت طلائعُ الفجر تُهاجمنا، حتى كُنا أنا و(هيلين) في سيّارتي السوداء باتِّجاه الشقّة. في الصباح، نهضتُ قبلها، وعملتُ الشاي، ثم حَضّرتُ الفطور. صورة جسدها لم تفارقني. عطرُها ما زال عالقًا في شعري... أنفاسها ما زلتُ أشعرُ بها حول عنقي. استطاعت (هيلين) أن تدعوني إلى المزيد من الاهتمام بالجوانب الصحيّة للحياة، كونها ممرضة. عدتُ إلى غرفتي، وتدثَّرتُ باللحاف من جديد، على أمل أن تنهض (هيلين). قرعٌ لطيف على باب الغرفة. لففتُ نفسي بالفوطة، غطيتُ ساقَ (هيلين) الناصع، الذي تدلّى من السرير. فتحت الباب... إنه (ناصر)... بادرته:

- ماذا تريد في هذا الوقت؟
- لقد صادقت فتاة. هيّا لنحتفل.
- مبروك. اذهب وأغلق عليكما الباب.
- لا لا... نحن نريد الجلوس معكما... لقد انتهينا من كُلِّ شيء، كما أنني اشتريت مزيدًا من المزّة.

الخليجيون بارعون في استدراك النساء، حتى لو كانت لغتهم غير مفهومة. إنهم (عربو)، كما يُقال عنهم في المسرحيات.

شكَّلَ معهد اللغات تطوُّرًا كبيرًا في حياتنا. لقد بدأنا نعي اللغةَ الإنجليزية، هذه اللغة السحرّية التي طالما عقّدتْ الكثيرين في الثانوية وما بعدها، وأحرجتنا مع الزائرين الأجانب، وفي العواصم الأوروبية. لم تكُن واجبات المعهد صعبة إلى حدٍّ كبير، لكنها تتطلَّب مجهودًا يوميًّا، لا يقلُّ عن أربع ساعات. خلال شهرين، قفزَ بعضُ الشباب إلى الفصل التالي. تجرّأ البعض الآخر للخروج عن صفِّ الزملاء الستة ليؤسسَ علاقات سياسية خارج نطاق الطلبة العرب، في المعهد. أمريكا تتيحُ لك المجالَ لأيِّ توجُّهٍ ترتئيه، لا مخابرات ولا جواسيس إلّا من البلدان العربية، لذلك يخاف مواطنو الأنظمة الشمولية من وجود جواسيس تلاحقهم، خصوصًا من طلبة العراق وإيران. أمّا نحن فلم نكن نخاف إلَّا من الملحق الثقافي، الذي كان يلاحقُنا في المعهد، ويسأل عن تقديراتنا، ومدى التزامنا بالدوام. كان الاستيقاظ مُبكِّرًا عقبة كبيرة أمام (ناصر) الذي يُحبُّ السهر والدندنة بالعود، مع الأصدقاء. أمَّا (منصور) و(ماجد)، فقد كانا (بيتوتِيَّيْن)، أدْمَنا متابعة برامج التليفزيون وطبْخَ (المجبوس). (محمّد) و(سعد) كانا يُحبّذان الانزواء، وعدمَ كشف أسرارهما للآخرين، حتى لو كان الآخرون أنا و(ناصر).

كنتُ من المشاركين في مشاكسة مُدرِّسة القواعد، (الفرنسية) الأصل. كان جمالُ وجهها يُحرّضُنا على المزيد من المشاكسة. استواءُ جسدها، ورقّةُ حديثها، يضيفان الكثير إلى الموضوع. لاحظ أحد الطلبة الخليجيين أنها تصادقُ شابًّا -هتليًّا- غير مُرتَّب، ولا يمتلك وسامة، يمتلك دراجة قديمة، يربطها كعنزةٍ مريضة، عند مدخل المعهد، حيث يأتي ليتناول القهوة مع مُدرِّسة القواعد الجميلة. عرضَ الشابّ الخليجي عليها مصادقته، وأنه سوف يعطيها سيّارته لتأتي بها إلى المعهد. رفضتْ بعنف، ونهرته بأن يحافظ على ألفاظه. اعتذر زميلنا الخليجي، وبرّر فعلهُ بأنه كان يمزح، ولم يكن يقصد الإهانة أو التطفُّل.

ذات ليلة، دخلت (هيلين) مطبخَنا لتُساعدني في بعض الأمور، وإذا بها تجد علبًا تحتوي على أطعمة حيوانات، فتساءلتْ بكل براءة:

- هل يوجد عندكم حيوانات، هنا؟

بسرعة البرق، فهمتُ القصد، وحاولتُ تبريرَ الموقف، بأنني اشتريت هذه العلب لكلب جارتنا العجوز، وسأعطيها إيّاها يوم العطلة. لم تُعرْ (هيلين) الموضوع أيَّ اهتمام، وما إن حضر (ناصر)، في وقت متأخر من الليل، حتى انفجرتُ ضاحكًا أمامه:

- تَصوَّرْ... لقد اشترينا أطعمة حيوانات مُعلَّبة... دون أن ندري!

رفع (ناصر) حاجبيه، وهزَّ رأسه:

- ماذا؟!

أمسكتُ بالعُلب الحمراء الصغيرة وقرّبتها من وجهه:

- انظر!

أرجَعَ (ناصر) رأسه إلى الخلف حَذرًا، ثم التفَّ حولي ليفتح دُرجًا آخر في المطبخ:

- أنكون قد تناولنا منها شيئًا؟

عمدتُ إلى تخويفه وإثارته:

- من يدري؟ نحن نطبخ آخر الليل... ولا ننتبه للعُلب.

وضع (ناصر) يده فوق فيه، كمَن يريدُ التقيُّؤ. ابتسمتُ له، وأَنزلتُ يده:

- ليس إلى هذا الحد.

بَحلقَ (ناصر) في وجهي، فبادرتهُ:

- على العموم، كُلُّ ما أكلناه، ليلًا، كان لذيذًا.

زادت حِدَّةُ (ناصر)، ورغبته في التقيُّؤ، وبدأ يتفلُ في حوض المطبخ. بادرني، بعد أن تناول ورقة كلينكس:

- أرجوك، يا (ميهود)... أنا أُفكِّر فيما لو حدث تلوثٌ لجسَدينا؟

ابتسمتُ له، وعلّقتُ ساخرًا:

- لا تخف. إنهم لا يُعبِّئون أطعمة فاسدة، حتى ولو كانت للحيوانات، كما أن تواريخ العُلب تشير إلى أنها صالحة للاستخدام.

كان (ناصر) قد وصل إلى الحمّام، وبدأ يُفرغ ما في جوفه. في بعض بلدان وطننا العربي، يبيعون الدجاج واللحم الفاسد (عيني عينك) أمام مرأى الحكومات، والناس يـأكلون، ويتسمّمون، ثم يموتون، ولا أحد يسأل أو يُحاسب.

أخذني الحنين إلى (وردة)، والشوق إلى (أمّ خالد)، زوجتي التي لم تتَّصل منذ أسبوع. وقفتُ إلى النافذة، أراقب هطولَ الثلج التَعِب؛ مُضيفًا إلى اللوحة الطبيعية الساحرة، حول الشقة: السناجبُ تتداعبُ، بِحُريَّة وطمأنينة، وتنطّ من غضن إلى آخر. يا الله، ما أجمل حياة الحيوانات! لا رقابة، ولا خوف، ولا مساءلة من أول النهار، إلى آخره. انسياب عاطفي وغريزي لا حدود، ولا مُنغّص له، وحرِّيّةٌ بحجم الكون. الشمسُ نادرةٌ في هذا الجزء من العالم، في الشتاء. الأجسادُ تبحث عن دفء، والأنوفُ تقطُر ماءً، والثلج لا يرحم، ولا يلتفت إلى شتائم سائقي الشاحنات الكبيرة، التي تتقاطر من الأطلسي وحتى المحيط الهادي. لقد تآمَرَ المُناخُ علينا، وجعلَ الحنينَ أكثرَ إلحاحًا. كان الاتِّصال اليومي ديدنَ البعض منّا؛ حيث يدفع فواتيرَ باهظة التكلفة، لقاء تلك الاتِّصالات. البعض الآخر، كان يُهدِّد بالعودة إلى الوطن، لكن الجلسات اليومية والنصائح، كانت تُعيدُهم إلى رشدهم.

سارت حياتي على ما يرام، مع الدراسة ومع (هيلين). أصبحنا أكثرَ قُربًا، وثقة. نجاحي في الامتحانات الشهرية والعملية كان مُحفِّزًا قويًّا لي كي أواصل الدراسة. (هيلين)، أضفتْ رونقًا آخر على حياتي؛ من حيث صدقها ورقّتها وآراؤها الجريئة والعاقلة. لقد تأثَّرتُ بها جدًّا، وعوَّضتني عن جوانب غامضة في حياتي.

أَنهى الزملاءُ فترةَ الستة شهور، في معهد اللغات، وتشاوروا حول الخطوة المقبلة: (منصور) خاضَ معتركًا سياسيًّا، وتعرّفَ بجماعاتٍ حزبية عربية، وقد أبدى، مؤخرًا، ميلًا شديدًا للتديّن! (ماجد) لازمَهُ الحنينُ إلى (وردة) وإلى ابنيه. تفارقنا في (سيراكيوز)، وكان يومًا مؤثرًا جدًّا. تلاقت الدموع على الثلج. إنه حنينُ العِشرة، والانتماء، والخوف من المجهول. المسبَحة سوف تنفرط هذا اليوم! ولا ندري إن كنّا سنجتمع، من جديد! الدموع تحجّرت في مآقينا. نسينا رجولتنا وفحولتنا، وبكينا كالنساء. الكُلُّ ذاهبٌ إلى مجهول. الكُلُّ لا يدري ما هي الخطوة التالية، وماذا يُخبّئُ لنا القدرُ الغامض.

لم يكُن الفصلُ الدراسي الأوَّل لي في الجامعة، ترفًا فكريًّا؛ بل كان مواجهة حتمية مع الذات، التي لم تكُفّ عن روح التحدّي والمُناكفة. عانيتُ من صعوبة الترجمة، وضخامة الكتب المقرَّرة، ولَكْنةِ المُدرِّس، وسرعة إلقائهِ المحاضرات. كنتُ أقضي الساعات في ترجمة فقراتِ الكتاب الذي يحوي أربعمئة صفحة، وفي فكِّ رموز تعليمات المدرس. ناهيك عن متطلبات مادّةٍ مُرافقة، هي الإنجليزية. كانت (هيلين) تحاول مساعدتي، رغم عدم إلمامِها بتخصُّصي.

ذات مساء، وبعد أن عدنا من سهرة جميلة، لاحَظت (هيلين) شرودي، والأسئلة التي تضطرب في وجهي. اقتربتْ مني كقطّة خائفة، ووضعتْ رأسها على كتفي:

- ماذا بك، يا حبيبي؟

نظرتُ إلى ما وراء النافذة، كان كلبان يتبادلان الدعابات المُمهِّدةِ للقائهما الحميم. طبعًا، أقصد كلبًا وكلبة! الثلج ينتشر في كُلِّ الأنحاء. الأشجارُ متجمِّدة كالخرسانة الواقفة. موتُ أوراقِ الأشجار يوحي بانهزام جيش في معركة غير متكافئة. عادت (هيلين) لتسألني، من جديد، وتَحكُّ رأسَها فوق كتفي كقطّة تستحِّثُ ذَكَرَها:

- ماذا بك، يا حبيبي... أجبني؟

التفتُّ نحوها، وقد حاصر عيني دمعٌ غزير. أمسكتُ كتفيها الواهنين، ونظرتُ ما بين عينيها. تحدّرت دموعي فوق يديها، فبدتْ مشدوهة. وبِحسِّ المُمرِّضة شكّتْ بأنني أُعاني من مرض أو أصابني سوء. هززتُ جسدها النحيل كإحدى ورقاتي التي أنشرها -هذه الأيّام- في مجلة خليجية:

- اسمعي، يا (هيلين)، هنالك شيء لابدّ أن تعرفيه!

اضطربتْ، وهزّت رأسَها كأنها تنفضُ ما علقَ به من أفكار بعيدة:

- هيّا، تكلم لقد أفزعتني. هل ضايقوك في الجامعة؟ هل تريد نقودًا؟

الله... أمريكية تعرضُ على خليجي نقودًا! تصوَّروا! ما هذا الخبل أو الحب المجنون!؟ تركتها والتفتُّ إلى الجدار، ضاربًا بقبضة يدي زجاج النافذة. تناثر الدم بين أصابعي، فهرعتْ إليَّ وقد تقوَّسَ ظهرُها، وامتدت يداها نحوي بحنان:

- أنت مجنون! لماذا تفعل كُلَّ هذا؟ دعني أُنظِّفُ يدك. إنك تدْمى.

لفَّتْ يدي بمنديلها الوردي واحتَضنتني. كنتُ أسمعُ دقّاتِ قلبها من خلال صدرها الصغير. داخلتني رغباتٌ متعاكسة، لكنني كنت قد وطدتُ العزم على أن أتحدَّث إليها، بكل صدق، مهما كان ذلك الحديث مؤلمًا.

- اسمعي، يا (هيلين)... أنا أُريد منك وعدًا بألّا تتركيني... مهما كانت الظروف.

ضَغَطتْ عليَّ أكثر، وأحسستُ بضلوعِها تحتكُّ بضلوعي، وأنفاسِها تُسكرُني، دون شراب. ثم رفعتْ رأسها بصعوبة وتحشرَجت بكلمات مذعورة:

- لقد وعدتُكَ سابقًا، وأنا لستُ من اللائي يتخلَّين عن الوعود.

حاولتُ أن أكون ذكيًا وبليدًا، في آن واحد... ولربَّما مُتذاكيًا:

- مهما كانت الظروف؟

ردّتْ بكل طمأنينة وشوق... وهي تزداد التصاقًا بي:

- أجل. مهما كانت الظروف.

انفلتُّ من بين أحضانها كغزال مذعور... الدموع سبقتني إلى توضيح الموقف. صرختُ في وجهها:

- زوجتي ستصل، الأسبوع القادم.

جحظتْ عيناها الزرقاوان، وحملقتْ في وجهي، ثم أسندت جسدَها النحيف إلى الجدار. استجمعتْ قواها، ووجَّهت إليَّ نظراتٍ اخترقت وجهي:

- ماذا قلت؟

تقدَّمتُ نحوها، وفي وجهي بقايا رغبة، وبقايا حذر، وبقايا استعطاف:

- حبيبتي (هيلين)... لابدّ أن نُواجه الموقفَ معًا.

تراجعَتْ إلى الجدار، وتكوّمتْ، بعد أن ثَنت رجليها في زاوية حادّة جدًّا، وأدخلتْ رأسَها بين ساقيها. كانت تبكي بحُرقة. اقتربتُ منها، محاولًا أن أجعلَ الموقفَ صُدفة غير مقصودة، فأزاحت يدي عن رأسها. انتفضت واقفة، وقد بانَ الشررُ في عينيها:

- لماذا لم تخبرني بأنك متزوّج؟ لماذا خدعتني طوال هذه الفترة؟

اقتربتُ منها، من جديد، والعبارات تتساقط من فمي. التردُّد والتَلكُّؤ يَزيداني حرَجًا، وعدمَ قدرة على التركيز:

- لم نتحدث، قَطّ، عن هذا الموضوع... كما أنكِ لم تسأليني؟

أطاحتْ بيدي من جديد... نهضتْ من تكوُّمِها اليائس... رفعتْ يدًا بَدت كعصا مُدرّس الحساب في الثانوية:

- أنت جبان وخائن. لقد لعبتَ بعواطفي، وآلمت قلبي، وقلبت كياني. لماذا أنتم، العرب، هكذا؛ لا تصارحون الناس بنواياكم؟ لماذا لا تمتلكون الجرأة والشجاعة وتقدير الآخر؟

أعادني حوارُها إلى السلوك الثقافي الذي نتربّى عليه، في البلاد العربية، وخوفنا الاجتماعي الناجمِ عن الخوف السياسي. وهذا ليس تبريرًا لإخفائي حقيقة زواجي عنها، ولكنّه هو الحقيقة ذاتها، التي نُنَشَّأ عليها في العالم العربي.

اقتربتُ منها، من جديد، فدفعتني إلى الوراء... بَدَوتُ كطفلٍ يُحاور لعبة:

- (هيلين)... حبيبتي. نحن لن نفترق حتى لو جاءت زوجتي.

رفعتْ رأسها، في أسى:

- أنت مخبول (You are crazy)! كيف تريدني أن أظلَّ أُحبُّكَ، وأنت متزوّج... أنسيتَ المشاعر؟ ثم إنني لا أريد أن أجرحَ مشاعرَ امرأة، لم أقابلها قَطّ... هيّا، اجْمَعْ حاجيْاتي. أنا ذاهبة.

حاولتُ لَملمتَها. أمسكتُ يدها، لكنها انفلتتْ مني بقوة، كمُهرة مذعورة. حاولتُ، من جديد، احتضانَها، فدفعتني نحو الجدار. تلاقت فيها حالاتُ الذعر، والغضب، والحيرة. تركتها تموءُ على الكنب، ودخلتُ الغرفة وجمعتُ أشياءَها بصورة همجية... واجهتها بشنطتها اليدوية. رمتْ عليّ مفتاح السيّارة، بكلّ قرف وغضب، فقد كانت تستقلّها، وقت عودتها من الجامعة:

- سوف أستقلّ تاكسيًّا... ابن ال...!

خَطَفتْ الشنطة من يدي، وفتحتْ الباب... مهَرولةً نحو الدَّرج. أمسكتها على الدَّرج، وهزَزتها:

- أرجوك، يا (هيلين)... قد يكون كلانا السبب. لم نتطرَّق إلى موضوع زوجتي قطُّ.

حاولتْ الإفلات من يدي، ورَفعتْ الشنطة في الهواء:

- لتذهب إلى الجحيم، أنتَ وزوجتك.

- أرجوك، (هيلين)، نحن متحابّان ولا يُمكن أن نفترق.

- أنت رجلٌ ماكر؛ كيف تجمع بين زوجة وعشيقة؟

انفلتتْ، من جديد، من يدي، وواصلت نزول الدَّرَج. تبعتها، يَلُفّني شعورٌ بالهزيمة والانكسار:

- سوف أُوصِلُكِ إلى المنزل.

صرَختْ، بكلّ قوّتها:

- لا أحتاجك... سوف أستقلُّ تاكسيًّا... اغربْ عن وجهي.

لم أيْأَس من الموقف. التاكسيات نادرة هنا، دون طلب خاصّ. احتوتنا سيارتي الـ(موستانج) السوداء. خيّم صمتٌ مُرعبٌ طوال الطريق، وكأننا في جنازة. كانت الفتاة شاردة، وكأني برأسها يخرجُ من نافذة السيّارة. العرَق يتفصَّد من وجهي، وإبطيّ. رجلاي ترتجفان. كنتُ أحاول أن أسرق نظراتٍ إلى وجهها. لم تكن لتلتفت إليَّ. نهداها مُضطربان، من أثر خفقان قلبها غير المُتوقع... يجتاحَها بكاءٌ مخنوق، استرضاءً لغرور الذات. تسلَّلتْ يدي نحو وجهها، فأشاحت به نحو باب السيّارة. لمستْ يداي الهواء:

- حبيبتي (هيلين)... لن نفترق هكذا. سنكون أصدقاء... أصدقاء، بالمعنى الأمريكي.

- أرجوكَ، دعني وشأني. أحتاجُ سنوات حتى أُشفى من جروحي.

- لن تكون هنالك جروح. سوف نتراسل ونتحادث... حتمًا، سيحتاج كلٌّ منا الآخر.

- لن أحتاجك. أرجوك، دعني وشأني. قف... لقد وصلنا إلى المنزل.

أشارتْ إلى منزلها، لكنني تماديتُ في المسير؛ كسبًا للوقت، ولمزيد من الكلمات:

- لن أقف قبل أن تَعديني.

هزّتْ رأسها بتحدٍّ وكبرياء قاتل:

- أعدُك بماذا؟

- أن نلتقي، الليلة، اللقاءَ الوداعي.

تردَّدتْ وتلعثَمتْ، ثم أخفضتْ رأسَها بين يديها:

- لا أحتاجه.

- أرجوك، (هيلين)... لابدّ من هذا اللقاء.

يبدو أنها تراجعتْ، أو حاولتْ استغفالي والتخلُّصَ مني:

- حسنًا... أَوْقف السيّارة.

خرَجتْ مكسورة؛ تجرُّ حقيبة سوداء خلفها كجروٍ مريض. تلاطمَ شَعرُها الذهبي، وتقوّسَ ظهرُها كقطّة قطبية عاقر، نهشتها -للتو- كلابٌ مسعورة. كان والدُها على دَكّةِ المنزل، يُراقبها على بُعد. استقبلها كَرشهُ النافر من جسده:

- لقد افترقتُما... هيئتُكِ تَدلُّ على ذلك!

طأطأتْ رأسَها، الذي يحمل أسى العالم كلّه. احتضنها والدُها، بصعوبة، وقد انحشر كرشهُ بينهما. نظر إليّ بحُنق، وأنا أتوارى عن المكان:

- كلابٌ هؤلاء... ليس لهم ضمير. هيّا ادخلي... ما زالت الحياة أمامك.

وصلتُ الشقّة، وتناولت كأسًا، ثم أتبعتهُ بآخر. أشعلتُ سيجارة، ولم أكُن من المدخِّنين. داهمني تفكيرٌ عميق: هل ما قمتُ به هو الصواب؟ ما كنتُ أريد أن أفاجئَها بزوجتي، عندما تصل. كما أنني ما ودَدتُ أن أستغلَّها، وأخرجَ معها في وجود زوجتي، بل ما ودَدت أن تتطوَّر العلاقة بيننا، إلى درجة يصعبُ الخروج منها. إن قراري هو الأسلم.

في المساء، كانت (هيلين) بكامل أنوثتها وجمالها وبريق شفتيها الرقيقتين، في المطعم الراقي عند أطراف المدينة. كانت تحاولُ التغلُّبَ على محنتها بابتسامات، تلبسُ الثقة وتُخفي الخيبة. ساحرة تلك المرأة، بوجهها النحيف وأنفها المستقيم! تُذكِّرني بعهد النبلاء في أوروبا، والتماثيل في أثينا. سيطر الصمتُ، طوال الوقت؛ لولا النادل الذي يقطعهُ، بين حين وآخر مُلبيًا الطلبات. بعد كأس الشمبانيا الرابعة، اعتدل (مُودُها)، وبدتْ ساحرة من جديد. كانت ابتسامتها بمساحة الكون، ورائحةُ عطرها تتغلبُ على رائحة (الستيك) المُلتهب. ضغطتُ على يدها، بقوة. نظرتْ فيَ عينيّ، فتناثرتُ قِطعًا في المطعم. كنت أودُّ أن أحتضنها بقوّة. قرّبتُ وجهي من وجهها، ولثمتُ

شفتيها بقبلةٍ عجلى. تراجعتْ، وهي تُومئ بعينيها: حاذِر من الناس. أخرجتُ من جيبي علبة، تحتوي ساعة ذهبية، ودفعتها ناحيتها، مضيفًا:

- (هيلين)... ضعي هذه الساعة في معصمك، لأكونَ معك دائمًا.

أرسلتْ إليّ سهمًا ناريًّا من عينيها، ودفعتْ بالعلبة نحوي:

- خُذها لزوجتك... لا مجال للهدايا بيننا، بعد اليوم... Mayhood!

فعلًا، أنا ميهود... ومريض أيضًا... أعَدتُ العلبة نحوها، وقد غالبتني رغبةٌ في البكاء، وأنا أتخيَّل غدي بدون (هيلين):

- (هيلين)... أنا أُحبُّكِ، ولن أنساك، أرجوكِ خذي الساعة... إنها آخرُ هدية مني إليك.

يبدو أن الدمعة المُتعثرةَ، بين جفنيّ قد حرّكت مشاعرها. لمستْ يدي بقوّة، ونظرتْ إلى الأرض بيأسِ كُلِّ المظلومين في العالم:

- لقد أحبَبْتُكَ، يا (ميهود). حقًّا، لقد أحبَبْتُكَ كثيرًا.

انهارت دموعُها بغزارة، وهي تحاول أن تتحاشى نقطةَ الضعف، أو التفاتَ مُرتادي المطعم. أخرجتُ منديلًا أبيضَ، ومسحتُ دموعها التي اختلطت بكِحلها السائل؛ امتزج السائلان معًا ليُشوِّها الصورة الجميلة في وجهها الأبيض الناصع. ضغطتُ، من جديد، على يدها الهشَّة:

- (هيلين)... أرجوكِ... أنا أُحبُّكِ... ولن أنساك خذي الساعة... إنها آخر هدية مني، ضعيها في معصمك، لكي أتأكّدَ من حُبّكِ لي.

تناولتْ العلبة وأَخرَجتْ الساعة، وطوّقتْ بها معصمَها النحيل. حاولتْ تَصنُّعَ ابتسامة رضا... بادرتني، وهي تدفع بيدها النحيفة نحوي، وفي مآقيها حزن لا حدود له:

- ما رأيك؟

كنتُ مرتبكًا، ولم أُحدِّد موقفي بين السَلب والإيجاب:

- جميلة! جميلة جدًّا، لأنها في يدك... أتمنّى -يا (هيلين)- أن تَتذكَّريني كلما نظرتِ إلى الساعة.

هزّت رأسها، بألم وحسرةٍ وقرَف:

- ابن ال... لقد أَحبَبْتُكَ حُبًّا لا حدود له... مَلكتَني بحنانِكَ ورِقَّتك... لقد أَشعَرتني بأنوثتي وإنسانيَّتي وحوَّلتني مخلوقًا جديدًا.
- أرجوكِ، يا (هيلين)... تغَلَّبي على هذه الروح الشريرة، ولنَنظرُ إلى الغد!

ضربتْ طرفَ الطاولة بقبضة يدها الصغيرة، ونفثت آهةً ضائعة:

- كان أملي أن أَتزوَّجكَ، ونُنجب أطفالًا رائعين، ونعيش في أي مكان تختاره. كان يُمكن أن أكون مُسلمة، وألبس عباءَتكم، وأُقبّلَ رأسَ أُمّك. لكنك هدمتَ كُلَّ شيء.
- (هيلين)... هذا هو قدَرُنا. لنَنظر إلى الغد، ولا تَدَعي الماضي يُقيِّدُكِ بالهموم والمآسي.
- أنتَ الذي خلقت هذه الهموم... أنتَ الذي ألبستَني كُلَّ هذه المآسي.

رفعتُ كأسي، مختلقًا ابتسامة مُحايدة:

- في صحَّتك.

رفعتْ كأسَها، بتثاقل وحزم:

- في صحَّةِ زوجتك القادمة.

أحسَستُ بأنها أطلقتْ عليَّ رصاصةً في الصدر. لم أتمكَّن من الردّ عليها. زمَمتُ شفتيّ، وأنزلتُ رأسي في صحني البارد. تمالكتُ نفسي... فركتُ كفًّا بالكفّ الثانية، ثم رفعتُ رأسي نحوها:

- هيا، لنطلُب العشاء.

كان ذلك هو العشاء الأخير، واللقاء الأخير بيننا. هجرتْ (هيلين) النادي الليلي الذي كان يجمعنا، خوفًا من تعليقات (الشلة) -التي كان أعضاؤها

يعرفون أنها صديقتي- وكذلك من الأمريكيين الذين احترموا علاقتي معها. بدوري، صرتُ أخفّفُ من خروجي الليليّ إلى الأماكن التي يوجد فيها الأصدقاء أنفسهم. انتشر خبرُ انتهاء علاقتي مع (هيلين)، في أوساط الجامعة. تقدّم إليها بعضُ الأصدقاء من العرب، فرفضتهم. قررتْ (هيلين) عدمَ تكرار التجربة. كانت ساعة يدها الذهبية تشير إلى السابعة مساءً، عندما ودّعها والدها في محطة القطار. لقد قررَّتْ الرحيل عن المدينة، إلى ولاية أخرى تحاشيًا للقاءِ صُدفة تجمعني وإيّاها مع زوجتي. حاولتُ مهاتفتها مرارًا، لكنَّ والدها كان يغلق الخطّ مُعقبًا، بسبابٍ لا حدود له.

نجحتُ في مواد الفصل الدراسي، وكان تقديري (جيّد جدًّا). لكن ندوة علمية جمعتني بأحد المُحاضرين من دولة اشتراكية، قضت على حلمي بالبقاء في هذه الكلِّيّة العريقة المُسمّاة (New House)، والتي تخرَّج فيها العديد من المُبدعين العرب. كان المُحاضرُ يشتُم (جمال عبدالناصر، والرئيس تيتو)، وأنا لم أزل من المُعجبين بما قام به جمال عبدالناصر ضد المُعتدين على الأمَّة العربية، وبشخصيته التي لم تتلوَّث كالآخرين، الذين لوَّثتهم الرأسمالية الغربية، والاستهلاكية الأمريكية. كان (عبدالناصر) يُمثِّل لنا الأنموذجَ والرمزَ في قضايا الكرامة العربية، مع كُلِّ الأخطاء والمُلابسات التي ظهرت إبّان فترة حكمه. رفعتُ يدي في وجه المُحاضر الذي لم يكُن واقعيًّا في وصف المراحل التاريخية، التي مرّت بها العلاقات بين العالم العربي وأوروبا. دافعتُ عن حركة عدم الانحياز ومطالباتها بتحرير الشعوب من الاستعباد.

في اليوم التالي، وبينما كنتُ على المدرج، الذي يحوي أكثر من سبعين طالبًا، دخل سكرتيرُ عميد الكلية، وطلب مني المثول أمام العميد. ذُهل الطلبة جميعهم لهذا الطلب، بمن فيهم أستاذُ المادة.

دخلتُ، بصدر منفوخ ورأس مرفوعة مُعتقدًا بأن العميد سوف يشكرني على مشاركتي في المحاضرة، وعلى رؤيتي الناضجة للأمور، وتقديراتي التي

كانت قريبة من (المُمتاز). كان الثلج يتقاطر من حذاء العميد، الذي وضعهُ أمامَ وجهي، بعد أن أذِن لي بالجلوس. الغليون المُحترق تتلقَّفهُ أصابعهُ الحمراء. لحيتهُ البيضاء، التي شابَها صَفارُ التبغ، ترسم على وجهه مهابة حقيقية. أنزل الغليون، ورفع رأسه باتِّجاهي:

- اسمع، يا سيد (عبدالرحمن).

كان ذلك اسم عائلتي. بلعتُ ريقي الناشف، ونظرت في وجهه... لم يُمهلني أكثر كي أرُدّ، إذ قال:

- لم تعُد طالبًا في هذه الجامعة.

ارتعدتْ فرائصي. حاولتُ الردّ، فانعقد لساني. حرّكتُ رأسي، لا شعوريًّا كي أدعَ الكلمات تخرج بسرعة دون جدوى، لكنّه بادرني، من جديد:

- لقد قررَّتُ فصْلكَ من الجامعة.

استجمعتُ قواي، في لحظةِ ضعف واهنة:

- ولكن، لماذا يا حضرة العميد؟

هزّ حذاءَهُ الذي يتقطر ثلجًا مهترئًا... ونفثَ من غليونه:

- أنا أَقبلُ الطلبة، وأنا الذي أَفصِلُهم هنا... ودون أسباب.

حاولتُ الاستفسار:

- ولكن، لماذا؟

- اختر جامعة أخرى. انتهت المقابلة.

نهضتُ، بتثاقل، من الكرسي وأنا ألمحُ نجمة داوود الذهبية تطلُّ من خلال قميصه. هكذا يكرهُنا اليهود! لك الله، أيّها الشعب الفلسطيني المقهور! حاولتُ أن أَسُبَّ، وألعن، لكن هداية الله هبطت عليَّ. خرجتُ من مكتب العميد، وإذا بالطلبة، من كُلِّ الجنسيات، يحتجّون على قرار العميد، ويعرضون عليَّ إقامة مظاهراتٍ ضدَّه لإقالته. كنتُ أُدركُ معنى المشاركة في مظاهرة، من وجهةِ نظر السفارة. ثقافة التظاهُر والاحتجاج غيرُ مقبولة في المجتمعات المُحافظة.

كان يوم الحزن، في حياتي العلمية، يوم خروجي من الجامعة العتيدة، رغم درجاتي العالية وطموحي أن أتخرَّج فيها... ونجاح ذاك العميد اليهودي في فصلي من الجامعة، كوني حاورتُ المُحاضِر الأوروبي الذي هاجم (تيتو) و(عبدالناصر) وحركةَ عدم الانحياز، داخل حرم الجامعة، وتحت قبّة العلم. توجد، في أمريكا، حالاتٌ تُنتَهكُ فيها الديمقراطية وحقوق الإنسان، وليس في سجن (أبوغريب)، فقط.

ودّعتُ ما بقيَ من الزملاء. كان (ناصر) قد غادر إلى (وردة) كي يُحضر عائلته. أمّا الباقون فقد حرّضهُم الصيف على التجوال في أنحاء الولايات المتَّحدة. كانت زوجتي قد حضرت، ومعها والدتها وابنتي الصغيرة (شيخة)، وكان مُناخ المدينة رائعًا. انقشعت قوالبُ الثلج عن السقوف. اخضَرّت الأشجار العتيقة، وجاءت طيور جديدة، وظهرت السيقانُ المُمتلئة التي حاصرها الجينز سبعة شهور مُتواصلة، وأصبح لبسُ السراويل القصيرة موضة مُحبَّبة. يُذكِّرُني مشهدُ استلقاءِ الأمريكيين على العُشب، وقضاءِ ساعات تحت الشمس، بكَهنةِ الصين وبلاد (التبت) الذين يَعمدون إلى التخاطر والعلاج التأمُّلي، رغم الفارق بين التجربتين.

كانت منطقةُ الألف جزيرة (Thousand Islands) من المناطق المألوفة للأمريكيين، صيفًا. نَزلت عمَّتي وزوجتي وابنتي من سيارتي الصغيرة. كُلنا كُنا مَشدوهين للمنظر! سوف نَمرُّ على 1000 جزيرة، اليوم. مشهدُ عمَّتي بالدفَّة السوداء كان يثير الأسئلة في عيون السوّاح. ينظرون في وجهها مستغربين: بعضهم يسخرُ بهدوء، ويُعلّق بالإنجليزية، والبعض الآخر يُشبِّهها بالرجل الوطواط أو الساحرة في ليلة (الهالووين)، وهو عيد للأطفال يخرجون على البيوت في ثياب تنكُّرية طمعًا في الحلوى. البحر يبعثُ رائحة اشتهاءٍ غريبة للمُغامرة. الجُزر المتناثرة تَتفنَّنُ في جذبك نحوها، رغم أن مساحة بعضها لا تتجاوز مساحة كوخين أو فيلّا لذوي الدخل المحدود. طافت بنا العبّارة،

تتهادى فوق مياه البحيرات في أقصى شمال الولايات المتَّحدة. كانت تجربة جديدة لنا كُلّنا. الموسيقى تصدحُ على سطح العبّارة، وكؤوس الشمبانيا تلمع في الأيادي. التفتَتْ عمَّتي نحوي باحتجاج:

- يشربون الخمر؟

ابتسمتُ، مفتعلًا موقفًا استعراضيًّا بحمْل ابنتي، في الهواء... وهمستُ في أُذن عمَّتي:

- هذا خمر مُخَفَّف. لا تخافي منهم.

نظرَتْ في وجهي، بغضب، فذكَّرني وجهُها بوجه (أمينة رزق) الممثلة القديرة؛ بكُلِّ تعابير الطيبة والحنان والحذر. أَلِفَتْ عمَّتي الرحلة، وبادلت العجائز من النساء الابتسامات، وكلمة (هالو) بلكنةٍ خليجية. كان أصحاب الجزر الذين نمرُّ بجانبهم يرفعون أيديهم، و-أحيانا- كؤوسهم مُرحِّبين باسمين. النوارس تلاحق العبّارة، وتلتقط حبوب الذُرة من المسافرين... وأحيانًا أخرى، تغوصُ إلى الماء وتلتهمُ بعضَ الأسماك الصغيرة التي تُتابع العبّارة. أسماكٌ تقفز، هنا وهناك. كاميراتُ العجائز تلتقط الصور التذكارية. الكُلُّ سعيد بالرحلة، إلَّا عمَّتي التي تحرّجت من الموقف؛ كيف تكون في مكان يشربون فيه خمر؟ عُدنا، بعد ثلاث ساعات، إلى السيّارة. كانت الشمس تجنحُ نحو المَغيب، كان علينا أن نصل إلى المنزل، قبل حلول الليل. على الطريق، كانت زوجتي تلاحظ عَدّادَ السيّارة عندما تشعر بأنني تجاوزت السرعة المُقرَّرة. لم يكن هناك مفرّ... لقد أمسكني (عبّاس)!

من هو (عبّاس)؟ هنالك قصّة، في الولايات المتَّحدة، يُردِدّها العرب عن (عبّاس). يُقال إن شرطيًّا أسود أوقفَ سيّارة يقودها عربيان، لتجاوزها السرعة على الطُرق السريعة، وأخذ أوراق السيّارة، وبينما هو يتلو الاتّهام على العربيَّيْن، كان هذان الآخران يسُّبانه ويلعنانه، باللغة العربية، وهو لا يلتفت إليهما. بعد أن حرَّرَ لهما المُخالفة، أرجعَ أوراق السيّارة باسمًا، وهو يقول: أخوكم (عبّاس) من السودان!

هذه حكاية، يُردِّدها العديدُ من طلبة أمريكا. يبدو أن (عبّاس) قد خرج لي أنا. بعد أن توارت الشمس بدأتُ أسوق على هدي أنوار السيّارة الضعيفة. كانت الطريق مُغرية لمزيد من السرعة. المكان هادئ، والسيارات قليلة. لكنَّ (عبّاس) كان قد أضاء أنوار سيّارته، الحمراء والبيضاء، المترافقة مع بوق التحذير المتوحِّش، وحثَّني للوقوف على طرف الشارع. أوقفتُ السيّارة. نزل (عبّاس) وأضاءَ مصباحًا يعمل بالبَطارية، ليرى الوجوه القابعة في السيّارة. طلب مني أوراق السيّارة، فأعطيته الأوراق بخوف وحذر. ذهب ليتأكَّد من الأوراق عبر جهاز اللاسلكي. أخبرتُ عمَّتي بأنها لا بُدَّ أن تُنقذنا من الموقف، وذلك بأن تتمارَض. وأنني كنتُ أُسرع كي أُوصلها إلى المستشفى، لأنَّها تُعاني من عدم انتظام جهاز تنظيم دقات القلب. عاد (عبّاس) وقال لي: «لقد تجاوزتَ السرعة، ولا بُدَّ من المخالفة». أشرتُ إلى عمّتي -التي أتقنَت الدور جيّدًا- فألقتْ برأسها على باب السيّارة. قلت للشرطي: «إنها تعاني من اضطرابٍ في جهاز تنظيم دقّات القلب، الموجود تحت جلدها، ولا بُدَّ من أخذها إلى المستشفى، بأقصى سرعة؛ وهذا ما دعاني إلى السرعة». عندها، تحَوَّل (عبّاس) إلى رَجل آخر، فرمى عليّ أوراق السيّارة وقال لي: «اتبعني، سوف أفسح لك الطريق إلى أقرب مستشفى». يا لهذه المشكلة التي تعقَّدت، ما الذي سيحصل لو دخلنا المستشفى، وكشفَ الطبيبُ عليها، فوجدها بصحّة جيِّدة؟ ومن يدري فقد يعبثُ طبيبٌ مُتدرِّب في جهاز تنظيم دقّات القلب المدسوس تحت جلدها. رافقنا (عبّاس) حتى وصلنا إلى المستشفى... دلفنا من الباب، ونحن نرقبُ (عبّاس)، الذي توارى، بعد أن تلقى إشارة عبر جهاز اللاسلكي. بعد برهة، خرجنا، نحن الأربعة، من الباب الخلفي. كانت عمَّتي قد وضعت يدها على صدرها، مخافة أن يُجروا لها عملية للتأكُّد من عَمل الجهاز. وصلنا الشقّة، بعد أن مرَرنا على مطعم من مطاعم الأكلات الجاهزة، وبدأنا

نتناول العشاء. كانت نظرات عمَّتي الاحتجاجية، تُلاحقني ولسانُ حالها يقول: «لقد جمعتني مع شاربي الخمر!».

بعد شهر ونصف، غادرتْ عمَّتي وابنتي المدينة. اصطحبناهما، أنا وزوجتي، إلى مطار (كينيدي) في نيويورك، لتُواصلا الرحلة إلى (وردة)، عبر لندن، وعدنا، أنا وزوجتي، إلى (سيراكيوز).

كان من المستحيل أن أبقى في هذه المدينة، بعد أن حَطّم ذاك اليهودي كُلَّ أحلامي بالتخرُّج في تلك الجامعة العريقة. استأجرتُ عربة صغيرة، قَطَرتها خلفَ سيّارتي، وبدأت في نقل أثاثي وملابسي في العربة وداخل سيّارتي. ساعدني شبّان كويتيون في حمل الأثاث الثقيل، بينما كانت زوجتي تُرتّب حاجيات المطبخ، وتلفّها بورق جرائد، خوفًا من تهشُّمها في أثناء الرحلة. كان صوت (عبدالكريم عبدالقادر) يصدحُ من مُسجِّل الراديو. لكنَّ الجحيم بدأ بعد نصف ساعة من مغادرتنا المدينة. كنّا نتجهُ شمالًا نحو مدينة (بافالو) الشهيرة المتاخمة لشلّالات (نياجرا). الثلج يضربُ السيّارة من كُلِّ صوب. القاطرة الثقيلة ترفع مُقدِّمةَ سيّارتي، في اهتياج غاضب، نتيجة غزارة الثلج على الطريق السريع. زوجتي تلحّ عليَّ بالتوقُّف حتى تهدأ العاصفة الثلجية. إصراري على الوصول إلى المدينة -حتى لا تسوء الأحوال- يدفعني إلى المزيد من السرعة، وتحاشي قِطع الثلج الكبيرة. لقد كان صراعًا مؤثرًا مع الطبيعة، دامَ أكثرَ من ساعة ونصف. لم أشأ أن أدخُل الحيَّ، الذي وصفه لي صديقنا (صالح). أوقفتُ السيّارة والعربة المُبلَّلة خلفها، عند فندق صغير (موتيل)، ثم دلفنا، أنا وزوجتي، إلى غرفة آمنة. كان الثلج ما زال يسقط، ويضربُ -بقسوة- مبنى الفندق الأرضي. أصابعنا ما زالت ترتجف، رغم وجود مدفأة صغيرة في الغرفة. أنفانا ما زالا يحملان حُمرةً غير عادية، أقدامنا ترتجف. اقترب أحدنا من الآخر أكثر، كي ندفأ، ولقد كانت هنالك فرصة مواتية لمزيد من الدفء، لكنَّ الإنهاك كان يَهدُّني

ويقتلُ كُلَّ رغبةٍ مُلحَّة. نظرات زوجتي، التي أعرفها دون كلمات، أوحت لي بحوار صامت:

- لماذا كلّ هذا التشتُّت، يا (ميهود)؟ ماذا ستفعل بالشهادة العليا؟
- الحياة كفاح، يا (أمّ خالد)، وأنا لا أَستلذُّ حياةَ الدَعة.

بالمناسبة، لم يكُن لدينا ولدٌ في ذاك الوقت، لكنني كنتُ مغرمًا بِاسْم خالد. وكنتُ -دائمًا- أُطلقهُ على أبطال القصص والمسلسلات التي أَكتُبها.

عادت زوجتي إلى مشاغبتي:

- هل أنت تختلف عن البشر؟
- كلّا... لا أختلف... لكن العِلم شيءٌ جيِّد.
- ماذا سيعملون لك عندما تعود؟
- ما أدراكِ؟ ثم أنني لا أَعلمُ الغيب.
- إذن، لِمَ كُلُّ هذا الشقاء والترحال والغربة، في هذا المُناخ المزعج، وفيه -خصوصًا- فراق ابنتنا الوحيدة.
- حُبُّ ابنتي مثل حُبِّ (وردة)، كلتاهما تستحِقُّ الحبّ والتضحية.
- لقد أصبحتَ وطنيًّا، دون أن أَعلم.
- حُبُّ الوطن ليس عيبًا!
- لِنَرَ ماذا سيفعلون لك.
- قلتُ لكِ إنني لا أدري ماذا سيحدث... إنني أُريدُ تحقيقَ ذاتي.

نمنا، تلك الليلة على ذاك الحوار الافتراضي المهمّ. في الصباح، كنتُ أقوم بتنزيل الأثاث ومحتويات سيّارتي في الشقة التي استأجرها صديقنا (صالح)، بحسب مواصفاتٍ، أخبرته عنها بالهاتف. (صالح) من الشخصيات المهمّة في حياتي، وفي المدينة، و-خصوصًا- في أوساط الطلبة، من أهل (وردة) وغيرها من البلدان المجاورة. يمتلك شخصية مُحبَّبة وذكية، رغم أن مظهرهُ لا يُوحي بذلك. نادرًا ما يلبس ثيابًا على الموضة، وقماش (الكاروهات)

الستِّيني ما زال يُمثِّلُ رقمًا أساسيًّا في العديد من بدلاته وستراته. تحتلُّ وجهَهُ الأبيضَ النحيف نظّارةٌ سميكة كَقَعر زجاجة مياه غازية، وشعيراتٌ دهنية تتدلّى، دونما ترتيب، على وجهه. كان يُحبُّ إِطالةَ شعرِ رأسه، ويُفاخر بالشعر الأسود، أمام نسيبه الذي هَجم الصلعُ على رأسه، وهو لم يتعدَّ الثلاثين. (صالح) شابٌّ ذكيّ جدًّا لكنه، يتظاهر بعدم الاستيعاب السريع. يُجيد لغةَ التعليق على الآخرين، بصورة دقيقة. يَسكن (صالح) في شقّة من طابقين من بين الشقق التي يسكن فيها نسيبهُ، وقريبٌ له مع أسرتيهما، كما تسكن في الحي نفسه، عائلة (عبدالرحمن الريالي)، وشابٌّ من (وردة) لم يتزوّج وهو يُحضّر للدكتوراه اسمه (عبدالله الغماري). كان (صالح) على وشك الحصول على الدكتوراه، لكنه لم يكُن مُستعجلًا التخرُّج، كان يُفضّلُ التَريُّث. فـ«الأيّام لن تهرب منّا»، كما يقول. كان (صالح) قد أطلق على الحيِّ الذي يسكنه (فريج شيوخ)، ويعني به حيَّ المُرفَّهين، إذ إنهم يعيشون حياة مُترفة: يقتنون السيارات الفارهة، ويُقيمون الولائم الحاتمية، ويسهرون ليلًا ويحضرون (كورساتٍ) بعد الظهر، فعلًا إنه (فريج شيوخ).

عرّفني (صالح) بالمواقع المهمّة في المدينة، وبقوانين الدراسة. أخذني إلى سكرتيرة القسم، التي أكَّدت اكتمالَ أوراقي، وقبولي في الجامعة، كما التقيت بالمُشرف على دراستي، ووضعنا خطّة البحث، ثم قمتُ بالتسجيل في بعض (الكورسات) المطلوبة. شكّل (صالح)، بالنسبة إلينا، رفيقَ الدرب العلمي، ورفيقَ السمَر، وكثيرًا ما كنا نسهرُ في شقّته، كونه لا يصطحب عائلته معه. يقول (صالح) إنه أحضَر زوجته مرة واحدة، وفي عزّ الشتاء والعواصف، وقال لها: إن جوَّ هذا المكان هكذا، طوال أيّام السنة، فكرهتْ زوجته المنطقة، ولم تعُد إليها إلّا لمَمًا، لذا عاش عازبًا، طوال فترة دراسته. وكان حُرًّا في التنقل، هنا وهناك.

بعد وليمة عامرة، في أحد بيوت (فريج شيوخ) -شكرًا لأمّ نور- التي تتقنُ طبخَ الطعام العراقي الجيّد، وتنوُّعات السُفرة من كُلِّ أصناف الطعام. بعد هذه

الوليمة، خرجتُ مع (صالح) إلى (السوبر ماركت)، بعد أن سطّرت (أمّ خالد) قائمة بالاحتياجات. كانت زوجتي من النوع الوسواسي، ولم تكن تتسامح في وجود (بقّةٍ) عجوز تتسلّق الجدار، أو فراشة واهنة حول (لمبة) القراءة. أخذَت تمسحُ أرضيّة الشقّة بدقّة وقوّة، وترشُّ عليها من (الديتول) المُطهّر، ثم تُعيدُ المسحَ والتنشيف. كنتُ أُمازحها، لكثرة حرصها على التنظيف، بأن أختها الكبرى تغسلُ الذبيحة بالصابون، الذي يُستخدم لغسل الثياب وكذلك تُليِّف الذبيحة بالليفة، وتستخدمُ فرشاة الأسنان والمعجون لتنظيف أسنان الخروف... كانت تتذَّرع بأنها لا تحبُّ الأوساخ. وتقول: «أنتم الرجال لا تُحبُّون النظافة»! هكذا تُحقِّرني، كلّما انتقدتُ حرصَها الزائدَ على النظافة. أَحَبَّتْ (أمّ خالد) المكانَ أكثرَ من (سيراكيوز)؛ وذلك لوجود عائلات من (وردة) تعرفهم، ولوجود عائلاتٍ أخرى وَطَّدت علاقاتها معهم. كانت تتمتَّع بالتجوال في (السوبر ماركت)، أو في (المولات) الضخمة، وكثيرًا ما تناولنا الغداء في تلك المولات. أمّا شلالات (نياجرا)، فقد أصبحتُ دليلًا متمرِّسًا فيها، لكثرة ما أخذتُ من معارفي وزُوارنا إلى تلك المنطقة، حتى مَللت من ذِكر اسمها.

الجديد مذهلٌ في تجربتي الذاتية: الشراء عن طريق التليفزيون، الذي لم يصل بعد، إلى منطقتنا العربية، والمُشاهَدة المدفوعة للأفلام والمسلسلات، ومزارع قطف الثمار، والسلوكيات العامّة مع الناس. قصُّ العُشب أمام المنزل، الذي يُعدُّ من الصفات الحضارية للجار، وسياسات الأحزاب، والنقابات، والحقوق المدنية. كانت حواراتي مع الأساتذة تفريغًا لشُحنات من التراكمات الثقافية التي يشوبُها التشوُّهُ، بفعل الإعلام العربي، وسياسات القمع، وتكميم الأفواه، والدجل السياسي. كنت أتمنّى أن يسمع القائمون على الإعلام والصحافة، في البلاد العربية، تلك الحوارات التي تُدخلهم عالمَ الإعلام الحقيقي، بعيدًا عمّا يمارسونه من دعاية فجَّةٍ للأنظمة، وتغييبِ المواطنين.

رغم استمراء الثلج في تعذيب النفوس، وقسوة الخروج إلى الشارع،

وتراكم الثلوج على الطرقات السريعة، والمياه التي تنهمر من الأحذية والأكتاف، كان الناس طيّبين وطبيعيين. لم أكُن أنا و(أمّ خالد) لنختلفَ عن الآخرين، في مبادلتهم الاحترام وحُسن المعاملة.

كان (محمود) قد سبقنا إلى المدينة، بعد عودته من (كاليفورنيا). وكُنا قد افترقنا، بعد دراسته في القاهرة، ووجودي في الإسكندرية، بعد منتصف السبعينات. استأجرَ (محمود) شقّة متواضعة بالقرب من (فريج شيوخ)، وكان عازبًا مثل (صالح)، أي لم يحضر عائلته معه. وكانا قد تلازما جيدًا، وتعرّفا على المدينة وشوارعها الخلفية، أيضًا. لقد صقلتهُ الدراسة الجامعية في القاهرة. ووَفَّرت له شاعريتُه رهافةَ حسٍّ واتّساعَ خيال، لذلك كان مبدعًا في تأليف الأغاني العاطفية. تلاقينا -صُدفةً- في موقف السيارات الخاص بالجامعة، فتعانقنا عناقًا حارًّا، خلع كلانا قُفازَيه وغطاءَ الرأس الصوفي، ودلفنا إلى كافيتريا الجامعة. نظرتُ في وجه (محمود). تنبَّه، فبادرني:

- هل سمعتَ خبرًا غيرَ عادي؟
- كلّا.
- إذن!
- (وردة).
- ماذا بها (وردة)؟
- لقد اشتقت إليها يا (محمود)، أُريد العودة.
- دعكَ من هذا الهراء. لم يتبق لك سوى عام ونصف.
- أعرف. لكنني اشتقت إلى الدروب، والناس، وزملاء العمل.
- لا تستعجل. سوف تنقضي الأيّام، وتعود.
- نحن لا ندري لماذا تسكُننا (وردة)، أينما نمضي. نغادرها تغادرنا، إنها حيَّة في دواخلنا، كُلَّ لحظة.
- أتمنّى ألّا تُغيِّر كلامَك، فيما بعد.

رنّت كلماتُ (محمود) الأخيرة في أذني، وكأنها ناقوس مزعج. هكذا هو طَبعُ (محمود)؛ يرمي الكلمات بهدوء، لكنها كالبراكين تثور داخلَ الذات. كلماتٌ بسيطة، لكنها تحوي إشارات عميقة، تستوجبُ التفكير والرؤية الأخرى!

في الغربة، يبدو الناس على حقيقتهم؛ تنزاحُ الأقنعة من فوق الوجوه. تختفي كلمات المجاملة أو الحرص الدقيق على النفاق الاجتماعي، ويتقمَّصُ الفرد خصوصيةَ المكان، ورؤاه الاجتماعية، والفكرية. في الولايات المتَّحدة، يجنحُ الناس -خصوصًا المنتمين إلى العالم الثالث المسكين- إلى المُجاهرة بعدم الخوف، والتحرُّر من الرقيب، ومسايرة الناس المُتحضّرين، ولو كذبًا.

تداعينا، نحن أهل (وردة)، إلى اجتماع لترتيب متطلَّبات الاحتفال بالعيد الوطني. افتتح (صالح) الاجتماع بكلمة حول المُتطلَّبات الماديَّة، والبشرية، واقترح تشكيلَ لجانٍ من الموجودين، ليتمَّ تقاسمُ العمل. بعد برهة، جنحَ الحوار نحو الأسلوب العربي: أحدهم يُريد أن يكون في لجنة استقبال السفير ودبلوماسيِّي السفارة، وآخر يريد أن يكون مشرفًا على الصالة، ويستقبل الضيوف من عمداء الكلِّيات وأساتذة الجامعة، وآخر يريدُ أن يُلقي كلمة الحفل. وتناسوا مَن سيشتري الخراف، ومَن سيشرف على الطبخ، ومَن سيحجز الغرفَ للضيوف والفنانين، ومَن سيستقبلُ الفنّانين القادمين من (وردة)، والعازفين القادمين من كندا، ومَن سيشرفُ على ديكور المسرح، ومَن سيوزع بطاقات الدعوة، ومَن سيشرفُ على طباعة (البروشور)، ومَن سيُدرّبُ البنات المُشاركات على الرقصات الشعبية!

بادلتُ (محمود) نظرته السابقة نفسها. فهمَ (محمود) المغزى. انتهى الاجتماع بتوزيع الأدوار؛ كُلٌّ حَسب إمكانياته ومواهبه. إذ لا يُمكن أن يتولّى محمّد (المطوّع) شؤون الفرقة الموسيقية وبروفاتها، ولا يُمكن لـ(إبراهيم)

أن يُلقي كلمة الافتتاح، لأن لغتهُ لا تساعده، كما لا يُمكن لـ(يوسف) أن يتحدَّث إلى وسائل الإعلام للسبب ذاته.

في الأسبوع التالي عقدنا اجتماعًا آخر في منزلي. تغيَّبَ اثنان من الذين أُوكلتْ إليهم مسؤولياتٌ مهمّة في الحفل. عادت الأسئلةُ، من جديد وعادَ سهمي إلى عين (محمود). (ناصر)، كان خارج اللعبة، لأنه فنّان، ولم يختلف اثنان على عمله مع الفرقة الموسيقية. لم أحتمل هذا الهراء، وهذا البحث عن أدوار، والإصرار على الحضور داخل الإطار. الكُلُّ يريد أن يكون في الصورة، دون أن تكون لديه المؤهِّلات لذلك، ودون أدنى محاولة لتحمُّل المسؤولية. طلبتُ الكلمة، وأنا أغلي غيظًا مما سمعته، قلت:

- تعلمون أيُّها الأخوة أننا نُمثِّل بلدنا الذي نعتزُّ به، ونحن بحاجة إلى التكاتف والتوزيع العادل للأدوار. إن بعض الأخوة يودّون أن يكونوا «تشريفات»، فقط، لهذا الحفل الكبير... يودّون أن يستقبلوا السفير وأركان السفارة، ثم يودِّعونهم. هذا جهد بسيط، ولا يستغرق أكثر من ساعة. في الوقت الذي ستقع فيه مهامّ كبيرةٌ على آخرين. نحن لا نريد أن يحدث أيُّ خللٍ في الحفل، ولابدّ أن نقدِّم للضيوف تراثَنا وقيمَنا وثقافتَنا بدقّةٍ ودونَ مبالغة أو نقص.

دبَّ ضجيجٌ في الصالة، وتذمَّر البعض من صراحتي. (محمود) و(ناصر)، أثنيا على كلمتي، تبعهما (صالح) الذي كان يُمثِّل الميزان التوفيقي بيننا وبين المتطرِّفين المائلين نحو المظاهر. انفجرَ أحدهم غاضبًا:

- اعملوا الحفل بأنفسكم، ولا تُقحمونا فيه .

تَشجّع آخر:

- نحن لا نريد أن يتزَعَّمنا أحد... الأدوار لنا كُلُّنا... نحن نعرف كيف نُنمِّقُ العبارات، ونرُصّ الألفاظ.

تقاطعتْ نظراتي مع نظرات (محمود) و(صالح) و(ناصر). أحسَسنا بأننا المقصودون. وبهدوئه الممزوج بالدعابة، سرقَ (صالح) نظرات الحضور وبادرهم:

- يا إخوان... الحفل لبلدنا، والمساهمة مطلوبة... وكُلُّ دورٍ مُهمّ بالنسبة إلينا، مهما كان صغيرًا.

قاطعهُ (عبدالله)، المعروف بتفريقهِ الجماعات، وبهروبِ الأفكار من عقله:

- لا... إن الذين سكنوا هذه المدينة، مدةً أطول، يجب أن يكونوا في مقدِّمة الحضور، وفي استقبال السفير، والدبلوماسيِّين، والذين أتوا منذ عام لا يمكن لهم تزَعُّمنا.

هَمْهَمَ مؤيِّدو (نظرية المؤامرة)، واستحسنوا حديث (عبدالله). لقد كشف (عبدالله) مكنونَ صدور الطلبة السابقين لنا، أنا و(محمود) و(ناصر)؛ حيث يمتلك كُلٌّ منّا موهبةً متفرِّدة، وخبرةً سابقة في إقامة الندوات والمعارض والحفلات، منذ أيام القاهرة. وكيف أننا الجُدُدَ نخطِّطُ لاختطاف الأضواء والفوز بشرف إقامة الحفل الوطني. إنه شعور مُتوَّقع في مثل هذه الظروف، خصوصًا مع تعارض التوجُّهات وتفاوت الخبرة والموهبة، والشعور بالنقص.

انفضَّ الاجتماع بإعادة تشكيل اللجان، من جديد. وبدأتْ الترتيبات، مع تلكؤِ البعض في أدائه للمهامّ الموكَلة إليه، وقيام زميل آخر بتلك المهامّ.

تذكَّرتُ هذه الواقعة، عندما اضطرمت نيرانُ الغيرة والحسد في قلوب بعض المسؤولين، بعد أن نظَّمتُ -مع أحد الأساتذة الأمريكان- معرضًا إعلاميًّا في الجامعة، فحوَّلنا المقرَّرَ الدراسي الجامد، إلى عملٍ تطبيقي، فرحَ له الطلبة والطالبات، وقامت وسائل الإعلام بتغطيته، في مساحات واسعة من النشر أو البثّ. كان ذلك النجاح أحدَ الأسباب التي حرمتني من التدريس في الجامعة.

ما حدث في اجتماعنا في (بافالو)، وما حدث في ذلك المعرض في (وردة)،

ما هما إلّا أنموذجان لثقافة تسلُّطِ العاجزين، ونقمةِ متواضعي الخبرة والإبداع على أصحاب الخبرة والمبدعين. إنهم لا يعملون، ولا يريدون أن يعملوا، لكنهم -في الوقت ذاته- يُحاربون الذين يعملون، وتشتعلُ صدورُهم غيرةً وحقدًا، لو نجحَ الآخرون.

أُقيمَ الحفل في أرقى فنادق المدينة، حضرهُ السفير وأركانُ السفارة وعُمدةُ المدينة وكبار المسئولين في الجامعة. قامت الصحف والمحطّة التلفزيونية المحلِّية بعمل تغطيات جيِّدة للحفل. في اليوم التالي، يتسلم السفير رسالة من عُمدةِ المدينة، يشكرهُ فيها على الجهد الذي بُذِل في إقامة الحفل، وينوّهُ بأن مثل هذه المناسبات تُعزِّز العلاقات بين بلاده و(وردة). الحمد لله، لقد ذكَرَ (وردة)، وهذا ما كنا نتمناه. كان الحفل مثارَ أحاديث الجاليات الأخرى، خصوصًا العربية، إذ -لأوَّل مرة- يرى المسؤولون الأمريكيون، في تلك البقاع، ستة خراف مُسجَّاة فوق الأرز الأصفر، ويشمُّون رائحة العود الأصلي، ويرون الخليجيات يتمايلن بثياب (النشل) المُطرَّزة بخيوط الذهب، ولأوَّل مرة يسمعون الغناء العربي والإيقاعات الصاخبة. لقد تألَّق (محمد) و(عبدالكريم) رحمهما الله، و(ناصر) في ذلك الحفل. لقد كان الحفل الأوَّل والأخير بذلك الحجم والتنظيم لطلبة (وردة) في الولايات المتَّحدة.

لم تنفك المُسامرات الليلية بيننا، أنا و(محمود) و(ناصر) و(صالح). وكانت أغلبها حول مسارات الدراسة، والمقرَّرات الجديدة المطروحة وأساليب المدرسين، كما لم يخلُ الأمرُ من مغامرات بريئة في الحانات القريبة من الجامعة.

ذات صباح، تحلَّقت أربعُ عائلات حول مائدة (أم نور) العراقية. سرتْ رائحة الأطعمة الأصيلة في كُلِّ الأنحاء، وفرك بعضهم يديه استعدادًا للالتهام. (فريج شيوخ) يزخر بالأطعمة الفاخرة، وتنوُّع الحلويات والمشروبات الطبيعية. (صالح) -كعادته- يواصل التعليق على نسيبه، (نور) مشغولة في

مساعدة والدتها، و(أمّ خالد) تناول (أمّ محمد) فنجان قهوة. اكتملت المائدة الطويلة. دخل علينا (يوسف) متجهِّم الوجه، وتراءى لنا، بأنه غاضب على هذا الجَمع في منزله، أو على تدنّي درجاته في الكورس. بادرَتهُ زوجته بسؤال ضمني. رفع (صالح) رأسه تجاهه. أقبل (يوسف) نحوي، وقال:

- يوجد خبر سيِّئ يخصُّكم.

ارتعدت (أمّ خالد). ها... أُمّي حصل لها مكروه؟ هل (شيخة) ابنتي، على ما يرام؟ ماذا حدث؟

رمى البعضُ ما بيده من تناتيف الطعام أو حبّات الزيتون، وتوجَّهت الأنظار نحو (يوسف)... بادرتهُ:

- ماذا جرى؟

أطلق قنبلةً مدوِّية:

- لقد توفِّي صديقكم (ماجد)!

بلعتُ ريقي... أحسَستُ أن جسمي يرتعد، ولم يكُن الجوّ باردًا. توجهتُ نحو النافذة. رَمَتْ (أمّ خالد) الفنجان من يدها، وتوجَّهتْ نحو (يوسف):

- كيف مات (ماجد)؟ إنه لا يشكو من أيِّ مرض!

التفتَ (يوسف)، وهو يخلع سترته... وقد أَحسَّ بأنه قد أَفرغَ ما كان فيه من احتباس؛ وواصل قصَّته:

- لقد غرق في البحر.

انفضَّ الجميعُ عن المائدة العامرة... شعرتْ (أمّ نور) بالأسى. غاصت (أمّ خالد) في صمت عميق، وهي تمسح دموعها. استأذنَّا المجموعةَ، وذهبنا إلى شقَّتنا. كانت المجموعة تدركُ مدى حُبِّنا لـ(ماجد) وعائلته. وكنا قد تلازمنا في الإسكندرية، في عامنا الجامعي الرابع، كما أن (ماجد) قد عمل معي في الوزارة نفسها، لأكثر من أربعة أعوام، قبل أن نلتحق بجامعة بيروت العربية. مسكين (ماجد)، لم يفرح طويلًا بالوظيفة الجديدة! كان

وكيل الوزارة قد اتَّصل به قبل حوالي شهرين، طالبًا منه الحضور، فورًا، إلى (وردة). هاتفني (ماجد) قبل سفره من (لوس أنجلوس)، ولم يكُن يعرف لماذا طلبوه، وكان قد استقر في تلك المدينة، واشترى سيّارة جديدة وأثاثًا فاخرًا. باع كُلَّ شيء، بخسارة، في يومين، وقفلَ راجعًا إلى (وردة). علمتُ، من خلال اتّصال هاتفي مع أحد الأصدقاء، بأنه قد ذهب في رحلة بحرية مع عائلته. دخل البحر مع قريبه، وكان الجوّ غير مؤاتٍ للصيد، وقتها. عاد قريبهُ لاهثًا إلى الشاطئ، لكنَّ (ماجد) لم يصل أبدًا. يبدو أنه سبحَ، وتَعب من السباحة فهوى إلى القاع. ترحَّمتْ (أمّ خالد) عليه، بعد أن استعدنا ذكرياتنا معه، في الإسكندرية. هكذا الناس الطيِّبون لا يُعَمِّرون طويلًا.

- رحمك الله، يا (ماجد). كان إنسانًا بشوشًا، لم يرفع عينيه في وجهي، قطّ.

كانت كلمات (أمّ خالد) مفتاحًا لشريط طويل من الذكريات الجميلة مع (ماجد)، سواءٌ في الإدارة التي عملنا فيها طويلًا، أو في (الإسكندرية). لماذا لم يتركوه يواصل دراسته؟ لماذا منحوهُ المَنصب ليموت؟ خيَّم حزنٌ كربلائي على شقّتنا، تلك الليلة. لم يتَّصل (صالح) ولا (محمود). انسحبتْ (أمّ خالد) تجرُّ نفسها إلى غرفة النوم، وبقيتُ أنا مع (ماجد)، ووجهه الأبيض المستدير. أتخَيَّلهُ يقود السيّارة من الإسكندرية إلى القاهرة، كان يحرص على القيادة المنتظمة، رغم حواراته الساخنة مع زوجته، أحيانًا. أتخَيَّلهُ وهو يحمل المعاملات، في الإدارة التي نعمل فيها سويًّا.

دارت الأيّام مسرعة، وقفشات (صالح) في تزايد. ظهرت نتائجُ (الكورسات)، وكانت رائعة بالنسبة إليّ. تقدّم (ناصر) جيّدًا في الإنجليزية، وساعدهُ في ذلك سكنهُ مع عائلة أمريكية، يعرفها (صالح). (محمود) كان متقدِّمًا أيضًا، وكان قد سجّلَ ساعاتٍ دراسية، قبلنا بفترة. أمّا (صالح)، فكان -كعادته- لا يستعجل الرحيل، ويؤجِّلُ مناقشته للدكتوراه.

تنشطُ، لدى المجتمع العربي، في الغربة شهيةُ الفضول، وتُستَفَزّ لديه شهوةُ الحديث، بعكس المجتمع الأمريكي الذي لا يهتمُّ إلّا لشؤونه الخاصّة. كان (عبدالله الغماري) يدرسُ الدكتوراه، ويسكنُ طرفَ (فريج شيوخ)، وكان لا بدّ أن يمُرَّ بالشارع، المصفوفة على طرفه شققُ أهل (وردة) المُترفين. مسكين (عبدالله)، شأنه شأن كُلِّ عازب في تلك الأصقاع، يريد مَن يُزيل عنه وحشةَ وحدته... ويُلطِّف أجواءَ حياته. تَعرّفَ إلى صديقة أمريكية شقراء، وكان يصحبها معه وتأتي إلى منزله ليلًا. كانت بلكونة (أم غانم) تطلُّ مباشرة على الشارع المؤدِّي إلى منزل (عبدالله). رغم أن (عبدالله) يُحاذر الخروج أو الدخول، مع فتاته، وقت جلوس (المُرفَّهين) في البلكونات، كانت (أمّ غانم) كانت تعرفُ مواعيدهُ، بالضبط، وكانت تُسجّلُ حركاته وحركات صديقته الشقراء، يوميًّا: موعد خروجهما، وموعد دخولهما؟ كيف كان شكل شَعْر صديقته؟ وماذا كان يلبس (عبدالله)، وفي الصباح، تكون لديها نشرةٌ كاملة ومُفصَّلة، تنقلها -عبر الهاتف- لصديقاتها في (وردة).

في هذه المدينة، وُلد ابني الأوَّل، وكنتُ أنتظره صبيًّا. سُررنا، أنا وزوجتي، به وأسميناه (خالد). كان جميلَ الوجه، مُكتنز اللحم؛ فكلما رأته إحدى العجائز، في الحيِّ أو (السوبر ماركت)، تصيح:

-OH BIG BOY! طفل كبير!

كانت (أمّ خالد) تلعنها، وتقرأُ آية الكُرسي، خوفًا من تَعرُّض الطفل لحسدٍ من عينيها الحادّتين. زاد (خالد) من ارتباطي بأُمِّه، وأسبغَ على حياتنا مزيدًا من البهجة والحُبّ، على الرغم من اشتعال نار الغيرة في قلب أخته (شيخة)، التي تكبرهُ بست سنوات، مع أنها ليست معنا في أمريكا.

الشهرةُ نقمة، في بعض الأحيان. فلقد عادت (أمّ خالد) إلى (وردة) مع اقتراب تخرُّجي، لكي تكون بقُرب (شيخة)... وبقيت لوحدي قرابة الشهرين. فاجأتني ذات ليلة بمكالمة غريبة:

- (ميهود.)، هل أنت في أمريكا؟

ضحكتُ ملءَ رئتيّ، وردَدت:

- كلّا... في المريخ... ماذا دهاك، يا امرأة؟

- يقولون إنك عملت حادثًا على كورنيش (وردة)، وأدخلوكَ السجن!

قَهقهتُ، من جديد، وكنتُ فعلًا بحاجة إلى ضحك، بعد خمس ساعات من الطباعة لورقة جديدة مطلوبة في الغد. حاولتُ أن أكون خفيفَ الظِّلّ:

- سجن الولاية، أم السجن الفيدرالي؟

قالت، وهي تضحك:

- لا... ويقولون إنك سكران، ومعك امرأة.

واصلتُ ضَحكي العبثي. انتقلنا إلى مواضيع أخرى، وأمنياتي التي تقترب من التحقُّق. حيث لم يتبقّ إلّا القليل، لأعود إلى (وردة).

في اليوم التالي، اتصلتْ (أمّ خالد)، يبدو أنها استلمت هدية مالية كبيرة من أختها، ولم تعد تخاف من الفاتورة الكبيرة للهاتف، لتُخبرني بأن شخصًا يحمل اسمي نفسه، قد عمل الحادث، لكن الناس تداولوا الاسم الأشهر. لقد عانت (أمّ خالد) من كثرة الاتِّصالات التي كانت تسأل عني. إنهم لا يسألون عن المواضيع الطيّبة والسارَّة! كانت تَردّهُن! أكثر ما كان يُزعجُها حديث النساء عن زوجة أخرى لي!

حَدَّدَ لي المُشرف، على دراستي، موعدَ الامتحان. قدّمت له مشروعَ التخَرُّج، وقد أكملتُ الامتحان في يوم عاصف. كنت قد لبستُ حلَّةً جديدة. نحن نتغابى، أحيانًا. لكن مع ذلك، الأناقة جزءٌ من المظهر العامّ الذي يُساعد في الحُكم على الشخص. نجحنا، أنا و(ناصر)، وفرحنا جدًّا. أقامت (أمّ نور) لنا وليمة كبرى في (فريج شيوخ)، واصطحبَنا (صالح) إلى حانةٍ حديثة، على شكل طائرة (جامبو)... سهرنا هناك حتى الصباح. كانت الفرحة واضحة في عينيّ (صالح)، لكنه لم يهنأ بدرجته العلمية كالآخرين، لا أدري لماذا

يتخطَّفُ الموتُ أبناء (وردة) الطيّبين. لقد دهستهُ سيّارة مُسرعة، في إحدى الدول المجاورة، أمام مرأى من عائلته، بعد أن عاد بشهادة الدكتوراه، واستلم عمله الجديد! هكذا يرحل الطيّبون الأنقياء، ويبقى أصحابُ القلوب السوداء الذين يقمعون ابتسامات الناجحين، ويرمونهم بالحِراب والكلمات القذرة.

أكملنا الإجراءات الرسمية الخاصّة بتَخرُّجِنا، وطلبنا من سكرتيرة القسم إبلاغ السفارة بتَخرُّجِنا، كي تُرسل لهم جميع الأوراق المطلوبة. احتوتنا (الجامبو) الحقيقية، من مدينة (نيويورك) حتى لندن. أزيز الطائرةُ يخترق طبلة الأذن، والغيوم الكثيفة ترجُّ الطائرة بعنف. التفتُّ إلى النافذة، فإذا بوجه والدي يخرجُ من بين الغيوم متهللًا، وهو يردّد بيت الشعر:

تعلَّم كلَّ يوم حرف علم   ترَ الجهّال كلَّهم حميرا

-4-

المنفى الثاني

كانت الأشياءُ في عيني مختلفة، عندما عدتُ إلى (وردة). لم تكُن اللغة الإنجليزية التي أتقنتها تُشكِّلُ تطوُّرًا في حياتي، فقد كنتُ أُجيدُ هذه اللغة، قبل سفري إلى الولايات المتَّحدة. الشيء الأهم، كان رؤيتي للأمور... أشكال الحوار... بعض المفردات الجديدة، التي لا يلتفت إليها الآخرون مثل: حرِّيّة الرأي، ولباقة الاستئذان، والشُّكر، والأمانة في أداء المهامّ، والمحافظة على وقت المؤسَّسة، وصيانة مرافقها، والدِّقة في المواعيد، والمهنية في العمل، وعدم الإهمال نتيجة التسرُّع والانشغال. لقد خلقتْ هذه المفاهيم حاجزًا كبيرًا بيني وبين نظرائي. كنتُ أخافُ أن يتَّهمني أَحدهُم بالغرور والتكَبُّر. ولقد حدث ذلك فعلًا في إحدى رحلاتنا الخلوية، التي كنتُ أحرصُ على تنظيمها لأفراد الإدارة الذين يعملون معي، حيث أَجريتُ تجربةً عملية لزملائي؛ فطلبت منهم أن يقومَ كُلُّ واحد منهم بتقييم علاقتي معه، على أن أبتعد عنهم، حتى أُتيحَ لهم حرِّيّةَ الحديث، والاتفاق على ما سيقولونه. أتيتُ بعد دقائق لأسمع منهم رأيهم في رئيسهم، هنالك من تَحرَّجَ واكتفى بالابتسامة، بعضهم أثنى، بينما انبرى شابٌّ يافع، كان يعمل ليلًا، معنا، وما زال على مقاعد الدراسة:

- يا أخ (ميهود)... أنت إداريّ جيِّد، لكن فيك كبرياء.

حاول زميلٌ سوداني، يَميل إليَّ، أن يُصحِّح ما قاله الزميل الشابّ:

- يا أخي، الكبرياء ليس مذمَّة، ولا نقصًا.

تحرّجَ زميلُنا الشابّ، وأعادَ كلماته:

- لا... أنا كنتُ أقصد الكِبرَ والغرور.

أدركتُ، هنا، مدى الفجوة بيني وبين زملائي، الذين لم تُتح لهم فرصةُ السفر والخروج من دوائر التعليم التلقيني، الذي تحرص عليه وزارات التربية، وكذلك الجامعات في العالم العربي، وأنني بحاجة ماسة إلى تقويم توجُّهاتي بما لا يتعارض مع المفاهيم الموجودة، وإن كانت عقيمة أو بدائية. عانيتُ كثيرًا في هذه المرحلة، ولم أستطع التأقلم، خصوصًا مع مخالفات قيادة السيّارات، أو الانتظام أمام (كاونتر) البنك أو صيدلية المستشفى. وكانت الرغبة تستحثُّني على إصلاح أو تصليح المفاهيم والمواقف الخاطئة، لكنَّ حديثَ زميلنا الشابّ، في الرحلة، كان يُلجم لساني فألوذُ بالحكمة العاقلة: (دع الخلق للخالق)... هل تريدُ إصلاح الكون؟

واصلتُ عملي، أربع سنوات، كانت من أخصبِ السنوات: كنتُ أَحضُر الاجتماعات الرسمية خارج (وردة)، وأُشاركُ في منتديات عديدة، كما كان لي عمودٌ في إحدى الصحف المحلّية. ساهمتُ في العديد من المشاريع التطويرية للعمل، بعد تجربتي في الخارج، وكنت قد كسبتُ ودَّ ورضا المسؤولين، بشكلٍ لافت.

كان يُمكن الاكتفاء بالماجستير، وعدم الخوض في بحر الدكتوراه . كان يُمكن توفيرُ كُلُّ ذلك الجهد والوقت في مشروع تجاري، وعدم التضحية بدراسة البنت، ومستقبل أخيها الطفل؛ لكنَّ الهاجسَ الداخلي لم يفتأ يحفر قلبي وعقلي لمواصلة الدراسة.

وافق المسؤولون، بسرعة، ودون عقبات، على التحاقي بإحدى الجامعات البريطانية في (ويلز) غربيّ بريطانيا. لماذا بريطانيا، وليس أمريكا؟ التنوّع جيِّد حتى في الدراسة. مع أن الدراسة في بريطانيا لها مخاطر، أهمّها أنها تعتمد على الامتحان النهائي وكتابة البحث، ويمكن أن يُعيد الباحث ثلاث سنوات

أو أربع، نتيجة عدم اقتناع المُمْتحِن الخارجي بالبحث أو الدفاع عنه، كما أنه ليس للباحث أيّة ساعات دراسية، كما هو في النظام الأمريكي.

وصلتُ إلى مدينة (كارديف). المطرُ ينهمرُ بسخاء. الشمسُ متوارية وراء سُحبٍ كثيفة. كانت الرحلة من مطار (هيثرو) مُتعبة. هواءٌ منعشٌ في خارج الباص، لكن الأسنان تصطكُّ من شدّة البرودة. المطر فوضويُّ السقوط. لا أدري لماذا يكون حظّي، في المدن التي أختارها للدراسة، مُبلَّلًا وثلجيًّا! استقبلني أحد الأصدقاء من الذين سكنوا المدينة قبلي، وأقلَّني إلى فندق يُجاور منزله. ارتميتُ على السرير، وغرقتُ في نوم عميق. في اليوم، التالي جاءني الصديق، وذهبنا لمقابلة عميد الكلية. بعد محاولتين، مع مكتبين لتأجير المنازل، وُفّقتُ في استئجار منزل على سفح جبل، يبعد عشرين كيلومترًا عن الجامعة. شَعَرَ الساكنُ في المنزل المجاور بصوت السيّارة، وحركة غير عادية... فتح الباب، وبادرني بكرشه الكبير:

- تبدو عربيًّا... أليس كذلك؟

رفعتُ وجهي، بابتسامة، وأنا أسحب شنطتي الضخمة:

- نعم. أنا عربي.

تقدّم خطوتين نحوي، وهزّ رأسه مُحذِّرًا:

- اسمع. هناك جارنا الإيراني... لا تتشاجر معه.

كانت تلك أولى الطعنات لي. انعقلَ لساني، بحُكم الصدمة غير المُتوقعة. وفضَّلت عدم الرد، مُحتسبًا قادمَ الأيّام. ابتسمتُ له ابتسامة محايدة، ودخلت المنزل. ألحَّ عليَّ سؤال: كيف سأعيشُ ثلاث سنوات، مع هذا الجار؟ تشاغلتُ بترتيب ملابسي، وسجَّلتُ -في ورقة- ما أحتاجه من (السوبر ماركت). بعد عودتي من (السوبر ماركت)، شرعتُ في تركيب الستائر، وتوزيع المناديل الورقية، بين الحمّام والمطبخ. علّقت على الجدار عَلَمَ (وردة)؛ هذا العلم الذي يُلازمني في كُلِّ المنافي. حشوتُ الثلاجة بكُلِّ

العلب والعصائر والدجاج المُثلّج والحليب، وغيره. تراءت أمام ناظري (وردة): بناياتها، وشوارعها... وأحاديث الصحف الساخنة، ومداعباتي ومشاغباتي لبعض الكُتّاب، حديث (أحمد) وعشقه لـ(الجوهرة)، وصورة الزول السوداني (عبدالواحد) الذي يموت في الويسكي، وأفكاره الثورية ضدّ الجهل والأمية، صورة ابنتي (شيخة) بلباس الإعدادية، ووجه ابني (خالد) الأحمر، وحِرص زوجتي على النظافة، مع غيرتها الشديدة عليَّ، وشكوكها في زواجي الثاني. هي المشاعر نفسها التي حاصرتني عندما علّقتُ عَلَمَ (وردة)، قبل سبعِ سنوات في أمريكا. حادثتُ نفسي:

- كلُ هذاَ التغرُّب من أجلكِ، يا (وردة) أَنتِ غالية وتستحقّين كُلَّ هذه المعاناة؛ عطاؤك اللامحدود يجعلنا نُحبُّكِ أَكثر، ونشقى من أجلك.
- آه، يا (وردة) كم أنت جميلة، كم نشتاق إليك!

لم يكُن من الحكمة التورُّط في الشوق الوطني أو مرض الحنين، كما يُسميه الأمريكان. رفعتُ سمّاعة الهاتف، وحادثتُ (أمّ خالد)، لأُطمئنها عن الأحوال. فرحَتْ لسُرعة حصولي على سكن، ولم تكن تعلم أنه على سفح جبل ومحاط بغابات الصنوبر التي تصدرُ من حولها أصواتٌ مخيفة، في الليل. ناهيك عن صوتِ الرياح التي تعوي، حيث تُذكِّرني بمشاهد أفلام الأشباح، إضافة إلى الهدوء القاتل. المطرُ كان يضربُ زجاجَ النافذة الرقيق. صوتُ سقف المنزل الخارجي يَهدر، وكأنه يريدُ الهروب من مكانه. ماذا ستقول (أمّ خالد) عن هذا المكان الموحش والمعزول عن المدينة؟ ليس باليد حيلة. إن الدراسة قد بدأت، ولا بُدَّ من الاستقرار، ولو على رأس تنّين.

بعد مكالمتي لزوجتي، اجتاحني شعورٌ جارف لتلبية إلحاحات الغريزة. لم أتعود على البغاء. ولا توجد لديّ صديقة هنا. هاتفتُ صديقي (خالد)، وخرجنا إلى إحدى الحانات. كانت النساء في عُمر والدتي. يبدو أنه مكان للعجائز. فهمتُ، بعد فترة، أنها فعلًا حانة للعجائز. هؤلاء النسوة فقدن

أزواجهن لسبب أو آخر؛ فارتضين مُعاقرةَ الخمر والبيرة، ليعُدنَ مترنِّحاتٍ إلى مخادعهنّ الباردة. لم يكُن هنالك وجهٌ (يفتح النفس). خرجنا، أنا وصديقي من الحانة خالِيَي الوفاض. في اليوم التالي، قصدنا معرضَ سيّارات، واشتريتُ سيّارة متواضعة، على الأقلّ، توصلني من المنزل الجبلي إلى الجامعة. زادَ تعلُّقي بالمدينة الدامعة، دومًا، وكأنها امرأة كُتب عليها الحزن.

أهل المدينة يختلفون عن الأمريكان؛ إنهم عابسون، ولا يحاولون الاختلاط بالغرباء، لديهم شؤونهم الخاصة، دقيقون في المُحاسبة. سريعون في الحديث للتخلُّص منك، بعكس الأمريكان، الذين يبتسمون دومًا، ويعلِّقون ويشرحون للغريب ما قد يُشكِلُ عليه. كان لزامًا عليَّ التأقلم مع هذا الوضع الجديد.

استقبلتُ (أمّ خالد) في مطار (هيثرو) بصحبة (خالد) الذي كبُرَ وأصبح يُلاحظ الأشياء الصغيرة، والكبيرة. وبدا -مع شعره الأصفر- كأنه أحد أبناء الإنجليز، وكانت المربّية (جريسي) قد رافقتهما. انحشروا في سيّارتي الصغيرة. لم تكُفّ (جريسي) عن التلفُّت يمينًا وشمالًا، مأخوذةً بالبلاد التي تزورها لأوَّل مرة. (أمّ خالد) تعرف البلاد جيّدًا. وكثيرًا ما كُنّا نأتيها صيفًا، لنرتاح من عناء العمل لشهر أو شهرين. بعد رحلة لساعتين وصلنا المنزل الجبلي. تلفَّتَتْ (أمّ خالد) فاحصةً المكان. تحجّرت دمعتان في مآقيها. لم يُعجبها المكان. كانت تتوَّقع أن تكون (ويلز) مثل (لندن) أو (باريس). مسكينة (أمّ خالد)، بعد شقاء (بافالو)، كانت تتوَّقع أن تُتوّجَ غربتَها بمدينة حضارية! شَعرتُ بالذنب لرؤيتي وجهها المكتئب، وإيمانها بقدرها الرمادي؛ لكنها استجمعت قواها، ودخلتْ المطبخ لتُعيد ترتيب فوضويّاتي المعروفة. (أمّ خالد) أحسن طباخة في العالم. هكذا تقول صديقاتها، وكذلك أصدقائي، الذين يتذوَّقون طبخَها. لقد تعلَّمتْ فنونَ الطبخ مع مرور الأيّام. يوم تزوَّجتها لم تكن لتقدر أن تسلق بيضتين. كانت تدفع لي بطبق المعكرونة (التي لم

تنضج بعد)، فألتهمُها بعد أن تتحوَّل إلى علكة صلبة في فمي. كانت دلُّوعة أبيها، لكنها تعلَّمت مع الأيّام. لاحظتُ الحزن الذي أحاط بوجهها. وكوني لا أُحبُّ التأجيل، خصوصًا تأجيل المواجع، قررتُ أن أُنهي حالة الاحتجاج المكبوت، فاقتربتُ منها واضعًا يدي على كتفها:

- لم يُعجبك المكان؟
- ميهود!

استدارت نحوي وانفجرت في بحر من الدموع. ضممتها بكُلِّ حُبّ. غاصت أصابعي في شعرها الأسود الكثيف. حاولتُ ملاطفتها:

- حبيبتي، غدًا سوف تتأقلمين على المدينة. كما أننا سنعيش مؤقتًا هنا.
- ثلاث سنوات، يا (ميهود)... ولربّما أكثر!
- سوف تنقضي... وستعرفين، بعدها، الأمل الكبير الذي ينتظرنا.

رمقتني بنظرة، فيها استفهام استنكاري: هل -فعلًا- أمامي أمل كبير؟ ماذا فعلوا لي عندما عدتُ بالماجستير؟ لم تشأ أن تُفسد عليّ حالة الحلم المزوّر أو الأملِ المسروق. ابتسمتْ، وأرسلتْ لي دعوةً تطمينية:

- أنا معك، أينما ذهبت.

بعد لقاء حميمي مُتوقَّع؛ وضعتْ (أمّ خالد) رأسها على الوسادة، وهي تسمع عواءَ الريح في الخارج، وصوت الزجاج يرتجف بردًا. رصاصُ المطر على الجدران، لا يتوقَّف. اقتربتْ مني، وحاولتْ الاحتماء بي، من الأفكار الشريرة التي هاجمتها. كان (خالد) يعبث بالثلج أمام المنزل. (جريسي) كانت تُراقبه. لقد تعرَّف إلى بنات جارنا، قبلنا. وعرفَ أسماءَهن، وأنهن مغرمات بالخيول، كما أن والدهم يملك معرضَ سيّارات كبيرًا في ضواحي المدينة.

دخلتْ (أمّ خالد) معهد اللغات، وتعرَّفت إلى عائلات عربية من الكويت، والعراق، والإمارات. لم يكُن الأمر صعبًا عليها. إنها تمتلك مواهب

الاتِّصال السريعة. بدأتْ في استضافة العائلات العربية؛ ما ساعدها على التأقلم والصبر على شيخوخة المدينة. في الغربة، تستطيع أن تشغلَ وقتك كما تريد، وبما يعود عليك بالفائدة. انضمَّت (أمّ خالد) إلى معهدٍ لتنظيم الحِمية، حيث كانت مُمتلئة. من حقِّها المحافظة على رشاقتها، خصوصًا، مع وجود الملابس الراقية في أسواق (لندن) أو فروعها، في مدينتنا. (خالد)، كان سعيدًا بالدوام في حضانةٍ قرب المنزل، وكانت (جريسي) تصحبه، يوميًّا، مُستمتعةً بالخروج من المنزل، والسلام على الجيران. كانت مسيحية وتعرفُ تعاليم الديانة المسيحية، كما أنها تُجيد الإنجليزية. تَعرَّف (خالد) إلى نظرائه من الأطفال (الويلزيّين)، وكان يعتبُ عليهم لو لم يُعِره أحدُهم اهتمامًا.

لم يكُن المُشرف على رسالتي متسامحًا، أبدًا، ولم يكن لديه وقت طويل لشروحاتي. وكثيرًا ما أقضَّ مضجَعي بأسئلته المتعدِّدة. كان يكتفي بوضع إشارة (نجمة) أو علامة تعجُّب أمام الجُملة، وهذا يكفي لإدخالي في دائرة الحيرة، لأسابيع: فاتورة شراء القمر الصناعي العربي. من أين آتي إليك بهذا الفاتورة، ونحن في مجتمع عربي يعشق الروتين، ويخاف من المسؤولية، ولا يسمح لأيّ كائنٍ بالاطلاع على الأوراق الرسمية في المؤسَّسات؟

يزيدُ الشتاء القارس من كآبة هذه المدينة العاقر، لكنَّ الخروج مع (أبوحسين)؛ صديقي العراقي الذي تَعرَّفتُ إليه -بالصدفة- في كافيتريا الجامعة، كان يُخفف من وطأة الكآبة. تعوّدتُ الخروج مرّتين، في الأسبوع، مع (أبوحسين)؛ حيث يقوم بإحضار عائلته إلينا، أو آخذ أنا (خالد) وأمّه إليهم، ونخرج، أنا وهو، إلى حيث تأخذنا قدمانا. عندما نكون صابغي الشعَيْرات البيضاء في فودَيْنا، نكتفي بالذهاب إلى مقهى الجامعة، حيث يدور حوار حول الأحداث الجارية مع طلبة وطالبات قسم الصحافة؛ ليس ممنوعًا مشاركة الحسناوات (الويلزيات) في ذلك الحوار.

خلال عام واحد، انقلب لونُ شعري إلى الأبيض الناصع، وتحوّل إلى (شَعر بنات)، وهي حلوى خليجية معروفة. كنتُ أقضي عشرَ ساعات، يوميًا، في القراءة والتدوين. أَستهلُّ يومي بقراءة الصحف البريطانية المهمّة. ثم أقضي ساعتين مع (المايكروفيلم)، أبحثُ عن أخبار وتعليقات تختصّ بمادّة البحث. أبدأ بتصوير ما أجده ملائمًا، ثم أَعودُ بعد الغداء القصير، إلى القراءة وتدوين المعلومات على بطاقات صغيرة لتسهُل عليّ عمليةُ نقل النصوص مع مصادرها. المكتبة مكان مقدَّس لِطالبي العلم، فلا صوت يعلو فوق صوت العِلم. الهدوء يلفُّ المكان، وخزانات الكتب موضوعة، بشكل فني دقيق، حاويات الكتب التي استُخدمت حاضرة في كلّ ركن، والسقف مرتفع، إلى حوالي ثمانية أمتار... الطاولات تنتشر في أنحاء المكتبة التي غلبَ عليها اللون الأسود من الخارج، والبنيّ من الداخل. عاملات المكتبة، يتهادين بكُلِّ رشاقة، ويُقدّمن ابتسامات، بلا ثمن. لا بأس أن تشاهد فتاة مُنكبّة على بطنها وهي تقرأ، تلك من الحريّات التي لا تتعارض مع قوانين المكتبة. لكن حاذر، أن ترفع صوتك أو تُدخِّن، أو ترفع رجلَك على الطاولة. شابّ إفريقي ملتحٍ يقلّب رأسه، وهو يمصّ قلمًا باليًا بين شفتَيْه الغليظتَيْن. آسيوية لا تكاد تفتح جفنيها، تُخلِّل أصابعُها شعرَها الأملس الفاحم. بريطانية ضخمة تلتهم أصابع الكاكاو. مشرفات المكتبة يُعدنَ ترتيب الكتب المُستعارة، ويرشدن الطلبة والطالبات إلى مبتغاهم. ينتصبُ (أبوحسين) مع شنطته (السامسونايت) التي ترافقه كظلِّه. يرمي أمامي جريدة عربية. نخرج، للحظات إلى مدخل المكتبة؛ حيث يُشعل (أبوحسين) سيجارة، وكأنَّ حديثًا آخر في قلبه، غيرَ حضورهِ وعائلته، الليلة عندنا، يُفجِّر ما بداخله:

- الأوضاع متردّية، يا (ميهود)!
- الله يعين.
- بلادنا تدمَّرت بعد الحرب مع إيران.

- الله يعينكم... نأمل أن تكون آخر الحروب.

- من يدري، يا (بوخالد)... نحن نسمع عن حشودات في الجنوب! تَعْلم، أن أخبار العراق شحيحة، وأكثر الذين هنا من المخابرات العراقية. لا تحاول التحدُّث إلى الطلبة العراقيين بشأن أوضاعِ بلدهم.

- لستُ عراقيًّا يا (أبوحسين). لماذا أنت خائف هكذا؟

كنتُ أشعرُ بمدى خوف العراقيين من النظام. سمعتُ من (أبوحسين) قصصًا غريبة عن حالة الخوف والدمار النفسي الذي أصاب الشخصية العراقية. عندما تقابلنا مع (أبوحسين) في الإمارات -بعد سقوط بغداد والقبض على (صدّام حسين)- بدا الرجل أكثرَ ثقة في نفسه، وأكثر انفتاحًا للخوض في الخصوصية العراقية؛ لكنه -مع ذلك- لم يُخْف تحفُّظًا مقصودًا، عند نقدي لعهد (صدّام حسين).

أنهى (أبوحسين) سيجارته، بشفطة عميقة. نظرَ إلى السيجارة، وداسها بقدمه التي تنتعل حذاءً لماعًا؛ يبدو أنه اشتراه للتوّ من لندن. يحبُّ (أبوحسين) الأناقة؛ لذا تجدهُ يحرصُ على اقتناء الكرفتات و(القاطات) -يعني الأطقم- والأقلام الذهبية. كان من العراقيين الميسورين من ساكني البصرة، وعانى من كساد تجارة الفنادق مع أهله، وقد تكون بعثته إلى بريطانيا أحد مشاوير الهروب من واقع سياسي مؤلم، تمامًا، كما هي مشاوير المنافي، لغيره من سكّان الوطن العربي. أنجبتْ (أمّ حسين) ثلاثة أولاد، تراهم كأطفال (ويلز) نظافةً وحديثًا. (أمّ حسين) ذاتها أتقنتْ الإنجليزية، وأقامت علاقات جيّدة مع جيرانها. روحُ التجارة تسكنُ (أبوحسين)، فقد اشترى المنزل الذي يعيش فيه عن طريق البنك، ولسوف يبيعه بعد انتهاء دراسته؛ حتمًا سيربح فيه مبلغًا محترمًا. كان (أبوحسين) وعائلتهُ من البواعث التي ساعدتنا، أنا وزوجتي، في البقاء متوازنَيْن نفسيًّا، في (كارديف)، من حيث استمتاع (أمّ خالد) مع (أمّ حسين)، وتبادلهما الأحاديث الطويلة والأسرار النسائية، واستمتاعي أنا، مع

(أبوحسين)، في الخروج من وطأة الدراسة وهموم توقُّع أحداث المستقبل، في العالم العربي.

استأذن (أبوحسين) وحمل (السامسونايت) عن الأرض. عدتُ إلى طاولتي في المكتبة، فاستلمتني الكتبُ المنتشرة على الطاولة. تظهر (وردة) بين الكتب. كيف -يا ترى- الأحوال فيها؟ لا بُدَّ أن تكون المشاريع التنموية قد تضاعفت فيها، بعد ارتفاع سعر البترول! هل تحسّنت الأحوال في الجامعة؟ هل سيقبلونني محاضرًا؟ إن شروط الجامعة تعجيزية، إذ وضع إداريو الجامعة (من الحرس القديم) عُرفًا غير مكتوب، يقضي بعدم قبول أيّ دكتور مواطن، للتدريس، إلّا إذا كان من المتخرِّجين في الجامعة ذاتها! يوجد، في (وردة)، مَن تخرَّجوا من الجامعات العربية قبل إنشاء الجامعة! ما هو مصيرهم، إنْ كانوا مؤهَّلين للتدريس؟ لا أدري كيف تَمَّ تسويغ هذا الشرط غير المنطقيّ؟ قد تكون الأحوال تحسّنت، نحو الأفضل، الآن؛ حيث يُدير الجامعةَ مواطنون من أبناء (وردة). ومن يدري، فقد أكون مخطئًا في تصوُّراتي؟!

إنَّ تذَكُّر الأحوالِ، في (وردة)، يجعلني أهربُ من كتبي وملاحظاتي، وأظلُّ، دقائق طويلة، متجوِّلًا في شوارعها وشؤونها، الصغيرة، والكبيرة. وكلَّما حاولتُ العودة من ذاك الشرود، تجرُّني (وردة) إليها، من جديد. لله درّ هذه البلدة الصغيرة، التي تستوطن القلب، وتمتلك الأحاسيس، وتُشعلُ إوارَ الفكر! لم تعد لي شهيّة أكثر لمواصلة القراءة أكثر، كما أن وقت الغداء قد حان. لقد تعوّدَت العائلة أن تتناول الغداء عند الخامسة مساءً، حيث تكون (أمّ خالد) قد عادت من معهد اللغات، والمربيّة أحضرت (خالد) من الروضة. تفوح رائحة الطعام الخليجي في الأنحاء، فيخرج جارنا الضخم صاحب معرض السيارات مُحيِّيًا:

- رائحة طعامكم مثيرة!

أراهُ يستحثُّني لدعوته إلى الغداء، بطريقةٍ غير مباشرة. أُشيرُ إليه بالتفضّل.

- هيا... نحن على وشك تناول الطعام... أَقبلْ.
- كلّا... شكرًا... جئت للتحيّة فقط... إن ابنتي (جين) لديها، غدًا، عرض للخيول، وودت أن أعرف إن كان (خالد) يودّ الحضور.
- شيء جميل... لابدّ أنه سَيُسَرُّ بذلك.
- حسنًا، سآخذه عند الثالثة، غدًا.
- سيكون جاهزًا... شكرًا (جون).

تحلّقتْ العائلة الصغيرة حول الطاولة الخشبية. بدأ (خالد) يسردُ حكاياتٍ لا نهاية لها، مع زملائه في الروضة. أحدهم دَفعه، آخر سَخرَ من لكنته الغريبة. (تريزا) لم تردّ تحيَّته. اثنان تغامزا عليه عندما أمسكت (جريسي) يده. حديث (أمّ خالد) مختلف جدًّا. شابٌّ سعودي متهوّر، أَنَّبَهُ المدرِّس لتكرار غيابه. عراقيٌّ عجوز ما زال لا يستوعب الدروس. كويتية نابهة توقَّعَ لها المدرّس أن تكون ذاتَ شأن في بلادها. (بالمناسبة، عاشت تلك الفتاة أكثر من سبع سنوات في بريطانيا وحصلت على الدكتوراه). كنتُ أشاهد تلك الفتاة عند خروجي من المكتبة، في العاشرة ليلًا، بمعطفها البُنّي -الذي يشبه معطف المُحقِّق كولومبو- ونظارتها السميكة، وهي تدلفُ إلى شقَّتها القريبة من المكتبة، وبيدها (ساندويتش) وحيد. لقد كانت رمزَ الصبر والإصرار للفتاة الخليجية، التي لم تأخذها الحضارةُ الغربية أو مساوئها؛ ولم يخذلها إصرارُها أمام الشوق للوطن Home sick، الذي يُصيبُ الكثيرَ من شبابنا العربي في أمريكا، فيعودون خائبين.

في الاستراحة بين الدروس، ذهبت (أمّ خالد) إلى المركز التجاري القريب من المعهد، واشترتْ قميصًا جديدًا وصابونًا عطريًّا. عادةُ الشراء مُتمكِّنة من (أمّ خالد)، ولا يهمّ أن تكون طالبة أو سائحة. جاء دوري للحديث. (أبوحسين) وعائلته سيأتون إلينا الليلة. كعادتها، ستأتي (أمّ

حسين) بنفائس المطبخ العراقي. يرنُّ جرس الهاتف الأرضي. إنها (شيخة)، من (وردة). كم هو صعبٌ أن تعيش فتاةٌ في العاشرة، بعيدة عن والديها. إنها تضحية الدراسة، التي لا أدري ماذا سأفعل حيالها؟ لم أشأ أنْ تتعرقل دراستها، وتتشتّت بين (وردة) وبريطانيا، مع فروق المناهج واللغة. وافقتْ البنت -على مَضض- على العيش عند خالتها رغم تعلُّقها الشديد بوالدتها. كالعادة، واصلت (شيخة) الشكوى من مُناخ البيت، وتذمُّر جدَّتها العجوز من تصرفاتها: هذيانها المُتكرِّر، وتعليقاتها المزعجة عليها، وعلى هيئة شعرها أو فستانها. بكتْ على الهاتف، بينما كانت والدتها تُهدِّئها، وتبثُ لها البُشرى بأن السنة الأولى قد انقضت، ولم يبق سوى عامين، وبعد شهرين ستبدأ العطلة الصيفية، وتأتي إلينا في بريطانيا، لتستمتع بمدينة الألعاب والبحر وشوارع لندن الكبيرة. أسرّتْ لها والدتها بأنني قد ابتعتُ تذاكرَ لمدينة الألعاب في (بلاكبول) المزدحمة بالسيّاح، والمشهورة بالألعاب النارية والحلويات وحديقة الحيوانات، ويبدو أن البنت قد اطمأنَّت على مَضض. أغلقتْ الخطّ، بعد أن سلّمت عليّ، وحكى لها (خالد) نكتة (بايخة)!

يحمل إليَّ البريدُ، في شهر يوليو عام 1988، رسالة من صديقي (محمود). يا الله، ما أجمل الرسائل عندما يقذفها ساعي البريد -عبر فتحة الباب- إلى داخل المنزل! حقا إن «الرسالة نصف المواجهة»، كما تقول أدبيّاتنا الشعبية. كنتُ أترقَّبُ أيّة رسالة تحمل إليَّ روح المشاركة والدعوات الطيّبة، وتشدُّ من أزري، كي أَنتهي من هذه المحنة القاسية. تلقَّفتُ رسالة (محمود) وكأنها عصفور رقيق بين يديّ. فتحتها بلهفة العاشق... كنتُ أعلم مدى براعة (محمود) في تشكيلِ الكلمات، وحقنِها بالمعاني الدالّة التي تجمعُ همومنا. بعد تعليق بسيط على كتاباتي في الجريدة المحلّية في (وردة)، انطلق نزفُ (محمود) على الورق:

- «وعندما عدتُ، يا (ميهود)، وقفتُ أمام مكاتبَ تُشبهُ مكاتبَ توزيع المساكن الشعبية. أمام تلك المكاتب، يُصنّفُ البشر إلى: ذوي

الدخل المحدود، وذوي الدخل المتوسِّط، وذوي الدخل فوق المتوسط. ويُحشر أصحابُ الدخل المحدود في سكنٍ من غرفتين، لتستوعب عشرة أفراد من العائلة، بينما تُفتح القصور لأصحاب الدخل فوق المتوسِّط لعائلة من فردَيْن. وسوف نبقى، أنا وأنت، وغيرنا خارج إطار التصنيف الرسمي، وخارج الخارطة الوطنية، وخارج مخطَّطات إدارة الإسكان الشعبي، والمُسمّاة (إدارة شؤون الموظَّفين)، أو -بالأحرى- شجون الموظَّفين.

(ميهود)... إذا كان مُناخ بريطانيا، والجوُّ العلمي، والتعامل الحضاري في المؤسَّسة العلمية فتحت شهيَّتك للتفاؤل، فأنصحك بعدم العودة إلى الأفران التي يُحرق فيها الطموحُ، والأفكارُ السامية، والمستقبل. وأخيرًا -يا (ميهود)- على قدْر وعيكَ وتفتُّحكَ واطِّلاعِكَ وعِلمكَ، عليك -بحجم ذلك- أن توفِّر لك حاوية قمامة، ترمي فيها كُلَّ ذلك؛ وأنا أعلم أنك بحاجة إلى حاوية كبيرة، لأنك كبيرٌ في عقلك وفكرك. شيءٌ فظيع -يا (ميهود)- أن تكون كلمتا (تشاؤم) و(جحيم)، هي المرادفات التالية لاسم الوطن! وإلى اللقاء مع شهادة الدكتوراه، ولا تبْتئس.

أخوك (محمود)».

قرأتُ رسالة (محمود) خمس أو ستّ مرّات. ضمَمتها إلى صدري. مسكين (محمود)، لقد استعجل الرحيل من الولايات المتَّحدة ليصافح وجهَ (وردة)،

ويساهم في بنائها الحديث. لقد حصل على الدكتوراه، بعد كفاح مرير، وغربة طاردةٍ لكُلِّ الأحلام والتطلُّعات الوردية. وها هو يقعُ صريعَ الواقع، وتُغلق دونه الأبوابُ، وكأنه قد هرَّبَ مُخدرات إلى وطنه، وليست كرتونة تصنيف علميّ. كلمات (محمود) جعلتني في حاجة مُلحَّة إلى البكاء. مخيفٌ هذا الكون الفسيح! مخيفةٌ تلك الأيادي التي تلعب في الظلام، وتمارسُ

العادة السخيفة ليلًا! لِتَخرُجَ نهارًا على الناس (بيضاءَ من غير سوء)! بكيتُ بحُرقة... الحمد لله لأني كنت وحدي، في المنزل. بكيتُ كالأطفال! هل نحن بحاجة إلى البكاء -فعلًا- في هذه المراحل من حياتنا، أم نحن نستشعرُ الواقع المؤلم، افتراضيًّا، لِنُخفِّفَ من وطأته، عندما نجلسُ معه على طاولة واحدة؟ لقد صُدم (محمود) بكارتونته التي شَقِي من أجلها خمسَ سنوات، عانى فيها البرد والتشرُّد وغضبات المُشرف، وغضبَ الطبيعة في تلك الثلاجة الكبيرة (بافالو)، في أقصى شمال الولايات المتَّحدة. لقد تغرّب عن أبنائه وزوجته وأصدقائه، من أجل أن يزُفَّ الكرتونةَ إلى (وردة)! وها هي (وردة) تزفُّه إلى المجهول. صدقَ (محمود)، عندما نصحني باقتناء حاوية قمامة كبيرة (كينغ سايس)؛ لأن آمالنا وطموحاتنا كبيرة جدًّا، ولا تستوعبها حاويات القمامة، التي تتكرَّمُ علينا، بها، وزارة البلدية.

داهمني خوفٌ شديد من الفشل، خصوصًا أن الأفواه في (وردة) مشرعة لتداول السلبيات، وقصصِ فشلِ الناس. لقد رسبَ (عامر) الكويتي في الامتحان الأخير (Final Exam)، وألزمهُ المُمتحنُ الخارجي بإعادة كتابة الرسالة، وفقَ معُطيات وأرقام جديدة، غير تلك التي توصَّل إليها؛ حيث ثبتَ أن تحليله لم يكُن وفق الأصول العلمية المعروفة! تقاذفتني الأسئلة، ومنها: ماذا لو فشلتْ، وصادفت مُمتحنًا كاليهودي القزم الذي أتعبَ (عامر) الكويتي، وجعله يلعن الدنيا، وعليه الآن أن يبقى لأكثر من عام ليُعيد ترتيبَ أوراقه؟ داخَلني عزاءٌ إيجابي بأنَّ حِدةَّ المُشرف على رسالتي وتعذيبَهُ لي، بكثرة الأسئلة والإعادات، سوف تكونُ خيرَ مُعين للنجاح. إن (عامر) الكويتي، لم يكتب رسالته بحذر الباحث، كما أن المُشرف على رسالته كان مُدمن كحول، ويبدو أنه لم يكُن يُحاذر، للحفاظ على سمعته العلمية. ولقد أوعزَ لـ(عامر) بطباعة الرسالة دون أن يفحصها جيِّدًا.

كيف سأواجهُ الناس في (وردة)، لو رجعتُ خاسرًا؟ يا لحُبِّهم للشماتة،

وتناقل الأخبار السيِّئة! ويا لفرحة الخبثاء من موظَّفي الوزارة الذين لا يودّون أن يحمل مواطنٌ درجة الدكتوراه. لقد تدرَّب الكثيرون على ثقافة الحسد. وصارت تلك عادةً لحوحةً، في حياتهم اليومية.

أُواجهُ اليوم، مشكلة مَلَلِ العائلة من البقاء في هذه المدينة العجوز، وإلحاحات (شيخة) تجعلني أُضاعفُ من فترة الدراسة، كي أنتهي قبل الموعد المحدَّد. كنتُ -عبثًا- آخذهم إلى شاطئ البحر، وأدركُ أن في قلوبهم غصَّة للعودة إلى الوطن. الشاطئ الصامت -صمت جاراتنا العجائز- يتحدَّى الأمواج بصخوره التاريخية. البحر الهائج يرمي بمزيد من الأمواج الغاضبة باتِّجاه الشاطئ. يحاول (خالد) اللحاق ببعض الكلاب الصغيرة التي تنفلتُ من أيدي العجائز المتهاديات على الشاطئ؛ وكأنَّ كُلَّ واحدةٍ منهن تاريخ طويل يمشي على الشاطئ. يربتُ (خالد) على كلبٍ هنا، بينما يتسابق كلبان هناك. يتلقّى (خالد) ابتسامات العجائز. (أمّ خالد) و(جريسي) تتهامسان، مع أن هناك حوارًا داخليًّا آخر في قلب (أمّ خالد)، فلقد رويتُ لها حادثة (عامر) الكويتي، فقفزت عشرات الأسئلة إلى داخلها: الدراسة غير مضمونة، وقد يضيع كُلُّ ما عملتَهُ طيلة ثلاث سنوات في ساعة! ومن يدري، فقد يُصادف أن يكون مُمتحنك صعبًا مثل مُمتحنه؟ هل أستطيع أن أترك البنت هناك وحدها، وهي تقترب من الثانوية، وأظلّ هنا مع المجهول؟ ثم ماذا عن عملي في الوزارة، وراتبي الموقوف؟

كانت كُلُّ تلك الأسئلة تدور في صدر (أمّ خالد)، عندما ألقيتُ بجثّتي عند قدمها تَعبًا من الركض مع (خالد). نظرتُ إلى عينيها. كانت تُفكِّر بالشيء الذي يُرعبني، قلت لها:

- مسكين (عامر)! إنه في حالة يرثى لها.
- أنت لستَ (عامر)... لا تخف.
- من يدري، فقد يظهر لي مثلُ ذاك اليهودي القزم الذي آذاه؟

- أنتَ تعرف (عامر) جيِّدًا... كما أن مُشرفك لم يترك صغيرة ولا كبيرة إلّا وسألك عنها. كما أن موضوعك فريد من نوعه. وبهذا سوف تتغلَّب على المُمتحِن، بإذن الله.

نظرتُ في عينيها، وسحابةُ أَلمٍ تُحيط بي، همستُ خائفًا:

- الله كريم.

مرّ العام الثاني، بسرعة، وقد تخلَّلته سفراتٌ لي ولـ(أمّ خالد)، من أجل جمع المعلومات، وكانت إلى كلٍّ من: الجزائر وتونس وعمّان و(وردة)، حيث أخذتُ عيّنات دراستي من هذه الدول. جاءتنا (شيخة)، في الصيف، لتبثَّ في البيت مرحًا، ولم تنس عادتها القديمة في إثارة (خالد). لقد كبُر جسدُها، وأصبحت شبه امرأة، لكنَّ هدوءَها وصمتها المُتلازمين يجعلاني أشعرُ بأنها غير مرتاحة لوجودها عند خالتها؛ بسبب تدَخُّل بعض أقاربها في تصرُّفاتها ولبسها؛ حيث تبدو أكثرَ تحَرُّرًا من بنات العائلة، وأكثرَ انتقادًا لحالات التديُّن المُبالغ فيها، والتي يحاول بعضُ أفرادِ أهلها فرضَها عليها.

ذهبنا كثيرًا إلى (لندن) وإلى المدن الجنوبية على شاطئ القنال الإنجليزي. كنّا نسكن في فنادق راقية، ونتلذّذ بأماكن اللهو والشواطئ والمطاعم الغريبة. لم نكُن نُحبُّ الطعام الإنجليزي. يجذبنا -طبعًا، بحُكم الثقافة- المطعمُ الهندي القريب منّا، ومن أذواقنا. ولا بأس من مطعم لبناني، حيث المائدة الرحبة والتنوُّع في الأطباق. تتحوَّل (لندن)، في الصيف، إلى عاصمة عربية. يهجرها أهلُها ويفسحون المجال لملايين الجنيهات تَصبُّ في مجاهلِها ومعارفها: بين الشقق المفروشة، ونوادي القمار، والبارات والفنادق الضخمة، التي تحتوي أصحاب الليموزينات السوداء الفارهة، حيث لا نراهم إلّا عند الدخول أو الخروج، مُحاطين بالحُراس الأشدّاء ذوي النظارات السوداء والعضلات المفتولة. الملاهي العربية تفرض أسعارًا خيالية على العرب.

المُنتشون يدفعون، ويتمايلون مع المطرب -من الدرجة الثالثة- عندما يمتدح بلدًا أو ناديًا مشهورًا في العالم العربي المجنون. النساء العربيات يساهمن -أيضًا- في ضخِّ الملايين في البنوك البريطانية. شارع (أكسفورد) لا يهدأ ولا يكَلُّ من طلباتهن، ومن عربات الليموزين وسيّارات الأجرة التي ترتفع أسعارُها، كُلَّ صيف. بل تَعوَّد سائقوها على (البقشيش) العربي. ولا عجب في أن تجد سائقَ تاكسي يَسبّكَ ويُبصقُ في الأرض إذا لم تنقده (البقشيش). يقولون: «إن العرب هم الذين (خربّوا) الإنجليز». هل هذا صحيح؟ عجوزٌ بريطانية كانت تجلس بجانبي في الباص، وأنا في طريقي إلى شارع (هارلي)، الشهير بأطبَّائه المتخصِّصين في كُلِّ العلاجات... بعد مجاملات حول الطقس وحركة المرور، التفتَتْ إليَّ مُتجهّمة:

- هل تعلم بأن الكشفَ الطبي في هذا الشارع -قبل خمس سنوات- كان بخمسة جنيهات... أنتم، العرب، رفعتم السعر إلى خمسين... لا أحد يستطيع دفع هذا المبلغ.

حاولتُ الدفاع، لكنني لم أستطع، فما تقوله المرأة صحيح. وهذا ذكّرني بأسعار الأدوية التي ارتفعت ارتفاعًا جنونيًا؛ خصوصًا بعد أن فتحَ بعضُ العاملين في الأقسام الطبية -في بعض السفارات العربية- صيدليات خاصّة بهم، وتعاقدوا -سِرًّا- مع المسؤولين في تلك السفارات، على تحويل المرضى إليهم. لم يكُن هذا سِرًّا أبدًا. فالأحاديث لا تنقطع عن الملايين من الجنيهات التي يحصل عليها هؤلاء الصيادلة، الذين كانوا، قبل عشر سنوات، موظَّفين عاديّين في المكاتب الطبِّية في لندن. فاتورةُ دولة خليجية وصلت إلى أربعين مليون جنيه في صيف إحدى السنوات! لقد عَلمتُ كيف يتمّ التلاعب بأموال المكاتب الطبِّية من كثرة الفواتير والطلبات وتأجير السيّارات. بعض المرضى يتقنون اللغة الإنجليزية، ولا يحتاجون إلى مترجم، لكنَّ بعضَ العاملات في المكاتب الطبِّية تلك، يُسجلنَ أسماء مترجمات، بأنهن رافقن

المرضى، وتدفع المكاتبُ الطبية لهم أجرًا. لقد اطَّلعتُ على أسرار كثيرة، في تلك المكاتب. كانت (أمّ خالد)، في بداية التسعينيات تحاول الإنجاب عن طريق عمليّات (طفل الأنابيب). ولم نُوفَّق إلّا ببنت أتتْ مستعجلة إلى هذه الدنيا، ورحلت خلال يومين. بكيناها بكاءً مُرًّا، خصوصا (أمّ خالد) التي كانت تريد أن تثبت خصوبتها رغم تقدُّم العمر بها... وبعد ثلاث محاولات، مع أن كُلَّ العناء ليس من جانبها، بل من جانبي أيضًا، إذ إن إعطاء مادّة الرجل إلى المختبر تصبحُ من العذابات المُرَّة لدى الرجل. دفنّا البنت التي لم يتجاوز وزنها الكيلو والنصف، بعد أن تم ضخُّ كمية من الأُوكسجين إلى رئتيها اللتين لم تكتملا. أصبحت عمياء بحُكم تسَرُّب الأُوكسجين إلى المخّ، وهي لم تر حتى بعدُ، وجه والدها أو والدتها. كم كان صعبًا أن يُساهم شخصٌ في الحُكم على مخلوق بالعمى، مدى الحياة؟ من ستلوم هذه البنت، إذا ما كبُرت؟ تشاورَ معنا الدكتور، فيما إذا ما كُنا نريد سحبَ جهاز التنفُّس من داخل صدر البنت، فالدماغ قد تلوَّث بفعل زيادة جرعة الأُوكسجين. هل نقدر، أنا أو زوجتي، على التحكّم في حياة مخلوق، ولو كان من فِعلنا بمساعدة الله؟ تريَّثنا يومين... في اليوم التالي، أخبرنا المستشفى بوفاة البنت. كنّا مُستعجلَيْن، وسمَّيناها (نور). ذهبت (نور) إلى الأبد، وحكَم القدرُ علينا أن نبقى دون أطفال بعد (شيخة) و(خالد). كنتُ أخطو -مع أخي- إلى المقبرة، وهو يحمل (نور) بين يديه، وأنظر إلى اللفافة البيضاء التي لم تزد على حجم طردٍ بريدي، بطول مسطرة. لقد كانت روحًا نابضة قبل يوم، وكانت قد جعلتنا نحتفل، أنا و(أمّ خالد)، بصور شتّى، وفي أماكن متعددة من لندن، عندما أخبرتنا المُمرِّضة بالحمل.

كنتُ قد ذهبتُ إلى بلد مجاور، في رحلة بحرية، وأبتْ (أمّ خالد) إلّا أن ترافقني. وافقتُ على مَضض! يبدو أن مطبَات الرحلة هي السبب الرئيسي لخروج البنت قبل أوانها. (أمّ خالد) تدافع -بضراوة- عن هذا، وتقول الله

كاتب ألّا يكون لدينا سوى (شيخة) و(خالد). أُكَرِرُ بامتعاض، وبداخلي حزنٌ بمساحة الكون:

- خلاص... ما دام الله قد كتب ذلك، فليكُن... أغلقي هذه السيرة.

لقد أثّر عليَّ موت الطفلة جدًّا. لم تكُن فقط نتاجَ عذابات لي ولـ(أمّ خالد)، خلال أكثر من عامين، قضيناهما في لندن؛ بل لحاجتنا فعلًا إلى طفل يملأُ علينا المنزل حبورًا، بعد أن كَبرت (شيخة)، وتجاوز (خالد) عامَهُ السابع. كنا فعلًا بحاجة إلى طفل.

حواراتي الجانبية مع الأساتذة في كلِّيّة الصحافة منحتني المزيد من القدرة على تفهُّم الحوادث الجارية، سواء على المستوى المحلّي، في بريطانيا، أو على المستوى الدولي. اطّلاعي على مئات الكتب والدوريّات والصحف القديمة المحفوظة على -المايكروفيلم- أعطاني مخزونًا جيِّدًا عن حركة الصحافة العالمية، وظروفها ومشاكلها. كُلُّ ذلك ساهمَ في مرحلة تحليل عيّنات البحث، وربط جداول التصنيف، والتعليق عليها. إنها المرحلة الأخيرة، قبل طباعة الرسالة... علمًا بأنني كنت أنا الذي أطبعُ الفصول المتعاقبة، على الآلة الكاتبة العادية. كان ابني (خالد) يُعلّق على الآلة بأنها قديمة جدًّا، حيث كانت يدوية، وتُحْدثُ صوتًا مزعجًا للنائمين، خصوصًا في الليل. كان يقارنها بالكمبيوتر الذي يلعب عليه، في الروضة. كانت تلك الآلة البسيطة، التي اشتريتها بثمن بخس، تقطعُ هدوء الشارع النائم، ليلًا، وتَلفتُ انتباه جيراننا العجائز، اللاتي يتجوَّلن بحذر، على الرصيف ككائناتٍ من عالم آخر. وكثيرًا ما تخوّفت منهن (أمّ خالد) وصوّرَتهُن على أنهن أرواحٌ قدِمتْ لتعيش بعد موتها البعيد، خصوصًا أن المقبرة ليست ببعيدة عن منزلنا. لقد انتقلنا إلى منزل قريب من الجامعة، وهو مكوَّن من طابقين: طابق أرضيّ، فيه: صالة ومطبخ، وحمّام، وطابق علوي، فيه غرفتان وحمامان. إنه صغير الحجم، لكنّ ميزته، أنه وفَّر عليَّ بنزين السيّارة، حيث كنتُ أمشي إلى

المكتبة، كما أن (أمّ خالد) لا تحتاج السيّارة، عندما تذهب إلى معهد اللغة أو السوق. وكان قُرب المنزل أمام مقبرة، يجعلنا نتوجَّس، أحيانًا، من الخروج.

في عطلة نهاية الأسبوع، نتمتَّع بلندن: نجولُ شوارعها حتى المساء، حيث نتحلّق أنا و(أمّ خالد) و(خالد) و(جريسي) حول أطباق الشاورما في (إدجور رود)، ونشرب المياه الغازيّة، ثم نزور بيت عمِّي، بالقرب من (إيرلز كورت)، حيث تقيمُ عائلاتٌ كثيرة من (وردة).

حكايات غريبة ومثيرة، نسمعها كُلَّما جلسنا على البلكونة مع أهل (أمّ خالد): حرامية كسروا شقّة أحدِهم، وسرقوا كُلَّ ما في الشقّة، ولم يستطع البوليس معرفة الجُناة. شبابٌ يسمعونَ صوت اهتزاز سريرِ جارهم، وتأوُّهات زوجته ليلًا. شياطين هؤلاء الشباب! لا يكفيهم التسكُّع في المراكز التجارية الكبيرة نهارًا، ولا السهر في الملاهي الليلية حتى ساعات الفجر الأولى. أجدهم، مثل الصينيين، يتجمَّعون على دَرَج العمارة، يرمقون المارّة، ويعلِّقون على الفتيات المثيرات، ويتحرَّشون ببعض البغايا الخارجات من الشقق المتراصّة، وعيونهن ما زالت تحملُ رائحة السهر المخلوط بالتبغ والويسكي، وتنبعث من أجسادهن رائحةُ الجنس البائت. الجنس، في لندن، حسبَ المقدرة وعددِ الجنيهات! في أكشاك الهاتف، تجدُ صورًا مغرية للبغايا، مع أرقام هواتفهنّ. تشاهد صورًا -بالمئات- مُلصقة، بعبثية، داخل الأكشاك، حتى أنك تُحرَج لو دخلتْ زوجتك أو ابنتك إلى الكشك، بعدك لإجراء مكالمة هاتفية. كُلُّ صورة فيها المفاتنُ بارزة مع الهوايات والحركات الجنسية المثيرة. بعض الشباب الصالحين يجمعون الصور، ويُلقونها في صناديق القمامة، لكنهم، في اليوم التالي، يجدون أكثرَ منها، وممّا هو أكثر إغراءً. سيِّدات عربيات يتحرّجن من استخدام الهاتف العمومي، بسبب هذه الصور المزعجة، ورائحة البول التي تنطلق من الأكشاك. بعضُ السكارى، عندما تلحُّ عليهم الحاجة، لا يجدون ملاذًا إلّا أكشاك الهاتف، حيث يُمسكون السماعة،

متَظاهرين بالحديث على الهاتف، بينما البول ينطلق -كحيّة تتماوج من فتحة سراويلهم المُبللة- لتصل إلى بضع أمتار في الشارع. القيمُ شبه معدومة لدى كثيرين من الشباب الضالّ. قد تكون هذه بعض صور القيم الليبرالية التي يُبشّر بها الغرب.

يُفاخرُ بعضُ العرب، في لندن بوجودهم في المحال الراقية. بعضهم يستعرض السيّارات ذات الأبواب الستّة، والليموزينات التي تستأجرها السفارات لبعض ذوي الحظوة، والمُقربين، والعائلات المُترفة، بل تقوم السفارات بدفع فواتير سُكناهم وطعامهم وعلاجهم الترفيهي، وسمرهم. الفقراء الذين حصلوا على تذاكر مجّانية، من الحكومات، تجدهُم يلوذون ببطاقات الباص الأسبوعية الرخيصة، والتي تجعلهم ينتظرون الباص أوقاتًا طويلة، لينقلهم من مقر سُكناهم المتواضع إلى مناطق التبضُّع خصوصًا (شيفرزبوش) -يُسمّيه غالبية الخليجيين (شبربوش)- حيث البضائع الرخيصة. ولا بأس في أن تشاهد الليموزينات السوداء التي يستقلها المُقربون وأصحاب الحظوة لدى الحكومات، في هذا المكان. الأغنياء -أيضًا- يشترون البضائع الرخيصة. الفقراء يأكلون الشاورما أو سندويتشات الفلافل، وملايينُ الجنيهات تُقتلُ على الطاولات الخضراء، من العرب، في الشوارع الخلفية لـ(لندن). كنتُ أسمعُ خليجيًّا تجاوز السبعين، يلعب (الروليت)، مع زوجته الملهوفة على متابعة تدحرج الكُرة الصغيرة فوق الأرقام... أسمعهُ -مُتضرّعًا- وهو يتحاشى النظر إلى الكُرة، فيُتمتم:

- يا ربّ... رقم (29) وما حوله... يا ربّ.

لقد وضع مبلغًا ضخمًا حول رقم (29). نطَّت الكرة بعيدًا عن هذا الرقم، فعَلتْ وجهَ العجوز كآبةٌ قاتلةٌ... لكزتهُ زوجتهُ التي تبعثرَ شعرُها ما بين ظهرها النحيف وصدرها المنهوش:

- قلتُ لك، ضَع (فيشك) في المُربع الأول.

- أنا رقمي المفضل (29) ولن أغيّره.
- أنت عنيد، ولا تقرأ الأرقام الفائزة.

مُمثلٌ أمريكي مشهور يلعب (بلاك جاك)، وقد حجزوا له طاولة خاصّة، حيث تُلاعبهُ شقراء فاتنة، يحاول ثدياها التحرُّر من ربقة الحجز. ثلاثةٌ من أبناء عائلة مرموقة، في الخليج، يدخلون فجأةً بجَلبتهم، متأبطين بعضَ بنات الهوى، ويحتلون طاولة خاصّة للروليت، ويبدؤون بفكِّ الربطات الجديدة من الجنيهات الإسترلينية ذات فئة الخمسين جنيهًا. الأغبياء يضعون (فيشًا) على جميع الأرقام! لا أدري من علّمَهم هذا العبث. يبدو أنهم يُصرّون على الفوز، مهما كان ثمن الخسارة. حتمًا، سوف تقع الكُرة فوق أحد الأرقام. أحدهم طلب سيجارًا كوبيًّا. الدخان ينبعث من الأفواه. أيادي بنات الهوى تلامسهم وتساعدهم في توزيع الفيش. خلال نصف ساعة، خسروا أكثر من خمسين ألف جنيه، وتنادَوا للذهاب إلى الملهى الليلي، وهم يضحكون، ويُقبّلون بنات الهوى. لقد فعلوا ذلك الليلة، وسيُكرِّرُونه في الغد. لم يَشقوا كثيرًا في جمع هذه الأموال، إنها منحة يومية، من مكان ما.

(بوحمد)، رجلٌ خمسيني من تجّار (وردة) الفاشلين. يأتي إلى النادي ويذهب مباشرةً إلى البار، ليشرب، ويتحدَّث مع زبائنه وأصدقائه، بالهاتف الدولي. بعد تناوله للعشاء المجّاني، ينزل ليلعب بخمسين جنيها، ويأخذ جرائد مجّانية، ثم يخرج إلى حالِ سبيله. لم يكُن يصرفُ كثيرًا، في النادي، ويعتقد بأنه يخدع الإنجليز، لأنَّ ما يتناوله في البار، ومحادثاته الهاتفية والسيجار، والجرائد، أكثر بكثير من خمسين جنيهًا أو حتى مئة جنيه. تنبَّهَ المراقبون، في النادي لتصرفاته، فأوقفوا عنه المكالمات الهاتفية، ومنعوه من العشاء، والسيجار الفاخر. صرخ (بوحمد) وخرج غاضبًا. في اليوم التالي كان يُسجِّلُ اسمهُ في نادٍ آخر، ليبدأ رحلة جديدة مع الخدمات المجّانية. لا أحد يربحُ في هذه النوادي. العرب يخسرون كثيرًا لأنهم يصرفون مبالغ لم يتعبوا في

جمعِها. أمّا التجار الميسورون فإن المتعة لديهم تساوي ما يخسرون. لذلك لا تلحظ الامتعاضَ والندمَ على وجوههم، حيث يخصمون ثمن هذه المتعة من أرباحهم السنوية. المشكلة في الموظَّفين الصغار الذين يجمعون المبالغ شتاءً، ويأتون إلى (لندن) صيفًا، ليبعثروها في أسبوع ويُقتِّرونَ على عائلاتهم وأبنائهم، حيث يسكنون في شقق ضيّقة وبائسة، ثم يبدؤون بالشكوى من غلاء لندن، ويُلمّحون لذويهم بسرعة العودة إلى الوطن.

عادت (شيخة)، مع خالتها، إلى (وردة)، وعدنا نحن إلى مدينتنا العجوز. بدأت الكآبة تتسرَّبُ إلى أرواحنا مع هطول الأمطار، وهدير العواصف، ووصولنا إلى بيتنا الصغير. الغبار تراكمَ فوق الكتب النائمة على الطاولة. رائحة العفن -بفعل تسرّب الأمطار- تنبعثُ قويّة من أرضية المكان. بدأت (جريسي) في تنظيف المنزل، بينما خرجتُ مع (أمّ خالد) إلى (السوبر ماركت).

جاء صديقي (أحمد) إلى (لندن)، من (باريس)، حيث التقى -على البُعد- (الجوهرة). ذهبتُ إليه، هربًا من مُناخ (كارديف)، وجوِّ المكتبة الخانق، الذي يُحاصرني، كُلَّ يوم، عشر ساعات. بدا (أحمد) مبتهجًا، وكانت نظراته توحي بانتصارٍ رجولي. بعد تجوالٍ طويل في شارع (أكسفورد)، انتبذنا ركنًا هادئًا في أحد فنادق الدرجة الأولى، في جادّة (البارك لين)، طلبنا شرابًا. لم أَتأخّر في إثارته، كي يتحدَّث عن (الجوهرة)، قلت:

- ها... ما هي أحوال الدراسة في (باريس)؟

فهمَ (أحمد) قصدي. رشفَ من قدح القهوة الأمريكية السوداء، وأجاب:

- رائعة، كالعادة! إنها مدينة النور.

قرّبتُ وجهي من وجهه:

- أقصد ساكني (باريس)!

تخابثَ أكثر مني:

- كلُّهم يتحدثون الفرنسية!

ضحكنا على تبادلنا الخُبث والدوران، رشفتُ من قدَحي، وبادرته:

- ما هي أخبار (الجوهرة)؟

زمّ (أحمد) شفتيه، وكأنه وصل إلى حافّة الاعتراف.

(الجوهرة) امرأة ثلاثينية من عائلات (وردة) العريقة، وقد تعرَّفتْ على (أحمد)، بتلقائية، بعد حوار معه عبر الهاتف، حول إحدى قضايا المجتمع. اشترطتْ على (أحمد) أن تكون علاقتهما نقيّة طاهرة، وألّا يطلب منها أن يراها، وألّا تؤثر علاقتُهما في بيته وحياته الزوجية. امرأة تقرأُ في السياسة والأدب. تفاجئك بالأخبار والتوقُّعات قبل حدوثها، وتُحلِّل المواقف. لها رؤى نقدية في الأدب والفنّ. تبدو الجرائد بائتة لديها صباحًا، حيث ترحلُ مع الفضائيّات، حتى ساعات الصباح الأولى. فقدتْ (الجوهرةُ) زوجَها في حادث، وقد تحلّق حولها أربعةُ أطفال. جالَ (أحمد) معها كُلَّ المدائن، على الورق. كان قدَرهُ أن يتورَّط في حالة عشقٍ شفوية. كتبَ لها أجملَ الكلمات، وتأصّلت المرأة في أعماقه. كانت تقيسُ حالاته من نبرة صوته. وممّا زاد في تعلُّقهِ بها حرصُها الشديد على بيته وزوجته، على الأخص. كانت دومًا تُحرّضه على أخذ زوجته إلى المطاعم، والاعتناء بها ومفاجأتها بهدايا غالية! «لا يوجد أغلى من الزوجة، يا (أحمد)... إنها بحاجة إليك، وأنت بحاجة إليها. أرجوك، اهتمّ بها... لاطِفْها. أحبّها أكثر. المرأة تحتاج إلى حنان الرجل». كانت تُكرِّر عليه تلك العبارات.

هكذا، كانت هذه المرأة الفريدة، صاحبة الأعصاب القويّة والشخصية العملاقة. امرأة، بروح كهذه، رُغم ثرائها وتجوالها العالم، ما كانت تريد من (أحمد) سوى أن يكون ناجحًا في مجتمعه... مؤثِّرًا في الآخرين. امرأة، بهذه الروح والرقّة والعقل، لا يُمكن للرجال إلّا أن يبحثوا عنها، ويَجثوا أمامها احترامًا. لكن -رُغم هدوئها ورزانتها- إلّا أنها عنيفة كمقصلة جلاد، إن تصوَّرَتْ أو خَبرتْ تخاذلًا من (أحمد) تجاه عمله أو تجاه الذين يُضايقونه،

ولا يودُون له النجاح. كانت تثورُ وتغضبُ، وتتَّهمهُ بالجُبن وعدم الرجولة، إنْ سَمعت شيئًا، أو أخبرها بشيء، أبدى فيه عدم اهتمام من جانبه، لكنها تعودُ إليه حانيةً كقلبِ عصفور... حالمةً كلوحة سيريالية استعصتْ على فِكر فنّان. أسوأ ما يُعانيه (أحمد)، عندما تُغلق الهاتف، لأسبوع أو أسبوعين، ولا تردُّ على مكالماته، رغم علمها اليقين، بأنه يموت، احتراقًا، لسماع صوتها، ويغرقُ في لُجج الأسئلة والتوقُّعات. يرسلُ إليها إشارات في مقاله الأسبوعي، لكنها تستمر في غيِّها وغيابها حتى تُغلَق أمامه أبوابُ الدنيا. بعد مدّة غير محدَّدة، تعود إليه وكأن شيئًا لم يكُن.

تلفَّتَ (أحمد) وقرّبَ رأسه مني، بعد أن تيقَّن من أن المكان يخلو من المتطفِّلين من معارفنا. أبرز ضوءُ الشمعة الشعيرات البيضاء التي قهرت السواد في رأسه، وبدا وكأنهُ أحد المفكرين الشيوعيين، إبّان الثورة البلشفية... تلفَّت من جديد، وقال:

- الجوهرة امرأة غير عاديّة يا (ميهود). تصوَّرْ أنها تدعوني إلى إحضار زوجتي إلى (باريس)، بل تُلِحُّ عليَّ في ذلك... لقد وقعتُ في مشكلة، فدلَّتني على طريقٍ للخروج منها.

كنتُ أُصغي إليه، باهتمام. كلماته تتدفَّقُ بصدق وشوق:

- تصوَّرْ، عرضتْ عليَّ مبلغًا كبيرًا من المال، كي أبدأ به مشروعًا تجاريًّا.

نظرتُ إليه، باهتمام، بعد أن بادرْتُ قدحي برشفةٍ عجلى:

- وافقتَ، طبعًا.

هزّ رأسه بأسًى:

- مجنون أنا... لستُ ناجحًا في التجارة، كما أنني لا آخذ نقودًا من أحد!

- لكنها (الجوهرة).
- فليكُن... أنا لن أستغلّ امرأةً أُحِبُّها.

حاولتُ إحراجه:

- هل تُحبُّك؟

احتدَّ (أحمد)، وردَّ مُحتجًّا:

- أجل، تُحبُّني.

اعتدلتُ في جلستي، وقرّبتُ رأسي من جديد، عند وجهه:

- ما هذا الحبّ الذي يجعلك أسيرَ وَهمٍ كاذب؟ تقول إنها تُحبُّك، ولا تراها إلّا في الأحلام! ما هذا، يا (أحمد)؟

فهمَ (أحمد) قصدي. كنتُ أُريدُ الدخولَ في موضوع (باريس).

- لقد رأيتها.

فتحتُ عينيَّ على اتِّساعها، وقرّبتُ أذني من وجهه:

- ماذا قلت؟

بدا (أحمد) أكثرَ ثقة من ذي قبل:

- لقد رأيتها في (باريس)، هذه المرَّة.

ابتسمتُ، واقتربتُ منه أكثر. كنتُ أريدُ الجديد في هذا الحُبِّ الذي عذَّبه من سنين:

- قل لي: كيف بدَت؟ بيضاء، شقراء، هل تضع مكياجًا؟ نحيفة أم ممتلئة؟ ما لونها؟ هل شعرها أسود؟

رفع (أحمد) يده في وجهي:

- حاذر، يا (ميهود)... نحن في مكان عامّ... لماذا تبدو ملهوفًا، كأنك لم ترَ خيرًا، قط؟
- أُحبُّكَ، يا أخي. وأُريدُ سماعَ الأخبار التي تُسعدك... هيّا... قُل لي كيف بدت (الجوهرة) المكنونة؟

رفعَ قدَحه، بشغف. نظرَ فيه وكأنه يستحضر صورة (الجوهرة) من خلال الضوء المنبعث من البلّوريات الصغيرة التي تنتشر في سقف المكان، لتبدو وكأنها نجوم منسيّة في المدار البعيد. رشفَ من قدحهِ، بنهمٍ واستلذاذ، وتمطّى قليلًا، ثم أدخلَ أصابعه بين خصلات شعره الدهني، ورفعَ حاجبًا ليبادرني:

- (الجوهرة) حُلم بعيدٌ... قريب. أَشعرُ بها تسبحُ في شراييني. تقرأ لي الجريدة... تضعُ حبّات السُكَّر في فمي. أشعرُ بها تحاورني، في صمت. تَخرجُ لي من المرآة، كلما نظرت فيها.

أوقفتُ سردَه الخيالي، بضربةٍ على ركبته:

- لا أُريد أحلامًا... قل لي حقائق.

عاد من شروده الجميل، وبدا وجهه أكثرَ جديّةً رُغم الامتعاض الذي بدا عليه:

- الحقائق... الحقائق: إنها امرأة بألف رجل. تخطو على الأرض بكُلِّ ثقة. جمالٌ ممزوج بالعفة والنقاء... ثقافةٌ لا حدود لها. عينان حادَّتان كعيني صقر متوثِّب. خدودٌ بدوية لا تعترف بالمكياج أو الأصباغ، وشعرٌ كَلَيْلٍ أخرس. ماذا بعد؟

توقَّف (أحمد)، وكأنه قاربَ الخط الأحمر. قال:

- هل يكفيك هذا؟ أعتقد أنه كفاية.

ألَححتُ عليه، من جديد:

- قل لي المزيد. لقد شوَّقتني لرؤية هذه المرأة.

هزّ (أحمد) رأسه، بسخرية، وعبثَ بشاربهِ الخشن:

- تراها؟! إنها تخاف من ظِلِّها. تصوَّرْ أنها اشترطتْ عليَّ أن أظلَّ بعيدًا عنها بمسافة عشرة أقدام، وألّا أتحدَّث إليها، ولا أبتسم لها. لقد مرّت دون أن ترتدي العباءة السوداء، التي تضعها النساء في (وردة).

- كالملهوف سألته:
- وهل رأيتَ كُلَّ شيء؟
- مرّتْ كلمحِ البصر. لكنني استطعتُ أن أرى كُلَّ أنحائِها، في لحظة.

قاطعتهُ، باحتجاج خبيث:

- فقط!؟ ألَم تجلسا في مقهى مثلًا؟ ألَم تلمس يدَها؟

ضحك (أحمد) بأسى، وأسندَ رأسه إلى الكرسيّ الوثير، وفرَد ذراعيه على الكرسي، وقلّبَ رأسه ذاتَ اليمين وذاتَ الشمال، تنهَّد بحُرقة:

- قلتُ لك إنها امرأة ليست كباقي النساء. قد يقتلها أهلُها لو شاهدوها مع رجل! لقد مرّت وهي ترتجف، وأعتقد أنها لم ترَني بصورة واضحة. كانت تتلفَّت حول نفسها، وتتفرَّس في وجوه المئات، في (الشانزليزيه).

رجعتُ لمناوشته من جديد:

- هذا يعني أنه ليس ثمة لمسة... ولا حتى قُبلة؟
- أنت مجنون. قلتُ لك لم ترفع وجهَها عن الأرض، عندما مررتُ من جانبها.
- إذن، لماذا هذا الحُبُّ والهيامُ والحرمان؟

أطرقَ (أحمد) مَليًّا، وكأنني نكأتُ له جرحًا غائرًا... لوى عنقه، كالعادة، وقرّرَ بيأس:

- هذا هو قدري يا (ميهود). أنا أحببتُ هذه المرأة، دون أن أراها. أَحببتُ روحَها. أحببتُ فيها رقّةَ المرأة وحزمَ الرجل... عذوبةَ الصوت وعُمق الإحساس... الثقافة الواسعة... المواقفَ الشُّجاعة... الدفءَ الأنثوي. وفي الأمس...!

توقفْ مُتردِّدًا، ورَنا إلى خارج المكان، حيث أشجار (الهايد بارك) العجوز تقف مُتحدِّيةً الزمن. تفرّستُ في وجهه؛ أستحِثّهُ للحديث:

- هيّا، أكمل... ماذا حدث، في الأمس؟
- في الأمس شاهدتُ الاستدارات الأنثوية في جسدها، من الأمام والخلف! ماذا يتمنَّى المرءُ الفقير مثلي أكثرَ من ذلك؟

وصلتُ إلى هدفي، وانزلق لسانه. صار يُعبّر بشاعريَّتهِ المعروفة، ويتفَنَّنُ في وصفها. لم أقاطعه حتى لا أُفسدَ لذَّتهُ الشفوية، وغروري الاستطلاعي. روى لي كُلَّ ما شاهدهُ، من الألوان والثنيات الملجومة في جسدها، وحتى مِشيتها، والخوف الذي كان يَحفُّ بها، وكأنها الوحيدة التي تمشي في شارعٍ، يتزاحم فيه عشراتُ الآلاف.

- امرأة رائعة، يا (ميهود). إنها كاملة... كاملة.
- سوف تتعلق بها الآن، أكثر.

شعرَ (أحمد) بأنه أمامَ موقفٍ صعب، وسيدخلُ مداراتٍ جديدة. ردَّد، بهمس:

- أعلمُ ذلك... ربنا يعين.

رفعَ قدحه في الهواء:

- في صحَّتك يا (ميهود).

رفعتُ قدحي:

- في صحَّة (الجوهرة).

ابتسمنا، وضحكنا كثيرًا. أحسَستُ بأن (أحمد) أسعدُ مخلوق في الدنيا، بعد أن شاهد (الجوهرة). أشفقتُ عليه لحالةِ الحُبِّ غيرِ المتكافئ أو -بالأحرى- المجروح، الذي يعيشه مع (الجوهرة)... تساءلتُ في أسًى: أيكونُ حُبُّه كحبِّي لـ(وردة)؟

في اليوم التالي، كنتُ في القطار الحزين الذي يأخذني من لندن المُشبعة بالحيوية والنشاط، والتي لا تنام حتى الفجر، إلى مدينتي العجوز التي تنامُ

عند السادسة مساءً. بقي (أحمد) في (لندن)، يومين، حيث سيعود إلى (وردة)، بعد أن يشتري بعض الحاجيات.

لا تبعد المحطّةُ عن منزلي كثيرًا. كنتُ أتسلّى بالمرور عبر الأزقّة الضيّقة التي تُنسيني عناء الرحلة، ووخز المطر على وجهي. فتيات يافعات يتراقصن أمام (البار). شُبّان يحتفلون بفوز فريقهم على منافِسهِ، ضمن الدوري. جسدان ملتحمان في ثنية مظلمة. عجوز، من الذين لا مأوى لهم، يُدخل نصفهُ العلوي في حاوية نفايات، يلتقط ما يمكُن أن يكون ذا أهمِّيَّة له، وآخر يفترش الأرض، وحوله حاجيات رثَّة وزجاجة خمرٍ رخيص، يُدخل فوَّهتَها في فيه، فيتناثر السائلُ على لحيته... بعدها، يظل يَسعلُ، بصورة مؤلمة.

رغم بطء الأيّام والليالي، في هذه المدينة العجوز، مرّت متجاوزةً تأفُّفنا من المطر الذي لا يتوقَّف، والوجوه الباردة التي تُرغم نفسَها على الابتسامة، عندما تتواجه مع الغرباء. مئات من الطلبة الملوَّنين يفترشون أرض المكتبة، نظرًا للازدحام الشديد على الكراسي والطاولات. كنت أفترشُ الأرضَ مثلهم، حين تزدحم المكتبة بالطلبة. كان الطريق من منزلي إلى المكتبة لا يأخذ مني أكثر من دقيقتين. كنتُ أشعرُ بأن رِجليّ تقوداني، دون أن ألجأ إلى عيني أو حتى عقلي. لقد تدرَّبتْ رجلِاي على الطريق القصير. كنتُ أمشي، وفي رأسي تتداخل الموضوعات والوساوس وتخمينات المستقبل: كنتُ أفكّر في عائلتي؛ كيف يُحاصرها المطر والملل، وكيف انقطعت عن الناس والأهل! كنتُ ألمَحُ الحزن العميق في عيني (أمّ خالد) التي ضحّت بالكثير من أجلي، خصوصًا راتبها الشهري. كنتُ ألحَظُ وحْدةَ (خالد)، وعدم وجود أقرانٍ له، يقضي معهم طفولته كما يجب. كنتُ خائفًا من لحظة الفشل، وأسئلة المُلحق الثقافي المتكرّرة عن تقدُّمي في البحث.

الطلبة في (كارديف) حريصون على السرّيّة؛ فهم نادرًا ما يتحدّثون عن تطوّر دراساتهم أو ملاحظات المُشرف أو موعد امتحانهم النهائي. العراقيون

صامتون، خوفًا من جواسيس النظام المُندسّين بين الطلبة. الخليجيون يخافون من انتقال أخبارِهم إلى السفارة. الأفارقة، الذين تكفلُهم بعضُ المؤسَّسات الدولية خائفون من قطع الراتب أو إنهاء البعثة. كان (مروان) الكويتي، من الطلبة العقلاء الذين يعرفون نفسيات الناس؛ إنه يدرس عِلم النفس، وكثيرًا ما جمعتنا معه أمسياتٌ رائعة، فإلى جانب دماثة أخلاقه وروحه المرحة، يُجيدُ الطبخَ الخليجي أفضل من أيّة امرأة. وكان كثيرًا ما تنافسَ مع (عامر) الكويتي، وتحدّاهُ في الطبخ. تجمعنا -أحيانًا- شقةُ (مروان) الصغيرة، حيث يُطلُّ برأسه من فتحة المطبخ وهو غارق في إعداد طبخة (مكبوس) أو عيش (شيلاني) أبيض، فينهض إليه (عامر) بعد أن يشمّ رائحة الطبخ، لينتقده في لون أو شكلِ الطبخ. (مروان) و(عامر) يُشكِّلان المُناخ العزوبي لحياتنا، على عكس عائلة (أبوحسين) وعائلة (بوناصر)، حيث تجمعنا بهم لقاءات أُسريَّة رائعة.

تعرّفت (أمّ خالد) في المعهد إلى (بوناصر)، الشابّ الكويتي الورع، وسرعان ما عرّفتني به وبزوجته وأولاده، ثم تعارفنا -عائليًّا- وأصبحنا نتلاقى، ونتشارك الهموم.

مع اقتراب نهاية العام الثالث، ناقش (أبوحسين) رسالته، ونجح. بقي بعض الوقت كي يبيع منزله. (مروان)، كان بحاجة إلى عام آخر. كان يُردِّد، دائمًا، بأنه يعرف مصير حَمَلة الدكتوراه في العالم العربي، لذا لن يستعجل الرحيل عن المدينة.

بعد أن عاد كلٌّ من (أمّ خالد، وخالد، وجريسي) إلى (وردة) زادت وحشةُ المدينة ووطأتها عليّ، وعادت الفوضى إلى المنزل. أرضية المنزل تكاد تكون مُغطاة بالكتب والقصاصات. لا أحد يحتجّ أو يسأل! لقد حدَّد المُشرفُ على رسالتي موعدَ المناقشة، فداخلَني شعورٌ ممزوجٌ بالخوف والفرحة. القلق لا يسمحُ لي بمشاهدة برامج التليفزيون. كنتُ كالمجنون الذي يحتفظ بجوهرة، (ليست (جوهرة) (أحمد)، بالطبع). أنهضُ من

الكرسي الوثير وأتناول الرسالة الضخمة ذات الخمسمئة والسبعين صفحة، وأقلِّبها. أتهجَّى الكلمات، فقد تكون هنالك غلطة إملائية أو نحوية. أُدقِّقُ في المراجع وترتيبها. أُعيدُ الرسالة على الطاولة. أعودُ إلى التليفزيون. أنهضُ من جديد، وأحتضنُ الرسالة!

لم أنم ليلة الامتحان. كان موعدُ الامتحان في العاشرة صباحًا. نهضتُ عند السادسة، من السرير، وعدتُ أقلِّبُ الرسالة من جديد، وأتوقعُ مكامنَ الأسئلة التي من المُمكن أن يسألني عنها المُمتحن الخارجي. باغتتني -وأنا أرشفُ الشاي- صورةُ (عامر) الكويتي، الذي تهاوى في مَمرّ الكلِّيّة، بعد أن قرَّر المُمتحنُ الخارجي تأجيل تخرُّجه، وأمرَ بإعادة كتابة الرسالة، وفق الملاحظات التي لاحظها على البحث. تصوَّرتُ نفسي في الموقف ذاته. ماذا سيكون عليه الوضع؟ وصورةُ الفتاة الإفريقية التي رسبتْ بعد ثلاث سنوات من البحث والكتابة، رغم أنها كانت تدرس على حساب إحدى المؤسَّسات الدولية.

تراءَتْ لي مشاهدُ الفشل، فحاولتُ طردَها. أخذتُ (دوشًا) حارًّا، وبدأت أغنّي إحدى أغنيات أمّ كلثوم، (أروح لمين... وأقول يا مين ينصفني منك... ما هو إنت جرحي وإنت فرحي...). يمتزجُ صوتي النشاز برذاذ (الدوش) القوي، وصوت الليفة التي تستمرئ تعذيبَ جسدي، ورائحة بقايا صابونة، برائحة التفاح، تركتها (أمّ خالد) في الحمّام. الساعة بطيئة اليوم، كخطوات جارتنا العجوز التي تلفُّ شعيراتها الضئيلة بـ(رولات) وردية، لتبدو كالساحرة، حين يخرجُ أحمرُ الشفاه من مكانه المُحدّد، ويسيلُ الكحلُ من عينيها الضيِّقتين.

لبستُ بدلتي التي اعتدتُ أن ألبسَها، عندما أذهب إلى (لندن). لديَّ -طبعًا- غيرها، ولكن البدلة الكحلية أراها أقرب إليَّ. تعطّرت بـ(البولو)؛ عطري المُفضَّل، منذ أيام الدراسة في الولايات المتَّحدة، والذي يُذكّرني

دومًا بليالي (سيراكيوز). لبستُ ساعتي الذهبية التي منحتني إيّاها الدولة، عند حصولي على الماجستير. فجأةً، داهمني سؤالٌ غريب: هل سيمنحوني ساعة ذهبية أيضًا بعد الدكتوراه؟

سؤال سخيف في هذا الوقت، بالذات؛ لديَّ أكثر من عشرين ساعة راقية كنتُ قد حصلتُ عليها كهدايا، عند حضوري مؤتمرات متعدِّدة، واشتريت بعضَها في مناسبات عدة، وأهدتني (أمّ خالد) بعضها. شربتُ قهوةً أمريكية سوداء، وعدتُ، من جديد، لإلقاء نظرة على الرسالة، وكأنها النظرة الأخيرة على جسدٍ سوف يتعرَّض للتشريح، بعد قليل. هاتفني (أبوحسين) بلهجته العراقية المُحبَّبة:

- ها (بوخالد)... أنت مستعد (عيني)؟

حاولتُ أن أُخفي تردُّدي وخوفي، فافتعلتُ نصفَ ابتسامة:

- أجل يا صديقي... (أبوحسين)... أنا مستعدّ، والله كريم.

- (يا بَه)... لا تخف. قوِّ قلبك.

هززتُ رأسي، وردَّدتُ في داخلي: ماذا يهمّك أنت؟ لقد تخرَّجت.

جاءني صوتهُ من بعيد:

- (بوخالد). وينك عيني... يا بَه؟

- أنا معك، (أبوحسين).

- يا بَه... لا تطوِّلها، وهي قصيرة. الليلة سوف نحتفلُ بك.

- الله كريم... يا (أبوحسين).

- سأكون في الكلِّيّة قبلك.

- أراك هناك، إذن.

أقفلَ (أبوحسين) الخط. هجَم عليَّ شعورُ الخوف والتردُّد. جلتُ -للحظاتٍ- في الصالة. نظرتُ، من بعيد إلى الرسالة الضخمة ذاتِ الغلاف الأسود، وكأنني أرنو إلى قنبلة موقوتة. حتمًا، ستنفجرُ بعد نصف ساعة!

وقفتُ مرتبكًا في مَمرّ الكلّيّة، بينما لجنةُ الامتحان مُنعقدة داخل إحدى الغرف. كنتُ أسمعُ حواراتهم، ولا أدري مَن في الداخل. (أبوحسين) ينظر إلى وجهي -الذي يُشبهُ وجهَ شابّةٍ أصابها دوارُ البحر، وتَقيأتْ كثيرًا- محاولًا تهدئتي. كنتُ أتأبَّطُ (شرًّا)... الرسالة الثقيلة، وأنقلها من اليد اليمين إلى الشمال. فجأةً خرجَ المُشرف على رسالتي، كالطود العظيم، وأشارَ عليَّ بالدخول. تسارعتْ دقّاتُ قلبي. كانت الخطوة بألف خطوة، وكنتُ أشعرُ بـ(أبي حسين) يدفعني بنظراته وهزّات رأسه المُطمْئنة. دخلتُ إلى اللجنة وألقيت التحيّة. كان عميدُ الكلّيّة موجودًا مع المُمتحن الخارجي الأسود البشرة، الذي بادرني بابتسامة وديعة. جلستُ أمام الثلاثة، وبدأتِ الأسئلة. ليس مسموحًا للمُشرف على رسالتي الحديث أو التدخُّل. بعد ثلاث ساعات من الأسئلة والاستفسارات، مِن قِبلْ المُمتحن الخارجي والإجابات والتوضيحات منّي؛ أشارَ عليَّ المُمتحنُ أن أخرجَ من الغرفة. نهضتُ مشدوهًا، غير مُركِّز على شيء. نظرتُ في وجهِ المُشرف على رسالتي، وفي وجه عميد الكلّيّة، مثلَ الأبله، كان الوجهان كحجارة مبنى الجامعة الذي يعود إلى أكثر من مئتي عام. خرجتُ وأغلقت الباب ورائي. استقبلني (أبوحسين)، رافعًا يدهُ في الهواء، كي يحتضنني، بعد أن سحقَ سيجارته برِجله:

- ها... بشِّر (بوخالد) عيني؟

تقدّمت نحوه... رفعتُ رأسي باتِّجاه وجهه، وتنهَّدت:

- لا أدري، يا (أبوحسين)، لقد دافعتُ عن رسالتي خيرَ دفاع.
- لا تهتمّ. إن شاء الله خير.
- لقد عصرَني هذا الرجل... ولم ينطق المُشرف بأيّة كلمة.
- ليس مطلوبًا منه ذلك. المهمُّ حديثك أنت.
- كنت قد حفظت الرسالة، يا (أبوحسين)، وأعرفُ موقعَ كُلِّ كلمة فيها.

انفتح الباب بقسوة. تَلهَّفنا، أنا و(أبوحسين)، لرؤية الخارج. من الغرفة، إنه الطود العظيم؛ مُشرفي. أقبلَ نحوي باسمًا:

- دكتور (ميهود)... مبروك، تعال لتسمعَ تلاوةَ التخرُّج.

تحجّرت دمعتان في عيني... انهال (أبوحسين) عليَّ تقبيلًا واحتضانًا. ضعتُ بين منكبيه. العرق كان يتصبَّبُ تحت البدلة الصوفية... رجلاي تهتزّان، وأشعرُ بترنُّحي، دون سُكر. المُشرف ما زال واقفًا يلحّ في دعوته لي بأن أدخل. تقدَّمت وأنا على مفترق طُرق. لا أستطيع تحديدَ موقف معيّن.

دخلتُ خلف المُشرف، وعيناي مُركَّزتان على وجه المُمتحن الخارجي، الذي وقف ومدَّ لي يده السمراء، فاتحًا ستارة فمه عن أسنان بيضاء ناصعة:

- دكتور (ميهود)... أنا مسرور جدًّا بالعمل الثمين الذي قُمتَ به. ومن حقّ بلدك أن تفخرَ بك. توجد بعض الأخطاء الإملائية، عليك تصحيحها، قبل إيداع الرسالة في مكتبة الجامعة... حقًّا لقد استمتعتُ بالموضوع وبالمعالجة... لك كُلُّ التقدير.

مدّ إليَّ قائمةً ببعض الأخطاء المكتوبة بقلم رصاص. بادرني عميدُ الكلِّيّة بالتهنئة والابتسامات التي ملأت الغرفة. قام العميد بتلاوة نصّ قبول الرسالة... مدَّ المشرف على رسالتي يده الضخمة، مُحيِّيًا:

- لقد سعدتُ بالعمل معك... أنت طالب تستحقُّ التقدير... مبروك.

أثنيتُ على جهوده، في توجيهي وتفانيه في قراءة التفاصيل وإشاراته القيمة لي بالرجوع إلى المصادر المهمّة، ثم خرجتُ من الغرفة حاملًا رسالتي وقائمة الملاحظات. ودَّعتُ (أبوحسين)، على أمل الالتقاء به ليلًا، كي نحتفل على طريقتنا. ركبتُ سيّارتي إلى حيث تسكنُ السيدة التي قامت بطباعة النسخة المنقّحة من الرسالة. أحسَستُ بأنني قد تخلَّصتُ من عبءٍ كبير، وتحرَّرتُ من قسوة المدينة الكئيبة. كنتُ أريدُ السفر فورًا. جلست بجوار الطابعة، لثلاث ساعات، نقلّب صفحات الرسالة، ونُصحِّح الأخطاء

البسيطة فيها. نقدتَها مبلغًا سخيًّا، برَّرَتهُ فرحتي بالتخرُّج. قصدتُ المطبعة، وطلبت عمل ثماني نُسخ ورقية، مع القرص المُدمج.

عدتُ إلى المنزل وهاتفتُ (أمّ خالد). طارتْ فرحًا. صوتُ (شيخة) و(خالد) يعلو من خلال السماعة، يلحَّان في سرعة عودتي. في المساء، وقّعَ المشرفُ على رسالتي على النُسخ الثمانية، كما وقّعتُ أنا بجانب توقيعه، وأودعتُ نُسختين في مكتبة الجامعة، وأبقيت النُسخ الأخرى للإجراءات الرسمية في السفارة. احتفلتُ مع (أبي حسين، وعامر، ومروان). كانت فرحة لا تُضاهيها فرحة. في اليوم التالي، جاء صاحبُ المنزل لتفقُّد المكان، بعد أن هاتفته. أعطيته ما تبقى له من إيجار بعض الأيّام، ثم حزمت حقائبي. أقلني (أبوحسين) إلى محطة القطار. ذهبت إلى جاري السابق (جون) ذي الكرش الكبيرة، كي أودِّعه، فخرج من بيته باسمًا. تذكَّرتُ تحذيره لي في أول يوم وطئت المكان. حاولت أن أردَّ له الصاع صاعين؛ عما قاله. تقدمت نحوه باسمًا، قلت له:

- لقد جاورتكم عامًا كاملًا، ولم أتشاجر مع جارنا الإيراني، الذي حذَّرتني من التشاجر معه.

لمحَ في عينيَّ لهجة عتاب... تراجعَ وأمسك فكَّهُ السفلي بيده، فغاصَ رأسُهُ في كتفيه... وشعر بأنه ارتكبَ حماقة، لا مُبرر لها:

- لا بأس (ميهود)... اعذرني؛ فالإعلام يُشوِّهُ صورتكم لدينا.

هززتُ رأسي بنوع من الأسى والاستنكار. حثَّني (أبوحسين) ببوق سيَّارته التويوتا (الكروان) المتواضعة. ودّعتُ (جون) مُتمنيًّا له حياة سعيدة مع أسرته. بعد دقائق كان القطار السريع يشطر الأرض الخضراء شطرين، ويقطع هدوء (ويلز) المُميت. صورة (أبوحسين) أمامي، وهو يعدُني بالتراسل والالتقاء سواءٌ في البصرة أو في (وردة). لم يكُن (أبوحسين) يعرف ما الذي سيحدث للبصرة أو لبغداد، عام (2003)!

في الطائرة، إلى (وردة)، أسندتُ رأسي إلى النافذة. انعكس الشيبُ الذي غطّى كُلَّ رأسي في زجاج النافذة. شعرتُ بأن سنواتٍ عديدة انسلَّتْ من عُمري. تَشتَّتَتْ فيها عائلتي. فقدتْ (أمّ خالد) العديدَ من الامتيازات، نظرًا لانقطاعها عن التدريس، وفقدت (شيخة) عطفي وحناني، وبدَت غريبة عني. هل تستحقّ الحياة أو المنصب هذا العناء والتشتُّت في الغربة؟ وليتها غربة مُغرية ولطيفة! ثم مَن سيسمعُ كلامي الجديد؟ ومن سوف يقرأ الرسالة أو -على الأقل- نتائجَها؟ داخلني شعورٌ باليأس، من جديد، رغم الانتصار العلمي الذي حَقَّقتُه. الطائرة تقطعُ الزمن، وهي تحتضنُني برفق. تصوَّرتُ حالتي مع الطائرة، بحالةِ (أحمد) مع (الجوهرة). هذا الـ(أحمد) الغبيّ، الذي لم يحظ، حتى الآن بقبلة أو احتضانٍ عابر. تُرى هل ستقبلني (وردة)، وتحتَضِنُني بشوق. أم ستكون مثل (الجوهرة)؟

-5-
الصدمة

عمَّت الفرحةُ العائلةَ الصغيرة. المطار كان يغصُّ بالناس، و(أمّ خالد) لم تكُن لِتأبهَ بالعيون التي تلاحقنا. احتضنتها بسرعة، بينما تعلّق (خالد) بتلابيبي، وهو يعبث في جيوبي. (شيخة) تلاحقني بنظراتها، وترى الشيب الذي اشتعلَ في رأسي بصورة جنونية. قبّلتُ الجميع، وهبّت بنا السيّارة نحو المنزل، بعد أن وعَدتُ الجميع؛ أن لا دراسة بعد اليوم.

كانت عيناي تشردان من السيّارة، لتستقرّا على البنايات التي بدأت تتعملقُ على أرض (وردة): الكورنيش الذي أصبح أكثر جمالًا من ذي قبل، الآسيويون الذين تكاثروا سريعًا، وما زالوا يفترشون الكورنيش، ويتناولون أطعمتَهم الخاصّة. كانت خفقات قلبي تزداد، كلَّما اقتربت السيّارة من المبنى الذي يضمُّ الوزارة التي أعمل فيها. حتمًا، سأكون هناك في الصباح الباكر لأُشعِرَ المسؤولين بتخرُّجي، وأستمع إلى توجيهاتهم السديدة. رائحة الطعام الجيِّد الذي تُتقنه (أمّ خالد) تملأ البيت. احتويتُ (شيخة، وخالد)، وحكيتُ لهما حكايات عديدة. كانت (أمّ خالد) تعِدُّ العشاء. فتحتُ حقيبة صغيرة، وأخرجتُ دُبًّا أبيض، ناولته (شيخة)، كونها دبدوبة، وتُحبُّ الدِّبَبة، بينما (خالد) يُحبُّ الألوانَ والألعابَ الإلكترونية. انشغلَ الصغيران بهداياهما. كان الشوق ينفلت من عينيّ (أمّ خالد). أشعرُ به في كُلِّ أنحاء البيت... سينام الأولاد بعد حين، وستكون الفرحة فرحتَيْن. انهالت عليّ التبريكات من كُلِّ جانب، بعد أن نشرت الصحفُ خبرَ تخرُّجي. لطيف هذا المجتمع، ووَدود،

لكنَّ، الحاسدين لهم موقف أيضًا. في الصباح، تهيَّأتُ للقاءِ المسؤولين. الله... إن الزمانَ لا يدعُ الأشياءَ كما هي! لقد تغيَّر المسؤول... وجوهٌ جديدة في الوزارة لم آلفها، ووجوهٌ مُعَمِّرة ما زالت كما هي، منذ خمسة وعشرين عامًا! أحد المسؤولين المُعَمِّرين في الوزارة هنّأني ببرود، واستهزاء:

- لستُ أدري ماذا ستعمل لك الدكتوراه؟

ما كنتُ مستعدًّا للدخول في حوار مع أيِّ كائن، خصوصًا في هذا اليوم الذي لا أُريد أن يُفسده حديثُ حاقد أو جاهل. مجاملات سريعة في مكتب الوزير. لم يكن الوزير موجودًا في مكتبه. اقترح عليَّ مديرُ مكتبه أن أُقابل وكيلَ الوزارة. دخلتُ على الوكيل، الذي يَشعّ بريقٌ واضح من عينيه؛ وتَدُلُّكَ سحنتهُ على ذكاءٍ، ومحاولة ناجحة للتواضع والاهتمام. بعد حديث قصير حول الرسالة وموضوعها، وشاي الوزارة المُنَعنع، أشارَ عليَّ الوكيل بالانتظار حتى يأتي الوزير، ويعرض عليه موضوعَ عودتي، والمكان الذي يُمكن أن أداومَ فيه.

خرجتُ من الوزارة، تتلقَّفني عشراتُ الأسئلة: لماذا هذا الوجوم في الوجوه؟ لماذا الابتسامات شحيحة معي؟ هل سيقابلني الوزير؟ أَلَم يكُن لدى الوكيل علمٌ بعودتي، وتَناقشَ مع الوزير في الأمر؟ ما هو العمل الذي يُمكن أن أقومَ به؟ لم تكن هنالك إجاباتٌ مُحدَّدة... مجردَ علاماتِ استفهامٍ، بِطُولِ شارع الكورنيش.

في الليل، يحتويني بيت (أبوأحمد) الخاصّ، وهو مكان شبه سريّ للالتقاء بعيدًا عن الأعين، يتجمع فيه الأصدقاء، يتسامرون ويمرحون، ويمارسون فيه حرِّيّة شخصية، لا تتأتّى لهم في بيوتهم الأُسريَّة. البعض يُسمِّي المكان (صريفة)، أي مكان لتصريف أمور المحتاج أو (المزنوق). رحَّب بي الحضور، وهنؤوني على التخرُّج. البعض ما زال مع عصير البرتقال، وآخرون ما زالوا مع كؤوسهم العتيقة المُعتَّقة. رائحة الشيشة تسيطر على المكان. التفتَ إليَّ (أبوأحمد):

- مبروك، يا (أبا خالد)... حتمًا، سيجدون لك وظيفة مناسبة!
- الله يبارك فيك. خدمة الوطن أمانة وواجب، يا (أبوأحمد)... ليس المهمّ المنصب... المهم أن نرُدّ دَينَ (وردة).

تدخّلَ أحدُ السُّكارى المترنِّحين، ولفظ كلماته بصعوبة:

- يقولون إنك ستكون وكيلًا للوزارة!

التفتُّ إليه باسمًا:

- أُفٍّ... وكيل وزارة! هكذا؟! الإشاعات كثيرة، يا أخي.

حاول (أبوأحمد) أن يؤكّدَ الاتّجاهَ الذي طرحهُ الرجل:

- وماذا في ذلك؟ أنت مؤهَّل وتستحقّ. ماذا يعني وكيل وزارة؟ الذين سبقوكَ لم يكونوا يحملون نصف مؤهّلاتك، ولا خبرتك.
- لنكُن على قدر حالنا، المناصب العليا تحتاج إلى مؤهّلات خاصّة.

تَدخّلَ الرجلُ المُترنِّح، وأَخرج كلماته، بصعوبة، من فِيه:

- ماذا تعني، يا أخي؟ هل توجد مؤهّلاتٌ أكبر من الدكتوراه؟

نظرتُ إليه، وفي قلبي مئات الأجوبة حول الأوضاع في البلاد العربية، لكنّ لساني لم يُطاوعني في الاسترسال؛ خصوصًا أن هنالك مَن لا أعرفُهم في المكان. الحديث الصريح، أمام البعض، لا يخلو من بعض الإشكالات.

حاولتُ أن أُغيّرَ مجرى الحوار إلى الأغاني عبرَ مسجّل الصوت، لكنَّ الموجودين حاصروني، من جديد، في حوار لن يؤدِّي -حتمًا- إلى شيء. أزِفَ موعد ذهابي إلى البيت. تمسَّك بي الحضور:

- انتظرْ، يا (ميهود)... سوف يحلو الجوُّ، بعد قليل.
- لقد تأخَّرتُ... العائلة تنتظر.
- انتظر ساعة، يا أخي. ستأتي الوجوهُ المليحة.
- لا أستطيع... أشكرُكم.
- لقد أصبحت دكتورًا، وتكبَّرت علينا.

انطلقت الكلمة كرصاصة في صدري. لم أكُن أتصوَّر أن يخاطبني (أبوأحمد) بهذه اللهجة. رمقته بنظرة حادّة، فتلك دعابة ثقيلة لم آلفها منذ عشرين عامًا، هي عُمرُ صداقتي معه. كنّا نسافر معًا، ونلهو كثيرًا. ولم يكُن ليجرؤ على أن يوجِّه لي كلامًا قاسيًا هكذا. كما أنني، في ذاتي، أُراقبُ تصرُّفاتي وكلماتي جيِّدًا، قبل الحديث. لقد علَّمتني أيّامُ الدراسة أن أفهمَ ماذا يريد الطرفُ الآخر، وما هو سبب الحديث، وكيف أتمرَّن على استيعاب الظرف المحيط بالمتحدِّث، وحالته النفسية، ونواياه من السؤال. لاحظَ الحضور امتقاعَ وجهي، واشرأبتْ الرؤوسُ لتفوز بسمعٍ صحيح لردِّي على (أبوأحمد). فضَّلتُ الانسحابَ الودِّيَّ، لأن الحديث الجدّي، وقت الشراب، يأتي بمصائب، ويجعل من الجميع أبطالًا. ودّعتُ الأصدقاء، ولففتُ وجهي بالغترة، تحاشيًا لأي عينٍ شاردة وسط هذا الظلام. بعض شباب (وردة) يذهبون إلى هذه البيوت (الخاصّة) ليُرفِّهوا عن أنفسهم، ويشكو بعضُهم لبعض، غلواءَ الحياة: تصرُّفات المدراء والوزراء، والتعيينات الجديدة، والإقالات، وأسعار السلع، وأسرار المجون، وأداء المرافق العامّة، وجور المتنفِّذين، والإشاعات الاجتماعية، ولا يخلو الأمر من مُتعٍ مسروقة أو مُشتَراة.

جاء الوزير، بعد أسبوع من رحلة عمل. استقبلني بدبلوماسيَّته المعهودة، حيث كان دبلوماسيًّا لفترة طويلة، في عدّة مدن في العالم. هنَّأني على نجاحي، وأشارَ إلى أنه تسلَّم ترشيحَ مدير الإدارة بترقيتي ووافق عليها. طال اللقاء مع سعادته. جالَ سعادتُهُ في كُلِّ المواضيع والأماكن التي خدمَ فيها الدولة: الجديد في الوزارة، وخُططهُ الناجحة لرفع الأداء، ومشاركاتنا الخارجية. كنتُ أنتظرُ الكلمات التي تخُصُّني... لم تخرج تلك الكلمات المُنتَظرة. تحرَّكتُ من فوق الكرسي الوثير، في إشارة إلى عزمي إنهاء المقابلة. شكرتُ الوزير على حُسن الاستقبال... أيضًا لم تأت الكلمات المُنتَظرة! ودعته، بعد أن تلفّظ على مَضَض:

- يصير خير... يا دكتور.

(يصير خير)... في الثقافة المحلية عبارة تعني: دَعْ الأمور تسير ولا تُجادل، وتعني -أيضًا- الرفضَ المؤجَّل. خرجتُ من الوزارة، والدموع تُغالبني. كنتُ مكسورًا إلى درجة التهشُّم، ومحتارًا إلى درجة الذهول. هل هذا هو الاستقبال الرائع الذي كنت أنتظرهُ، منذ ثلاث سنوات؟ ترقية لا تُضيف سوى خمسمئة ريال على الراتب. أين الاحتفاء؟ أين حفل الغداء الذي يُقيمونه -عادة- للخبراء الأجانب الذين يوظِّفونهم برواتبَ تُعادل ضعفَ رواتب المواطنين؟ أين المكتب، والوظيفة؟ أَلَم يكُن لديهم علمٌ بموعد تخرُّجي؟ أَلَم يستلموا تقاريرَ وزارة التربية؟

لقد كنتُ المواطِنَ الثاني الذي يحصل على هذه الدرجة العلمية في الوزارة، وأُدركُ أن الوظائف كثيرة ومتعدِّدة؛ خصوصًا أن تخصُّصي يُعتبر نادرًا، من حيث عدد الذين درسوه، ناهيك عن أن خبرتي تجاوزت العشرين عامًا، آنذاك.

لاحظتْ (أمّ خالد) شرودي، واختطافَ لوني، فأَشارتْ إلى البنت وإلى الولد أن يذهبا إلى غرفتيهما. نهضت (شيخة) بتثاقل، أمّا (خالد) فقد قفز إلى المطبخ حيث (جريسي). إنه لا يذهب مكانًا دونها. رافقتهُ (جريسي) إلى الطابق العلوي. تسللتْ يدُ (أمّ خالد) لتُعانق يدي، ونظراتُ توجُّسٍ في عينيها:

- ماذا حدث؟

أطلقتُ نظرةً مخلوطةً باليأس والتعجُّب إلى عينيها، وكأنها هي المسؤولة عمّا حدث، وهززتُ رأسي مُستحضِرًا هيئة الوزير:

- يصير خير.

تركتْ يدي قطعةَ قُطنٍ مُبلَّلة بعطرِها الشرس. عادتْ، من جديد، لِتلحَّ بالسؤال:

- هل قابلت الوزير؟

- نعم، قابلته.

نفثتُ زفيرًا ثقيلًا، ثم نظرتُ إلى سقف المكان، ويدي تعبثُ في شعري الأبيض. اقتربتْ مني، وكأنها لا تعلم بأنني قد وقعتُ تحتَ استفزاز عطرِها الشرس:

- ماذا قالَ لك؟

- يصير خير.

يبدو أنها تَململَتْ من إجاباتي المُختَصرة، وحالةِ وجهي المخطوف. اعتدلت، ورفعتْ صوتها بجِدّ:

- كُفَّ عن هذا الهراء... قل لي: ماذا قال لك الوزير؟

- قلت لك... قال: يصير خير.

- يعني ماذا؟

- يعني «انطر يا حمار، حتى يأتيك الربيع»؟

- محشوم يا (أبا خالد). وسِّعْ صدرك، يا حبيبي، المسؤولون مشغولون بأمور كثيرة.

طأطأتُ رأسي، وأنا ألتقط بعضَ الحلوى من الطبق:

- معكِ حق، لكنني أفترضُ نفسي أحدَ هذه الأمور الكثيرة.

- الصبر جميل... لا تُعَقِّد الأمورَ من أوَّل أسبوع. الله معك.

- حاضر.

- أنا أدعو لك في صلاتي، كُلَّ يوم.

- الله يسمع منك... ما رأيك أن نذهب إلى (دبي)، في نهاية الأسبوع؟

هل كنتُ أقصدُ بدايةَ الهروب من الواقع، أم أنه اقتراحٌ جاء وليدَ الصدفة؟ حقًّا، لقد عُدتُ من رحلة شاقّة، ولا بُدَّ أن أقضي وقتًا مُريحًا قبل أن أَتسلَّم عملي الجديد. عملي الجديد! ما هو هذا العمل، الوزير لا يعلم عنه شيئًا؟

جميلة (دبي) هذه! إنها فعلًا -كما تقول الأغنية- (دار الحي). تشعُر فيها بأنك مُنطلق، فلا أحد يُراقبك أو يُلاحظ لباسَكَ أو طعامَك. تنامُ أنّى شئت، وتسهرُ أنّى شئت. الكُلُّ مشغول بذاته. الفنادق ضخمة وأنيقة، والخدمات رائعة. المواصلات نظيفة، والسائقون مهذَّبون، أغلبهم من الآسيويين. البضائع مُبهرة ورخيصة، بالنسبة إلى الدول الأخرى. حركة التجارة في عنفوان مُتجدِّد. قضينا يومين في رحلة عسلٍ مؤَجَّلة، حيث تركنا البنت والولد مع (جريسي). أعَدنا ذكرياتٍ قديمة، كادت أن تقضي عليها رحلةُ الدراسة الكئيبة في (كارديف). تناقشنا في احتمالات المستقبل، خصوصًا عملي. أَلمحتْ إليَّ (أمّ خالد) بتوَقُّعِ الأَسوأ. جميلة هذه المرأة، وذكية، وعقلها يُساعدها في البحث والاستقصاء، رغم أنها لا تحفلُ كثيرًا بالقراءة. تقول إنها تمتلكُ الحاسّةَ السادسة، وكثيرًا ما تَوقَّعتْ أشياءَ، حصلت بعد حين. وكان تكتشفُني جيدًا، عندما أَردُّ على بعض مكالمات المُعجبات. إنها تشُمُّ رائحة الكذب والنفاق من بعيد، لكنها لم تُوفَّق في التوصُّل إلى زواجي الثاني (المزعوم) بعد شَكِّها في ذاك الزواج. عدنا إلى (وردة)، بعد أن تجدَّدَت روحانا، وتمتَّعنا بطعام وشراب جيِّد، وسهَرٍ مُمتع في مطعم لبناني راق. وزَّعنا الهدايا على (شيخة) و(خالد). تلقفت (جريسي) شنطة ملوَّنة، وشالًا رماديًّا. (خالد) سخِر من اللعبة الإلكترونية التي وضعتُها أمامه، وقال مُحتجًّا:

- هذا موديل قديم... توجد إضافات أخرى على هذه اللعبة.

دفعته (شيخة) بلطفٍ واحتجاج:

- أنت دائم الشكوى... يجبُ أن تقول شُكرًا.

نطقَ (خالد) كلمة الشكر... أخذا هداياهما، وغادرا المكان. بدأت (أمّ خالد) في التثاؤب، وفتحت فاها على مصراعيه:

- غدًا سوف يبدأ الدوام... لا بُدَّ أن أنامَ مُبكِّرةً.

تابعتُها بنظراتِ اشتهاء، وعقلي يلكزُني إلى المزيد من التفكير في قضية موقف الوزارة... رمقتها بنظرة احتجاج لعدم انتباهها لحالتي... كنتُ بحاجة إلى الخروج من هذا القمقم الجديد... قلت لها:

- حسنًا... سأتابعُ التليفزيون.

جَرّت (أمّ خالد) رجليها نحو الدرج المؤدّي إلى الطابق العلوي. بدت الصالة كقبر. خرجت الأسئلةُ من الكنبات والجدران، ومن خلال أضواء الثريّات الصغيرة. بوّابةٌ أندلسية قديمة تقف أمامي على الجدار. تذكَّرتُ فشلَ آخر ملوك العرب في الأندلس، في المحافظة على مُلك العرب، هناك، وكيف أن أمّهُ رثته شعرًا، وشبّهتهُ بالنساء. قدَّرتُ معنى الفشل، وعدم القدرة على مواجهة الصعاب. حَفَّزتني الصورة إلى المزيد من الصبر وعدم التسرُّع. مكتبي في الصالة يُحرِّضني على الكتابة. أُفٍّ... لهذه الكتابة التي لا تُطيقها (أمّ خالد). لقد أنهيتُ مقالي الأسبوعي، وبعثت به عن طريق الفاكس، إلى مقرّ الجريدة. ماذا أكتب؟ ولمن؟ هبط عليَّ السؤال من جديد: لماذا قال لي الوزير: «يصير خير»!؟ قلقٌ نفسيٌّ مُحبِط يسيطر عليَّ. لا رغبة في شيء، ولا مساحة صغيرة لموضوع جديد أو فكرة جديدة. الصمتُ يلفُّ المكان. مواءُ قطَّةٍ يُلاطفها قطٌّ مُرقَّط في الحديقة، كأني به يستحثُّها إلى عمل غريزي مشروع. التليفزيون يبثُّ حفلات غنائية لا ترقى إلى حديث العقل أو إعمال الفكر. هل يعني الوزير أن أكفَّ عن ملاحقته، والبقاء في المنزل، حتى يكتب الله أمرًا كان مفعولًا؟

تجاوزت الساعةُ الثالثة صباحًا، وأنا أُقلِّبُ الأسئلة على ظهرها وبطنها. غلبني نعاسٌ مُلحٌّ. نهضتُ وأنا أحملُ همومَ الكون على كتفي. ألقيت نظرةَ ازدراءٍ على رسالة الدكتوراه الضخمة السوداء القابعة على مكتبي، مثلَ أُذُنِ فيلٍ إفريقي جريح، وأسلمتُ العقلَ لنوم عميق.

الجوُّ، في المقهى الشعبي يبعثُ على الراحة لولا الوجوه المُتعبة التي حفرتها مخالبُ الزمن. (سهيل) ما زال يوزِّع الكلمات المكسورة مع الشِّيَش

ومع ابتساماته البلهاء. لاحظتُ هذه المرَّة أن الوجوه الشابّة قد زادت في المقهى الشعبي. مثقَّفون جُدُد أصبحوا من روَّاد المقهى: موظفون في عُمر الزهور، ومحامون، وشباب مراهقون يوقفون سيّاراتهم الفارهة أمام المقهى، في استعراض مشروع لتبيان الثروة والجاه. لا أدري: لماذا يأتي هؤلاء الشباب اليافعون إلى هذا المقهى، الذي يحتضن مساحات شاسعة من هموم الناس في (وردة)؟ هذا المقهى الذي يعانق البحر. البحر الذي شكّلَ مقارباتٍ رائعة، ومزعجة، في ثقافة أهل (وردة). أتجوَّلُ في الوجوه، وأتخيَّلُ مستقبلَ هؤلاء الشباب، الذين يحرقون صدورَهم بالدخان. يا تُرى: هل يقومون بردَّةِ فعلٍ طائشة ضدَّ واقعهم؟ هل يحاولون تضميدَ جراحاتِهم بشيء من الوَهْمِ المؤَقَّت؟ أم أن مشاركةَ كبار السنّ والمتقاعدين، مآسيهم، يُمكن أن تكونَ علاجًا ناجعًا لجروحهم؟

لقد (تأمْرَك) العديدُ من هؤلاء الشباب، وانفصلوا عن تراثهم وتاريخهم ومعارفهم، فأصبحوا (روبوتات) استهلاكية تنطلق نحو المُنتَج الأجنبي، وتلتهمه، بلا تفكير أو أدنى محاولة للإنتاجية. السيّارة الفارهة، والملابس (الكشخة) النظيفة، والإكسسوارات: النظارات، ومحابس اليد، وقصّات الشَّعر، وأنواع الغتر، والأحذية... كلّها ماركات عالمية. الأغاني تُعزِّز حالات الاغتراب الاجتماعي، والاغتراب الفكري. حوارات الإنترنت -بجدِّيتها ووَرديَّتها- كلُّها تصبُّ في ذلك. هذا الجيل ما عاد يعرف مَن هو (عبدالناصر) أو (عبَّاس العقاد) أو كفاح الشعب الجزائري مع الفرنسيين! ولا يعرف مَن هو (ابن لعبون) ولا (محمد الفيحاني) ولا (أمّ كلثوم) ولا (المنفلوطي). ولا يلتفت إلى كتب (الرافعي) أو ترجمات (الخيَّام)، التي كان والدي -رحمه الله- يعكفُ على حفظها عن ظهر قلب، ويزعج والدتي بترديد أبياتها. جيلٌ لا يعرف ما هي (المُعلَّقات) ولا جماليّات اللغة العربية. جيلٌ منفصل عن التاريخ والجغرافيا. جيلٌ مُمزَّق بين المسجد والبار. بين

عفَّة المُسلم وأفخاذِ (شاكيرا). بين الرجولة والصلابة ودعوات المجون. رفع أحدهم يده مُحَيِّيًا:

- دكتور... مبروك التخرُّج.

بادلتهُ التحيّة، ودعوته -بلباقة- للجلوس معنا... رفع يده شاكرًا. (أبوعبدالرحمن) يُدرك حجمَ الكآبة التي تُحاصرُني:

- (ميهود)... لا بدَّ أن تتأقلمَ مع المُناخ الجديد؟

- هل سيأتينا الشتاء صيفًا، أم العكس؟

حاولت أن أستحضرَ جوَّ النكتة والمرح، رغم أن وجهي لا يَشي بذلك. ردَّ (أبوعبدالرحمن) بيأس:

- هنا، تأتي الفصول كلُّها في دقيقة.

فنَّان هذا الصديق... يَجرُّكَ إلى الحديث المُحرَّم، ويفتح أمامك (فاترينات) الإغواء للدخول إلى ذاك الحديث.

المراكب الصغيرة تتهادى فوق الموج المُسالم كوجوه أهل (وردة). الآسيويون، ما زالوا كالسابق، يُفرغون صيدَهم على الشاطئ. المواطنون يتدافعون حولَ أكوام السمك المنوَّع، حيث يبدأ البيع بصورة عشوائية. بارجة أمريكية تبدو مُتخفيّة في ظلام البحر. حديثٌ جديّ، في الفضائيات، عن ضرب العراق. تعارضاتُ الدين مع السياسة. أشرطة (بن لادن) ما زالت تصل إلى الفضائيات، وكلّها وعيدٌ وتهديد للولايات المتَّحدة. الإجراءات الأمنية، ترتفع درجتها إلى القصوى حول السفارات الأجنبية. دولٌ تدعو مواطنيها إلى مغادرة المنطقة. الاتِّحادُ الأوروبي ينقسمُ على نفسه، في دعم إجراءات الولايات المتَّحدة ضدّ العراق.

مجتمع (وردة)، لم يكُن هكذا قبل ثلاث سنوات! لقد حصلت احتقاناتٌ وحالاتُ توجُّسٍ كثيرة، على الرُغم من الانفتاح الاجتماعي، وحركة التحديث في المجتمع، وحرية التعبير التي أتاحت مُناخًا من الحراك الثقافي في البلد.

الاهتمام الكبير بالأسهم وحركتها. المتقاعدون وحالاتهم النفسية، والمالية. دور المرأة في المجتمع. الناس منقسمون بين مؤيِّدٍ مُجبَر ومعارضٍ صامت. لم أستطع فهمَ هذا الصمت المُطبق الذي يلفُّ المجتمع. ندواتٌ ومعارضُ ومؤتمراتٌ عالمية. نشاطاتٌ إعلاميةٌ مكثفةٌ، وانفتاح على التجارب الدولية في كُلِّ المجالات. لم أستطع استيعاب شكل التعارُض الداخلي الذي يعيشه المجتمع. لقد تراخت الوشائجُ الاجتماعية المعروفة، وتضخّمت الأنا بصورة واضحة، ولم يكُن هنالك مفهوم مُحدَّد للانفتاح، بمعانيه الفكرية، والثقافية. لا أحد يَسأل ولا أحد يُجيب. كنتُ أسمعُ همسَ العقول على الكورنيش -وأنا أمارس هواية المشي-: إلى أين نحن نسير؟ تتَّجهُ الهمساتُ نحو البحر، الذي يبتلع المئات منها، كُلَّ يوم. فتاةٌ تُسْرِعُ الخطى لحرقِ المزيدِ من الدهون، كي تُصبح جديرة بزوج المستقبل. خمسينيٌّ يتهادى ليقتل السُّكَّر. أربعينيةٌ تحاول تخفيفَ الشحوم المتراكمة أمامها وخلفها، كي تضمنَ عدمَ إقبالِ زوجها على زواج ثانٍ. الكُلُّ له سبب في المشي على الكورنيش، لكن أحدًا لم يكُن يُفكِّر بأسبابي أنا... هم مشغولون بأسباب حياتهم اليومية، ونوعية الغد الذي سيأتي إلى هذه المدينة.

عدتُ إلى مكتب الوكيل، بعد ثلاثة أسابيع. أخبرني مديرُ مكتبه بأنه مشغول في اجتماع مهمٍّ. تناسيتُ القصد المؤدَّب الذي لمَّحَ إليه مدير المكتب البَهيُّ الطلعة. رجعتُ بعد شهر، من جديد، إلى مكتب سعادته. وفي كُلِّ مرَّة ترافقني عشراتُ الاحتمالات، وتقذف بي يمينًا وشمالًا. هذه المرَّة، استقبلني سعادتُهُ بترحابٍ جَم. نهضَ من خلف طاولته -الفرنسية الذوق- وهزَّ رأسه مرَّتَيْن، وجلس أمامي مُمسكًا بخطاب، قال بنبرة هادئة:

- دكتور (ميهود)... أنت خيرُ من يُمثِّل (وردة) في الخارج.
- الخارج؟

خرجت الكلمة من فمي، دونما اعتبار للدبلوماسية المُفترضة، مع الوكيل.

- نعم، يا دكتور، لقد تم اختيارك لتُمثِّلنا في الخارج. المسؤولون يُعلِّقون عليك آمالًا كبارًا، في خدمة وطنك.

إذن؛ هذا هو المنفى يُطِلُّ برأسه، من جديد. لم أصدِّق المفاجأة! هل سأكون سفيرًا؟ إنني لستُ في وزارة الخارجية. يبدو أنهم سوف يقذفون بي في إحدى المؤسَّسات المشتركة، والتي يتردَّد الكثيرون في قبول عروضها، رغم إغراءاتها المادِّية. خرجتُ من الوزارة، بعد أن شكرت الوكيل، وفي عيني أسئلة احتجاجية، رميتها في عينه، ويبدو أنه فهمها جيِّدًا. استقبلني الكورنيش الجميل. كان بلاط الكورنيش يميدُ بي. سلَّمَ عليَّ أحدُهم، فلم أردَّ السلام. كنتُ مُشتَّتَ الفكر، أمشي على غير هدى. الناس صامتون، صمتَ الموت. يمشون وآذانهم مُغلقة، وأفواهُهم لا تلفظ سوى العلكة. لقد أصبحتُ أحدَهم، لا فرق هنا بين مُتعلِّم وجاهل... لقد دخلتُ ضمن القطيع.

وصلتُ المقهى الشعبي، فبادرني (أبوعبدالرحمن)، بعد أن سمع الحديث في الوزارة عن ترشيحي لوظيفة في الخارج:

- لماذا -أنت بالذات، يا (ميهود)- يرمونك في الخارج؟

ثنيتُ رجلي تحتي، وطلبت شيشة:

- لا تسألني يا (أبوعبدالرحمن)، فأنا لا أعرف شيئًا.

(أبوعبدالرحمن)، لا يَملُّ ولا يَيْأَس من طرح الأسئلة المُحرِّضة:

- هل اكتفَت الوزارة بالمؤهَّلين؟ طيب... لماذا لا يُعيِّنونكَ في الجامعة؟ أنت أوَّل أو ثاني مَن يحمل درجة الدكتوراه في تخصُّصك، كما أنك درّستَ في الجامعة، منذ أكثر من سبع سنوات، ولديك خبرة عملية أكثر من المدرِّسين الذين يوظِّفونهم. إلى متى سنظلُّ نعتمد على الآخرين، ولدينا الكثير من المؤهَّلين؟

كانت كلمات (أبوعبدالرحمن) تَثقبُ وجهي. أشعرُ بحالة التقيُّؤ اللحوح. (أبوعبدالرحمن)، الآخر الذي يتحدَّث، فقط، لا يُمكن أن يعمل

شيئًا أو يكتب شيئًا في الصحافة. وصل (محمود)... صديقي القديم ورفيق درب (بافالو). لقد تمَّ تعيينه في الوزارة، قريبًا من مكتب الوزير، وقد سمع عن قضيَّتي. كان (محمود) يُدرك معنى صمتي، ومقدارَ ألمي، مُذ كنّا في (بافالو)، وكان يسمعني -آنذاك- أُردِّدُ الآمال الكبار، ويوافقني، دونما محاولة لتفشيل برنامجي الوطني في حُبِّ (وردة) والعمل، من أجلها. كان يُدرك، أكثرَ مني، التوجُّهاتِ في الوزارة، لأنه كان يحضر اجتماعات الوزير. وكثيرًا ما حاول أن يُرسل لي إشاراتٍ عديدة، بعدم الإفراط في التفاؤل. لكنني لم أكُن أُعيرهُ اهتمامًا، فهو الآخر مهمومٌ وصامتٌ وشاردُ الذهن، دومًا، حتى في المقاهي الليلية والحانات. عندما رأيتُ وجهَ (محمود)، حاولتُ النظر إلى القضية من منظار آخر: لماذا لا يكون الوكيل قد سمع عن وضعي المالي المحدود، وأراد أن أُحَسِّن وضعي، من خلال تلك المؤسَّسة التي تَمنح رواتبَ عالية؟ حتمًا، إن التفكير الإيجابي يفتح آفاقًا رحبة للتأنّي، والنظر إلى الكأس نصفِ الممتلئة من الأسفل؟ بدا (محمود) توفيقيًا، كعادته، حَذِرًا في اختيار كلماته، لأنَّها قد تصل إلى أعلى، بسرعة. كان يُدركُ معنى رحيلي، من جديد، عن (وردة)؛ خصوصًا في هذا الوقت، والذي يكون من المشروع فيه للإنسان ممارسة عمله ضمن إطار تخصُّصه، وفي وجود مئات مِن الذين لا يُتقنون العمل، ولم يدرسُوه مثلي. الدخان يتصاعد من الأفواه. الطلباتُ مع (اللعنات) تنهال على (سهيل). على البُعد، بارجةٌ حربية تشقُّ البحر النائم، كسكِّين تقطع قالبَ زبدة. بعد تفكير عميق، خرَجتْ كلماتُ (محمود) مُحمَّلة بالتفاؤل الحذر:

- دكتور (ميهود)... أنت تتأقلم بسرعة، ولسوف تُقيم صداقات عدّة، في (وجد).

التفتُّ إليه، بدهشة:

- (وجد)! ماذا تعني؟

حاولَ التخفيف من الصدمة... ويبدو أن مكتب الوكيل سرّبَ له الخبر كي يُخبرني إياه، بطريقته الخاصة، لعلمِهم بمدى علاقتي معه. اعتدل في جلسته:

- اسمع. يُمكنك البقاء هناك ثلاث سنوات، تكسبُ -من خلالها- مبلغًا من المال، ثم تعود لِتُحَسِّن من وضعك المادّي.

داهمني الغضب، وتعقّد حاجباي. نفثتُ من خرطوم الشيشة دخانًا كثيفًا.

- أيُّ سنوات؟ وأيُّ مبلغ يا (محمود)... أنا لم أُصدِّق كيف أنتهي من الغربة، وأستقرّ هنا... أتعرف معنى (هنا)، يا (محمود)؟

ضربتُ الطاولة بقبضة يدي، ارتجّت -على إثرها- كؤوسُ الشاي... نظر الجميع إلى وجهي... طأطأتُ رأسي مُعتذرًا:

- يا جماعة... أنا لم أفكِّر قَطُّ أن أزورَ (وجد)، في حياتي، فكيف أستقرُّ بها، وأعمل فيها؟

عدَّل (محمود) من هيئته، واستجمع كلماتٍ مُنمَّقة، وعاد إلى الغيبيّات:

- الخيرة فيما اختاره الله... دعكَ من اليأس، يا (ميهود).

كان (محمود) يُدركُ المكانَ المناسب الذي يُمكن أن أفيد، من خلاله، بلدي. وكان قد اقترح على المسؤولين بعضَ الأماكن التي تحتاج إلى خبرتي وقدرتي في الكتابة، وإجراء الدراسات والبحوث، ومقابلة الخبراء الأجانب الذين يقابلهم المدراء الحاليُّون بحضور مترجمين؛ لعدم قدرتهم على الحديث باللغة الإنجليزية. لم يكن يستطيع أن يعمل شيئًا أكثر من الاقتراح. أمّا القرار، فيرجع إلى المسؤولين.

كُلُّ البلدان إلّا (وجد)... كيف سأعيش فيها؟ كيف سأتعامل مع أُناس جُدُد، لم يسبق لي التعرُّف على أيٍّ منهم؟ كيف سأنفصل عن (وردة)، من جديد؟ ثم إنني لم أفرح، بعدُ، بتخرُّجي، وخروجي من ألم الغربة، وضَنى سنوات الدراسة المزعجة؟

عرفتْ (أمّ خالد) بالأمر. كانت متشجِّعةً لخوض تجربة جديدة، ولم تُبدِ أيّ امتعاض أو تردُّد. لاحظتْ أماراتِ الاحتجاج في وجهي، فابتسمت:

- مبروك الوظيفة الجديدة.

هززتُ رأسي بتثاقل، وهويت على الكرسي، نافخًا في الهواء زفيرًا طويلًا. كان الموقف يحتاج إلى كلمات كثيرة. كنتُ منفعلًا إلى درجة إيذاء نفسي، وأودُّ أن أضربَ رأسي بالجدار. استدرتُ، بعفوية، لأجدَ شهادتي مُعلّقة على الجدار. لازمَني صمتٌ لبرهة. كنتُ غيرَ واثق من أنني أريد تقبيلَ الشهادة، أم أنا مستعد للتبوُّل عليها! تركَّزت عيناي على الشهادة أُعاتبُها، وكأنها المسؤولة عما يحدث لي. دنتْ (أمّ خالد)، يسبقها عطرُها المفضَّل لديَّ، (إستي لودر)، وكأنها ظبية تستحثّ ذكرَها. لم أكُن في (المود). كنتُ أريدُ أن أصرخ في وجه الكون، وأقذف إلى العالم بكُلِّ الأسئلة. لكنني تراجعت. ماذا يُمكن أن تفعلهُ هذه المسكينة، التي كُتبَ عليها الارتحالُ معي من بلد إلى بلد؟

الصدمة كانت في قلب (شيخة)، أيضًا، إذ بدأت عامَها الأوَّل في الجامعة. هل ستخرج من منزل أبيها، وتعود إلى أجواء الريبة، والأسئلة عند أهل أُمّها؟ هل ستتخلّى عن عالمها الخاص، ووشوشاتِ صديقاتها في الهاتف، ودِببَتِها النائمة حولها على السرير؟ ماذا عن (خالد)؟ إنه في الإعدادية. هل سيترك صديقه (نايف)؟ من هم أصدقاؤه الجُدُد؟ ما هو مُناخ المدرسة الجديد؟ مع من سيلعب في (وجد)؟ هل سألجأ إلى تأجير بيتنا، من جديد، وقد أعدتُ تأثيثهُ، للتوّ؟

لماذا يصدمونني هكذا؟ هل أنا الوحيد المقصود، أم أن ذاك اتجاهٌ عام؟ لعن الله الدكتوراه والدراسات العليا. إن الذين تركتهم موظَّفين صغارًا، وصلوا إلى درجاتِ المدراء، التي لم أصلها، بعد، مع الدكتوراه! لقد تم تقريبهم أكثر... وأكثر؟ إذا كان هذا هو الحال، في التسعينيات، فماذا سيكون عليه الحال بعد عشرة أعوام، حيث ستتضاعف أعدادُ مُتخرِّجي الدراسات

العليا؟ هل سيقفلون بابَ الدراسات العليا؟ قد تكون الابتدائية أفضلَ من الدكتوراه! المعايير مقلوبة، ولا يوجد مَن يسمع. الكُلُّ يريد الحديث. القطيعُ يسير، دومًا، في اتجاه واحد. وفي النهاية لا يجد الكلأَ المأمول، والذئبُ، من الوراء، يتحيَّن الفرص.

هنا هو ذا الحضنُ يرفضني من جديد. لقد أصبحَ حضنُ (وردة) كرَحِم امرأةٍ نفساء. ما عادت تتحمَّلُني، أو تسمعُ أنيني المُتقطع الذي يزعج نومَ (أمّ خالد)، وأحلامي المُفزعة التي تجعلني أقفز من سريري باتِّجاه زجاجة الماء.

أنا لا أعرف ماذا يريدون بالضبط، الكُلُّ يبتسمون في وجهي؟ الكُلُّ مُعجبون ويشيدُون بخبرتي؟ الكُلُّ يَفزّون من أماكنهم مُرحِّبين، لكن هناك سرابًا خادعًا في الدروب. ها هو القدر يفرض -من جديد- قرارَ فراق (وردة)، ويُعيد رسمَ دوائرِ القلق حول عيني، ويفتح لي أبوابَ المجهول، ويَقدُّ قميصي من دُبر.

-6-
المنفى الثالث

تَخطّى (أحمد) الكراسي المبعثرةَ في المقهى الشعبي، وهو مطأطئ الرأس، ووصل إلى حيث أَجلس. لا أدري، هنالك أشخاص، تتآلف أرواحهم.، أو تتقارب نجومهم وطوالعهم، هذا ما حفظته من كلام أحد المسؤولين، الذي حاول إبعادي عن وزارة مهمّة، بقوله: «إن نجمَك لا يركبُ على نجم الوزير»، أو كما يقول المختصُّون: «هنالك أشخاصٌ تتفاعل كيمياء أحدهم مع كيمياء الآخر، بصورة إيجابية». وهذا ما حصل بيني وبين (أحمد) الذي أحسُّهُ نسخةً مني في الحساسية والصمت، والتأمُّل في الأحداث والشخصيات التي نقابلها في حياتنا. كما يربط بيننا إحساسُنا العميق بالكلمة الجميلة، والولع بالدراما واللغة العربية، وحالات الإحباط والفقد التي اعتورت حياتنا في مراحل عدّة. ولعلَّ أهمّ ما جمعَ بيننا هو حُبُّنا غير المحدود لـ(وردة).

وجهُ (أحمد) ليس على حقيقته، فقد غادرته مَسحةُ البريق، وغاب التحدّي عن عينيه، كما أنه أهملَ حلقَ لحيته، فبانت الشعيرات الكثيفة البيضاء التي تفوَّقت على السوداء. شاربه هو الآخر لم يكُن موضع اهتمام منه، لربما منذ أسبوعين. أتصوُّره خارجًا، للتوّ، من سجن المدينة المركزي. عرفتُ، من رسائل وجههِ المخطوف، أنه قد تشاجرَ مع (الجوهرة). لماذا تكون بعضُ النساء قاسيات، إلى درجة القتل؟ بعضُ النساء -كبعض البلدان- يتقمَّصن أدوارَ القوّة والغضب، وإحلالِ الضعفِ والهوان في الرجال. هل هي غريزةٌ أزلية، لمحاولة إيجاد توازُن بين الذكر والأنثى، أم هي حالاتٌ استثنائية، تجدُ

الأنثى -من خلالها- مُبرِّرًا للثورة على القيد والسجّان؟ الذي لا أفهمُه: كيف للزمن أن يَسجُن الإنسان بداخله؟ كيف يتلذّذ هذا الزمنُ بعذابات المواطن، وإيقاظ مضجعه في غياهب الليل؟ هل هذا الزمن أُنثى تمارسُ عادة التمَلك، بين أبنائها؟ وهل هذا التوازن، لا يقع إلّا على رأس المثقّفين الحسّاسين، المؤهلين لأدوار القيادة أحسن من نظرائهم، الذين تسنَّموا القيادة في الإدارات، عبر اغتصابِ التاريخ أو وضع اليد على الجغرافيا؟ وهل الزمن عمارات، وبنوك، وآبار نفط، محدودة التداول؟ ناقشتُ (أحمد) في العديد من الرؤى، لكنَّ عقلهُ كان بعيدًا جدًّا!

ذات صيف لحقَ (أحمد) بـ(الجوهرة) إلى (باريس)، حيث اعتادت أن تقضي ثلاثة شهور الصيف في شقَّتها المُنيفةِ المُطلّةِ على نهر السين. كانت لا تصطحبُ معها غير أبنائها والخادمة؛ فيسهُل عليها التنقُّل من (باريس)، إلى مدينة (كان) الساحلية، التي تمنحها مُتعةَ التحَرُّر من عباءةِ الاستعباد والمُلاحقة الاجتماعية. كانت تستلقي على شاطئ البحر مُتَّشِحةً بنظّارة سوداء، ترى الناسَ ولا يَرونها. تَتفحَّصُ الوجوهَ والأجساد، ولا أحدَ يدري بها. كانت تحمل معها ذكرى (أحمد)، وتقرأُ رسائله، دون خوف من رقيب أو هاتف مزعج. كان (أحمد) يعتقد أن مُناخ الحرِّيّة في (فرنسا)، سوف يُعينهُ على الالتقاء بـ(الجوهرة). كان العطشُ يسبقهُ إليها. لهفة الدنيا في عينيه، وآهات الهاتف الحرّى تُجالسه، وهو قابع في غرفته في الفندق الباريسي المُطلِّ على (الشانزليزيه). كان يريد أن يروي عطشَ السنين الثماني، التي هي عُمر الحُبِّ بينهما. لم تتعاطف معه (فرنسا)، أيضًا، هذه المرَّة. قضى أسبوعًا قُربَ الهاتف، مُتلهِّفًا لمكالمةٍ تُعيد إليه التوازن، وتُحقِّق له الأمنيةَ الكبرى، في لقاء حميمي، دون رقيب، ليروي عطشه وعطشها المؤجَّل منذ سنين. ما كانت (الجوهرة) تردُّ على هاتف المنزل، وكثيرًا ما أحرجتهُ الخادمةُ التي تردّ. لقد سافر إثرَ وعدٍ منها باللقاء،

في مكان خاصّ. وأَعَدَّ نفسه إعدادًا جيِّدًا لذاك اللقاء، الذي سيكون حتمًا محطّة استثنائية في حياته، لكن (الجوهرة) لم تتصل، ولم تأتِ، وتاه (أحمد) عن محطَّته المأمولة.

ركب (أحمد) طائرة الحُزن، وعادَ إلى (وردة)، ولسانه يَسبُّ ويَلعن. يعود، بعد كأسه الخامسة، ليرسمَ أعذارًا لـ(لجوهرة)، ويُقنع نفسَهُ بوجاهَتها. ما كان ليستطيعَ أن يذهب إلى شقَّتها؛ المنطقة تعجُّ بأهل (وردة) الأثرياء، وهم حتمًا سيعرفونه، بل سيدعونه إلى عشاءٍ أو غداء، وسيسألونَهُ عن مقصده، في ذاك الحيّ الراقي.

بعد يومين من وصوله، وبينما كان (أحمد) غارقًا في لُججِ الهَمِّ، التي تجتاحهُ من كُلِّ صوب، تأتيه مكالمةٌ خارجية. إنها من (الجوهرة). وقد بدت كطفل يلهو بلُعبة جميلة. ما كانت لِتستحضرَ أيَّ موقف خلال الأسبوع الماضي، الذي يَتَّمتْ فيه الرجل، وجعلته مُتسكِّعًا بين مقاهي باريس وحاناتها و(مولاتها) الكبيرة. بل لم تُفكِّر في حالات الانتظار الطويل، التي داهمته بالوساوس والأسئلة، وهو يتلمَّسُ سمّاعة هاتف الفندق، كُلَّ خمس دقائق، ليتأكَّد من سلامة الهاتف، ولم تُفكِّر في إلحاحاته على موظَّفة الهاتف، بأنه موجود، وينتظر مكالمةً مهمّة. تحدَّثت (الجوهرة)، وكأنها صفحةٌ جديدة في تاريخ السماء:

- أهلًا... (أحمد).

رانتْ فترةُ صمت قصيرة، بدَت كعام كامل. (الجوهرة) تُحبُّ الاستفزازَ، والدفاعَ عن النفس، وتُتقنُ الهجومَ القاسي، ونشرَ الشِّباك، للإيقاع بـ(أحمد). الشوق يدفع أخانا المُعذَّب لكسرِ الصمت، والبدءِ في حوار قد يؤدّي إلى مزيد من الحرمان... لكنه تشَجَّع:

- مرحبًا، (الجوهرة).
- ما أخبارُك؟

تبدأُ الحديث، وكأنها لا تعلم أن أخباره (زِفت في زِفت)، وأنه قطَع مئات الأميال، من أجل موعد يتيم، قتلتْهُ هي دون رحمة... إنها تُدرك أنهُ يغلي من الداخل. وتتظاهر بأنها ورقة بيضاء في قَدَرِه:

- لا توجد أيّة أخبار.
- معقولة؟ لم نتهاتف، منذ أسبوعين!

يحاولُ أن يكبحَ نفسه عن الانزلاق في اتِّهامها، لأنه يموت شوقًا لسماع صوتها الناعم. ولكن، بعد ثماني سنوات، صارت (الجوهرة) مكشوفةً لديه. كان يُدركُ متى تكون صافيةَ المزاج، وتودُّ الحديثَ في الرومانسية والحُب. كان يعرفُ متى تكون في شوق جارف إلى كلمة حُبٍّ، منذ أولِ همسةٍ لها، وتناديه أح...مد! لهذه المرأة قدرةٌ فائقة على تلوين صوتها، وخلقِ مُناخ الرومانسية. كان (أحمد) يرى المشهد الذي يرسمه صوتُها بكلّ دقة، خصوصًا عندما تحتويهما موجةُ الشوقِ الملتهب، وعويل الصَّبابات اللهفى، في الهجيع الأخير من الليل. حاولتْ أن تُفجّر ما اختزنهُ من غضب، على موقفها السخيف المزعج:

- ما أخبار (وردة)؟
- عادية.
- دمكَ ثقيل اليوم... هيّا، مع السلامة.

أغلقتْ الخطّ بقسوة، وكأنها طعنته برُمح إفريقي في الخاصرة. دخل (أحمد) من جديد في دائرة التوقُّعات والاحتمالات: ماذا تُريد مني هذه المرأة؟ مع روعتها ووداعتها، تنقلب -فجأة- إلى وحشٍ كاسر! وبقدْرِ عذوبتها، وجمال كلماتها الليلية، ورسمها المَشاهد الحميمية، بعُمق ودقَّة، تتحوَّلُ إلى قاموسِ لاذع، يفُضُّ صوتُها بكارةَ الأذن، في النهار!

أخرجْتُهُ من حالة الذهول واليأس:

- ما بك (أحمد)؟

رفعَ رأسه، ونظرَ بعيدًا باتِّجاه البحر. أخذ نَفَسًا عميقًا. زفرَ مرَّتَيْن، وتحوّلَ برأسه تجاهي:

- لا شيء، يا (ميهود)!

- (الجوهرة)... أليس كذلك؟ أنا أشمُّ رائحةَ خلافٍ بينكما.

زمَّ (أحمد) شفتيه، وفرك أصابعه، وثنى رِجلًا على الكرسي الصلب، محاولًا التملُّص من الإجابة. عدتُ، من جديد، أستحثُّه، لتفريغ ما بداخله:

- هيّا قُل لي ماذا حدث؟ هل عادت من (باريس)؟

- (ميهود)... أرجوك... أنا مُشتَّت، ولا أستطيع التفكير أو الحديث.

تحوَّلتْ عينا (أحمد) إلى بحيرتَيْ دموع. مسحَ عينيه بطرف الغترة المُنشّاة. حاولَ تجنُّبَ عيني، فقرّبتُ وجهي من وجهه، كَمَن يُحاول التيقُّن:

- (أحمد)... ماذا جرى؟

زاد انهمار الدموع. غطّى (أحمد) وجهه بالغترة تمامًا. سقطتْ رجلهُ من الكرسي، دون وعي. تقوَّس ظهرهُ في فراغ الكرسي. أنزلتُ يده من وجهه:

- أرجوك، يا (أحمد)... لقد أفزعتَني!

فتح (أحمد) فاهُ، بصعوبة بالغة، وبدا كأحد أطفال الرعاية الخاصّة، وانفجرَ باكيًا:

- لقد تركَتْني، يا (ميهود)!

رمى رأسَهُ على كتفي، وأجهش في بكاءٍ مرير، كامرأةٍ ثكلى! أحسَستُ بأن الأمرَ ليس خلافًا عاديًّا، وأن ما أراهُ من عذاباتٍ، على وجه (أحمد)، كفيلٌ بصدق ما أحسَستُ به:

- كيف حدث ذلك، يا (أحمد)؟

مسحَ بقيّة الدموع من تحت جفنيه، وأزاح الغترة نحو كتفه، ثم التفتَ إليَّ، بوجهٍ فيه حُزنُ العالم كُلِّه:

- لا أدري... اتَّصلتُ بها، فلم ترد. بعثت لها برسالة عبر الجوّال...

عاد يبكي كطفل. تناول الغترة، من جديد. ابتلّت الغترةُ بالدموع. ارتطم ظهرُهُ بالكرسي، فأحدثَ صوتًا شدَّ انتباهَ رواد المقهى المجاورين لنا. بعضُهم بدأ يتفرّس في وجه (أحمد)، ويُحوّل بصرَهُ باتِّجاهي. أحرجَني الموقف؛ فقد يعتقد أحدُهم أنني سببُ بكائه. استجمعَ قواهُ، من جديد، كأنه يُريد إخراجَ هَمٍّ كبيرٍ من صدره، وتحشرجت الكلمات في فمه:

- اتصلتْ بي ليلًا، وأخبرتني بأنها قرَّرت قطعَ علاقتنا، ورجتني ألَّا أتصل بها، وأنها لن تَرُدَّ على أيّة مكالمة.
- ألم تعرف السبب؟
- قلت لك، يا (ميهود). إنها امرأة غامضة... كانت دائما تُعطيني نصفَ الشيء، وتحتفظ بالنصف الآخر لها.
- تعني أنها قررت الزواج، مثلًا؟
- لا أعتقد. إنها وهبت نفسها لرعاية أبنائها.
- إذن، ما سبب هذا التغيِّر المفاجئ؟
- لا أدري، (يا ميهود).
- حاول التذَكُّر؟

أغمضَ عينيه، للحظات... وصكَّ أسنانه، وأخذَ نَفَسًا عميقًا، وزفرَ بأسى:

- ما فائدة التذَكُّر. ذهبت (الجوهرة)... لقد أحسَستُ، في نبرة صوتها، أنها تُكلِّمني للمرّة الأخيرة.
- لا تيْأَس النساء، كُلُّهن هكذا، وقت الانفعال.
- لم يحدث بيننا أيُّ انفعال، منذ شهرين.
- ستعود إليك، حتمًا.

غاص (أحمد) في هدوء جنائزي، وركَّز عينيه على (صرصور) لامعٍ يتوارى نحو برميل الغاز، كأنه تذكَّر شيئًا. بادرته:

- ماذا بك؟

- (ميهود)... هل تذكُر عندما قلتُ لك إنها متورِّطة بمضايقات هاتفية من أحد أقربائها في (وردة)؟
- أجل. أذكر... لكنك قلت إنها لا تُطيقه، وتحاولُ التخلُّص منه.
- نعم. لكنها، في مكالمتها الأخيرة، لفظتْ شيئًا، لربما لم تحسب له حسابًا!
- ماذا قالت؟

رفع (أحمد) رأسه إلى السماء، محاولًا التَّذكُّر، جيّدًا، ثم هَزَّ رأسه بإيجابية:

- قالت: لقد تعبتُ من مكالماتكما... أَتعَبتُماني!

مرَّت فترةُ صمت، وكلانا يستعدُّ لتفسير الموقف. نظرتُ في وجهه:

- أتعني أنها تركَتكَ، من أجل أن تتفرَّغَ له؟

ما زال (أحمد) في شروده، وكأنه انتبه للنصف الأخير من كلامي:

- إنها تستطيع تَركي... لكن يصعبُ عليها ترْكُه.
- أنا أتصوَّر أنكَ ذهبت ضحيةً لمضايقاته لها، ولعلَّك تذكُر يوم أخبرتني أنها قالت لك: «إنك لن تستطيع عملَ شيء... فالرجل قويٌّ».

فركَ (أحمد) كلتا يديه، وأزاح الغترة إلى الوراء متأفِّفًا، ثم قال بيأس:

- أَذكُر ذلك... لكنني -بلسانها- كنتُ البلسم الذي يداوي جروحَ الليل، التي تفتحُها مكالماتُ ذاك الرجل.

حاولتُ أن أكون ناصحًا، رغم شعوري الداخلي بقسوة (الجوهرة):

- لو كنتُ مكانك لَعذرت (الجوهرة).

رفع (أحمد) وجهَهُ باتِّجاهي، في حالة احتجاج، وقال بغضب:

- أعذُرُها؟... أنا أعطيتها كُلَّ حياتي، ورضيتُ بحُبِّها عبر الهاتف، فقط! ماذا تُريد مني أكثر؟ هل هناك مجنون، في الدنيا، يقبلُ بحُبٍّ

عبر الهاتف؟ أتذكر صديقي البحريني (عادل)؟ لقد سخِرَ مني عندما أخبرته عن حُبّي لـ(الجوهرة) عبر الهاتف. أذكر أنه قال لي: «أنا لا أحتمل امرأة أكثر من يومين في الهاتف، ولا بدّ أن ألتقيها في اليوم الثالث».

- الحُبُّ تضحية، يا (أحمد)!
- لقد ضحَّيتُ بوقتي، ووقتِ أهلي، وأعصابي، وسطّرتُ لها أجمل الكلمات. كنتُ أُلاحقُها في كُلِّ عواصم العالم. كانت معي في سطور الجريدة... فوق مخدَّتي... صوتها يُعشِّشُ في سيّارتي.

عاد ليبكي، من جديد، وبحُرقةٍ أكثر. الناس بدؤوا ينظرون إلينا أكثر، وكنتُ مُحرَجًا من النظرات الاحتجاجية ضدّي، رغم أنني لستُ السبب -كما يعتقدون- في بكاء الرجل! اقتربتُ منه أكثر، وقلت، برجاء:

- كفى، يا (أحمد)... الناس ينظرون إلينا.

مسح أحمد وجهه، ورمي بقدميه على الأرض، ونهض بانكسار شديد، مُغادرًا المكان. كانت تلك المرّة الأخيرة التي أرى فيها (أحمد)، قبل سفري إلى (وجد).

جلستُ وحدي أُفكِّر في (أحمد) وفي قصته مع (الجوهرة). ساءلتُ نفسي: هل تقمَّصَتْ (الجوهرة) شخصية (شهرزاد) المعروفة في الأدب؟ وهل تمارس «لذَّة» الحرمان مع (أحمد)، كما مارستها (شهرزاد) مع (شهريار) الذي كان يتوق لأنْ يجعلَ من كلِّ امرأةٍ ضحيّةً، في الصباح، ذلك أنه عَرف برؤية أخيه -ملك سمرقند- لزوجته في أحضان أحدِ الخدم، فقام بقتلها مع عشيقها، وهربَ إلى مملكة أخيه (شهريار)، أملًا في نسيان الجريمة! لكنه يواجهُ موقف (الحريم) نفسه في منزل أخيه، حيث يكتشفُ زوجة أخيه مع وصيفاتها في عبث مع العبيد؛ كما روت ذلك (فاطمة المرنيسي)، في روايتها (العابرة المكسورة الجناح). أقول: هل تقمَّصت (الجوهرة) شخصية

(شهرزاد)، لإنقاذ المرأة من ظلم الرجل، أم أنها كانت طوال حياتها، تبحث عن دور «البطولة»، بعد أن عاشت، سنوات، ضمنَ مملكة (الحريم)، التي لا تعترف بحقوق الإنسان كما هي... فكيف الحالُ مع حقوق المرأة؟ هل ظهرت (شهرزادُ) خليجية في القرن الحادي والعشرين كي تُرضي غرورَ (شهريار) خليجي، وتنقذ نفسَها بقتل رجل آخر؟ لم يكُن (أحمد) قادرًا على الاقتراب أكثر من (الجوهرة). كانت تُرعبهُ بمواقف أهلها، وغضبِهم وجبروتِهم ضدّها. وكانت تُصوِّرُ له المَشاهد المُقززة التي يختلقونَها، لتَضييق الخناق عليها كي تظلَّ ضمنَ «قطيع» الحريم، وعدم تجَرُّئها على النظر خارج النافذة! ولكن، أين ذهبت قوّة (الجوهرة)؟ كيف خذلها عقلُها المُتَّقد مع (شهريار)؟

حَطَّت (الجوهرة) أمامي على الورقة، مُحتلةً سطورَ كتاب (فاطمة المرنيسي). ولعلَّ تغلغلَ (باريس) في الكتاب، كان دافعًا مركزيًّا لهذا الربط، إذ إن رحيلَ (شهرزاد) (المغربية) إلى (باريس) لا يقلُّ دلالةً وجسارةً، عن رحيل (شهرزاد) (الوردية) إلى المدينة نفسها!

وصل (صلاح) يَجرُّ قدميه فوق (الكنكري) المُبعثر، هنا وهناك. رفسَ الطاولة برجله، كي يُخرج حبَّة (كنكري) انحشرت بين قدمه والنعال! تمتمَ ببعض السِّباب المكبوت، ثم تنحنَحَ، بعد أن ألقى التحيّة. لوى رأسه، كعادته، بعد أن سألتُهُ عن الأخبار، محاولًا جذبَ انتباه النادل (سهيل). تلاقت نظرتانا. لم يكُن هناك بدٌّ من السؤال، فبادرتُهُ:

- هيَّا، قُلْ! ماذا لديك اليوم؟

من عادةِ (صلاح)، أن يوحي إليك -بجسدهِ- أن هناك موضوعًا سيقوله لك؛ لكنه يتردَّد، ويُمانع، كامرأة تريدُ الرَّجل لكنها تُبدي الخجل. ردَّ عليَّ بتهرُّب:

- من قال لك إني وكالة أنباء؟

مارسَ عمليةَ حَكِّ ظهره ولَوْي عُنقه، تمامًا، مثلَ الدجاجة التي تحاول إخراج البيضة من داخلها. نهرتُهُ بعنف:

- (صلاح)... ماذا لديك؟

تجاوز (صلاح) مرحلة المراوغة، ووجد الفرصة سانحة للحديث، وإثبات الذات، وإثارتي قدْر الإمكان. لَوَى رأسه ورفع حاجبيه، ونظر إليَّ:

- يقولون إن الشركة الكبيرة أفلست!

التفتُّ إليه بشغف:

- لماذا؟
- يقولون إن حقوق المساهمين، ضاعت. بعضهم رفع شكاوى في مركز الشرطة، وآخرون صُدِموا، وانتابتهم حالاتٌ هستيرية، دخلوا على إثرها إلى المستشفى!
- ولكن يقولون: إن مدير الشركة رجلٌ عاقلٌ وطيبٌ وذكي.

يبدو أنني نجحتُ في استقطابه، وفتْحِ شهيته للحديث. رفع يده -كالمعتاد في وجهي- في إشارة إلى السخرية:

- عاقلٌ، وطيّبٌ، وذكي. هه... المشكلة ليست في المدير، بل في المستشارين الحاقدين الذين لا يُحبُّون الخير للآخرين.

مُتظاهرًا بالغباء والتلهُّف، ردَدتُ عليه:

- وما دخلُ المستشارين في الموضوع؟

عادَ، من جديد، إلى حركة يده الساخرة التي يمدُّها نحو وجهي:

- اسمع... المستشارون هم أصحاب القرار. إن المدير طيّبٌ، وعاقلٌ، وذكي. لكن المستشارين حوله لا ينقلون إلّا سلبيّات الشركة، ويحاولون منعَ أيِّ مُواطن من الاقتراب من المدير؛ إنهم لا يعملون لخير الشركة.
- كنّا نعتقد أن عهد المستشارين ولّى.

- أيّ (ولّى)؟ لقد عادَ وبقوة. وللأسف، إن الشخصيات الهزيلة التي تحقد على الناس، هي التي تتقرَّب، وتُقرَّب. المدير طيّب، ولا يدري إلى أين يقود هؤلاء المستشارون الشركة؟

نجحتُ في استفزازه، واستدراجه للحديث، كما الناقة وقت الربيع:

- لكنَّ البلد بحاجة إلى مستشارين.

- اسكتْ، يا أخي؛ مستشارون؟ يوجد لدى المدير رؤساءُ أقسام يُديرون العمل بشكل جيّد. فما الداعي لأن يُحيط نفسه بهؤلاء المستشارين الذين يحجبون عنه الرؤية، ويجعلون تقييمَهُ للأمور غير سليم؟ كما أن لديهم شركاتٍ خاصَّة في الخارج!

أمعنتُ في حَفْرِهِ، وأضَفت:

- المهمّ... هل إفلاس الشركة، هو من (تحت رأس) المستشارين؟

نظرَ إليَّ مُتجهِّمًا، ورفع يده في الهواء:

- مستشارو السوء... أجل. إن الاستثمارات الخارجية التي عملوها في تجارة العقارات قد خسرت. مستشارون لهم علاقات مع تُجّار عقار في الولايات المتَّحدة، وهذا هو السبب الرئيسي للإفلاس.

شعرَ (صلاح) بلذَّة انتصار، كونه يعرف خفايا الشركة الكبيرة المُفلسة. لكنني كنت أُريدُ المزيد منه. نظرت، بجدِّية، في وجهه:

- وهل أحسَّ المدير بالوضع الخطير للشركة؟

تحمَّس (صلاح) من جديد، ولِمَ لا؟ فقد احتلَّ مسرح (المقهى الشعبي) هذا اليوم، وأضحى المتحدثَ الوحيد:

- أحسَّ المدير أم لم يَحسّ؛ الناس في المخافر، وآخرون تحت رحمة إبر التهدئة في المستشفى. والمستشارون ينعمون بسيّاراتهم الفارهة، وأرصدتهم التي تتوالد مع اللحظة، في بنوك (سويسرا). وبعضهم يلعقُ أفخاذَ العاهرات في (كان) و(نيس).

- أليس من المهمّ أن يُحاسب المديرُ مستشاريه؟

عاد (صلاح) إلى عادته، راسمًا ألفَ وجهٍ ساخر، عبرَ التلويحِ بيده في الفضاء:

- يُحاسب؟ (هُوّ هيحاسب مين ويخلي مين)، كما يقول إخواننا المصريون. إنهم يُشغلون وقت المدير بالكثير من التفاهات، ولا يدَعونه يلتفت إلى قضايا الشركة المهمّة.

حاولتُ، من جديد، استفزازه:

- نحن لا يجوز أن نكون قاسين جدًّا، على الآخرين. المدير له رؤية في استشارة هؤلاء.

استشاطَ (صلاح) غيظًا:

- ولماذا هؤلاء؟ ألا يوجد من أبناء (وردة) مَنْ يصلح للاستشارة؟ ثم مَن يكونون هؤلاء؟ (فلتة زمانهم) يعني؟ والأنكى من ذلك أنني أعرفُ أحدَهم جيّدًا؛ إنه مريض بحُبِّ ذاته، ولا ينقل إلى المدير إلّا سلبيّات الآخرين. إنه يكرهُ الناجحين، وليس ببعيد عنه، تزويرُ الحسابات كما يُزوّر الحكايات.

عدتُ، من جديد، إلى هدوئي:

- سوف تكشف الأيّام الحقيقة، دعنا من الاستعجال.

ردَّ (صلاح)، بعنف:

- الاستعجال؟

رفع صلاح غترته، وكشف عن صلعته المُشوَّهة وشعرِه الأبيض، وقذفَ كلماته في وجهي:

- متى يعني؟ ماذا بقيَ من العُمر. تعال احسب كم شعرة بقيت هنا. لقد ابيَضَّ كلُّ شَعْرِنا! الله يعين الجيل القادم، إذا كان المستشارون

بهذه الصورة. أنت رومانسي ككتاباتك، يا (ميهود)، يجب أن تحتكمَ إلى العقل، لا إلى العاطفة، في هذه الأمور.

- أبدًا... (صلاح)، لكنني مع الأمل، وأن الأيّام لا بُدَّ أن تكشفَ الحقائق.

- أنا معك... ولكن، متى يأتي اليوم المُنتظر؟ لقد هجمَ علينا الزمانُ من كُلِّ صوب. ابيضّت شعورُنا؛ لا تدعني أكشف لك موقعًا آخر.

رفع (صلاح) طرفَ ثوبه، وحاول لمسَ سرواله، بعد أن تلفَّتَ حوله. أنزلتُ يده، وأنا أتلقّى النظرات من روّاد المقهى. ماذا يفعل هذا المجنون؟

هأنذا، يستلمُني -من جديد- طريقُ المنفى، وكأنه لا يكفيني المنفى الداخلي الذي يحرقني، كُلَّ لحظة، ويُشوّهُ أعضائي، ويُضمِر بعضها.

شمس يوليو حارقة، لا ترحم. عجلات السيّارة تنهبُ الطريق الملتوي، الشاحنات تأتي، كالطوفان من الناحية الأخرى، فترجُّ السيّارة المُحمَّلة ببعض المراجع، وشنطتي الملابس، وبعض الحاجيات الأساسية لأيّامي الأولى في (وجد). القيظ يحوّل السيّارة الصغيرة إلى فرن مُتحرِّك، ولا أثرَ لبرودة المُكيّف، الذي وضعتُهُ على أعلى درجاته. حوافر الشاحنات شوَّهت الطرفَ الأيمنَ من الطريق، وأحدثتْ تعرُّجاتٍ وانحناءاتٍ مُبعثرة، وتكاد السيّارة الصغيرة تنقلب، إذا ما حلَّت عجلاتُها بين تلك التعرُّجات. الرمل الأحمر الناعم يلفحُ وجهَ السيّارة المطلي برغوة الصابون. (أمّ خالد) بجانبي، مُصرَّة على عدم تَركي أقطع المسافة الطويلة وحدي، و(خالد) يقاوم نوبةَ نوم قاسية. رجالُ أمنٍ يتحقَّقون من السيّارات القادمة، في حاجز مُتحرِّك. ما أكثرَ الحواجز في البلاد العربية! وما أكثرَ التدقيق على المواطن! إنهم يُشعِرُونكَ بأنك مُتَّهم، وتظلُّ تشعرُ بتلك العاهة، حتى تصلَ منزلك، أو تصلَ قبرك. من المنزل، تبدأ التُّهَم تُلاحقك، وفي قبرك تُلاحقك الإشاعات. في بعض الدول، تتمُّ مراقبةُ خطِّ هاتفك؛ ولربّما رقم سيّارتك. العالم العربي مشروعٌ اتهاميٌّ

خطير؛ المواطن فيه هو المتَّهم الأول، ورجالُ الجمارك يتلذَّذونَ بتعذيبك في المنافذ: النظراتُ فيها اتّهام... تقليبُ الملابس النسائية يُمثِّلُ انتصارًا لهم... تدقيقُ الصور يُرضي لذَّتهم المَمنوعة! صُور (شيخة) و(محمد) في عيد ميلاده. تصوَّروا: يتفحّصُ موظَّفُ الجمارك الصور، وكأنه يريد اكتشاف الذَرَّة، أو كيلو حشيش، أو مخدِّرات أخرى! عدمُ الإحساس بالوقت عادَة عربية أصيلة. كنتُ أقارنُ بين موقفي هذا وتجوالي في الولايات المتَّحدة، طولًا وعرضًا: لا جواز سفر، لا تدقيق، لا حواجز، لا رجال مخابرات. الشيء نفسه في أوروبا، حيث تخرجُ من الحدود الفرنسية إلى هولندا، ولا تشعر بأنك خرجت من البلد الواحد. كان لا بُدَّ لي أن أتحلّى بالصبر، وأتعامل مع هؤلاء البسطاء في كلِّ شيء، حتى قيمة الوقت وقيمة الإنسان، لأن مرؤسيهم يعاملونهم معاملةً قاسية؛ فيحاولون إفراغ غِلّهم في المسافرين.

في المساء، يحتوينا الفندق الراقي ذو الخمسة نجوم. لم يكُن كفنادق المنافي الأخرى الحقيرة التي سكنتُ فيها. طبعًا هنا السكن على حساب المؤسَّسة التي سأعمل بها. فندقٌ يجذبُك بعظمته وأناقته وفخامة ديكوراته، ولا ينقصه إلّا وجهُ امرأة. النساء في (وجد) مُحرّم عليهن التواجد في الفنادق. رجال في كُلِّ الأنحاء، حتى مَحالِّ بيع الورد والشموع! نمنا نومًا كافيًا، بينما كان مكيِّف الهواء يرحمنا، ويُنسينا غضبَ الشارع الطويل.

في اليوم التالي، حضر موظَّفُ العلاقات العامّة في السفارة لِيأخُذَنا، لمعاينة المنزل الذي أوصيتهُ بتأجيره لي. المنزل مناسب، أعجبَ (أمّ خالد). بِركة السباحة حببّت المنزل إلى (خالد). الأثاث متواضع. ما دامَ المطبخ أَعجبَ (أمّ خالد)، فكلُّ شيءٍ سهلٌ ومقبولٌ، بعد ذلك. وقّعنا العقد، ووعدتُ صاحبَ المنزل بأنني سأعطيه الشيك خلال يومين، بعد أن أفتح حسابًا في البنك. كان الرجل شهمًا ومُطمَئنًّا، ولم يُبد أيَّ احتجاج، بل جاملني مجاملة عربية أصيلة، وقال: «البيت بيتك... الفلوس لا تَهُمُّ».

وصَلَتْ، في المساء، الشاحنة التي تحمل عدَّةَ المنفى الثالث. بعضُ الديكورات، والإلكترونيات، والثياب، وعدَّة المطبخ المهمّة لـ(أمّ خالد)، وبعض المراجع المهمّة. سجّاداتٌ شرقية للمجلس، وثُرياتٌ صغيرة. استغرق تفريغ الشاحنة حوالي الساعتين، كنتُ -خلالهما- أُوجِّهُ الحمّالين إلى مكان كُلِ (كارتون)، أو قطعة أثاث، ليَسهُل عليَّ، بعد ذلك، فكّها ووضعها في المكان المناسب. عبوات الماء البلاستيكية تنهال علينا من يد (خالد). الحَرُّ لا يُمكن أن يُكافَح إلّا بالماء البارد. كان (خالد) في شوق كي يُخرج لباس الاستحمام، ويقفز إلى حمّام السباحة. وداعُ (شيخة) مَرَّة ثالثة لم يكُن بالأمر الهيِّن. لقد أخفتْ غصَّةً جديدة، عندما أخلينا المنزل في (وردة)، وأخذناها إلى (المُعَتقل)، منزلِ خالتها، عادت، هي الأخرى، إلى المنفى.

تحرَّكتْ الشاحنةُ من أمام المنزل، ونقدتُ السائق مبلغًا إضافيًّا لاهتمامه بالحاجيات التي أحضَرها. أغلقتُ بابَ المنزل، وبدأت في مساعدة (أمّ خالد) في الترتيب. كان هَمّي الأوَّل أن أجدَ مكانًا ملائمًا لمراجعي وكُتبي. هَمُّ (أمّ خالد) أن تنظّفَ المنزل، ولا تترك بوصةً واحدة دون أن تغمُرَها بالديتول والصابون. لم يكُن (خالد) بحاجة إلى استئذان أمام إغراءِ حمّام السباحة. بدأ يعبث بالماء ويتحدث مع نفسه ويقوم بأدوار وهمية. مسكين (خالد)! إن وحدَتهُ ألزمتهُ أن يختلقَ واقعَهُ الافتراضي. كان يُجيد السباحة... لقد تعلَّمها أيّام (كارديف)، حيث كنتُ أصحبهُ معي، إلى النادي الذي التحقتُ به. انهمكت (أمّ خالد) في فتح الصناديق، واللفات المتعدِّدة، ومسح أيِّ زاوية تُقابلها.

في الصباح التالي، كنتُ عند مدير الشؤون الإدارية في المؤسَّسة. (أبوعبدالرحمن) إنسان باسمُ الثغر، تعوّدَ على طلبات الموظَّفين وغضبِهم، وتدرَّب كيف يستوعبهم بابتسامته، أحيانًا، وبالقانون أحيانًا أخرى. لقد تفاعَلتْ كيمياءُ كُلٍّ منا مع الأخرى، بإيجابية وبسرعة. أصبحنا أصدقاء، منذ

اليوم الثاني لوصولي (وجد). أنهى (أبوعبدالرحمن) الإجراءات المالية، والإدارية، ثم اصطحبني إلى حيث الإدارة التي سأعمل فيها.

يُذكِّرني المكانُ الحجري الضخم، لهذه المؤسَّسة بقلاع (آلموت) في أواسط آسيا، كما وردت في رواية (فلاديمير بارتول): يفصِلكَ المبنى عن الخارج. جدران عالية، دون نوافذ. رخامٌ مصقولٌ بفخامة وبذخ. نافورةٌ كبيرة تتوسط المبنى المكوَّن من أربعة طوابق. يمتزج في أجنحته ذوقٌ عربيٌّ غاضب، يختلطُ بهدوءٍ إيطالي، وألوان فاتحة جدًّا، ذكَّرتني بمنظر الطريق الطويل، الذي لم أرَ خلاله شجرة أو مساحة مترٍ لمُستجير من الرمضاء. المكاتبُ معمولةٌ على الطراز الحديث؛ حيث توجد قواطعُ بين الموظَّفين العاديِّين، ليسهُل التعامل بينهم. أمّا المسؤولون الكبار والمدراء، فلهم مكاتب خاصّة مع حمّاماتها. عرّفني (أبوعبدالرحمن) على مدير الإدارة، التي سأعمل مستشارًا فيها. جاء بعضُ الزملاء لتحيَّتي. بعضُهم يعرفونني لنشاطاتي في الإقليم، وبعضهم الآخر يقابلونني لأوَّل مرّة. من تركيزِ العيون عرفتُ -بسرعة- مَن منهم سوف أتعاملُ معه بسهولة، ومن سيكون مُنغِّصًا ومثيرًا لأعصابي. بعد جولة في الإدارة أخذني (أبوعبدالرحمن) إلى المدير العامّ للمؤسَّسة. تتصدر مكتبَ المدير العامّ أعلامُ الدول المُشاركة في المؤسَّسة، حتى أنك لتشعُر بالرسمية، أينما ذهبت. رحَّبَ بي أكبر ترحيب، وهنَّأني على اختياري للمنصب المهمّ في المؤسَّسة. عرفتُ منه ما يودُّ أن يكون عليه الوضع. أَسرَّ إليَّ بأنني سوف أكون مديرًا للإدارة بعد حين. علاماتٌ إيجابية، منذ اليوم الأوَّل. رجعتُ إلى الإدارة التي سأعمل فيها. تحلّقَ الزملاء حولي، بعد أن وعدني مسؤول العلاقات العامّة بتحضير مكتب ملائم، لي خلال أيّام. شابٌّ ملتح، يبدو أنه يقود الشباب في الإدارة. سمَّيته، فيما بعد كمبيوتر الإدارة؛ وذلك نظرًا لخدماته التي امتدّت لأكثر من اثني عشر عامًا، في تلك الإدارة، لقد أعانني -فيما بعد- للوصول إلى الأوراق المهمّة في الأرشيف، كما

كان من أحسن الشباب الذين يصوغون المُذكِّرات، ويعرفون مواقفَ الدول من القضايا الحساسة التي تكتنف العمل. خلال أسبوعين، استطعتُ حفظ أسماء الشباب، وتوطَّدَت علاقتي معهم، إثر الولائم الحاتمية التي أقامها لي بعضُهم، احتفاءً وتكريمًا. بعض الموظَّفين من الشباب يداومون على الشيشة والفضائيات، ويأتون وأعينهم مُتعبة بنوم، ما زال في المهد. من عادتنا أن نعقد اجتماعًا وديًّا، كُلَّ صباح، نتناول فيه أحداثَ اليوم الفائت، ومجريات العمل والمراسلات التي ذهبت من الإدارة، وتلك التي وردت إليها.

سارت الأمور طبيعية، في عملي الجديد، وكسبتُ ودَّ المدير العامّ ورضاه، وتعرَّفتُ على بعض المدراء مِمَّن هم في درجتي الوظيفية. لم يكُن سهلًا الولوجُ إلى عالم أهل (وجد)؛ فمُناخ العمل، يتطلَّب الحذر. بعضُ الموظَّفين يتجاوزون حدَّ الحذر إلى الريبة والتوجُّس من الآخر. كنتُ انفتاحيًّا وانتقاديًّا، ولم أكُن أركَن إلى الحذر أو التوجُّس من الآخر. كنتُ أعرفُ حدود عملي، وأتصرَّفُ كما يوحي إليَّ به ضميري؛ خدمةً لوطني، ولإنجاح المؤسَّسة. كما أنني لم أكُن لأخافَ من فصلٍ إداري، كوني مُرشحًا من (وردة)، بالإضافة إلى خبرتي العملية التي تجاوزت خمسة وعشرين عامًا، في المجال الذي أعمل فيه.

بعد شهرين، أصدر المدير العامّ قرارًا بتعييني مديرًا للإدارة، وتمَّ نقل المدير السابق إلى مكان آخر. زادت هنا المسؤوليّات، كما زادت حقنةُ الشكِّ والريبة. بدأ بعض الموظَّفين في إخفاء بعضِ المراسلات المهمّة التي يُمرّرها البعض. كانت إدارتي تابعةً لقطاع كبير في المؤسَّسة. وقد تمَّ تعيين مساعد للمدير العامّ، في ذاك القطاع. لم تتفاعل كيمياء كلٍّ منّا مع الأخرى، كما يجب. منذ اليوم الأوَّل أحسَستُ بأنه سطحيٌّ، ولا يعرف أيَّ شيء عن عمل المؤسَّسة. بدأ في محاربتي، وبدأتُ في ردِّ اعتداءاته الجاهلة. كان يُعطِّلُ ملفّات العمل لأكثرَ من ستّة شهور، ويُكّلِفُ موظَّفي إدارتي بمهمّاتٍ من

خلف ظهري، وكان لا يحسم الأمور، إذا ما احتدم النقاش في الاجتماعات الدورية. لاقت فكرةُ أحد الخبثاء (مِمَّن يعملون معه)، استحسانًا منه، فأقنع المدير العامّ بتشكيل لجنةٍ لدعم عملنا. فكرةٌ خبيثة، ذكَّرتني بنظرية المؤامرة التي يلجأ لها بعضُ الفاشلين. لم أكُن لأهتمّ بكُلِّ الشِّراك التي ينصبُها حولي، ولا بالمضايقات الكثيرة التي -يحاول من خلالها- إحراجي أمام الزملاء. رجلٌ كأنه يعيشُ في القرن قبل الماضي. لم يكُن يهتمّ بالعمل بقدر اهتمامه براتبه ومُخصَّصاته. كان يُفشِّلُ أيَّ مشروع لنا، يخدم الدول المُشاركة في المؤسَّسة، ويتصدر طاولةَ الاجتماعات، دون أن يعرف أيَّ شيءٍ عن المواضيع المطروحة في الاجتماع. وكان -دومًا- يلتفتُ إليَّ كي أشرحَ الأمور للمجتمعين. مع الأيّام، ضِقتُ ذرعًا بهذا الرجل، وشكوته إلى المدير العامّ، فوجدتُ المدير العامّ يشكو أيضًا من ضعفه وتواضع معلوماته، لكن الإشكالية كانت أنه مُوفد من دولته، ولا يستطيع المدير العامّ الدخول في إحراجاتٍ مع دولته، لسوءِ اختيارها لمَن يشغل ذاك المنصب المهمّ، كان عليَّ الصبر، والتعامل معه بحذر. المشكلة الأكبر أنه يحملُ درجة علمية عُليا، ويشغل منصبًا مهمًّا في بلده. أنا لا أدري كيف تُرشِّحُ دولةٌ مَنْ يُمثلها -في ذلك الكيان المهمّ- دون أن تعرف خبرته ومدى ملاءمة شخصيته للمنصب؟ لقد آذاني ذاك الرجل كثيرًا، وخذلني المدير العامّ أكثر، عندما اعترف بتواضع أداء مُساعده، دون أن يحاول حتى حلِّ المشاكل العالقة بيننا.

إن مُناخ (وجد)، وطبيعتها الجافة، وبُعدها عن الماء والبحر؛ جعل الكثيرين من أهلها عَصبيِّين. مُحاذرين من الآخر. السرعة في الشوارع ملحوظة. شاهدتُ شبابًا يسوقون سيّاراتهم، بسرعة تفوق المئة والخمسين كيلومترًا في الساعة؟ وكان بعضهم يتجاوز الإشارات الحمراء، والبعضُ الآخر يأتيكَ من اليمين أو الشمال، دون إشاراتِ تنبيه ضوئية، أو حتى تلويح باليد. الصدمة لي كانت في الشارع، ففي الأسبوع الأوَّل أصبحتُ كالمجنون،

أوقفُ السيّارات التي تتجاوز الإشارات الضوئية على جانب الطريق، وأُخبر السائقين بأن الإشارة الحمراء تعني التوقُّف التامّ. ردَّ عليَّ بعضهم بأن ذلك في بلدي، وليس هنا! الصدمة الثانية أتتْ في المَحالِّ التجارية والمُجمَّعات. كنتُ يومًا أمشي بجانب (أمّ خالد)، وقد غطت وجهَها بنقاب، حسب الأصول المُتَّبعةِ في (وجد)، ففاجأنا رجلُ دين مع شرطي رسمي، بكلامٍ حادٍّ:

- تغطَّيْ يا مَرة... غطِّ حرمتك، يا رجل... اتقِّ الله.

لم أتمالك نفسي. نظرتُ إليه، بحدَّة، وقلت له:

- إن المرأة مُغطّاة من رأسها حتى أخمص قدميها، ولا يبدو منها شيء، فكيف تتغطَّى؟ ثم مَنْ قال لك إنني لا أتَّقي الله؟

لم يلتفت الشابّ (المطوّع حديثًا) لي، وواصل تهكُّمهُ على (أمّ خالد). آثرتُ السكوت حتى لا أصطدم معه، لكن (أمّ خالد) المتديّنة، أصلًا، والتي يضايقها هذا الكَمُّ الهائلُ من الملابس على أكتافها ووجهها، لم تكن لتتَحمل هذا الهجوم غير المُبرَّر من شابٍّ لا يكبُر (شيخة) إلّا بعامين أو ثلاثة. انتفضت (أمّ خالد)، وردَّت عليه:

- أتغطّى كيف؟ ألا ترى أنني ألبس النقاب، ولا يبدو من جسمي شيء؟

ردَّ، دون أن يلتفت إليها:

- غطِّي عينيك، يا مَرة... غَطِّ زوجتك، يا رجل... اتَّقوا الله.

ثارت (أمّ خالد)، وأزبدت. تحاشيتُ الموقف، وتنحَّيتُ جانبًا. عُمري ضعفَ عُمره، وكان يستند إلى رجل الشرطة، ولم أشأ الدخول في معتركٍ كلاميٍّ حول الدين والمعاملة والحرّيّة الشخصية. بعد أن أشبَعتهُ (أمّ خالد) انتقادًا وتوبيخًا، تركها ولحقَ بأطفال في العاشرة ليُمسكَ شعرَ أحدهِم، ويسحبه نحو سيّارة (البوكس)، كي يأخذوه إلى مركز الشرطة. مساكين هؤلاء الأطفال، كيف سيكون عليه وضعهم، عندما يُرمَون إلى جانب المجرمين والمهرِّبين والقَتلة؟

دخلتُ مع (أمّ خالد) في حوارات عديدة، حول الدين والتديُّن، وبين رحمة الدين واتِّساع سماحته، وبين ما يمارسهُ بعضُ الدعاة، الذين تخرجوا، للتو، في الجامعة، التي لم تُعلِّمهم أساسيّات الحياة، مع أساسيّات الدين. وتألمنا للمئات من هؤلاء الشباب الذين لا يرون في الدنيا شيئًا جميلًا يستحقُّ التقدير أو المتعة، ويحاولون جَعلَ هذا الكون الواسع بحَجم جُمجمةِ أحدهم. بعد عشر سنوات من موقفي مع بعض رجال الدين، هنا، في (وجد)، بدأنا نسمعُ انفجارات واعتداءات على آمنين، في بعض المواقع، تمامًا، كما سمعنا عن الجهاد في أفغانستان، وكيف ذهب المئاتُ من الشباب العربي وقضوا في قضية خاسرة. زالت دولة طالبان، ودكّت الطائراتُ الأمريكية معاقلهم، وطاردت قوادَهم، وانتشر الأفغان العرب هنا وهناك. الإشكالية أن العديد من الشباب العربي الذي يُعاني قهرَ الأنظمة، وسوءَ الحالة الاقتصادية والعَوز، لا يجدُ ملجأ إلّا الانخراط في خطٍّ جهادي غيرِ معروف، قد يُورده موارد الهلاك.

قرَّرتُ بعد الحادثة الأولى، وما سمعته من زملائي في العمل، ألّا أَصحبَ (أمّ خالد) في تجوالها إلى المحالّ التجارية. كنتُ أذهب للتسوُّق وحدي، حيث أصبح العديد من الناس مشاريعَ جاهزةً لانتقادك، واتِّهامِك بالكُفر والفسوق، من خلال دعوة البعض لكَ -زجرًا كالقطيع- للصلاة.

تأقلمتْ (أمّ خالد) مع المدينة أكثر مني، ونجحتْ في عمل صداقات عديدة. المجتمع النسائي رائع واجتماعي، في هذه المدينة، بعكس المجتمع الرجالي. فهو متوجِّس وخائف وعصبيّ. كانت تسهرُ حتى الثانية صباحًا أحيانًا، وكثيرًا ما تشاجرنا على خروجها المُتكرِّر، وتلبيتها دعواتِ نساء السِّلك الدبلوماسي، التي لا تنتهي. كانت، هي الأخرى، تجمعُ نساءَ السلك وبعض نساء (وردة) في حفلات عامرةٍ، في منزلنا، وتُحضِّرُ لهم أَطيبَ أنواع الطعام. على عكسي، تمامًا، فأنا لم أُوفَّق إلّا مع (أبوعبدالرحمن الإحسائي)

و(عبدالعزيز الخلّال)، الأخير ذو مكانةٍ ثقافية مرموقة في (وجد)، ويتمتَّع بقدرة فائقة على التأقلم مع محدِّثيه؛ تمامًا كما كان يفعل مع مرؤوسيه من المدراء العامّين، الذين يأتون إلى المؤسَّسة. لقد نجح في التعامل الإيجابي مع أربعة منهم، خلال ثلاثة وعشرين عامًا. (الخلّال) له نظرات فلسفية خاصّة في الحياة، وانتقادات لاذعةٍ لمُجريات الأمور السياسية والاجتماعية في (وجد). كان صريحًا وقت الصراحة، ودبلوماسيًّا وقت المُقتضيات الرسمية، أو عند وجود بعض مِمَّن لا يثقُ بهم. كان أقربَ الناس إليَّ كوننا نميلُ إلى الثقافة. جمعتنا سهراتٌ رائعة في (وجد)، أزالت عنيّ هَمَّ الغُربة، أو المنفى، وزوَّدتني بالكثير من الأخبار والمعلومات عن المدينة. أمّا (أبوعبدالرحمن) فقد تقربتُ إليه أكثر. سافرنا معًا أكثر من مرّة، وكنتُ أُسميه (الإسفنجة)، لأنه كان يمتصُّ غضبَ الموظَّفين وثوراتهم، ويُحوّلُ الشكوى إلى رجاء. كانت أنواع الحلويات تنتشر داخل مكتبه، بالطبع، فهو المدير الإداري والمالي، وله علاقات وطيدة مع الشركات والبنوك.

مرَّت الأعوام الثلاثة بسرعة، أَنهى (خالد) تعليمه الابتدائي، ودخل المرحلة الثانوية. كنتُ أعتقد بأن مسؤولي (وردة) سوف يتذكَّرونني، ويطلبون إعادتي أو إنهاءَ مُدِّةِ إعارتي. اعتقادي كان في غير مكانه، فقد جَدَّدوا لي المدّة. وكان عليَّ أن أعيشَ ثلاثَ سنوات أخرى، في هذه المدينة. جاء مدير عامّ جديد إلى المؤسَّسة، بعد انتهاء فترة المدير السابق. توطَّدت أيضًا علاقتي بهذا المدير وأحبّني كابنه، وكثيرًا ما رافقته في الطائرة الخاصة التي يسافر بها في المُهمّات. حَصلتُ على ترقية جديدة، وزادت شهيَّتي للعمل والإنتاجية، كما زاد اهتمامُ المدير العامّ بي وبمشروعاتي. كان لزامًا عليَّ أن أحترمه، حتى في حال غضبهِ العارم الذي يأتي نتيجة ضغوط خارجية عليه من الدول. ما لفتَ نظري عدمُ اهتمام المدير العامّ بشكواي المُتكرِّرة من مُساعدهِ، أيقنتُ بأنه يعمل حسابًا للتوازنات في المؤسَّسة.

ذات يوم، حضرنا اجتماعًا لوكلاء الوزارات. تصدَّر مُساعدُ المدير الطاولة، ولم يكُن قد فتح الملفّ الذي قمتُ بإعداد أوراقه كاملةً، مع مُساعديَّ. يتناقش الوكلاءُ، وهو صامت. يقولون أشياء كثيرة، ويضيعُ الوقتُ المخصَّص للاجتماع، وإن ما يتداولونه، كان قد تَمَّ اتِّخاذ قرارٍ وزاري بشأنه، من قبل. أبعثُ إلى مُساعد المدير بورقة صغيرة أشرحُ فيها الموقف، فيتردَّدُ في إيقاف النقاش. أرفعُ يدي من خلفه، وأَشرحُ للحضور الموقف، فيتوقَّف الحوار، وننطلق إلى البند الآخر. ينتقدهُ الوكلاءُ لعدم مشاركته في الحوار، وإضاعة الوقت دون جدوى. يبتسم كالأبله ويلفظُ كلماتٍ غير مفهومة، ويُنكِّسُ رأسه مُركِّزًا في الملفّ. مسؤولون كثيرون من نمط هذا المُساعد في العالم العربي؛ خصوصًا الذين يأتون عبر الواسطة والحظوة. عندما رويتُ للمدير العامّ ما حدث في اجتماع الوكلاء، هَزَّ رأسه وقال: أعرفُ مستوى هذا الرجل، ولكن تعال أنتَ (مكانه) معي إلى اجتماع الوزراء. قبلتُ الدعوة، لكنني اشترطتُ عدمَ حضور المُساعد في الاجتماع، فوافق الرجل.

المتناقضات كثيرة في هذه المدينة. ذات يوم أخذتُ (أمّ خالد) و(خالد) إلى مطعم وسط المدينة، فقد سئمنا طعامَ المنزل، رغم لذَّته ونظافته. جلسنا حول الطاولة، وإذا بالنادل يأتي بجدارٍ عازلٍ من الخشب، ويُحيطنا به، بحيث لا نرى إلّا وجوهَنا. ذكَّرني هذا الجدار بجدار (شارون) في الأراضي الفلسطينية! ابتسمتُ في وجه (أمّ خالد). هَزّ (خالد) رأسه متعجِّبًا. دعوتُ النادل كي يرفعَ الجدارَ العازل، فبادرني مُبتسمًا، وقال إن ذلك لا يجوز، فرجال الدين لا يسمحون بذلك. نظرتُ إليه باحتجاج، وتصاعدَ صوتُ الحوار من خلال الحاجز المجاور لنا. بدأنا نسمعُ سِبابًا واتِّهاماتٍ وغلظة في الحديث. أوْمأتُ إلى (أمّ خالد) كي نخرجَ من المكان. لا يُمكن أن نجلس لنأكُل، ونحن نسمعُ أسرار الناس. كانت المرَّة الأولى والأخيرة التي أذهب فيها، مع العائلة، إلى مطعم في (وجد).

(أبوجمعة)، أحد الدبلوماسيين الذين يعملون في سفارة (وردة) لدى (وجد). شابٌّ نشمي باسم الثغر... كثيرُ الرماد... حلو المَعشر. جمعتنا ليلةٌ في بيته، إثرَ وليمة لأحد أقربائه. رويتُ له حكاية المطعم، فروى لنا حكاية أغرب. يقول: «كنتُ أقود سيّارتي في الشارع العامّ بوسط المدينة. تجاوزتني سيّارة (جمس) بزجاج عاتم، ولونها أسود، وإذا بعلبة (مِلك شيك) -حليب بالفراولة- تنطلق من نافذة السيّارة، لتستقِرَّ فوق مقدمة سيّارتي البيضاء. جزعتُ للموقف، وطاردتُ السيّارة حتى وقفنا عند الإشارة الضوئية. أنزلتُ زجاج سيّارتي، وأومأت للسائق، وكانت تجلس زوجته المُنقَّبة بجواره:

- ما هذا، يا رجل؟

التفتَ إليَّ زاجرًا وغاضبًا:

- ماذا بك؟

- لقد رميتم الحليب على سيّارتي... انظر.

ردَّ عليّ بغضب آخر:

- اغرُب عن وجهي. الشارع ليس شارع أبيك؟

- لا يجوز هذا يا أخي... نحن ضيوفكم... ألَم تلاحظ أن سيّارتي دبلوماسية.

رفع صاحب السيّارة صوته، مع اقتراب تغيُّر الإشارة الضوئية:

- ضع اللوحة الدبلوماسية في مؤخِّرتك.

رفع زجاج سيَّارته وانطلق بسرعة الريح. هذه قصَّة صديقي (أبوجمعة) مع صاحب الـ(مِلك شيك).

ضحكنا ضحكًا ممزوجًا بالسخرية، وعقَدْنا مقارنات عدة بين تصرُّفات بعض الناس في (وجد) وتصرُّفات أهلنا في (وردة). فكان البون شاسعًا جدًّا، فهذه المدينة تجمَع أُناسًا من شتّى المناطق، بعضُهم من البدو الذين لم يلتصقوا بأدنى صور الحضارة، وبعضُهم يأتي من بقاع دينية صِرفة، لا تعرف

التليفزيون ولا الإنترنت. ومع هذا، تجد المتخرجين من الولايات المتَّحدة الذين يتأفَّفونَ من الأوضاع السائدة ومن تصرفات الجهلاء، فينتقدون، بحذر، لو سمعوا قصصًا كتلك التي تحدثُ لنا.

ذات ليلة، أولمَ لنا (أبوخالد)، وهو أحد زملائنا في العمل. كان دومًا باسمَ الثغر، سريع الاندماج، لا يتردَّد في الإجابة المُختَصرة المفيدة. قضى أكثر من اثني عشر عامًا في المؤسَّسة، وعاصرَ كُلَّ اجتماعاتها ومشاكلها. في تلك الليلة، كنتُ ألمحُ في عينيه رجاءً حارًّا، دون أن يُعبّر عنه بكلمات. دخل (ناصر الجالس)، وهمسَ في أذن (أبوخالد). مالَ (أبوخالد) على (أبوعبدالرحمن الإحسائي). نهض (أبوعبدالرحمن) وتوارى خارج المجلس، ثم عادَ مبتسمًا. بعد دقيقتين نهضَ (عبدالعزيز الخلّال). عاد بعد دقيقة. كنت أرقبُ المشهد باستغراب، وأصابعي تعبثُ في المسبحة. زالَ الوجومُ عن وجه (أبوخالد). لكنه ما زال يتحكَّكُ، ويمسحُ العرقَ من جبهته، ويفتعل ابتسامات. مِلتُ على (أبوعبدالرحمن)، وهمستُ له:

- ما الذي يجري، بحقِّ الله؟

شعرتُ بالإحراج يعلو وجه (أبوعبدالرحمن)... ابتسم، كعادته التبريرية:

- لا يوجد شيء. هيّا، قلْ لنا ما الأخبار اليوم؟

ما زال (أبوخالد) يغادرُ المجلس، ثم يعود بعد برهة. يتفرَّسُ في الوجوه، ويتصنَّع ابتساماته. حاول (أبوعبدالرحمن) إيصالَ رسالة ذات مغزى لي، بدبلوماسيته المعهودة، فهمس:

- (أبوخالد) يعيشُ مع والده وأعمامه، الذين يسكنون الفِللَ المجاورة... وهم يتوجَّسون من أعداد السيارات التي تقف أمام المنزل.

هكذا إذن، كُلُّ هذا القلق والحَرج على وجه (أبي خالد) سببُهُ أعداد السيّارات؟ لماذا لم يُخبرنا، من قبل، بذلك. نهضتُ من مكاني كسيفٍ مُستلٍّ

من غمده. تفاجأ الزملاء. انطلقتْ أسئلة صامتة حول نهوضي المفاجئ، فقلت بدبلوماسية:

- عن إذنكم. نسيتُ الهاتف في السيّارة.

في الواقع، كان الهاتف في جيبي. خرجتُ وأبعدتُ السيّارة عن جدار منزل (أبي خالد). لاحظتُ أن سيّارتي كانت الوحيدة بجانب الجدار، ثم عدتُ إلى المجلس. خرج (أبوخالد)، لبُرهة، وعاد شخصًا جديدًا؛ يبتسم بصدق، وقد زالت عنه آثارُ الحَرج والتردُّد.

هكذا يعيش أهلُ (وجد)، تناقضاتٌ وحساباتٌ وملاحظاتٌ لا تنتهي، لكنهم كُرماء جدًّا ويُحبُّون الضيف. أمّا بناتهم فَيوحِينَ بأن الثورة تحت جلودهنّ، من وطأة الحذر، و(التابو) الاجتماعي، الذي يلفُّ المجتمع النسائي، لذلك أجد عند سفري، من (وجد) إلى القاهرة، أن بعض النساء يرفعن العباءة وأغطية الوجه ما إن يركبن الطائرة، ويَدْسُسْنَها في حقيبة اليد، بصورة سريعة وعدائية؛ تعبيرًا عن القرف والتخلُّص من داءٍ موجع.

لساعات طويلة، أجلسُ في مكتبي، مُغلِقًا بابَه، أفكِّرُ في ظروف تعامُلِ الناس فيما بينهم! هل يُمكن لمُناخ الريبة والشكّ أن يُنتج عملًا مؤسَّساتيًّا ناجحًا؟ وهل هذا التَّزمُّت في الدين، وفرْضُ سلوكيّات على البشر، والتدخُّلُ في دقائق حياتهم، من أصول الدين؟ وهل التفكير بعقلية الناس، قبل خمسة عشر قرنًا، ورفض الآخر، مهما كان ذاكَ الآخر، هل كُلُّ ذلك من الظواهر التي تُعيننا على العيش في القرن الحادي والعشرين؟ ولماذا كُلُّ هذه المراكز البحثية والدراسات في المجالات المختلفة، ونحن نعيشُ القهرَ الاجتماعي، وفرض التعاليم الدينية، بقوة العصا، في النهار، وبحدِّ السيف في الليل؟

العيشُ في (وجد) حتّمَ عليَّ المقارنة ما بين الحياة في أمريكا وبريطانيا والحياة هنا. لن أنسلخ من جلدي العربي وانتمائي الإسلامي. لكن نَهمي وإصراري على التواجد الإيجابي في المجتمع، يضطرّاني إلى اللجوء إلى

ثقافة المقارنة، وتمحيصِ الصواب من الخطأ، حتى في أمور الدين. لقد خوَّفونا من الاقتراب من الدين، وعلينا أن نتقبَّله كما هو. وأصبح العديد من شبابنا يؤدّون -في صلواتهم- حركات فيزيائية، لكنهم غير خاشعين. ذلك أن المجتمع لم يُعلِّمهم أُصولَ الدين كما هي. علَّمَهم: الحرامَ، والعيبَ، وما بعد الموتَ، وقيامَ الليلِ وكُرهَ النصارى، ورفضَ الآخر. لم يُعلّمهم التسامحَ مع الآخرين، ولا أهمِّيّةَ إعمار الكون والحرِّيّة الفردية، ولا الحلال الذي يحتملُ الحرام، أو الحرام الذي يحتملُ الحلال. كانت الأوامر قاسية جدًّا. وكان الإذعان صفة «حضارية»، مهما كان مصدرها. جلستُ أُقارنُ بين العلاقات الاجتماعية في المنطقة العربية والغرب. هل نحن نَصلُ الجارَ مثلما يفعلون هُم؟ هل نتداعى للمُسنّين، أم نرميهم في دار العجزة؟ هل نُحبِّبُ أولادَنا في الدين بربطهِ بشواهدِ الحياةِ، والوجه المُشرق، والابتسامة؛ مثلما يفعلون هُم على شاشات التليفزيون؟ نحن نُشاهد الدُعاةَ وهم يُذكّروننا، دومًا، بالموت! وكأن الله قد خلقنا لنموت، لا لِنعمِّرَ الكونَ، ونَسعدَ بنِعم الله من: بشر، وغذاء وطيور، ومشاهد جميلة. يهاجموننا، من خلال رقاع صفراء كُتبتْ قبل ثلاثمئة عام أو أكثر! لم يتحرَّك إلّا القليل من الدعاة -وبفعل التحوُّلات السياسية المُلِحّة، هذه الأيّام- لكي يدعوا ولاةَ الأمرِ إلى الانتباه لقضايا الأمّة، أو الحديثِ عن الديمقراطية، وحريّة الناس، وعدم استعبادِهم. أجل، حفنةٌ قليلة من الدعاة، تتحدث هذه الأيّام عن حقوق الناس، ومستقبلهم، وإصلاح التعليم، ومحاربة الفساد الإداري، وأمانة الله للحُكّام بحفظ حقوق الناس. كانوا، في السابق، يُحطِّمون في الشابّ قدرته على العطاء، وحقَّهُ في العيش ضمن الإطار الاجتماعي الذي يتناسب وسِنّه. كانوا يحاربون التليفزيون والإذاعة على أنهما من البِدَع، وها نحن اليوم، نستخدم الجهازين للدعوة، ونشرِ قيم التسامح الديني بين الأمم، ونوضِّح للآخرين حقيقةَ الإسلام التي تمَّ تشويهُها، قرونًا، بل ونستخدم الإنترنت، وننشئ عليها مواقعَ تُدافعُ عن

روح الإسلام، وتوضّحُ معانيه السامية. تراءى لي مشهدُ شابّ من الدعاة كان مسنودًا إلى رجل أمن، وهو يهجم على شابّ أمريكي قوي البُنية، ويبدو أنه من الجنود الأمريكيين لكنه بلباس مدني! كان ذاك الداعي، أو المُحتسب، يحاولُ انتزاع حَلقةٍ صغيرة من أذن الشاب الأمريكي. الحلقة لا يُمكن أن تُرى إلّا بعد تدقيق، وعن قُرب. حاول الأمريكي الدفاعَ عن نفسه، بالتراجع خوفًا من القانون. لم يرفع يده أمام يدي الشابّ، التي وصلت إلى أذنه، وجعلتها حمراء كقطعة فراولة، ولم يتركه إلّا بعد أن انتزع الحَلقة الصغيرة، وأخذ بطاقة الشاب الأمريكي، وذهب دون أن يُخبر الشابّ أين سيجد بطاقته! لو حدثت مثل هذه الحادثة في (لندن)، وقام بريطاني حاقد بنزعِ حجاب فتاةٍ أو امرأة عربية، لقامت الدنيا، واحتجَّ البريطانيون، من المسلمين وغيرهم، وقدّموا الفاعل إلى المحاكمة!

نحن نتحدَّث -في أدبياتنا الدينية، والاجتماعية- عن كُره الغرب لنا، ولا نلتفت إلى أسباب هذا الكُره... ولا يتحدَّث الدعاةُ عن الأسباب، خوفًا من الحكومات! كان البذخ العربي اللامحدود، في عواصم الغرب، أحدَ أهمِّ أسباب ذلك الكُره.

كان اصطحاب النساء الثلاث في الليموزينات، في شوارع لندن وباريس وهن محملات بأكياس المحلات الكبرى، سببًا في ذلك الكُره؟ كانت خسارة الملايين من الجنيهات في صالات القمار ليلًا، سببًا في ذلك الكُره. وكان التسكُّع مع الشقراوات الحِسان في (نيس) و(كان)، بجنوب (فرنسا)، سببًا في ذلك الكُره. من كان يقوم بتلك الأعمال؟: هل هم الشباب الذين يُغرَّر بهم، ويُدفَعون إلى أَتُون حروب خاسرة كالحرب على الشيشان، وحرب أفغانستان؟ هل هم طلبة العِلم الذين يمارسون الشعائر الدينية ويحافظون على الصلوات، ولكنهم ضد الانغلاق ورفض الآخر، و-من ثَمَّ- يُتَّهمون بأنهم علمانيون؟ وهل الركوع والسجود والحضور في المساجد دليل إيمان

كامل، إذا كان الشخص يمارسُ ما تمنعهُ صلاتهُ وسجودهُ من فِعل شائن، كأَنْ يغشَّ في التجارة، أو يتلقى الرشاوى، أو يظلم موظَّفًا، أو يُخفي (كلمة حقٍّ أمام سلطان جائر، وهذا أعظم الجهاد)؟ أخيرًا نأتي إلى حُسن الخُلق. يقول الرسول الكريم «إنما بعثتُ لأتمِّمَ مكارمَ الأخلاق»، وإني لأتساءل: «أين الأخلاق في قمع الأصوات المنادية بالإصلاحات، في العالم العربي؟ أين الأخلاق في خلقِ مجتمع الحظوة والتفرقة بين المواطنين، طبقًا لأصولهم ومذاهبهم وألوانهم؟ أين الأخلاق في استيلاء البعض على مساحات شاسعةٍ من الأراضي، وتسويرها وبيعها للآخرين عبر مصطلح (وضع اليد)؟ أَلا يعني ذلك سرقة في وضح النهار؟ أين الدولة من هؤلاء الذين خدمهم التاريخُ، واحتلُّوا منطقة جغرافية، وجَنَوا من بيعها مئات الملايين، دون غيرهم من الناس؟ أين الأخلاق في تصنيف المجتمع إلى فئات، وتحديد فئة الجنسية، حسْب تلك الفئات، ومنها عدم جواز تَمتُّع بعض المواطنين بالحقوق التي يَتمتَّع بها المواطنون الآخرون، ولعل أهمها عدمُ أهليتهم للترشُّح الانتخابي، مهما نالوا من خبرة وعِلم ومؤهِّلات؟ لماذا يعتمدون على الصُّدف البيولوجية التي تجعل أحدهم من الأُصلاء، وتجعل الآخر من (البدون) أو من الطبقة الثانية، أو الثالثة؟

ومع ظهور الفضائيات المُباشرة، ازدادت الصورة العربية والإسلامية تشَوُّهًا، كما ساهمت العمليات العسكرية -في بعض دول العالم العربي والإسلامي- في تأكيد الصورة السلبية عنّا. وما زال بعضُ دُعاتنا يُردِّدون أننا «خيرُ أُمَّةٍ أُخرجت للناس، نأمر بالمعروف ونَنهى عن المُنكر». وهل ما نشاهده من خيانات واجتراءات على حقوق الآخرين، بل هل قيام الغوغاء في العراق بوضع السيوف والسكاكين على رقاب الصينيين الأبرياء كالخراف المُساقة للذبح، من أعمال أبناءِ (خير أُمَّةٍ أُخرجت للناس)؟ من الصدمات التي حفرَت جُرحًا غائرًا في داخلي، موقفُ موظَّفٍ كبير في السنِّ في المؤسَّسة،

حين هاتفته طالبًا وريقات بشأن نشاطات القسم الذي يعمل فيه، لكي ننشرها في نشرة داخلية للمؤسَّسة، فما كان منه إلّا أن أجابني بغِلظة، ولهجةٍ تفوحُ منها رائحةُ الحقد:

- دعكَ في حالك... تُريدني أن أضعَ مسدَّسًا في رؤوس الناس، وأطلب لك الأخبار، أم تريدني أن أُلاحقَهم بالعصا؟

شكرتُ ذاك الموظَّف، ذا الدرجة العليا، والذي يُطيل في ركوعه وسجوده في الصلاة، وأنزلتُ سماعة الهاتف. أطرقتُ مليًّا. ما لي بهذا العمل المزعج؟ ألا يكفي المنفى؟ ربطتُ تصرُّفه بواقعِ الحال في (وجد)؛ حيث استشراء النزعة الفردية وقسوة الأوامر والنواهي في الخطاب الاجتماعي، والخطاب الديني، وعدم وجود مساحة لسماع الآخر.

(صالح)، شخصٌ غريب في الإدارة التي أُديرُها. إنه -أيضًا- ضحية أوضاعٍ اجتماعية غير مُرتبة. يدخلُ (صالح) الإدارة قبلَ موعدِ حضور أقرانه، بساعةً. يُغلق بابَ المكتب عليه، ولا يتحدَّثُ مع أحد، ولا يتَّصل بأحد، ولا يقبل أن يسأله أحدٌ عمَّا يقوم به. أخبرني الزملاءُ أنه يُعاني مرضًا نفسيًّا نتيجة ظروف عائلية صعبة. من حتميات الإدارة أن أُحاولَ دمجَهُ مع الزملاء، أو -على أبسط تقدير- تكليفه ببعض المَهامّ التي تتناسب وظروفه. دعوتهُ إلى مكتبي. رجوته أن يجلس، لكنه فضَّلَ الوقوف عند الباب، وضعَ كلتا يديه على طرفي الباب كَمن يمنع دخول الآخرين، وخروجهم. أزحتُ الكرسي الهزَّاز؛ كي يبدو الحديث أخويًّا متكافئًا، واقتربت منه، قلت له بودٍّ:

- أخ (صالح)... تعلم بأننا نعمل في إدارة واحدة، ونُشكِّل فريَق عمل واحد. وجميعنا مُهمُّون في هذه الإدارة. بودِّي أن تُشاركنا العمل، وستَجِدُ مني كُلَّ تعاون ومحبَّة.

أخذتُ أسرد عليه أخلاقيات العمل وحقوق الزمالة، وأهميَّةَ بثِّ روح المحبَّة والتعاون بين الزملاء. كان ينظر في وجهي، دون أن يتكلم... حسبتُ

أنه كان يُبرمجُ كلامي، كي يردَّ عليَّ بحُججٍ رادعة ومخالفة لما أقول، كي يدافعَ عن موقفه. بعد رُبع ساعة من حديثي المتواصل غير المقطوع إلَّا من هزّاتِ رأسه المتأففة؛ أنزل يديه من فوق إطار الباب وقال مُتململًا:

- هل أنهيتَ حديثك؟... دعْ كلماتك لك... أنا لا أريد نصائح.

تركني واقفًا أمامه، وذهب في سبيله. ذكَّرني موقفُ (صالح) هذا... (وما أظنُّه صالحًا)، بموقف صاحب المسدَّس الذي نهرني، رغم كوني ضيفًا من خارج (وجد). أطرقتُ أقلِّبُ بعض الأوراق. كيف سأواصل العمل، لسنوات ثلاث، في هذا المُناخ، وضمن تلك الثقافة التي تنتقد الذين لا يُصلُّون في مسجد المؤسَّسة؛ لكنها لا تنتقد سلوكيَّات الموظَّفين المُخالفة للشريعة ولأساسيات العمل؟ حلَّ عليَّ الشابُّ الملتحي، بابتسامته الهادئة وذكائه المخبوء خلف نظارته الأنيقة، ثم تبعه (محمَّد القمري) الشاب الودود، الذي يرتبط بعلاقات نسب مع عائلة مرموقة في (وردة). كان ذاك النسب عاملَ تواصلٍ بيني وبين (القمري)، حيث بدأ الودُّ بيننا من اللقاء الأوَّل. كان (القمريُّ) دمث الأخلاق، ولم يصدر منه أيُّ تأفُّفٍ أو تأخير تجاه أيِّ تكليف مني، وعبارة (إن شاء الله) لا تغادر لسانه. (توفي الرجل بعد سنوات من مغادرتي (وجد)، حزنت عليه كثيرًا). (نمر الخفيف) شابٌّ يكرِّس وقته للعمل، ويشحذ همَمَ الزملاء ويُشجِّعهم، كما أن له علاقات وثيقة خارج المؤسَّسة وكثيرًا ما أعانني في الدوائر الرسمية. كان ودودًا ومُحبًّا للعمل، ولي بالذات. (أحمد الكوع) شابٌّ خليجي مثابر في عمله، ولديه حسٌّ إخباري جيِّد، وكثيرًا ما شارك في مؤتمرات وندوات، حيث يقوم بالتغطية الإخبارية، وتزويد الصحافيين بالبيانات الصادرة عن الاجتماعات. كنتُ أُسمِّية (صاحب المكتب الفوضوي). لم أجد -يومًا- مكتبه، بصورة مُرتَّبة. كنتُ أستغلُّ فرصة انتدابه خارج (وجد)، لأقومَ بترتيب أوراقه وملفَّاته. وكثيرًا ما خَجلَ من ذلك، عندما يُبلغه أحد الزملاء، أنني قمتُ بترتيب المكتب. كان

(أحمد) يألفُ الفوضى المهنية؛ لكنه كان محافظًا على أوقات الدوام، وتنفيذ مهامِّ عمله، بدقة، رغم خطِّه الرديء. (قمر الحاضر) شابٌّ صامت كالجدار. إن لم تُبادره الحديث فلن يتكلم، أنيق في مظهره وفي مكتبه. يحفظ أوراق العمل بكُلِّ حرص وترتيب، كما أنه صندوق أسرار العمل ومواقف الدول. يُخفي وراء صمتهِ الكثير من الأسرار والحكايات والمواقف التي يلحظها من مندوبي الدول. هادئ الصوت... يتحدَّث على قدر السؤال، ولا يزيد. (سالم الشاش)، شابٌّ من إحدى الدول الأعضاء، عريض المنكبين، حادُّ الملامح. بدويٌّ سريع الغضب، كان يفتقد الإتيكيت أو أساليب التعامل في المؤسَّسات. الإقليمية. تراه يَشْرَعُ باب مكتبي، دون أن يقرعه، ويفاجئُني بطلب أو معلومة، وأنا في استغراق مهنيٍّ عميق. أنتفضُ، وأفتعلُ ابتسامة على وجهي. وقبل أن أردَّ عليه، يُصرِّح بأنه سوف يتأخَّر عن العمل غدًا. وقبل أن أردَّ على معلومته الأخيرة، يُغلق الباب، بقسوة، ويخرج. (لقد تُوفي سالم في حادث سير خلال إجازته في بلده). خليطٌ عجيب من البشر. لكُلِّ واحد هيئتهُ وتوجهاتهُ وثقافته. خلال شهور قليلة كسبتُ ودَّ بعضهم. والبعضُ الآخر تحاشوني... ومنهم مَنْ تعاملَ معي بحذر. إنهم يعرفون أنني سوف أُغادرُ مكتبي، وأَعودُ إلى بلدي. وهم سيبقون؛ حيث إن ترشيحنا لتلك المؤسَّسة يكون لفترة مُحدَّدة، وقد تُجَدَّد؛ لكننا -حتمًا- عائدون إلى بلداننا. لقد ساهم الفارقُ الثقافي، بيني وبين زملائي، في خلق هُوَّة افتراضية، ليست صغيرة، وكثيرًا ما حاولتُ أن أتقرَّب إليهم؛ بل وصل الأمر بي إلى عرضي على أحدِهم أن أُدرِّسهُ اللغة الإنجليزية، مساءً. وكان للدرجة الوظيفية دور -أيضًا في- ذلك. كما أن وضعي الدبلوماسي جعلهم يَحذرون من خلق صداقة ودودة بيننا.

النساءُ، في (وجد)، لهُنَّ عالم آخر غير عالم النهار المَقموع. عالم الليل، في هذه المدينة، كان نسائيًّا، بامتياز، وليس رجاليًّا، على الرغم ممَّا أخبرني به (ناصر)، بعد أن ملأت شهرتهُ الآفاق، بأنه توجَد أماكنُ سهَرٍ رجالية

فخمة الديكورات، نفيسة «المُقتنيات»، تحت الأرض! تُخبرني (أمُّ خالد) بطقوس الزواج أو الحفلات الليلية التي تمارسها بعضُ العائلات الميسورة، في (وجد). إذ تلبس الفتيات ملابسَ وفقَ أحدث الموضات، ويقتَنين أغلى الحاجات، ويتحدَّثن في السياسة والثقافة وهموم المجتمع، أكثر من مجتمع الرجال، الصامت نهارًا، والحَذِر ليلًا! أكاديمياتٌ ومثقَّفاتٌ يتجاذبن أطراف الحديث عن تصرُّفات رجال الدين المتطرِّفين، وخطورة ذلك على المجتمع، وحقوق المرأة كما أقرَّها الإسلام، وحَرَّفها البعضُ عبر خمسة عشر قرنًا، وعن انفصام الشخصية بين صرامة مجتمع النهار ورحابة مجتمع الليل، وغيابِ عَين الرجل. ذكَّرني هذا بموقف بنات (وجد)، حيث كانت البنات -في غطائهنِّ المعروف- ولم أكُن قادرًا على التفريق بين بنات العائلة لا ليلًا ولا نهارًا في الأماكن العامَّة من المدينة، لكن شارع (الشانزليزيه) في (باريس) كَشفَ لي كُلَّ شيء. لقد تخلَّصتْ الفتيات من العباءة، والشيلة، وغيرها من «القيود» الصارمة التي يفرضها المجتمع الذكوري المُتربِّص، وبدت أجسادُهن حديقةَ اشتهاء. (البودي) يُظهِر البطن، والجينز (الستريش) اللاصق يُبرز الانحناءات، والموبايلات لا تكُفُّ عن الرنين. لقد ذهلتُ للموقف، وشابتْ وجهي علاماتُ الحرج، ورَجوتُ (أمّ خالد) أن نتحرَّك من المكان، الذي لا تشعرُ فيه إلَّا بالدعوات لتلبية الشهوة المكبوتة، والمساومات بين الشباب والفتيات. هذا هو نقيض شارع (السفلية) في (وجد)، حيث العصا تتربَّصُ بكُلِّ نظرة أو محاولة تبادُل شريطِ آهات بين شابٍّ وشابَّة! بالمناسبة لمحتُ -بأمِّ عيني- امرأة في ذاك الشارع، وهي تُخرج يدًا كالأبنوس الناصع -وهي في سيَّارة فارهة جدًّا- كي تناولَ شابًّا -وهو في سيَّارة مماثلة- شريطَ كاسيت، في وضح النهار. كنَّا نسكن بالقرب من قصرٍ مُنيف. ويتكرَّر مروري أمام القصر، مرَّتين أو أربعَ مرَّات في اليوم! سألتُ (محمَّد القمري) عن هذا القصر، فقال لي: «إنه لإحدى الشخصيات المُتنفِّذة. وقد أسكنَ فيه زوجته

الجديدة التي لم تتجاوز العشرين من العمر. المُتَنفِّذ لديه ثلاث زوجات، وقد قاربَ السبعين». يأتي هذا الرجل، مرَّة كُلَّ شهرين إلى زوجته! وقد كنتُ أتلصَّصُ، وأنا أعبرُ الشارع، وأُمعنُ النظر في هذا القصر الكبير، الضيِّق النوافذ؛ لعلَّني أجدُ نظرةً شاردة من تلك الأميرة الوحيدة. والتي يُفرضُ حولها طوقٌ حديديٌّ من الرقابة. حتى مكالماتها تأتي عبر موظَّف الهاتف الذي يراقب كُلَّ المكالمات، ولا يُسمح لها بالحديث المُباشر، من داخل القصر. تصوَّرتُ حالتها! مع مَن تتحدث؟ كيف تأكل؟ كيف تنام؟ كيف تحلم؟ كيف تنعم برؤية القمر أو الشمس؟ مَن يزورها من أهلها؟

تذكَّرتُ (الجوهرة)، وتساءلت: هل تعيش هذه المرأةُ مثل (الجوهرة). هل يفرضون عليها الطوق الاجتماعي الشرس نفسه؟ ما هي حال امرأة في العشرين أو الثلاثين، بين جدران قصرٍ، لا حياة فيه، ولا رائحة رَجُل؟ كثيرًا ما أخبرني (أحمد) عن قسوةِ أهل (الجوهرة)، وإرسالهم العيون والجواسيس خلف سيَّارتها، عندما تخرج لقضاء حاجاتها في السوق، أو عندما تمُرُّ بإحدى الصديقات. تقاليدُ (وجد)، هي نفسها تحاصِرُ (الجوهرة) وتجعلُ منها مخلوقةً غير عادية. أتصوَّرها في مملكة الحريم، في عصور الجهل. أتصوَّرها تغضبُ من كُلِّ جواهرها، وخدمها، وسياراتها الفارهة، وتودُّ العيش مع (أحمد)، حتى في شقَّة صغيرة يَسْكنها الحبُّ! كان (أحمد) يُخبرني، من وقت لآخر، عن عذابات (الجوهرة)، في سجنها ذي الخمس نجوم. كان الكُحل يُراقَبُ في عينيها. لباسُها يخضع لعيون فاحصة، هواتفها، رسائلها، حتى استلقاؤها على الشاطئ، في مدينة (نيس)، يَحكمهُ خوفٌ من حُرَّاسٍ شِداد غير مُتوقَعَين. العيون تندسُّ في كُلِّ مكان. الشكُّ حاضرٌ، حتى في صلاتها، وانحنائها في السجود، والركوع. حتى مجلّاتها تُفحَص. مكالماتها القصيرة مع صديقاتها المحدودات، في (وردة) كانت تُقبر من أول كلمة، حيث يرسلون لها صَبيةً أو صَبيًّا ليتجسَّس عليها! كثيرًا ما قرأ (أحمد) لي

رسائل (الجوهرة). إنها تفيض أَلَمًا وحزنًا، على بقائها في القصر مثل دُرَّةٍ ممنوع لمسها، ممنوعة عن الهمس، ممنوعة من التفكير بصوت الإنسان. لقد سلبوا منها إنسانيَّتها، وروحَها المرحة، وأصبحتْ مشروعًا قابلًا للانفجار، كُلَّ لحظة؛ وإلَّا لِمَ هذه العادة السيئة التي تمارسُها مع (أحمد)، حيث تقاطعه، أحيانًا، لمدَّة عام أو عامين... وتعودُ إليه مذعورةً كعصفور تُلاحقه الكواسر؟ لقد شوَّهُوها، لدرجة الحيوانيَّة. كان (أحمد) واسع الصدر، شديد الاحتمال، رغم أن (الجوهرة) لم تكُن أجمل بنات الدنيا، ولم تكُن تملك ذاك الصدر الحنون الذي يحتويه، كُلَّما ألمَّتْ به الخطوب. كانت تتأثَّر في حينها. تقترح، وتُبدي رأيًا، وأحيانا تبكي، لكنَّ همومَها كانت أكبر من هموم (أحمد) الإدارية، والتي لا تخرج عن الظلم الوظيفي وعيون الحسَّاد. أما هموم (الجوهرة)، فقد كانت تستعصي على الاحتمال، وفي مشاكلها -دومًا- تكون الخاسرة، لأنها الجانب الأضعف في الحوار، مع ضغط السلوك الاجتماعي الذي يُحاصرها، كُلَّ لحظة. كان (أحمد) -من شدَّة ولعه بـ(الجوهرة)، وحُبِّه العميق لها- يأتيني برسائلها ويقرَؤها واحدةً تلو الأخرى. يبكي أحيانًا، ويبتسم أحيانًا أخرى. أتصوَّرهُ طفلًا صغيرًا يحتاج إلى حُضن أُمِّه المتوفَّاة! يا لهذه الأحضان التي تضيقُ على الإنسان لِتصبحَ أصغر من ثقب إبرة! هل حُضن (وجد) أَوسعُ من حُضن صاحب القصر المُنيف، وهل حُضن (وردة) أَوسعُ من حُضن (الجوهرة)؟ وهل حالةُ السجينةِ، في القصر الرخامي المُنيف، أحسنُ من حالة (الجوهرة)؟ المرأة الشرقية تعيشُ حالاتٍ من الوَهن، وانفصام الشخصية، وضبابية الرؤية، وخصوصًا من أشدِّ الناس دفاعًا عن حريَّة المرأة. أو الذين يعملون في إدارات ومجالس تُعنى بشؤون المرأة، أو من زوجات الكبار الذين لا ينفَكُّون يُصرِّحون لوسائل الإعلام حول حقوق المرأة، وهم يهجرونَها لسنوات، بل لا يعرفون أسماءَ أولادهم؛ بسبب تعدُّد زيجاتهم، الذي يأتي كثيرًا لتحقيق مصالحَ دنيوية، حيث يفتقر ذاك

الزواج إلى حالات الحُبِّ أو التلهُّف، الذي قد يكون بين عاشقَين فقيرَيْن، في قرية يُحاصرها الجفافُ والأُميَّة.

الويسكي ممنوعٌ في (وجد). بعضُ الدبلوماسيين -من سفارات الدول الفقيرة- يبيعونهُ بأثمان عالية. كان أحد الزملاء في القلعة المنيفة، أو السجن ذي النجوم الخمسة، والذي لم تطأه رِجْلُ امرأة، يتندَّرُ على قضية الويسكي، حيث يُلاحقُ رجالُ الدين شاربيه، عند إشارات المرور. فعندما تكون الإشارةُ حمراء، يأتون إلى سائق السيَّارة ليسألوه عن الوقت، هدفهم شمُّ رائحته، حتى يُبلغوا الشرطة عنه! ومن نوادر (وجد) أن أحد المُتنفِّذين، قد وصل بطائرة خاصَّة، وذهبَ إلى منزله مسرعًا، بعد أن ترك حاجياته ليَهتمَّ بها الخدم، ومن ضمنها (بيانو) ضخم وُضع في حاوية خشبية. بعد نصف ساعة، اتصل به أحد موظفي المطار، من الآسيويين، ليقول له: Your piano is leaking Sir! إن البيانو يُهَرِّب، إذ تكسرت زجاجاتُ الويسكي الفاخر، التي وضعها داخل حاوية البيانو، خوفًا من رجال الجمارك.

ومن النوادر الجميلة، التي يتداولها أهل (وجد) من الشباب، أن أحدهم شاهدَ أحدَ كبار شيوخ الدين، وهو خارج من المستشفى المشهور في المدينة، اقترب منه وحيَّاه:

- خير، طال عمرك؟

ردَّ الشيخ، بتثاقل ونَفَس مقطوع:

- جيت أَحلِّل السُّكَّر، يا ولدي.

وجدها الشابُّ فرصة لمُداعبة الشيخ:

- طال عمرك... السُكَّر حلال. حَلِّلْ لنا الخمر!

حكاياتٌ غريبة، ومثيرة، ومضحكة، في هذه المدينة، أهلها لا يكفُّون عن تداولها، وإضافة بهارات عليها. من جميل ما سمعت أن أحدهم كان في المغرب -هذا البلد الجميل الذين تغار منه الزوجات الخليجيات- وكان في

وضع حميميٍّ مع امرأة رائعة الجمال، ميّاسة العود. وفي نشوة اللقاء، وبعد أن قذفَ في جوفه، كأسَهُ العاشرة، بادرته المرأة:

- لكنِّي يهودية.

التصقَ بها أكثر، ورفع شعرها الفاحم، وقرَّبَ فاه من أذنها، وقال:

- والله، إن اليهودية هناك.

كان يقصد زوجته في (وجد).

تَمَّ ترشيح صديقي (محمود) للعمل في المؤسَّسة التي أعمل فيها. لا أدري لماذا يرسلون حَمَلة الدكتوراه إلى هنا؟ هل هي مكافأة التخرُّج والجدِّ الطويل؟ أسئلة الدهشة هذه، لن تجد لها أجوبة، ولو بعد قرن من الزمان. عاد اثنان من زملائنا، في المؤسَّسة، إلى (وردة). بعد شهرين، عيَّنوهما سفيرَيْن لبلدهما في الخارج. كان ذلك التعيين إشارة لي، للاستبشار بموقع جديد، عند عودتي إلى (وردة)، خصوصًا أن الزميلين لم يقضيا أكثر من ثلاث سنوات. كما أن أحدهما ضعيف الأداء، ولا يُتقن فنَّ الدبلوماسية وكثيرًا ما كان محلَّ تندُّر الزملاء، ولم يكن اجتماعيًّا يقوم بواجب الآخرين. وهو يفتقد الكثير من الصفات الدبلوماسية التي تؤهِّله ليكون سفيرًا لبلده! ذكَّرني هذا الموقف، بكلمات قالها لي أحد المسؤولين الكبار في (وردة) -عندما تم ترشيحي للعمل في (وجد)- حيث كنتُ الأعلى درجةً بين زملائي، الذين تم ترشيحُهم، لكني لم أكُن من الوزارة المعنية بالترشيح نفسها.

قال المسؤول الكبير: يجب أن تعرف -يا دكتور- أنهم رَبْعي، ولا بدَّ أن أخدمهم، مع علمي أن درجتك أرفع من درجاتهم. كنتُ، وقتها، شغوفًا بوصولي إلى عملي الجديد، ولم أكُن في وضعٍ يُمكِّنُني من المجادلة، خصوصًا أن أحد المسؤولين في الوزارة التي أعملُ فيها، والذي خطَّ رسالة الترشيح للوظيفة، التي سوف أشغلها في (وجد)، قد حذَّرني، حينها، قائلًا: «كُفَّ عن المشاغبة، يا دكتور». هكذا يُصنِّفون الناس. (هم من رَبْعي وأنتَ

لست من رَبْعي)... لا دخل للكفاءة أو الخبرة أو الشخصية أو المؤهِّلات، لماذا، نُتَّهم، إن انتحَرنا جماعيًّا، كالحيتان اليائسة؟

أضاف ترشيح صديقي (محمود)، للعمل معنا، مُناخًا رائعًا لاستعادة ذكريات (بافالو)، وقفشات صديقنا (صالح)، وخيبات بعض الزملاء في اللغة الإنجليزية، ونوادر (فريج شيوخ)، والطالب (Edward) الضخم ذي اللحية الهيبيَّة، وكأنه من كهنةِ جبال الصين، إذ كان المُشرف على دراساتنا يَسخر من ضخامته ومحدودية عقله! شرحتُ لـ(محمود) جميع الموضوعات والحوادث التي مَررتُ بها. أعطيتهُ فكرة شاملة عن موظَّفي المؤسَّسة، ومَن منهم يُمكن أن يكون مشروعًا ناجحًا لصداقة.

استقرَّ (محمود) في (وجد)، لكنَّ عائلته ضاقت ذرعًا بهذه المدينة وعادت أدراجها إلى (وردة). كان (محمود) يُمثِّل الشاكي والمشكو إليه في المساءات الكئيبة، التي نجلس فيها حول ملعب التنس المحاذي للقلعة الصامتة، مبنى المؤسَّسة. كان (محمود) نافرًا، من البداية، من عمل أية صداقات مع الآخرين، وكان يُؤنسُ غربتي، في الحديث عن المشاريع في (وردة): المهرجانات، والتعيينات، وتطوُّر الإذاعة والتليفزيون، والمجالس التي تُنشأ يوميًّا، سواء للأسرة، أم للثقافة، أم للاهتمام بذوي الاحتياجات الخاصَّة. من المهمِّ أيضًا الالتفات إلى ذوي الحقوق الأساسية، المؤهَّلين من الشباب الذين يُمكن أن يكونوا مشاريع إنسانية ناجحة في بلدهم. كنا نُعلِّق كثيرًا على التغييرات المفاجئة، وظهورِ شخصيات من الأدوار الخلفية، وتراجعِ شخصيات من الصفوف الأمامية! كنا نتألَّم جدًّا بعد كُلِّ لقاء، خصوصًا إذا ما وصل الحديث إلينا نحن؛ أنا وهو... كلانا يمتلكُ الطباع نفسها، والحدَّة والجرأة أنفسهما في الحديث، والمواقف تجاه الأحداث السياسية والاجتماعية في المنطقة نفسها. كلانا يُحِبُّ (وردة)، ويلاحظُ مدى التراخي في حُبِّ (وردة) لنا، وتَسلُّقَ بعض المنافقين على ظهور المُجِّدين من أجل التقرُّب إلى أصحاب القرار،

الذين لا نشكُّ في قدرتهم على معرفة مستوى أفكارنا وطروحاتنا السياسية، والثقافية، والاجتماعية! لقد كان الحظُّ معاكسًا لنا في العديد من الحوادث. قَذْفُنا في هذه الغابة من التناقضات، هو أكبر دليل على رداءةِ الحظِّ، وعدمِ دقَّة القرار. سألني ذات يوم المدير السابق للإدارة، التي عملت فيها: «أنتم تحملون مؤهِّلات عُليا... لماذا يرسلونكم هنا؟ هل يودُّون تحنيطَكم؟» سألتُ نفسي: «هل نحن لا نمارس النفاق»؟ سألتُ (محمود)، السؤال نفسه، خلال استراحة لَعِبِنا لكُرة المضرب، فمسحَ عرق رقبته بمنشفة صغيرة، وأزاحَ خصلات شَعر سقطت فوق عينه، وصرَّح بألم:

- إن عقلنا وثقافتنا، لا يسمحان لنا بممارسة النفاق، مهما كان.

كبُرتْ شهيتي للحديث الشائق:

- ولكن، يا (محمود)، إلى متى سوف نبقى في دائرة الشَّكِّ والإهمال؟

نظَرَ بعيدًا حيث البناء الضخم. الصمت يلفُّ المكان، وكنا كمُشَرَّدَين في جبال (تورابورا)، لا أحد يشعرُ بما يحفر قلبَيْنا من الداخل؛ أجابني بحسرة:

- سنبقى إلى الأبد. نحن لدينا مبادئ، لن نَحيدَ عنها! حُبُّ بلادنا يجب أن يكون جوازَ سفرنا لمحبَّة المسؤولين. ناهيك عن تغرُّبنا أحدَ عشر عامًا، وحصولنا على الشهادة العليا.

امتعضتُ قليلًا، عندما ذَكَرَ الشهادة... إن هذه الورقة الصامتة هي صكُّ اتِّهامنا، وهي سبب البلاء، الذي يقع علينا كُلَّ لحظة. أجل، فمُذ حصلنا على تلك الشهادة، يُقذَفُ بنا من مكان إلى آخر، ويستقبلوننا بتوَجُّسٍ وشَكٍّ، وكأننا بعيران أجربان. بادرته، بعد أن لاحظ صمتي:

- من يهتمُّ لتغَرُّبنا، أو يسألنا ماذا عَمَلنا؟ لقد أودعوا رسائلنا الضخمة في أرشيف الوزارة. قد عَزَّ عليهم استقبالنا في مكاتبهم الوارفة بالأسرار، وأوجدوا ألفَ حاجز بيننا وبينهم، رغم أننا نشاهدهم يستقبلون الآخرين، بكُلِّ ودٍّ وحفاوة.

زادت مرارة (محمود)، وعاد إلى صمته. كنتُ أعرفه جيِّدًا، عندما يتألَّم. تحرَّكتُ من فوق الكرسي البلاستيكي، وأومأتُ له بالتحَرُّك، فقد تأخَّر الوقت! نهضنا مُتثاقلَيْن، نجُرُّ الخطى الحزينة، نحو سيَّارتينا. استقبلتنا الشوارع الصاخبة وسيَّاراتها التي تُثير الرعبَ والموتَ حولنا.

مساءاتُ (وجد) تختلف كثيرًا عن مساءاتِ (بافالو) أو (القاهرة). ولئن كُنَّا نعتقد أننا كُنَّا في منافٍ، في تلك البلدان الراقية، فإننا هنا، في سِجن كبير، تحيط بنا حالاتٌ استفزازية مستمرَّة، ونحن، دومًا، في موقع اتِّهام وذُلٍّ. كما أننا هنا قد قاربنا الخمسين؛ بعكس أيَّام (بافالو)، حيث كنَّا في بداية الثلاثين. لقد قلَّ لدينا الانفلات، ونزقُ الشباب، وزادت حُقنة التأنِّي والبرود في شخصيَّتَيْنا. أصبحنا توفيقيَّيْن رُغم مرارةِ الغصَّات التي تَعتمرُ قلبينا. ما عادت الحوارات البائسة والمواقف الغريبة والسطحية التي تواجهنا، في هذه المؤسَّسة، تُثيرنا، كما كان يحصل في السابق. لقد أدْلجَتنا هذه المؤسَّسة، وموظَّفوها، ودجَّنتنا، وسلبت الكثير من حماسنا واندفاعنا للعمل.

سهرات (أمّ خالد) لم تنقطع، ومحاسباتي الخاسرة لها لا تتوقَّف. كُلَّما عادت من وليمة، أُقابلها بوجهٍ احتجاجي. لكنها تعلم أن ذلك الوجه لن يُقدِّم، ولن يؤخِّر شيئًا. وأن الذي في خاطرها سوف تعمله! يَئِستُ من توجيه اللوم والانتقادات لها. أحيانًا، أعود إلى نفسي مُعاتبًا: «إنها في غُربة يجب أن تُسَلِّيَ نفسَها بتلك الأماسيِّ، بين صديقاتها. ماذا ستعمل في البيت، غير هذا الطبخ المتنوع الذي كوَّر لي كرشًا صغيرًا أمامي. فلتذهب وأجلس أنا لكتاباتي وبحوثي». الجلوس في مكتبي الصامت، في الطابق العلوي، يمنحُني الأمان والطمأنينة. كما أنني أستمتع بكتابة المقالات الأسبوعية للجريدة، وتلك المقالات الاجتماعية للمجلَّة الشهيرة. التواصل مع الآخرين أداة سحرية لقتل الوحدة، وفكِّ طوق العزلة، في هذه المدينة ذات المجتمع النسائي الساهر! كنتُ أجلس لساعات عندما تكون لديَّ ورقة علمية أو بحث، سأُقدِّمه

في مَحفل علمي، خارج (وجد) أو داخلها. الوقت يمضي مسرعًا. تأتي (أمّ خالد) من سهرتها ولَيْتَها لا تأتي حتى أُنهي عملي! كانت الشيشة الطارئَ الوحيدَ في حياتي، فلم أكُن أُدخِّن طوال حياتي. لم تؤثِّر فيَّ مغرياتُ أمريكا أو بريطانيا. ولكن هنا، في (وجد)، وجدتُني أنطلق نحو دكَّان بيع الشِّيَش (اليمني)، وأطلب منه «توضيب» شيشة راقية مع معسِّل مصري قويِّ التأثير. أدمنتُ الشيشة، كما أدمنت (أمّ خالد) السهرَ مع صديقاتها. كنتُ أشعرُ بنوع من التوتُّر عندما تأتي، ليلًا، مع السائق. لم أكُن آخذها إلى منازل صديقاتها، وإلَّا أصبحتُ سائقًا متهوِّرًا، خصوصًا مع أساليب القيادة في تلك المدينة. أجل، كنتُ أتوَتَّر، وأقلقُ عندما تحين الساعة الواحدة صباحًا، ولم تصل بعد! يا لخوفي من هذا الشارع الشرس، إنه لا يعرف الرحمة، ولا الاستواء. كثيرون هم ضحايا الشوارع في (وجد). وكثيرون هم ضحايا الكبت الاجتماعي. كنتُ أخاف على (أمّ خالد) من أشياء كثيرة، لا أتحدَّث عنها معها: قِصصُ نَهب، واختطاف، واغتصاب متنوِّعة. على الرغم من رجاحة عقل (أمّ خالد)، كنتُ خائفًا من طلعاتها المتكرِّرة، ومن الذي يمكن أن يحدث لها جرَّاءها.

أستلمُ خرطومَ الشيشة، منذ الثامنة مساءً. يذهب (خالد) إلى فراشه، وأظَلُّ أترقَّب البابَ الخارجي عبر فتحة صغيرة بين الستارتَيْن. أُقلِّبُ (الريموت كنترول) في يدي من محطَّة إلى أخرى. فناجين الشاي تتواصل. الشغَّالة تأتي برأس جديد للشيشة، والتليفون يصمت عندما تخرج (أمُّ خالد)، فلا أحد يتَّصل من صديقاتها، ونادرًا ما يتَّصل بي أحد باستثناء مدير مكتب المدير العامّ للمؤسَّسة، عندما يكون هنالك أمرٌ مهمٌّ.

عندما أختلي بالشيشة، تأتي (وردة) وتُجالسني، أسألها الأسئلة المُحرجة، التي لا أستطيع أن أثيرها في الصحافة أو مع الدبلوماسيّين من (وردة)! ساعات طويلة، ولا أجد جوابًا! الصمت يلفُّ صالونَ البيت الكبير. مواءُ القطط المشتاقة يتكرَّر كُلَّ خمس دقائق، وكأنها لا تشبع من استحثاثات

ذكورها. نظراتي تلتصق بالنافذة، وصدى رسائل (الجوهرة) التي قرأها (أحمد) عليَّ تؤانسُني. أضيعُ، من جديد، في حُبٍّ آخر، لم يكتبه الله لي. لكنني أجدني قريبًا جدًّا منه. ذاك الحُبُّ الذي يُوغل في إيلامه؛ ويَعنِّفُ في قسوته، ويكون لا شيءَ في لحظة! ذاك الحبُّ الذي يُشكِّلني ويُقولِبُني ويرفعني فوق كُلِّ الميتافيزيقيا، ويرميني إلى حضيض الطوباوية، وأصحاب الكرامات في التراث القروي.

جلستُ، صباحًا، عند المدير العامِّ، وكانت آخر جلسة لي معه. كان ودودًا وصارمًا. حَذَّرني من مَغبَّة العودة إلى (وردة)، في ذلك الوقت، بالذات. عرضَ عليَّ ترقية جديدة، وفَصْلَ إدارتي عن قطاع مُساعدِهِ الغبيِّ، وتعييني مديرًا عامًّا. حاول الرجل العاقل كثيرًا، لكنني كنت قد سئمتُ العمل، واجتاحني شوقٌ -بلا نهاية- للعودة إلى (وردة). جلستُ معه حوالي الساعة، حاول خلالها إثنائي عن قرار العودة، وحَذَّرني من الإهمال الذي قد أواجهُهُ، وكأنه يُدرك أشياءَ، لم أكُن أُدركُها حينها. اعتذرتُ له اعتذارًا رقيقًا، وقلت له: لا مفرَّ من العودة. إن كان اليوم أو بعد عام، ثم إن ابني قد أنهى الثانوية، ولا بدَّ من التحاقه ببعثة خارجية. كما أن البنت قد كبُرت، وتحتاجنا إلى جانبها، ناهيك عن السنوات الستِّ التي قضيتها في العمل، ولا بُدَّ من أن يأتي غيري مكاني. هذه سُنَّة الحياة. كان الحزن والخوف على مصيري مرتسمًا في وجه الرجل الوقور. تناول ورقة، وخَطَّ بيده شهادةً موجَّهةً إلى الوزير المسؤول عني. كتب الشيخ كلماتٍ راقية، أشادَ فيها بأدائي ومثابرتي في العمل، وعلاقاتي الراقية مع زملائي، وأن المؤسَّسة استفادت كثيرًا من خبراتي ومؤهِّلاتي. شكرتُ الرجل كثيرًا، وهو ما زال يُكَرِّر أن أسمع نصيحته بالبقاء في المؤسَّسة، على الأقلِّ من أجل الراتب الذي يُشكِّل ثلاثة أضعاف راتبي في (وردة). كان الرجل يُدرك -بفراسته، وخبرته الطويلة في المجال الدبلوماسي- أن عودتي إلى (وردة) لم تكُن كما أتصوَّرُها، وأن ما أراهُ ورديًّا

كان يراهُ أسوَد. قد يكون سمع عن موضوع التقاعد المُبكِّر، الذي يُطبَّقُ في (وردة)!

استلمني الطريقُ الطويل الموحش، في أواخر يوليو... وبينما الأغاني كانت تصدح من المُسَجِّل، كانت (أمّ خالد) تُجهِّز لي الفطائر والشاي. كانت فَرِحةً جدًّا لعودتها إلى (وردة)، وكنتُ خائفًا من المجهول. هذا المارد يخرج لي بعد كُلِّ منفى ليُرجعَني إلى الوراء، بينما المتواضعون من زملائي يترَقَّون ويكبرون مع اللحظة في مراتبهم! مُكيِّف السيَّارة يعمل بكُلِّ جهد، لكنَّ حرارة يوليو لا تفيد معها أجْوَدُ المُكيِّفات. وصلنا إلى المركز الحدودي. استغربت (أمّ خالد) وهي تشاهدني أُصلّي على الأرض، بعد أن توضَّأت. عندما عدتُ إلى السيَّارة، سألتني بدهشة:

- إنه ليس وقت صلاة! ما هذه الصلاة التي صَلَّيتها؟

نظرتُ إليها باسمًا، وأنا أرمق (خالد) النائم في الكرسي الخلفي، وأجبت:

- كنتُ قد أقسمتُ: إن أعادنا الله، سالمين، إلى (وردة) سأُصلي ركعتين، شُكرًا لله.

ابتَسمت (أمّ خالد) ابتسامة عريضة، وتَمتمتْ بكلمات، عَرفتُ منها أنها تتمنَّى أن أداوم على الصلاة في مواعيدها. تبادلنا الابتسامات:

- لن تتصوري مدى خوفي عليكِ، في هذه البلاد، وأنتِ تتأخرين كُلَّ ليلة. كنتُ أخاف على (خالد) وهو ذاهب أو راجع من المدرسة... إنهم يقودون السيَّارات بلا حذر، وسرعتهم غير مُحتَملة.

- الأعمار بيد الله، يا (ميهود). ما كتبه الله سيكون.

- وهل علينا أن نُلقي بأنفسنا إلى التهلُكة، يا (أمّ خالد)؟

- معك حق في خوفك. الحمد لله أننا ما زلنا بخير.

- أجل ما زلنا بخير!

تَمتمتُ بكلمات لم تَفهمها (أمّ خالد). كان هنالك جُرحٌ كبيرٌ في داخلي، لن تعرفه الأيَّام. ينمو هذا الجُرح معي. يُلازمني كُلَّ لحظة، ويفتح جروحًا أخرى تتوالد مع كُلِّ ذكرى، أو كلِّ مشهد لتلك المنافي التي غرَّبتني، وأنا أُمارسُ واجبات الحضور والغياب، بكُلِّ وداعة، وكُلِّ بساطة. كانت الرياحُ ضدِّي! وكانت الليالي تخونُني، وأنا أنقع ذاتي في عِطر التَّطهُّر والنقاء.

-7-

المنفى الأخير

المظاهرات تجتاحُ العالم؛ احتجاجًا على ضرب العراق. الولايات المتَّحدة تلوِّحُ بكَفِّ الحرب. أوروبا منقسمةٌ حول الموقف. الصمت يلُفُّ العالم العربي. دعوةٌ لقمَّة عربية، وأخرى إسلامية، بعد أن زاد تجمُّعُ القوات الأمريكية، في المنطقة، على الخمسة عشر ألف جندي؛ تقول الولايات المتَّحدة: إنهم لم يأتوا للنزهة!

الفضائيات تتسابق لاستضافة بائعي الكلام، من عرب أوروبا وأفريقيا، وبعض العرب الذين تستخدمهم حكوماتُهم ككلاب نَبح لسبِّ أمريكا. اكتشافُ خليَّة إرهابية في مملكة البحرين. وزير الخارجيةً الأمريكي يُهدِّد: «قرار الحرب، خلال أسابيع». الشارع الخليجي يتمنَّى خروج (صدَّام حسين)، وإنقاذ العراق من دمار مُحقَّق. وزراء الخارجية العرب يبدؤون اجتماعات تحضيرية في (القاهرة)، تمهيدًا لقمَّة عربية، يبدو أنها لحفظ ماء الوجه. منطقة الخليج تَعجُّ بأحداث ساخنة تزيد من حرارتها الطبيعية؛ خصوصًا مع إعلان الولايات المتَّحدة ضرورة تغيير الأنظمة الراديكالية، وبثِّ الثقافة الليبرالية الأمريكية. الجماعات الإسلامية تَمقتُ توجُّهَ الحكومات التي تضع يدها في يد أمريكا. النُّخب الليبرالية تُرحِّبُ بإشارات الديمقراطية الأمريكية، بحذر؛ لأنها ضِّد احتلال منابع النفط، وضد استمرار الحكومات التقليدية في المنطقة. النساء، في (وردة)، يُقبلن أكثر على قيادة السيَّارات، وتحوُّلات اجتماعية متعددة، نحو الانفتاح الذي يُثير الدهشةَ، على أكثر من صعيد!

المقهى الشعبي ما زال يستقبل المزيد من المتقاعدين، من كافة الأعمار! الوجوه تتكاثر يوميًّا، والأنفاس الحرَّى تتشابك مع دخان الشيشة الذي يُسيطر على الموقف في المقهى. منذ ست سنوات كنتُ في هذا المكان مع (أبي عبدالرحمن، وصلاح، ومحمود.) لم يتغيَّر المكان. الزمن عَبثَ أكثرَ في الوجوه. العيون غائرة. النفوسُ كسيرة. أنيابُ الأيَّام تأخذ نَضارة النفوس، وتحني الهامات. (سهيل) كبُرَ قليلًا؛ وكأنهُ يشرب حسراتِ روَّاد المقهى الذين يتذمَّرون من تأخُّرِه عليهم في الطلبات. الناس أصبحوا أكثرَ عصبية من ذي قبل! أنا صرتُ عصبيًّا جدًّا، بعد ستِّ سنوات في (وجد). قد أكون خسرت بعضًا من لغتي الإنجليزية، كوني لم أستخدمها، طوال تلك الفترة، إلَّا في المؤتمرات الخارجية. فقدتُ شهيَّتي لأشياء كثيرة، لكنَّ العصبية هي ما كسبته في تلك الرحلة. أنا جزء من هذا المجتمع المُستفزِّ الذي ما زال يَحلم بغدٍ أجمل. المقهى الشعبي لا يَؤمُّه الأغنياءُ أو الميسورون من أبناء (وردة)، بل يلوذُ به أصحاب الدخل المحدود أو (التكنوقراط) متوسِّطي الدخل، من الذين أُحيلوا على التقاعد قبل الأوان، ومع ذلك تجدُ سيَّاراتٍ فارهة تقف أمام المقهى.

بدا (صلاح) و(أبوعبدالرحمن) أكثرَ سمنةً من ذي قبل، لكنهما لم يُغيِّرا موقعهما في المقهى؛ الالتزام والوفاء للمكان من الشِّيم الأصيلة فينا. فقط، التفسيرات الجانحة هي التي تحوِّلُ البعضَ منا إلى مُعارضين أو مثيري شغب. ورغم أن (أبوعبدالرحمن) لم يؤثِّر فيه التقاعد المُبكِّر، كونه فنانًا معروفًا في الإقليم، لم يكُف عن الترحال وحضور المنتديات التشكيلية والمعارض المختلفة، لذا بدا محتفظًا بحيويَّته ولمسات الأمل، في حديثه، بعكس (صلاح) الذي تغيَّر وجههُ بشكلٍ ملحوظ، وزادت عصبيَّته، مثلما زادت حدَّة النكات التي يُطلقها. (سهيل)، ما زال يتنقل بين الكراسي، لكن جسمَه قد ثقُل، ونبتت شعيراتٌ بيضاء ملحوظة في رأسه وشاربه. سعيدٌ (سهيل) هذا... إنه لا يخاف

يومًا يُفاجئهُ بالتقاعد المُبكِّر، فطالما التزمَ بدوامه، فإن كفيلهُ لن يُنهي عقدَه، كما أن طموحاته محدودة، وكان أغلى غاياته أن (يكشخ) يوم الجمعة بأحسن ما لديه من ملابس، ويذهب إلى مكان تجمُّع الآسيويين وسط (وردة)، حيث يتبادل معهم أخبار بلاده، ويتلقّى بعضَ الرسائل من أقرانه القادمين، توًّا، من هناك. كان يكفيه أن يستلم رسالة من زوجته الهنديَّة، تقول فيها إنها تُحبُّه، وإن الأولاد بخير، وإنها مشتاقة لفصل الصيف كي يُقابلها بكُلِّ حُبٍّ. ذلك هو طموح (سهيل) وعذاباته التي تَحُلُّها تذكرة سفر بقيمة ألفَيْ ريال! مستقبل (سهيل) مضمون أكثر، من مستقبل حاملي الدكتوراه، في العالم العربي، فمستقبل هؤلاء لا تضمنه ملايين الريالات، ولئن ضاق (سهيل) ذرعًا بكفيله أو عمله، فإن القانون يسمح له بتغيير كفيله وعمله، عكسنا نحن الذين لا نستطيع تغيير كفيلنا، ولا عملنا ولا وطننا. (سهيل) أوفر حظًّا منَّا نحن حملة الدكتوراه الذين يمُرُّ أنبوبُ النفط تحت أنوفنا!

أحضرَ (سهيل) الطلبات... حدَّقَ في وجهي ليتأكَّد من صحَّة إبصاره. حيَّاني ومضى مُلبِّيًا لعناتٍ أخرى. هذا المقهى يستحضرُ المشاهِد الحزينة في حياة أهل (وردة). لقد توسَّع المقهى كما توسَّعت مساحاتُ الحزن في صدر مرتاديه، صَبغهُ صاحبهُ بألوان جديدة زادته نضارة. تَمَّ صبغُ الكراسي المستطيلة، كأزمان الحزن في قلوبنا، لكنَّ كؤوس (الكرك) وأشكالَ الشِّيَش بقيت على حالها. أرى الوجوه قد كبُرت؛ وهذا يعني أن وجهي هو الآخر قد كَبُر. كنتُ أتحاشى النظر في المرآة قدْرَ المُستطاع، حتى لا أتذكَّر ستَّ سنوات من عمري ذهبتْ في منفًى، لم أجْنِ منه سوى الحسرات، والأسرار التي سترحل معي إلى قبري. الوجوه التي كُنَّا نراها شابّةً في الدوائر الحكومية شَطَّبها الزمن. طلَّابُ جامعات بيروت العربية، والقاهرة، وأمريكا، والكويت، من جيل السبعينيات، يُشكِّلون بيوتَ خبرةٍ ثريَّة في مناحي العلوم المختلفة؛ من طبٍّ، وهندسة، وإعلام، وموسيقى، وفنون تشكيلية، وآداب، وأمن،

وبترول. لقد حلَّ بـ(وردة) طوفانٌ على شكلِ نزيفٍ إداري، تمامًا، كما تنزِف جروحُ العاشقين. نزيفٌ إداريٌّ يَتحفَّز، كُلَّ يوم، ليطالَ أبناء (وردة) المتعلِّمين والمؤهَّلين! كيف يضيق حضنُ (وردة) الرَحبُ بأبنائها؟ كيف تتكسَّر أحلامُهم في غفلة من الزمن الذي مرّ مُسرعًا، وخطفَ العديدَ منهم. كانت مكافآتُهم ربعَ صفحة نعيٍ في الجريدة. يقولون إنه لا بُدَّ من بثٍّ دماء جديدة في الإدارات! لم تعهد (وردة) أيَّةَ اختلاسات، عبر تاريخها، في الدوائر الرسمية. في عصر الدماء الجديدة، تمَّ اكتشاف اختلاسات متعدِّدة، ونشرتْ تفاصيلَها الصحفُ، ولم تعُد سرًّا. لم تحدث اختلاساتٌ أيَّام أبناء (وردة) البسطاء المتعلِّمين المُنتَمين إلى وطنهم وقيمهم. الأيَّام -حتمًا- ستكشف العديد من هذه الانحرافات، حيث إن قيمَ التكالب، والنهم للإثراء السريع تلعبُ بالعقول؛ حتى تلك التي تحمل الأمانة، ولا تحملُها بصدق! نسمعُ عن شركات -من الداخل- تُنشأ في الإدارات، وأن المُنتجات الإعلامية الوافدة تُزاحمُ الأعمال المحلِّية؛ والتي كانت علامة مضيئة في إعلام (وردة). الكتب الإعلامية الدعائية تظهر بكُلِّ شراسة، ولا يُوجد مَن يُحاسب أو يُطبّقُ القواعد العلمية على تلك الكتب، والتي عادةً ما تهتمُّ بالقشور والمجاملة للشخصيات والمؤسَّسات. بعض الكَتبة الصغار من المتخرِّجين الجُدد ينشرون كتبًا لا قيمة لها، وتخالف أبسطَ قواعد البحث العلمي، والإبداعي، -وللأسف- يُطلقون عليها مُسمَّى (دراسات علمية). الصحف تحتفي بهؤلاء الكَتبة الصغار، وتُفرد لهم مساحات، تضعُهم في مواضع الباحثين والمُفكِّرين. والأنكى من ذلك أن بعض موظَّفي (وردة) يحضرون ملتقياتٍ علمية، وهم لا يعرفون ماذا يقولون، ويتعرَّضون للتوبيخ والاستنكار من أصحاب الخبرة والفكر، في تلك المنتديات. لقد تَنكَّر الحضنُ لأبنائه المخلصين، وحلَّتْ لعنةٌ قاسية في النفوس والبيوت، فما عاد الناس يفرحون لنجاح أحدِهم، بل يزدادون فرحًا وانتشاءً لو سقط أحدهم أو أُسْقِط. يتفنَّنون في ترويج حكايات

عنه، ويتندَّرون به لو أُحيلَ على التقاعد المُبكِّر. هذا الداء الذي تَسرْطنَ في دوائرَ عديدة، وطال نُخَبًا واعدة في أوج عطائها. الحُضن الرحب قد تقلّص، والمنافي البعيدة تجمَّعت داخل (وردة). تقذفك البيوتُ إلى منافٍ أرحب، هي الشوارع الشرسة، التي يتربَّص الموتُ على جانبيها. يقذفك همُّ البيوت إلى الدوائر التي لا يعرفك فيها أحد. تُعامَلُ كالآسيوي الوافد، ويتلذَّذ بعضُ الشباب في رفض طلبك، بعد أن يُلقِّنكَ أحدهم درسًا في عدم التهذيب، عبر إشارات الجسد السلبية، مع الثياب النضِرة والغُتر المُنشاة والعقول الصغيرة.

أدخلُ على مدير مكتب مسؤول في الوزارة، التي خدمتُها أكثر من ثلاثين عامًا -ومعي معاملة- لا يقف احترامًا لي، ولا يستحضر مساهماتي في الوزارة، ولا مكانتي العلمية. ينظر إليَّ بطرف عينه، وقد مدَّ الكرسي الهزَّاز إلى الوراء، وبطرف لسانه، يقترح عليَّ العودة إلى القسم الذي أتيت منه، فالمسؤول لا يوقِّع مثل تلك المعاملة التي حملتها بيدي. ابن الـ... ماذا عملتُ لك حتى تُعاملني معاملة كهذه؟ إن كنتَ حشَّاشًا، ولم تستطع إكمال دراستك حتى تأخذ درجة عالية، فهذا ليس ذنبي؟ وإن كنتَ غير طموح، كي تطوِّر قدراتك المَهارية، فليس ذنبي أيضًا؟ لماذا تعاملني بهذه الطريقة، وأنت تعلم مكانتي، وتُدركُ -أيضًا- أن صدفة بيولوجية أوجدت رئيسَك في ذاك المكان الذي تَعتبرهُ قصرًا، أو عزبةً، لا بدَّ من تصريح للدخول إليه أو إليها. هكذا، توحَّشت شوارعُ وإدارات (وردة)، رغمَ التشجير المُنظَّم، والأنوار المُبهرة، والأبراج التي انتصبت في كثير من الأماكن. ورغم المظاهر الاحتفالية، والكرنفالات، والشوارع الجديدة التي ربطت القرى بالعاصمة.

موجةُ بردٍ تَهبُّ من الشمال. الأصدقاء غرقى في ضحك هستيري، استجابةً لنكات (صلاح) اللاذعة؛ وكأني به يُعالجهم من عضالِهم المؤلم. ضحكٌ كالبكاء، لا يزيد من حالات الكآبة وتقيُّح الجروح في الذات المكسورة، ولا يُنقص منها. كلُّنا نبكي، ولا أحد يسمع البكاء. الفضائيات

التي تنتشر حولنا كالأعشاب الشرسة، توظِّفُ عشرات الغرباء، ونحن نرسلُ سيرنا الذاتية إلى فضاءات التسوُّل.

في اليوم التالي ذهبتُ إلى مكتب مسؤول مهمٍّ في الوزارة متأبطًا كتابَ التوصية الجميل الذي خطَّهُ المدير العامّ للمؤسسة بيده والمُوجَّه إلى المسؤول الأكبر.

بدا مُتجهِّمَ الوجه، وكأني به يطردُني من المكتب! جاملني بكلمتين جافتين لا تحملان أية رائحة ودٍّ أو استلطاف؛ على الرغم من أنني عملتُ تحت إشرافه، لست سنوات، وزوَّدتُ مكتَبه بمعلومات مهمَّة ومثيرة، أثنى عليَّ حينها، ويبدو أنه تناساها، لأسباب يعرفها هو. بعض المسؤولين لا يُحبُّون الذين يتفوْقون عليهم خبرةً ولغةً وجرأة. بعضُهم مِمَّن تخرَّج بـ(العافية) في جامعات عربية، لا يتواصل فكريًّا مع المتخرِّجين في أمريكا وبريطانيا، خصوصًا حَمَلة الدكتوراه، الذين يُسبِّبون لهم دُمَّلًا ثقيلًا، أو -كما يقول الأمريكان- «Pain in the ass». جلستُ أمام المسؤول ويدي تحتضنُ برفق خطاب التوصية، رمقَ الخطابَ. كان يتلهَّى في أوراق أمامه. ردَّ على هاتفٍ باقتضاب. رفع رأسه نحوي:

- نعم، أخ (ميهود)؟

دفعتُ إليه بالخطاب الجميل، مُردفًا:

- طال عمرك. لقد خدمتُ الوزارة ستَّ سنوات في الخارج، وأنا مُستعدٌّ لخدمة وزارتكم الموقَّرة بصفة دائمة، إذ لم يعد لي مكان في وزارتي.

يبدو أنه استوعب مَقصدي، ولم يشأ أن تبرد الكلمات، أو -لربما- أُلحِقها بطلب آخر أو توسُّلٍ آخر؛ فاجأني، بحزم، وعيناهُ مركَّزتان على وجهي، ودون أن يفتح خطاب التوصية:

- ستذهب إلى عملك الأصلي... لقد انتهت فترةُ إعارتك هنا.

فهمتُ قصدَه. تراجعتُ بانكسار، وخرجتُ من مكتبه، بعد أن شكرته طبقًا للقواعد الدبلوماسية. استقبلني -خارج مكاتبهم- العديدُ من المدراء الذين سمعوا عن عملي وإنجازاتي في المؤسَّسة التي عملتُ بها ست سنوات بمدينة (وجد). أشارَ العديد منهم إلى حاجة الوزارة لخبراتي، حيث إن المسؤولين يبحثون عن كفاءات جادّة ومتعلِّمة. آخرون اقترحوا عليَّ البحث عن وظيفة في الخارج. آخرون طلبوا مني مقابلة الوزير الأوَّل. ضعتُ بين أكوام الاقتراحات والتحذيرات. ابتسمتُ للجميع وخرجتُ من الوزارة، تتقاذفني الأفكارُ وتهبط عليَّ الهمومُ من كُلِّ صوب.

استقبلتني (أمّ خالد) باسمةً، كعادتها... (يا لهذه المرأة، دائمًا أراها مبتسمة)، قالت:

- أَخبرني، ماذا قالوا لك؟

نظرتُ نظرتي المعتادة المُوجّهة إلى عينيها، فعَرفتْ قصدي. منذ سنوات، ونحن نتفاهم بلا كلمات؛ النظرات تُعفينا من (الرغي) والكلام الكثير. عادت لتُحيي فيَّ الأمل:

- بسيطة... الخير فيما يكتبه الله.

قذفتُ ثِقَلي على الكرسي. تناولتُ الجريدة... لا جديد في هذه الجرائد سوى لغة الإشادَة، و(الضحك على الذقون). المجاملات تملأ الصفحات، ولا أحد يقترب من الحقيقة. نَحَّيتُ الجريدة جانبًا، فتناثرت على الأرض. تناولت (الريموت كنترول)، وتَجوَّلتُ بين «CNN»، و«الجزيرة». الأخبار تزيد من ضراوة الإحباط: (عمرو دياب) يتراقص مع الصبايا، و(مَلِكةُ الغناء) تُغيظُ النساء بساعتها الغالية، و(عبدالباري عطوان) يُفنِّد المزاعم الأمريكية، و(فيصل القاسم) ما زال يسير في (اتِّجاهه المُعاكِس). مسرحيةٌ كويتية تنتقد الديمقراطية، و(شاكيرا) تهزُّ مؤخِّرتها هزًّا هستيريًّا. الاستقبالات الرسمية ما زالت تَقضمُ وقتَ نشرة الأخبار، في بعض المحطّات النائمة. محطّاتُ

الحيوانات والبيئة كانت أجملَ وأكثرَ إثارة من المحطّات الرسمية، التي تسير على روتين السبعينيّات، حتى اليوم. تليفزيون الواقع، وبذاءات الإثارة التي يروِّجها الإعلان، تستحوذ على مشاعر المراهقات والمراهقين، وتُهدِر أوقاتًا ثمينة من ساعات البثّ الغالية. أَغلقتُ التليفزيون، ورميتُ (الريموت كنترول) على الطاولة، بعنف، سقطَ على الرخام مُجهضًا بطاريَّتَيْه.

عاد إليَّ وجهُ المسؤول الكبير في الوزارة، بكُلِّ صرامته وحِدَّةِ نظراته، وتساءلت: ماذا كان يقصد بعملي الأصلي؟ ألَمْ يقتنع بكُلِّ ما قمتُ به خلال السنوات الستّ التي خدمتُ فيها الوزارة، في (وجد)؟ ألَمْ يسمع عن حضوري في مؤتمرات مهمّة؟ ألَمْ يقرأ الكتب، التي أصدرتها وأشرفتُ عليها، والتي تعادل ما طبعتهُ المؤسَّسة خلال اثني عشر عامًا قبلي؟ أَلَمْ يسمع عن مقترحاتي وآرائي في الندوات والمؤتمرات التي تحتاج إلى مواقف؟

ألقيتُ برأسي على الكرسي الوثير، واستسلمتُ لموجةٍ عزيزة من نوم قصير. لم أهنأ بتلك الموجة القصيرة. هلّتْ عليَّ (أمّ خالد):

- لا تُفكِّر يا (بوخالد)... الحياة لا تستحقُّ كُلَّ هذا التفكير.

مسكينة هذه المرأة. هل -فعلًا- هي مسكينة؟ أم أن إحساسي التلقائي يدفعني إلى الاعتقاد بذلك، طبقًا لتواؤم النوع، والوفاء للتاريخ؟ لقد كان قدَرُها أن تواسيني طوال حياتها، رُغم مشاكلها الصحيّة، التي تنتابها بين حينٍ وآخر، والعمليات الأربع التي أجرتها في (وجد)، وشعورِها بعدم مواصلة تعليمها الجامعي العالي، نظرًا لمرافقتها لي في المنافي المتعدِّدة والتي حرَمَتها من ترقيتها المُقرَّرة لها. رُغمَ كُلِّ ذلك، ترسم الابتسامات على وجهها، وتبثُّ الأمل في عروقي اليابسة. ازدريتُ لقيماتٍ، لم أتذوَّق طعمها. الوجوم يخيّمُ على طاولة الطعام. لاحظتْ (شيخة) الألم في عيني، وظلَّتْ مُنكِّسة رأسها في طبقها. (خالد) يجولُ ببصره بيننا، وكأنه يُريد فتحَ حديث! نهضتُ مغادرًا الطاولة، تلاحقني نظراتُ الحضور. كنتُ أشعر بستِّ

عيون تتبعني إلى حيث مكتبي في ركن المنزل. لم يهنأ لهم طعامٌ، قضت (أمّ خالد) في المطبخ، كي تُعدّه، ساعات. نهضوا فاقدي الشهية وتوزَّعوا في غرفهم، دونما تعليق أو حتى سؤال، وكأنهم فريق كرة قدم، وقد خسر في مباراة دولية.

في اليوم التالي، قصدتُ مقرَّ عملي الأصلي. بعد انتظار جاوزَ الساعة فُتحَ الباب وأطلَّ منه المسؤول... بادرني بابتسامة عريضة. أدخَلني إلى المكتب، بكُلِّ ترحاب وبشاشة، ثم أثنى على جهودي في المؤسَّسة، خلال السنوات الست الماضية، ونقلَ إليَّ تحيَّات المسؤولين. دخل علينا شابٌّ بالشاي المصبوب في الأواني المُذَهَّبة. هذا هو الشاي! أين شاي (سهيل) من هذا؟ أين نظافة هذه الكؤوس المُذَهَّبة، من كؤوس (سهيل) التي لا يزيد سعرُ الواحد منها على ريال واحد!؟ كان المسؤول يختلسُ نظراتٍ إلى وجهي، وينظر إلى الأرض، لعلَّه يستَحثني كي أُسرع في شرب الشاي، ثم أُغادر المكان! لعلَّه يريد التأكُّد من وصولي إلى مرحلة التقاعد التي لا يُحدِّدها القانون -بكل دقّة- في هذا الوقت. المسؤول قليل الكلام، يكتفي بالابتسامة. وضعتُ كأسَ الشاي، بعد أن تَحكّكت مرَّتين. رفعتُ رأسي في وجه المسؤول:

- طال عمرك... أنا في خدمتكم، و-كما تعلم- قد عدتُ من مهمَّتي.

اتَّسعت الابتسامة على مُحيَّاه. أجابني بودٍّ ودبلوماسية:

- أنت ابن الوزارة، وخبرتك تُفيدنا جدًّا.

عاد المسؤول إلى صمته المُطبق. صَمَتُّ أنا للحظات. رنَّ جرس الهاتف. تجاهله المسؤول، لربَّما احترامًا لوجودي بوصفي موظَّفًا، لم يرني منذ ستّ سنوات! أحسستُ بأن الهاتف إشارةٌ لي لمغادرة المكان. تحرّكتُ من كرسيَّ:

- هل تأمر بشيء، طال عمرك؟

- ضع رقم هاتفك عند السكرتير، وسنتَّصل بك.

ألقى المسؤول كلماته كعصفور تحرَّرَ من قضبان قفص. قمتُ بتثاقل، وصافحته... كانت ابتسامتهُ حاضرة ونشطة... تراجعتُ إلى الوراء قليلًا، وخرجتُ من المكان.

أعادني (صلاح)، إلى المقهى بنكتة عن أبناء إحدى العائلات المعروفة بالغباء في (وردة). ابتسمتُ، رُغم الغصَّة التي تحتلُّ صدري. مسكين (أبومرزوق) العجوز، الذي كان لا يكُفُّ عن حفرِ منخاريه بإصبعه الضخم، فقد لفظه حُضنُ (وردة). سألت عنه، فقيل لي إنه توفّيَ قبل عام. نحن حيارى مع هذا الحُضن الذي يتَّسع للبعض، حتى يُصبحَ بحجم قارّة آسيا، ويضيقُ على آخرين ليكون أصغر من رأس دبُّوس! كلّنا راحلون من هذا المكان. الكُلُّ مع غصّاتهم وأسرارهم وخباياهم. المقهى الشعبي باقٍ رُغمَ شقوقه المهترئة... باقٍ ليستقبل المزيد من الروّاد الخائبين المُعاندين أنفسَهم، الحارقين صدورهم بنار الشيشة ونار القهر.

أُحَرِّرُ طلبًا لبدل الإجازة المُكتسبة لي. يفاجئني شابٌّ في عُمر ابني (خالد)، وفي الوزارة التي أفنيت بها عُمري، ليقولَ: «نحن ننظرُ في أمركم، أنتم المُحالون إلى التقاعد؛ فقد لا تستحقون بدل الإجازة»! هكذا، يطعننا الزمن في الخاصرة والصدر، دونما اعتبار لخبرتنا أو درجاتنا الوظيفية أو حتى أعمارنا. لم يسأل ذاك الشابُّ الغضُّ نفسه، كيف أننا نتكَور في بيوتنا، بانتظار اتِّصال مدراء مكاتب المسؤولين، (حفظهم الله)، كي يدعونا إلى العمل؟

مرّت ثلاثة أعوام، و(وردة) في خصام مستمرٍّ معي. هي عُمر خصام (الجوهرة) مع (أحمد)، والضحية رجلٌ في كلتا الحالتين! كان (أحمد) يشمُّ الحزن شمًّا. يتّكئ (أحمد) على كتفي، ذات مساء، لعلهُ يشمُّ قصة من القصص التي رواها لي عن (الجوهرة)، عن قصيدةٍ، أو حتى صورةٍ وردية كتبها لها. أين هي (الجوهرة)؟ بل أين (وردة)؟ حالات الفقد متشابهة. يختلف، فقط، الممثلون والمخرجون... الظالمون والمظلومون، الأحداث

هي ذاتها، والخطّ العامّ هو نفسه. صمت الشوارع هو نفسه. أنين الجدران هو نفسه. تتبَدَّل السياط والهراوات، كلَّما وَهنت. يشكو (أحمد) (الجوهرة) وأنا أشكو إليه (وردة)! كيف تتخلَّى (الجوهرة) عن أنوثتها، حُبّها، وكرامتها، وترمي (أحمد) إلى شارع التيه، بعد أن سلبتْ لُبَّهُ، ومَلكتْ عليه حياته؟ كيف يرقد لها جفنٌ على أرائك الحرير والياسمين، و(أحمد) يموت، كلَّ ليلة، مُقبّلًا رسائلَها، ومُستَحضرًا كلماتها التي كانت تَعبُر القارّات؟ أيُّ قلب تملكهُ تلك الملكةُ المُحاصَرة بين الجدران الرفيعة الشرف؟ أيُّ إحساسٍ بقي لديها، كي تُخاصم (أحمد) ثلاثة أعوام، فلا تردعها عشرُ سنوات من الهيام، الحُبِّ المُتدفقِ، وحالات الاشتهاء العارمة، أواخر الليل! أعنفُ حالات الحُبِّ، تلك التي يشعر فيها أحدُ الطرفين بأنه لم يكُن يُمثِّلُ شيئًا بالنسبة إلى الآخر. أعنفُ حالات الحُبِّ، تلك التي يتحوَّل المعشوق فيها، إلى منديل ورقي يموت على الأرض، أو عودِ ثقاب محروق في يد غانية على باب حانة، في شارع مهجور! ما كانت (الجوهرة) بهذه الصورة البشعة التي صوّرها لي (أحمد)، فما الذي جرى لها؟ هل خُطِفتْ، كما تُخطفُ النساء والمدن، على حين غرَّة؟ هل داهمها عريسٌ (لُقطة)، وخرّب عقلها، وجعلها تكفُر بالحُبِّ، وتؤمن بالقوة والمال؟ لم تكُن (الجوهرة) كذلك. هل ضاقت ذرعًا بشكوى (أحمد) وتوسُّلاته اليائسة لأن يلتقيا، ولو مرَّة كُلَّ ستّة شهور، ليُطفئا النارَ التي تسْتشرسُ تحت جلديهما؟ هل يئستْ (الجوهرة) من المقاربات والآمال بتغيُّر الأوضاع، وهذا المارد الاجتماعي يقف بينهما سدًّا صَعبَ الاختراق؟ هل صحيح أنها كانت تموت كلَّ ليلة، وهي تُغلق الهاتف، وتتلوّى على الفراش، بين ذهبها وألماسها وحريرها، ولكن دون أنفاس رجل؟ (الجوهرة) حالةٌ كربونية من حالاتٍ عديدة في العالم العربي يُصنَّف فيها البشر حسبَ لون الدماء والأسماء وتاريخ القبائل! وهل (وردة) إلَّا (جوهرة) أخرى! إنها تمارسُ الفعل نفسه معي: تُخاصمني ثلاث سنوات. وتنفيني عشر سنوات،

وتُعطِّشني العُمر كُله، بينما أرى الماء يجري زلالًا بين يدي الغرباء. كيف يحدث هذا للوطنيِّين، الذين يُحبونَها مثل عيونهم وزوجاتهم وأمَّهاتهم؟ مذيعة متواضعة، ما زالت تُخطئ في النحو، يُسكِنونها في (فيلَّا) إيجارُها الشهري سبعة آلاف ريال، وراتبها تسعة آلاف، وعملها الأسبوعي لا يزيد على ساعتين. كيف تكون مستحقّاتها أكثر من مستحقّات مواطن خدمَ الدولة أكثر من ثلاثين عامًا، ويمتلك عطاءً وأداءً أكثر منها بكثير؟ كيف تجري أنهارُ (وردة) بعيدًا عن الأفواه المُشرعة، والقروح التي تتكاثر داخل الذات لتُشكِّلَ سرطانًا، لا يُكتشف إلّا بعَد فوات الأوان؟ هل أخذت (وردة) العدوى من (الجوهرة)، أم العكس؟ لا يهمُّ، فالضحية، في النهاية رجل! وما أقسى أن يكون هذا الرجل من المُحبِّين الصادقين، من الأمناء الذين لا تمتدُّ أيديهم إلى المال غير المشروع، أو يتسلَّطون فوق رقاب البشر، مُستندين إلى الجغرافيا والتاريخ المُزوَّرَيْن... أو إلى نُطفةِ رجل. مساكين هم الذين لا يَسندهم التاريخُ أو الجغرافيا... إنهم سَقطُ المتاع في زمن العولمة. هل حقًّا أن العولمة لا تُفرِّقُ بين أبيض أو أسود، ولا بين (خميس أو فهد)، ولا بين (سكينة أو العنود)، ولا بين (أبو زينل أو أبو ثامر)؟

أجلسُ كُلَّ صباح بجانب هاتف المنزل، مُحذِّرًا (شيخة) من إشغال الخط. الهاتف النقَّال بيدي، لعلَّهُ يرن رنةَ أملٍ من رئيسي المُباشر، يزفُّ لي البُشرى حول عملي الجديد. صامَ الهاتفان عن الرنين، إلَّا من بعض مكالمات لـ(أمّ خالد) من أهلها وصديقاتها، وما أكثر تلك المكالمات! إحدى قريباتها تجلسُ معها نصف ساعة أو أكثر، تتحدَّث دون كَلل. تَملُّ (أمّ خالد)، وتهزُّ رأسها مُتضجِّرة من المكالمة، لكنَّ المُتحدِّثة على الطرف الآخر، سادرةٌ في الحديث، ولا يخطر في بالها أن من تُحادثها قد تكون مشغولة في شؤون المنزل، أو قد تكون بجانب زوجها، أو انتابها نعاسُ الظهيرة! بعض النساء لا يشعرن بالطرف الآخر؛ تمامًا كما نُشاهدهنَّ في شارع (أكسفورد في لندن)،

وهن يتحدَّثن بصوت مسموع يصل إلى حدِّ الصراخ، واصفاتٍ ما اشترينه بالأمس، ناصحاتٍ الأخريات بشراء هذا وذاك، دونما أيِّ التفات إلى مئات البشر الذين حولهنَّ مِن الذين يعرفون لغتهنَّ. قريبةُ (أمّ خالد) لا تشعرُ بحالات المَلل التي تُبديها (أمّ خالد)، أو تثاؤبها المُتكرِّر. يبدو أنها لا تتحدَّث كثيرًا في المنزل! كنتُ مخطئًا في تصوُّري، فقد عَلمتُ من (أمّ خالد) أن زوجها لا ينبسُ ببنت شَفة عندما تبدأ في الحديث، إذ إن لها شخصية حديدية أمام زوجها البائس. الإشكالية، في تلك الاتّصالات، أنها تأتي، أحيانًا، في أوقات نكون فيها، أنا و(أمّ خالد)، بحاجة إلى صمتٍ وتأمُّل واسترخاء.

مَن ذا الذي سوف يتَّصل بي؟ مهما شغلتْ تلك المرأة خطَّ الهاتف؟ المسؤولون مشغولون بأخبار العراق ومحاربة الإرهاب والقمّة العربية المُتعثِّرة. مَن أكون أنا، حتى يُعيروني اهتمامًا؟ هجمَ عليَّ السؤال كوحشٍ كاسر. أجل، مَن أكون حتى تلتفت إليَّ عين الزمن؟ هذا الزمن يعرف أنني خدمت ثلاثين عامًا، وأصدرتُ أكثر من ثلاثة عشر كتابًا في العلوم المختلفة، ودأبتُ على الكتابة للصحافة المحلّيّة أكثر من ثلاثين عامًا. وأخيرًا، خرجتُ من الوزارة نظيفًا، لم تمتدّ يداي إلى الحرام، إذ إن طبيعة وظيفتي الفنيّة، لا تسمح بوجود أموال عامّة تحت تصرفي. ألا تعرف عينُ الزمن أنني أُجيد الإنجليزية، كما أُجيد العربية، وأنني أستطيع كتابة المُذكِّرات السياسية، ولديَّ أكثر من أربعين بحثًا في مجال تخصُّصي؟ ألا تعرفُ تلك العين أنني أتفوَّقُ على كثيرين من أقراني في الوزارة، الذين لهم ظروفي ومؤهلاتي نفسها، لكنهم فاشلون، ولا يعرفون كتابة ورقة علمية، أو تقرير من عشرة سطور باللغة الإنجليزية؟ ألا تلاحظُ تلك العين، كم من المؤسَّسات الخارجية تطلبني للمشاركة في ندوات علمية، أُلقي فيها محاضرات وأوراقًا علمية في مجال تخصُّصي؟ ماذا تريدُ تلك العينُ أكثر؟ لماذا -إذن- كُلُّ هذه المواقف المُسبّقة التي أواجهها؟ ولماذا يتربَّع على الكراسي المهنية أنصافُ المؤهَّلين أو المُستَجلَبين من الخارج؟ أين

الصحافيون النبلاء الذين يُحبُّون أوطانهم، وأهليهم؟ لماذا لا يتحدَّثون عن محنة الشرفاء المنفيِّين في المقهى الشعبي أو في دواخلهم؟

بدا (أحمد) رثَّ الثياب... طالَ شعرُ وجهه، واصفرَّت (قحْفيته)، (غطاء الرأس المدوّر الذي يضعه الرجل تحت الغترة). وتكسّرت (غترته)، وكأنها خرجت من فم كلب! يبدو أنه لم يستحمّ منذ يومين. بدا حذاؤه مائلًا نحو اللون الرمادي، نظرًا للتشوُّهات التي أحدثها مَشيُهُ اليومي على الكورنيش، وتعثُّرِهِ بين مكعَّبات (الإنترلوك). حَلَّتْ علينا لعنةُ الشكوى اليومية، وبث الهموم. السؤال المعتاد الذي يُضايقني جدًّا:

- ألم يتَّصل بك أحد؟

كأنني توقَّعتُ السؤال، فبادرته:

- لا وقت لديهم للاتصال. إنهم مشغولون بأشياء أكثر أهميّة.
- وأنت... ألستَ مُهمًّا، ألستَ من أبناء (وردة)؟
- مسكينة هذه (الوردة) كُلُّنا ننتسبُ إليها، لكن الدماء تختلف، والجينات تختلف، و-طبقًا لذلك- التوجُّهات تختلف.
- كلُّنا بشر، يا (ميهود). دعك من تبريراتك المتخاذلة.
- أنا يَئستُ، يا (أحمد). يئست.
- كما يَئِستُ أنا من (الجوهرة).

قالها (أحمد)، بانكسارٍ بائن. أخرجَ المسبحة الزرقاء، التي أهدتها إليه (الجوهرة) قبل ستّ سنوات... ما زالت المسبحة نَضرة، لكن خيطها انقطع ثلاث مرّات. إلّا أن حِرصَ (أحمد) عليها، جعل حبَّاتها لا تنقصُ حبَّة! وكانت رائحة العود ما زالت حيَّةً في حبَّاتها. ضغطَ (أحمد) على المسبحة، وكأنه يعانق شيئًا عزيزًا. قرَّبَها من فيه، شمَّها، قبَّلها، أطبقَ عليها بكلتا يديه. حاولتُ إخراجهُ من رهبنته القاتلة:

- هل من خبر عن (الجوهرة)؟

لم يردّ، بل نظرَ إلى البحر، وعَصَر المسبحة بين أصابعه.

هكذا تمضي الأيَّام بنا. صمتٌ... نظراتٌ يائسة... وأرواح تنتظر الرحيل. يسألني (أحمد) عن (وردة)، لكن لا جواب! وأسأله عن (الجوهرة)، ولا جواب، أيضًا. كلانا يفتقد شيئًا... كلانا يتحَسَّسُ خيانة. سؤالان يتكرَّران كُلَّ يوم، بصورة عفوية أتوماتيكية. أضحى السؤالان رايةً سوداء كربلائية، تُرفرف فوق المقهى الشعبي، كُلَّ يوم.

عصفورٌ ينقلُ أعوادًا واهنة إلى عُشِّه الجديد في سقف المقهى؛ سعيدٌ ذاك العصفور بآماله الصغيرة؛ إن عُشَّهُ الواهن أجمل لديه من الفلل المُنيفة، حيث يحاصرُ الإسمنت قلوبَ الناس، ويضغط على صدورهم الهشَّة. عصفورٌ آخر يُزقزقُ بحرارة ونشاط، ولا أحد يلتفت إليه، كأني به ذاتي، التي تحاول لفْتَ نَظَر المسؤول الكبير في الوزارة، وهو سادرٌ في انشغالاته. روَّاد المقهى فقدوا الحسَّ الفنِّي، وتذوُّقَ الألحان الشجيَّة. ماديَّةُ الحياة ألزمتهم بالواقعية، وعدم الجنوح إلى الخيال. لقد أصبحوا (روبوتات)، في تحيَّاتهم، ووداعهم، وفي جلوسهم وقيامهم. لعلِّي أزعُم أنهم كذلك، حتى في الفراش مع زوجاتهم! إنهم حالة من الرفض والخوف والدهشة!... لا يعلمون ماذا سيحلُّ بهم بعد موت رأس الشيشة، أو عندما يُطفئ (سهيل) آخر لمبة من أنوار المقهى؟ انفجرَ (أحمد) تسبقهُ دموعه:

- أين (الجوهرة)، يا (ميهود)؟
- ألَم تُهنِّئكَ بعيد الفطر؟
- ولا بعيد الحُبّ... آه، يا (ميهود)... لا تتصوَّر ماذا كانت تبعث لي في عيد الحُبِّ! كنتُ أوَّل إنسان يُهنِّئها في عيد الفطر، وعيد الأضحى.
- أنا واثق من أنها ستعود يومًا.

قلَّبَ (أحمد) رأسه في الفضاء، وكأنه كُرة طائشة:

- ربَّما تعود، عندما يحتويني القبر!

- فال الله ولا فالك... دَعكَ من هذا التشاؤم.
- حاولتُ أن أتأقلم مع الحياة، بدونها، فلم أستطع. أشعرُ يا (ميهود) بأنني عديم الجدوى. صِفر على الشمال. ما عادت الحياة ذات قيمة لي بعد (الجوهرة). كانت النور الذي يُطهِّر قلبي. كانت شمعةَ حياتي. كانت زهرة روحي العبقة.
- (يا عيني) على الشاعرية.
- هذه ليست شاعرية، إنها خفقات الروح قبل الموت. إنها احتجاجات الذات على الذات الموجوعة، التي لا يلتفت إليها أحد.

أقبلَ (محمود)، وقد غاص رأسه في صدره. لم تختلف أحوالُ (محمود) عن أحوال (أحمد) -الذي رغم عقلانيَّته وواقعيَّته- ما عادَ يضع عطرَه المُفضَّل، ولا يقف مَليًّا أمام المرآة كي يُحكِم وضع غترته، ويوسِّط (المرزام) -كَسرة في الغترة فوق الجبهة- فوق جبهته. بدا كرشهُ نافرًا، بشكل ملحوظ، بعد أن أحالوه على التقاعد قبل شهرين. (محمود)، هو الآخر، مهمومٌ بعَمله في (وجد)، حيث يأتي نهاية الأسبوع ليرتشفَ لحظات حميمية في بيته، ويُسامرنا في المقهى، بأحاديثه الملغومة! لقد تغيَّر وجهُ (أحمد) كثيرًا، واضطُرَّ لوضع نظارة، لأنه فقدَ جزءًا من بصره. تَهدَّل خدَّاهُ، بصورة واضحة، وتقوَّس ظهرُه. أهكذا تفعل النساءُ بالرجال؟ أهكذا تفعل المنافي بالرجال؟ يا لسوء المآل!

وصل (صلاح) وهو يحكُّ مكانًا في جسده، وكأنه يتحدّى عشرات الأعين التي تلاحقه. ألقى علينا نكتة سريعة، قابلناها بابتسامات باهتة، فاحتجَّ، كالعادة:

- ماذا حلَّ بكم؟ اضحكوا... الضحك مجاني.

رفعتُ رأسي نحوه:

- ليتني أحفظ النكات مثلك.

رفع يده كعادته، في الهواء، ولوّى عنقه، رَدَّ:

- سجِّلها، يا أخي، واحفظها. ماذا يمنعك؟ عملُك المُهمُّ؟

سدَّد (صلاح) سهمًا إلى صدري، دون أن يقصد. نظرتُ إلى وجهه، فخيَّم صمتٌ مُطبَق، للحظات. لكن (صلاح) تداركَ الموقف واتَّجه نحو الزملاء:

- الأخوان رحباني، ماذا بهما؟ هل مات (صدام)؟

عاد (أحمد) و(محمود) من ضياعهما، ودار حوارٌ ساخن حول المهرجان الثقافي والمشاركين فيه. لم يكن أيٌّ منهما مشاركًا في فاعليات المهرجان. كعادته، حاول (صلاح) إثارة الجميع، قال بتندُّر:

- يقولون إن ميزانية المهرجان بالملايين، هذا العام!

ردَدتُ بتحفُّظ:

- جميل أن يلتفتوا إلى الثقافة.

احتجَّ (محمود)، واعتدل في جلسته، قال:

- أيَّة ثقافة؟ مَن هُم المشاركون؟

اعتدل (صلاح)، وضرب الطاولة بقبضة يده، ونَفث:

- أنتم كثيرو الانتقاد، مثلَ العجائز. إذا كنتم قد يئستم فدَعوا الآخرين يعملون.

تنبَّهتُ إلى كلمات (صلاح)، وكأن إبرةً حادّةً دخلت خاصرتي، قلت:

- نحن لم نيْأس، لكن الزمان الرديء، هو الذي أدخلنا دائرة اليأس.

علَّق (محمود)، بصوت مُتهدِّج، بعد أن تلفَّتَ يمينًا وشمالًا:

- لدى منظِّمي تلك الفعاليات إصداراتُنا وأعمالُنا، ولديهم كشوفٌ بالمحاضرات والندوات التي حاضرنا بها. لماذا لا يشاركوننا، ولو بالمجَّان؟ إن (وردة)، حبيبتنا وليس من النخوة أن نطلب مالًا، مع أنهم يدفعون -بكل سخاء- للمُشاركين! نحن لسنا من الطامعين في الملايين.

زاد (صلاح) من إيقاد النار، وقال:

- لقد وظَّفوا خمسة خبراء، من خارج (وردة).

التفتُّ إليه هازئًا:

- أبناء (وردة)، لا يمكن أن يكونوا خبراء أو مستشارين... عيب!

ضاعف (صلاح) من ضغطه علينا، صارخًا:

- يقولون إنهم وظَّفوا خبيرًا في المسرح، لكنه لا يسمع!

علَّقَ (محمود)، بطريقته التهكُّمية:

- يبدو أنه يصلح لفنِّ (البانتومايم)... ها ها!

ردَّ (صلاح)، بتحفُّز:

- يقولون إن راتبه عشرون ألفًا!

تنحنحتُ، والحُرقة تأكُلني:

- (وردة) الجميع. هنالك خبراء من الخارج ليس لديهم نصف خبرتنا، لكننا نسمع أنهم جاءوا على درجة خبراء، الدرجة التي لن نصل إليها، حتى بعد مماتنا.

كان (أحمد) يسمع الهذيان من الزملاء، وهو في موعد مع (الجوهرة). طاف معها (باريس، ولندن، والقاهرة). استحضَر صورَ الليالي الطويلة التي كانت تسمر فيها معه، وتبثُّ إليه الأمل بأن الغد سيكون جميلًا، وأن العظماء هم الذين يصبرون على العذابات. التفتَ إليه (صلاح):

- مجنون ليلى صامت... ألديكَ بيتُ شِعر في (الجوهرة)؟

هزَّ (أحمد) رأسه مُستَخِفًّا بروح (صلاح) العبثية، وقد غالبهُ ضحكٌ كالبكاء. عاد إليه (صلاح)، من جديد:

- يكفيك هذا الحزن. في الدنيا مليون (جوهرة). لِمَ تتعلق بخيالٍ تلاشى؟

ردَّ (أحمد)، بيأس:

- الخيال يكون علاجًا ناجعًا، في بعض الحالات.

شاركهم (محمود) الحوار:

- دعكم من الفلسفة... هيَّا ادفعوا لـ(سهيل)، ودَعونا نذهب فنموتُ في منازلنا.

نهضنا، نحن الأربعة، بتثاقل، وكأنَّ على رؤوسنا الطير. الخُطى مبعثرة... الرؤوس مطأطِئة، وكأننا خارجون، للتو، من مجلس عزاء. كآبةٌ تُطبقُ علينا، وذلٌّ يُحيط بنا، وأسئلة بلا أجوبة تلتصق بوجوهنا.

أكملتُ ثلاثَ سنوات، مُتذرعًا بالصبر والتأنِّي، فقد أكون نَزقًا ومُتلهِّفًا للنتائج، وأعلم أن الدنيا لم تُخلق في يوم واحد. علَّمني صبري، في تلك المدينة العجوز (كارديف)، أن أتريَّث في الحُكم على الأشياء، وألَّا أنظر إلى الأمور بعين واحدة. هذه خلاصة سنوات الغُربة، والعيش ضمن التوحُّد المُبكي حتى الألم. اشتريتُ مجموعة من البذور، وبدأتُ في زراعة الحديقة المُهملة، في منزلي. اشتريتُ أربعة طيور (كناري)، وبدأتُ أُمازحُها بطريقتي الخاصَّة. لقد تحوَّلتُ من دكتور متخصِّص إلى مُزارع في بيتي. لا يشعر بي أحد، لا يرن هاتفي، ولا أحد يطرق بابي! كانت حالتي مُزرية كسجينٍ يَنتظر وجهًا يطلُّ عليه بين الجدران، كائنًا ما كان هذا الوجه، مجرَّد وجهٍ يكسرُ حِدَّةَ الصمت، ويجعلني أشعرُ بأنني إنسان. تلاشت كُلُّ صور (وردة) التي رسمتها في بيروت أو الإسكندرية أو سيراكيوز أو بافالو أو كارديف. بَهتت كُلُّ الصور الناطقة الملوَّنة. صار كُلُّ شيء بالأسود والأبيض، حتى لون (أمّ خالد) بدا لي بالأسود والأبيض، تمامًا، كما هو شَعر رأسي، ولون جدار قلبي. ضاقَ حُضن (وردة) جدًّا، وضاق جلدي بالشَّحم الذي اكتنز على جسمي. بدأ شعري يتساقط من خلف رأسي. أخذني فخذي الأيمن، ثلاثَ مرات، إلى المستشفى، ويبدو أنه التهابٌ عَصيٌّ. في كُلِّ مرَّة، يحقنونني

بـ(الفولتارين)، فيهدأ الألمُ يومين، ثم ينشط من جديد. لم يكن ألمُ الفخذ بأقلَّ من ألم القلب، ولقد انشطر شطرين، ليس بسبب جروح (وردة)؛ بل لشقاء (شيخة).

لقد تقدَّم لها قريبٌ لنا، لم تُعارض (أمّ خالد). وافقتُ أنا على الفور، بعد أن أخذتُ رأيَ (شيخة). خلال أسابيع قليلة تمَّت مراسمُ الزواج. لم تكُن البنت البريئة تدري ما تُخفيه لها الأيَّام. كانت فَرِحةً بأن تكون عروسًا، فقط، ولم يدُرْ بخلدي أنا ما يُضمرهُ بصدره ذاك الشاب، الذي بدا كحملٍ وديع يريد دخول منزلنا من الباب الشرعي.

قبل زفاف (شيخة) بيومين، جعلها خطيبُها (هلال) توقِّع على وثائق من البنك؛ قال إنها طلبات عادية لتوحيد حسابَيْهما في البنك. لم تُعرْ (شيخة) الأمرَ أيَّ اهتمام. وقَّعَتْ الوثائق، وسلَّمتها لـ(هلال) دون أن تُخبر أحدًا. سافر الاثنان، بعد ليلة زفاف جميلة، وصور تذكارية، وكوشة رائعة. في الليلة التالية تتَّصل (شيخة) بوالدتها باكية. بُهتتْ (أمّ خالد) لبكاء البنت المفجوعة، وحاولتْ الاستفسار، فانفجرت (شيخة):

- لقد تركني منذ البارحة، ولم يأت حتى الآن. أنا وحدي في الشقَّة. لم أتناول سوى سندويتش بارد، أرسلَهُ لي مع بوّاب العمارة. أُمّي أنا أريدك.

أحسّت (أمّ خالد) برغبة في التقيُّؤ. دارت بها الدنيا: كيف يتصرّف هذا الشابّ هكذا؟ حاولتُ، أنا، تهدئة البنت، ووَعدتها بالاتِّصال بزوجها واستيضاح الأمر منه. هاتَفتْهُ (أم خالد) على الجوال، ومن أوَّل استفسار لها بادرها هائجًا:

- ابنتك دلُّوعة، وتريدني أن أجلس، أحرُسها في الشقّة.

لم يكُن (هلال) بهذه الصورة، قبل أسبوع... ماذا دهاه؟ حاولتْ (أمّ خالد) إعادته إلى هدوئه. وأفهمَتهُ أنها المرَّة الأولى للبنت، مع رجل غريب،

وهذا يحدث -دومًا- في أوائل شهر العسل! كان (هلال) غاضبًا جدًّا. أغلق الخطَّ دون وعدٍ بالعودة إلى الشقَّة أو تحسين معاملته للبنت! مرَّ يومان لم تتصل (شيخة). أحسَستُ بأن خَطبًا قد حلَّ بها. ساءلتني نفسي بالسفر لهما واصطحاب (شيخة) من (الإسكندرية). اتصلتْ (أمّ خالد) بها. انفجرت (شيخة) من جديد:

- لا أريد هذا الزوج. إنه ليس رجلًا. يتباهى بأنه يتركني ويسهر مع بنات الهوى. أنا جائعة، يا أُمي. لا يوجد ما نأكله في الشقَّة. إنه لا يشتري شيئًا. لم أعدْ أطيقُ الحياة معه... أرجوكِ خلِّصيني منه.

ارتفع ضغط (أمّ خالد)، وتهاوت على الكرسي الكبير. تلقَّفتُ السماعة من يدها. واصلت (شيخة) نحيبَها:

- أرجوك، يا أُمي هذا ليس إنسانًا... إنه حيوان. لقد أخذ يسبُّني، دونما سبب، ويتفوه بكلمات قاسية على والدي. أرجوك، يا أُمي، لقد كرهتُ هذا الرجل العابث... كرهته.

وعدتُها بأن الأمور ستُحلُّ، بشكل يُرضيها، عندما يعودان إلى (وردة). استعجلهما والدُ (هلال) في العودة، بعد أن شكتْ له (أمّ خالد) الوضعَ بين الزوجين الجديدين. في المطار، كانت (شيخة) كتلةً من اليأس ترتمي على صدر أمِّها. عانقتُها، وأنا أشعرُ بخيبتها وذلِّها البائنَيْن!

في المنزل، روت (شيخة) الحكاية منذ البداية. لقد اكتشفتْ أن الزواج كُلَّه مجرَّد تمثيلية، أجادَ (هلال) حبكَها لهدفٍ واحد، هو الاستيلاء على راتبها، عبر كفالتها له في البنك، إذ كان مُهدَّدًا بالسجن! لقد أخفت (شيخة) قضية الأوراق الرسمية التي جعلها (هلال) توقِّع عليها أيَّام الخطبة. كانت تلك الأوراق الهدف الأسمى الذي خَطَّط له (هلال)! لم تكُن لديه شهيَّة للزواج أو الحُبّ، أو حتى إنشاء منزل محترم. أخبرتنا (شيخة) أنه كان يتركها في الشقَّة منذ السابعة مساءً، ولا يعود إلَّا عند الثامنة صباحًا. ولم يعاشرها

سوى مرَّتين، خلال شهر كامل. كان يُعاشرُ نساءً أخريات، ويسهر في الفنادق حتى الصباح. لم يكُن يدرك معنى وجود إنسانة صغيرة في شقّة وحدها، ولا مسؤوليةَ من قِبَله تجاه زادِ المنزل. حتى زجاجات الماء لم يكُن يُحضرها إلى الشقّة. والأنكى أنه كان يترك (شيخة) وحدها مع المُدرِّس الخصوصي؛ كونها منتسبة إلى الجامعة هناك. وكنتُ، خلال ثلاث سنوات، لم أتركها لحظة مع المُدرِّس. لقد تكشَّفَ لنا كُلُّ شيء. في اليوم التالي، ذهبنا إلى البنك، فأخبَرَنا الموظَّفُ المسؤول أن حساب (شيخة) (صفر)، وأن رواتبها قد حُوِّلت إلى حساب (هلال)، المَدين للبنك بمبلغ أربعمئة ألف ريال. كيف سيُسدِّد هذا المجنون كُلَّ هذه الأموال؟ أخبَرَنا الموظّفُ أن والدة (هلال) كانت تكفلهُ لديهم، لكنها سحبتْ كفالتها قبل ستَّة شهور، ولولا رواتب (شيخة) لكان دخلَ السجن، فهو لم يَجد مَن يكفله.

تَجمَّعت كُلُّ الخيوط في ذهني، وأدرَكتُ أنني وابنتي، لم نكن سوى ضحية احتيال مُدبَّر، قام به (هلال). لم يكن ذاك الطائشُ يُريد زواجًا، أو يعرف حُبًّا! كان يريد كفيلًا في البنك لتحاشي السجن. ولم يجد من حيلة سوى الإيقاع بقريبته البِريئة! حاولتُ -بحِكمَتي- ألَّا أستعجل الأمور. قصدتُ منزل (هلال) الذي أستأجرهُ، للتوّ، في حيّ شعبي. منزل متواضع الأثاث والغرف، رتَّبتهُ (شيخة) على وجه السرعة، من راتبها الخاصّ. ما كان (هلال) يصرفُ، بسخاء، على المنزل؛ من أين (يا حسرة)، وهو غارق في الديون؟! بدا مُرتبكًا، عندما وضع يدهُ في يدي، أمام الشيخ، الذي عقدَ القران. لقد استحضرتُ تلك اللحظة، عندما نظرتُ في عينيه. كان الجبان خائفًا مرتعدًا، وهو يسمعُ عبارات الشيخ الحاثَّةَ على رعايته لزوجته، والاهتمام بها، وحفظ منزل الزوجية. كانت والدة (هلال) هناك، وهي امرأة طلَّقها (أبوهلال)، قبل خمسة عشر عامًا، إثرَ خلافٍ لم يكُن بالإمكان حَلُّهُ! كانت امرأة عصبيَّة جدًّا، وتعتقد بأنها أجمل بنات الدنيا، وأنها تلبس الثياب الأكثر أناقة، والأغلى، وأنَّ تَرِكةَ والدها سوف

تغنيها عن حُبِّ زوجها وقيوده، وهو الذي يئسَ من محاولات إصلاحها، وتعدَّدت إحراجاتهُ مع الأهل، الذين يتدخَّلون للصُّلح بينهما، في الشجارات المتعدِّدة. ومع نظرات الأبناء الثلاثة الذين يكبرون سريعًا، وهم يشهدون انهيارَ منزلهم، نتيجة هروب والدهم بعيدًا عن لسان أُمِّهم السليط، واستقبالها لبعضٍ من أصدقاء زوجها في غيابه... أذكرُ أنني حَللتُ ضيفًا عليهم أيَّام دراستي في الإسكندرية عام، 1975، كانت (أمّ هلال) تحتفي جدًّا بصديقٍ لزوجها؛ لدرجة أنه كان يأتي، يوميًّا، لتناول الفطور الصباحي معها. لم تشعر بأيِّ إحراجٍ من وجوده معنا، على سفرةٍ واحدة، رغم أنه لا يَمتُّ لها، أو لنا بأيّة صلة! كانت، دومًا، ترتدي جلابية المنزل الرقيقة التي لا تُخفي كثيرًا ممّا يتكوَّر من جسدها البَضّ. كنتُ ألحظُ النظرات غيرَ البريئة بينهما، والاهتمام الواضح بالرجل، من قِبَلها! وكنتُ أُعلِّقُ على ذلك، بصورة ساخرة. لكنَّ المرأة كانت تضحك. وفي الواقع إنها كانت تضحك على زوجها، وفي وضَح النهار. لقد تزوَّجها صديقُ زوجها، بعد حادثة مهمّة في حياتهما. وعندما فاتَحتُها بالأمر، وسألتها لماذا خانت زوجها. ردَّت بكُلِّ تحدٍّ وكبرياء بأن زوجها البادئ في الخيانة، وأنها خانته انتقامًا منه! والواقع أنها انتقمت بتلويث شرفِها وشرفِ أهلها وتشريدِ أبنائها. وكان من نتيجة ذلك أن أوقعَ ابنها (هلال) بقريبته (شيخة)، وقضى على مستقبلها، فهي أصبحت تحمل اسم مُطلَّقة، وهي لم تتعدّ الثانية والعشرين. هل رأيتم ذئبًا ينهش لحمَ أخته أو والدته؟ هل سمعتم عن حيوان يُمكن أن يأكُل من نوع فصيلته؟ (هلال) كان ذاك الحيوان.

تواجهنا مع والدة (هلال) التي فقدَتْ كُلَّ نضارتها، وبدا أنفُها أكثرَ طولًا وسط وجهها، الذي تهدَّلت جوانبهُ، وغاصت فيه العينان، كما أن فمها الصغير مالَ نحو اليمين قليلًا، ونامت الرمانتان (المتيقِّظتان عام 1975) على البطن. كان المرض يُحاصرها من كُلِّ صوب، لقد انفصلنا عنهم، بعد طلاقها من والد (هلال)، ولم يعُد بيننا وبينهم أيُّ اتصال.

ذُهِلتْ أُمُّ (هلال) عندما عرفت أن ابنها مدينٌ للبنك بذاك المبلغ الضخم.

رفعتْ يدها في الهواء:

- كيف ستُسدِّد هذا المبلغ الكبير؟

أَنزل (هلال) رأسه في الأرض، وتظاهرَ بشيءٍ من الرجولة، بعد أن عنَّفتُه (أمّ خالد) لسوء معاملته للبنت؛ فرفع صوته وتهجَّم عليها بصورة فجَّة. لم تستحمل (أمّ خالد) الموقف؛ كونها تُحبُّه حُبًّا لا يُوصف، وقد صُدمت بموقفه المُخزي. أخذت حذاءَها، ورمته باتِّجاهه، فنهضَ كالثور الهائج يصيح، مُستحضرًا رجولةً مفقودة:

- اخرجوا من بيتي. اخرجوا، وخذوا ابنتكم معكم.

تلاسنتْ (أمّ خالد) مع والدته. كان بين المرأتين عدمُ انسجام وغيرة، منذ زمن طويل، وكانت دومًا تتشاجر مع (أمّ خالد) مُذ كُنا خطيبين، قبل أكثر من أربعة وعشرين عامًا. كانت تلك المرأة تفتعلُ الشِّجار، دون مُبرر. تعاملتْ فيما بعد، مع بعض الشخصيات المُشينة، وأخيرًا سلبت زوجَها كُلَّ أملاكه وثروته، حتى المنزل الذي اشتراه، للتو، كتبهُ باسمها، ولم يستطع (أبوهلال) استرداده بعد طلاقهما.

لم تُجْدِ حكمتي في تلك الجلسة، وانفجر الوضعُ سريعًا، وبانت الحقيقة واكتشف (هلال) بأننا ذهبنا إلى البنك وفضَحنا سِرَّه؛ ما زاد في انتقاده للبنت، وتعارك مع (أمّ خالد)، وقذفَ بها إلى الجدار. ما كنتُ لأحتملَ المشهد، تقدمتُ منه محاولًا كفَّ إيذائهِ عن (أمّ خالد). دفعني، أنا الآخر، نحو الجدار، وسقط عقالي وغترتي من فوق رأسي! كانت المرة الأولى في حياتي التي يُسقط فيها أحدُهم عقالي من على رأسي. وفي ذلك رسالة عامّة يعرفها العرب! لم أحتمل المشهد، تناولت غترتي وعقالي، وسحبتُ البنت من يدها وخرجنا من المنزل، بينما اللعنات وكلمات الندم تتطاير من فم (أمّ خالد). ذهبنا إلى مركز الشرطة وسجَّلنا قضية اعتداء وسَبٍّ ضدّ (هلال). في اليوم التالي كنتُ

و(شيخة) في المحاكم الشرعية، نُطالب بالخُلع. لم يأت (هلال) المُرتبك في ذلك اليوم، بل حَضرَ في اليومِ التالي وطالبَ بجميع حقوقه. قليلُ أدب هذا الشابُّ المُتهور الأرعن. لم يكُن أمامي من وسيلة، لإنهاء قلق (شيخة) وحزنها، سوى توقيعِ (شيكٍ) بكاملِ المبلغ الذي دفعه، رغم أن القاضي قال إنه من المُمكن أن يَحكم له بجزءٍ يسير من المبلغ، بسبب الأضرار النفسية التي وقعت على البنت، وقد تقع عليها لاحقًا. في اليوم التالي كانت (شيخة) حُرَّةً من قيود هذا الوحش، الذي عَضَّ اليدَ التي امتدَّت إليه، ولم يجد لحمًا بريئًا يأكلهُ سوى لحم قريبته! لقد تركها كيانًا من الألم المُتحرِّك، في أنحاء البيت. كانت الحَسرةُ تملأ عينيها، والصمتُ يُطبقُ على لسانها، والألم يعصرُها من الداخل، كلَّما تَذكَّرت أنها أصبحت مُطلَّقة! كنت أَجدها تجرُّ همومها في المساءات الباردة، بعد زواج لم يدُم أكثر من ثلاثة شهور، تلوذ بالصمت وتتذرَّعُ به، حتى لا يُذكِّرُها حوارٌ أو موقفٌ بتلك الشهور الثلاثة، أو بوجهِ الشابِّ العابث، الذي كان يُسمّى زوجها! حزنُ (شيخة) يُضيف إلى رقعةِ المنفى، وتوحُشّ الحُضن. المُضحك المُبكي أن (هلال) قد أصبح (مُطوِّعًا) وصار لا يفارق المسجد؛ حسبَما يَذكر أبوه. هل الصلاة الاستعراضية، صلاةُ ردِّ الفعل، يمكن أن تمحو ما قام به من إساءات تجاه البنت؟ وهل تلك الصلاة ستُخفِّفُ أَلَمَ البنت القابعةِ بين الجدران الأربعة، وقد وصَمها المجتمعُ بنعتِ (مطلَّقة)؟ وهل سترفعُ الصلاةُ الظلم الذي وقع على البنت البريئة، أو العقوق الذي مارسه (ذاك الذئب) مع قريبته وأمّ زوجته، التي تُحبُّه وتُفضِّله على بقية إخوته؟ وهل ستمسح الصلاةُ عارَ الاحتيال وخيانة عهد الله -أمام القاضي- بالمحافظة على الزوجة، ومعاملتها معاملة حَسنة، كما أمر الله؟

اخْضَرَّ بعضُ زرع الحديقة، وماتَ بعضهُ الآخر، كموت العروق في فخذي. تورَّمت يداي، وأنا مندمجٌ أُشذِّبُ الحديقة بالمِنجل الصلب، وأزيلُ ما استشْرسَ من أعشابٍ وتطاولَ ليُضايق الأزهار الوليدة. لم تعتدْ يداي

على حَمل المنجل. كان أثقل ما حملته طوالَ ثلاثين عامًا، هو القلم. يا لسوء المُنقلب! يا لسوء الحظِّ ورداءة الأيَّام. كنتُ أرقبُ نظرات (أمّ خالد). كانت تتحسَّر على منظري في الحديقة، وهيئتي التي تأخذني إلى السبعين من العُمر، ولم أكُن قد تجاوزت الخمسين! كأني بها تقول: «لقد شاخ هذا الرجل سريعًا. هل سيقترب من الجنون؟ هل انشغاله بالحديقة، بهذا الشكل، دليلُ عقل سليم؟ تمتَمتْ (أمّ خالد) بكلمات غير مفهومة، لكنَّ وجهَها كان يحمل ابتسامة عريضة. كانت تُدرك أنني أقول لها «لم يتَّصل أحد، وقد طال الانتظار». جاملتني بكلمتين حول جمال الحديقة والزهور الصغيرة التي تبرعمت. شكرتها بروح تمثيلية، وكأنني حققتُ إنجازًا عالميًّا.

كنتُ عائدًا من رحلة علمية في طهران. مطار (دبي) يلتهمُ، ويلفظُ آلاف المسافرين. هنديٌّ من طائفة (السيخ) افترش الأرضَ منذ فترة، بانتظار موعد طائرته. عشراتُ الإندونيسيات عائدات من العُمرة يَسِرْن في خطٍّ مستقيم خلفَ قائدِهنّ الذي يرفع عَلمًا مُميَّزًا باتجاه الباب المُخصَّص لسفرهن. إفريقي يرتدي جينزًا رثًّا، يشفط -بسريّة- آخرَ رمق في سيجارته، ويَدُسُّها في تراب الطفاية الضخمة، عند رِجله. التدخين ممنوع في صالات المطار. خليجية أنيقة ما زالت في غيبوبة الاندهاش من ماركات (دبي)؛ تتجوَّل بين فاترينات السوق الحُرَّة عند زوايا العطور. ما أكثر مشتريات الخليجيات! إنهُن لا يُفوِّتن لحظةً منذ وصولهن إلى (دبي). السيّارات الصغيرة، التي تحمل العَجزة وكبار السن، تطلقُ صفاراتها لتنبيهِ الركاب وهي مقبلة من الخلف. شبابٌ خليجيون في البار، يحتسون آخرَ كؤوسهم قبل ركوب الطائرة. أرى على وجوههم الوجومَ، إثر مغادرة المدينة الساحرة. كنتُ أتجوَّلُ في مكتبة السوق الحرّة، لأقتني جريدةَ اليوم، بينما فاجأني رنينُ الهاتف. شخص يُحدِّثني لأوّل مرّة في حياتي. إنه عرضٌ جديدٌ من مؤسَّسة تُريدني مديرًا. (مدير مرة واحدة)! محظوظ أنا بكُلِّ هذا العِزِّ! كالَ المتَّصلُ لي المديح

من أول المكالمة حتى آخرها. لم أكُن أعلمُ بمكانتي عند تلك المؤسَّسة. احترمتُ حديثَ المُتصل ووعدته بالاتِّصال به فور وصولي إلى (وردة). جلستُ في ركن المقهى، أحتسى كوبًا من القهوة البرازيلية، وأنا أُفكِّر في العرض. هل أقبل به؟ المؤسَّسات الخاصّة لا أمانَ في أكثرها. إنهم يعاملون الموظَّف كالأجير، ويرفضونه دون إبداء أية أسباب. لماذا لا أُجرِّب حظّي، فقد يكون العمل خيرًا لي من الجلوس في حديقة المنزل وانتظار المجهول، أو التسوُّلِ عند باب الوزير، الذي يَعتقد أنه حاكمُ البشر في الأرض، ويتلذَّذُ بإهمال المُتردِّدين على مكتبه، وتحقيرِهم بكثرةِ تأجيل المواعيد، أو الخروج من الباب الخلفي، حتى لا يشاهدوه، ويُحرجوه؟ قلت في نفسي: «لا بأس من التجربة».

في الصباح التالي كنتُ عند رئيس مجلس إدارة المؤسَّسة، الذي قابلني بابتسامة عريضة، وهَبَّ من وراء مكتبه الفخم ليُصافحني. لاحظتُ أن المكتب مفروشٌ بالسجَّاد النفيس. كالَ لي المديح، مثلهُ مثل المدير العامّ في تلك المؤسَّسة في (وجد). أخجلني تواضعُه وهدوءُ نبرات صوته، رغم أنه من أكبر أثرياء (وردة). استأنستُ بالرجل وشكرتهُ على الثقة التي أولاني إيّاها. لكن الحياة علمتني ألّا أنسى حقوقي، في مقابل قيامي بواجباتي. رجَوت الرجلَ الوقور أن نوقِّع عقدًا يُحدِّد المهامّ والمسؤوليّات والحقوق. ابتسم نصفَ ابتسامة، وقال: «ليس بين الأهل عقود، إنك ابننا، ولا يُمكن أن نختلف في شيء. اتركْ موضوع العقد، لشهرين أو ثلاثة». كنتُ على سجيَّتي، بينما الرجل يمارسُ عليَّ شطارة جامعي الأموال، والتُّجَّار! قبلتُ العرض، وبدأت العمل في اليوم التالي.

فرحتْ (أمّ خالد) فرحًا عظيمًا بهذا التحوُّل؛ من مُزارع إلى مدير (مرَّة واحدة). زال الاحتقانُ تدريجيًّا من المنزل. اختلفتْ المواضيع والعبارات. دخلتْ أخبار العمل وشخوصه ومشاكلهم في أحاديثنا، على سفرة الطعام.

صرتُ أغيبُ عن المنزل حتى ساعات الصباح الأولى. كانت لديَّ رغبة جامحة في تعريف الزملاء -الذين قابلت بعضَهم، في سنوات حياتي الأولى- بشؤون العمل وأخلاقياته، وكيفية التعامل مع المذكِّرات والصور، وغيرها من مستلزمات العمل الناجح، وأخبرهم أن عَمَلَ الفريق هو صمّامُ أمان النجاح. أحببتُ مُناخَ العمل الذي يتلاءم مع خبرتي ومؤهِّلاتي. غصْتُ في زحمة العمل، ولم يعُد لدي وقتٌ للمجاملات الاجتماعية أو حتى الزيارة الأسبوعية إلى منزل الوالدة. كنتُ أعيش معزولًا عن العالم، رغم اتِّصالي به كُلَّ لحظة. بعد شهر واحد، كنتُ في مواجهة كبرى: إن مستوى العاملين ليس بالمستوى المطلوب لإنجاز عمل ناجح. كانت المؤسَّسة توظِّف كفاءاتٍ متدنّية، نظرًا لانخفاض أجورها، كما أن الأجهزة الإلكترونية قديمة جدًّا، وغالبًا ما تتوقَّف. المشكلة الكبرى كانت كثرة الانتماءات والتحزُّبات والعداءات القديمة التي توتِّر مُناخَ العمل وتجعلني، قاضيًا أسمع شكاوى الموظَّفين على بعضهم الآخر: (دُرِّيّة) تشكو (عبدالله) أنه تحرّشَ بها، فبينهما مواقفُ ومشاكلُ عديدة، وكثيرًا ما راودها عن نفسها، وهي كانت تتمنّع. (طه) يريدُ تغيير مكتبه، لأن المكتب كان مطبخًا قبل تأجير العمارة. (ابن عاشور) يريدُ أن يُحضر زوجته إلى (وردة)، حيث سئمَ حياة العزوبية، والاحتلام الليلي. (أقمار) -التي تبكي كثيرًا عند كُلِّ مُشاكَسةٍ تعملها مع الزملاء- لا ترتاحُ إلَّا بالوشاية ضدّ (درِّيّة أو محمَّد المديني) الذي يعمل معها في القسم نفسه، لكنه لا يرتاح لها، وعاملُ البدّالة يريدُ ترقية. موضوع الترقيات أزعجني وأرَّقني وجعلني عصبيًّا جدًّا! لقد سكتَ كُلُّ هؤلاء المُطالبين بالترقية أكثر من عشر سنوات. لماذا يُثيرونها معي اليوم. قدَّرتُ لهم السعي واعتقادهم بأن المدير الجديد قد يؤثّر في قرارات الإدارة العامّة، وأن تحريك الموضوع لا يُكلِّف شيئًا. مواجهاتي مع الواقع الجديد تزداد حِدَّةً، يومًا بعد يوم. بعض الموظَّفات لم يكُنَّ مؤهَّلات للعمل، بل كُنَّ -أيضًا- غير حميدات السيرة. لقد اكتشفَ موظَّفُ العلاقات

العامّة إحداهنَّ ليلًا، في مكاتب النساء، مع أحد موظَّفي المطابع. جاءت الشرطة، وُطرد الموظفان معًا. بعض العاملين يحتاجون إلى دورات تدريبة، وبعضُهم يحتاج إلى علاج نفسي، من كثرة الصدمات التي تعرّضوا لها في المؤسَّسة، وكثرة الإحباطات التي واجهوها في حياتهم. (أبومهبوط) -حقًّا- مُحبَط، ومهبوط نفسيًّا. لقد خدمَ أكثر من خمسة عشر عامًا في المؤسَّسة، ولم يحظ بأكثر من وظيفة رئيس قسم. المُحاباة، في الرواتب كانت واضحة. لم يكُن هنالك قانون للموظَّفين. كان عملُهم أقربَ إلى نظام السُّخرة في سحيق العصور. آثرتُ حَلَّ المشاكل واحدةً تلو أخرى، حتى لا تتراكم. كنتُ أقضي ثلاثة أرباع وقتي في التقريب بين وجهات نظر المُتخاصمين، أو الكتابة إلى الإدارة العامّة بمتطلَّبات الزملاء. بعد ثلاثة شهور، قدّمتُ تقريرًا مُفصَّلًا عن سير العمل، إلى رئيس مجلس الإدارة، ويبدو أنه اعتاد على مثل هذه التقارير، مِن الذين سبقوني، وأُقدِّرُ بأنه لم يقرأ التقرير. وعَدني ببحث موضوع العقد والصلاحيات، بعد شهرين. ابتسمت له، ووجهي ينمُّ عن رسالةٍ بعدم الاقتناع. عدتُ، من جديد، إلى العمل. أغلب الموظَّفين لا يجيدون الإنجليزية. كان عليَّ أن أعمل أرشيفًا حديثًا للمؤسَّسة، ولم يأخذ ذلك أكثر من شهرين، وكان عليَّ أيضًا التخلُّص من بعض الموظَّفين الذين تم توظيفهم بالواسطة، دون أن يكونوا مؤهلين للعمل.

المواجهة الأصعب، في المؤسَّسة كانت التعامل مع (المُخْبرين) الذين يستخدمهم المدير العامّ، لينقلوا له كُلَّ همسة تحدث في الإدارة، أو في أثناء الاجتماعات اليومية، التي أعقدُها مع رؤساء الأقسام. الغريب أن بعضهم ينقل المعلومات إلى خارج المؤسَّسة. لقد (تكهرَبَ) مُناخ العمل، مع الأيّام، وصار الحديثُ هَمسًا في ممرَّات المؤسَّسة. يا تُرى: هل من مدير جديد سيأتي؟ توجد أخبارٌ عن عدم تفاهمي مع المدير العامّ. وقد ضاق هذا الأخير ذرعًا بالطلبات التي أرسلها إليه، لإصلاح العمل، ورفع كفاءة الموظَّفين، كما

حَزَّ في نفسه اكتشافي الخليّة الاستخباراتية التي ينشرها في المؤسَّسة. كان يرسل إليَّ مُراهقاتٍ صغيرات، أشبَعنَ وجوهَهنّ بالمكياج السائل، وتَعطرنَ بأقوى العطور، وكُنَّ يدخلن إلى مكتبي، دون استئذان من السكرتير الخائب، فطردتُ إحداهن ذات يوم، بعد أن جاءت تبحث عن عمل مُتخصِّص، وهي لا تُجيد كتابة رسالة من عشرة سطور. ذهبتْ الساقطة إلى المدير العامّ وشكتني إليه. كانت مشكلة المدير العامّ أنه يُحبُّ أن يكون محاطًا بأنثياتٍ، مهما كان مستواهُنّ أو شكلُهنّ أو سيرتهُنّ.

تواجهتُ مع المدير العامّ، الذي بدأت أشعرُ بأنه أصبح يغارُ من النجاحات التي حقَّقتها في الشهور الستّة الأولى. كانت رسائلُ التهنئة تأتي من كلّ صوب، وزادت إنتاجية العمل، وسمعة المؤسَّسة صارت على كُلِّ لسان. كان المدير العامّ يُمثِّلُ النفوذ العامّ في المؤسَّسة، وكان يحتمي ببعض كبار الشخصيات، ويُمثِّلُ دورَهم، دون خوف أو تردُّد. للأسف؛ كلمته كانت مسموعة لديهم. كلُّ تصرُّفاته مقبولة، وإن خالفتْ القانون أو الأخلاق أو الإنسانية. قدّمتُ له بعض التنازلات، لأنني أفكّر في المستقبل، وأرى أن الخلافات تحدث في أيّة مؤسَّسة، والحوار يحّل المشاكل، إذا ما صَفت النيّات. جرى العُرف، في الإقليم، أن (كلب الشيخ شيخ)؛ وهذا ما جعلني أصبر، وأتحمل غلواء وصلف هذا الرجل (المدعوم).

وسط تيّارات الغضب والمؤامرة والعَسس، اجتزتُ الشهور الستّة الأولى. لم يكُن الأمرُ سهلًا؛ طلباتٌ لا تنتهي، ومصادماتٌ، وعملياتٌ استخباراتية لا تنقطع. بدأ المدير العامّ يُجافيني! أطلبهُ -بواسطة إحداهنّ، من اللواتي يتظاهرن بعملهنّ كسكرتيرات في مكتبه- فتجُيبني السكرتيرة بأنه في اجتماع. أبعثُ إليه بمذكّرة مهمَّة فلا يردّ. انقطعت زياراتهُ لي، وأصبح يتحاشى مواجهتي. لقد عَلمَ بموضوع المذكّرة التي بعثتُ بها إلى رئيس مجلس الإدارة لتحسين ظروف العمل، فاعتبر ذلك تدَخُّلًا صارخًا في

صلاحيّاته، وانتقادًا له. جَمَعنا رئيسُ مجلس الإدارة في اجتماع ودّيٍّ، في منزله. كشَّرَ المدير العامّ عن أنيابه، وصار يتَّهمني اتِّهاماتٍ باطلة، ويُهينني بصورة غير حضارية. رئيسُ مجلس الإدارة يسمع ولا يتدخل بسيل الاتِّهامات والكلمات المُبتذلة الكاذبة. كنتُ طوال، عشر دقائق أستمعُ وأهزُّ رأسي. ولمّا جاء دوري للحديث، فنّدتُ مزاعم المدير العامّ كلّها. كنت أحتفظ بمذكِّراتٍ كشواهدَ على تجاهله لي، وكان، هو الآخر مُجَهّزًا بنُسخٍ لوثائق، مرَّرها من قَبل لرئيس مجلس الإدارة، بعد أن حوّرَ مقاصدَها إلى العكس؛ ليظهر أن خطواتي الإصلاحية ليست في صالح المؤسَّسة، وأن ذلك يكلِّفُ المؤسَّسة أموالًا طائلة. كما ذَكَّرَ رئيسَ مجلس الإدارة بكثرة (التفنيشات)، أي الاستغناءات التي قمتُ بها بين صفوف الموظَّفين، وكان أغلبهم من جواسيسه الذين لا يعملون؛ بل يثيرون المتاعبَ بين الموظَّفين. كنتُ أشعرُ بأن رئيسَ مجلس الإدارة والمدير العامّ قد اتَّفقا على صفقة مُحدَّدة، وحزمَ رئيس مجلس الإدارة أمرهُ بالتخلُّص مني. دفعتُ لرئيس مجلس الإدارة بكتاب استقالتي، فبُهتَ المدير العامّ! كنتُ أريد أن يأتي الموضوع منّي لا منهم. ردَّ رئيس مجلس الإدارة ظرفَ الاستقالة بهدوء، ثم ابتسم لي هازًّا رأسَهُ، بأدب جَمٍّ:

- لا يجوز، يا (ميهود)... أنتَ ابننا، ولا يجوز أن تستقيل.

كان المدير العامّ صامتًا، وهو ينظر إلى ظرف الاستقالة؛ فقد كانت ضربة موجعة له. إذ إن خطتهُ التآمرية تقضي بأن يفاجئني بين زملائي بأمر الخروج من المكتب، ويُحدِثُ لي الصدمة التي تُفرحهُ، وتلبِّي نوازعهُ الشريرة، لكنني كنتُ قد فهمت اللعبة، وأردتُ المُبادأة.

لم نخرج من الاجتماع سوى بالمزيد من تهكُّمات المدير العامّ عليّ، وعلى أسلوب عملي. المثير هنا أن مبيعات المؤسَّسة زادت، وسلوكات الموظَّفين تحسّنت، وطلباتهم خَفَّت. كان الجمهور المتعامل معنا سعيدًا

بكُل النجاحات، خصوصًا أنني استقدمتُ كفاءات جديدة، وحَسَّنتُ -قدْرَ المُستطاع- من أجهزة الكمبيوتر، وحدّثتُ الأرشيف. في الوقت ذاته، كانت مجموعة المنافقين تتحلّقُ كُلَّ ساعة حول المدير العامّ، وتبثُّهُ ألاعيبَها، وما يتفتَّقُ عنه ذهنُها المؤامَراتي، من حِيلٍ ضدّي وضدّ الموظَّفين المخلصين لي، وللعمل. زادت مبيعات المؤسَّسة، لكنَّ الدمار ينخرُ فيها من الداخل. جلبتْ إحداهنّ (وهي من جواسيس المدير العامّ)، شخصًا أجنبيًّا، وجلس يتفحّصُ الأوراق، في قسم خاص جدًّا، من أقسام المؤسَّسة. وقامت بإعطائه أوراقًا رسمية مهمّة. مُشكلة الجواسيس، في كُلِّ مكان، أن كلّ واحد منهم، يتجَسَّس على الآخر، خفية. هكذا يتمّ توظيف الجواسيس! أبلغني أحدُ جواسيس المدير العامّ بالحادثة. وأن «الساقطة» خرجت -أيضًا- مع الشاب الأجنبي، تاركة عملها. اتَّصل سكرتيري بـ«الساقطة»، التي أَشكُّ أن لها علاقات مع جهات خارجية، فجاءت رافعة رأسها بتحدٍّ وكبرياء. نظرتُ في عينيها:

- ألا تعرفين أن عملنا يحتاج إلى سرِّيَّة، ولا يجوز إطلاع الآخرين عليه؟

ارتجفتْ أعطافُها، وتَعثَّرتْ الكلمات على شفتيها، ثمّ بدأت تصرخ. كان الصراخ سلاحَها الوحيد. خفتُ أنا من هذه الظاهرة، فقد تتَّهمني بشيء مُشين، فاستدعيتُ سكرتيري ليكون معنا. مَن يدري، فهذه «الساقطة» متدرِّبة على اختلاق الفضائح، خصوصًا، أننا في مجتمع محافظ. ردّت عليَّ، بانفعال:

- أنا لم أكُن أعرف أن ذاك المكان سرِّيٌّ. اسمح لي.

غضبتُ جدًّا، لعلمي أنها تدرك سرّيَّة عملنا، وأنها تقوم بالتمثيل أمامي. نهضتُ من خلف طاولتي، واتجهتُ نحو النافذة، حتى لا أكون قريبًا منها، وهي تصرخ صرخاتها التمثيلية، التي اعتادت عليها منذ أكثر من ستّ سنوات. وقف السكرتير الخائب مستندًا إلى الجدار يلاحظ انفعالاتها وتمثيلها المَمجوج. لقد ألِفَ هذا السكرتير أفعالَها، وهو يُدرك، بداخله، أنها ليست

ضعيفة. المدير العامّ يقفُ معها دومًا، كما أنها دائمة التسوُّل على موائد الكبار والمؤسَّسات التي نتعامل معها. التفتُّ إليها مُحذِّرًا:

- إن للمؤسَّسة أسرارًا لا ينبغي أن تَخرج منها، وإذا كانت لديك أيّة علاقة خارج المؤسَّسة فاقطعيها، أو اخرجي من هنا.

تراجعتْ «الساقطة»، وبعض من دموع التماسيح في مآقيها. أغلقتُ الباب، بهدوء. تراسلٌ صمتيٌّ بيني وبين السكرتير المسكين. كان قد شاهد هذه المشاهد أكثرَ من مرَّة؛ لذا، وجَدته غير مبالٍ، فقط لوى عنقه وخرج. كنتُ حذرًا في كلامي مع «الساقطة»، فقد تكون محتَفظة بمسجّلٍ تحت ملابسها، وتورِّطني بحديثٍ مارق أو كلماتٍ فالتة نتيجة الغضب.

في اليوم التالي، دخل عليَّ أحدهم، ليقول لي: «لقد كانت الساقطة تصرخ في المَمرّ: (مديركم سوف يرحل، وأنا باقية)». رفعتُ تقريرًا للمدير العامّ، طالبًا توقيع أشدِّ العقوبة بها. عنادُ المدير العامّ يزدادُ هذه الأيّام، فما بالك بتوقيع عقوبة على المُقرَّبات منه. دخل المدير العامّ معي في حوار حول الإنسانية والقيم، وأن المرأة تُعيلُ أربعةَ أبناء، وزوجها لا يعمل لأنه لا يحمل الجنسية، وأن التسامح مع الموظَّفين من الأمور المهمّة في إنجاح العمل. قليل الأدب... لقد أقالَ خمسة موظَّفين دون ذنب، في أسبوع واحد، دون أن تهبط عليه مثالياتُ الإنسانية والتسامح! الأفاعي تَتشابه في تغيير جلودها.

مرَّت الأيّام كئيبة جدًّا. صار المدير العامّ يُضايقني أكثر: كان يُغيِّر من كلمات المُذكِّرات، التي أَبعثها إليه، ويُهمل طلباتي، بل يُغيِّرُ العقود التي أقوم بتوقيعها مع الناس، كما أصبح يُقيلُ موظَّفين تابعين لي، أو ينقلهم إلى أقسام أخرى، ويرسلُ بعضهم في مهمّات خارجية، دون علمي أو موافقتي، كما كان يعاقب الموظَّفين الذين يتغيَّبون عن العمل، ولا يلتفتُ إلى مُذكراتي بهذا الشأن. ما كان يضايقني أكثر أنه اتَّخذ أسلوبًا آخر في مضايقتي، إذ كان يُخبر سكرتيرته البشعة بإذلالي، فكلما جئتُ إليها تقول لي: «إنه في اجتماع».

ذات يوم، انتظرته، خارج مكتبه، حوالي نصف ساعة، ثمّ فُتحَ الباب لأجدهُ مع ثلَّة من مُخبريه. عرفتُ أن الرجل الأسمر ذا الوجه الممتلئ هو أقربُ المُخبرين إليه. كنتُ أنتقد سير العمل أمامَ ذاك المُخبر، وهو يبتسم لي ابتساماتٍ مؤيِّدة... يا لغبائي! لماذا أثق -بسرعة- في الناس الذين يبتسمون؟ يا لموقفي السليم والتزامي بالمهنية التي يدوسها المُخبرُ الأسمرُ الذي كان يستغِلُّ المؤسَّسة ليُحقِّق أهدافًا خاصة في الوصول غير الشرعي إلى بعض الهيئات والمؤسَّسات. لم يكُن حديثي الصادق والجادّ مع المُخبر الأسمر جُبنًا أو نقيصة، يجب أن أندم عليها، بل كان نُبلًا من مواطن يريدُ تطويرَ العمل، ومحافظةً على الأمانة الملقاة على عاتقي. اليوم، عندما تجمعني الصُّدف مع المُخبر الأسمر، أجدهُ هزيلًا، ضئيلًا، يحاول تجنُّب نظراتي الحادّة التي يعرفها جيدًّا. المشكلة، في عالمنا اليوم، أن أمثال المُخبر الأسمر يعيشون طويلًا وسط القذارة التي يقتاتون عليها، وأنهم يحظَون بنعماء الكبار، ورضاهم، بينما يُرسَل الشرفاء والمتعلمون إلى قبورهم، قبل الأوان.

فاتحتُ (أمّ خالد) في الأمر، فلم يكُن من المفيد أن أحترق يوميًّا، وأواصلَ العمل في هذا المُناخ التآمري. اقترحتْ عليَّ (أمّ خالد) أن أرفع الأمر إلى رئيس مجلس الإدارة. يا له من رئيس! إنه لم يردّ على مذكِّرتين بعثتُ بهما إليه. وها قد مرت تسعةُ شهور، ولم يفِ بوعده لي بتوقيع العقد، وتقنين العمل. وافقتها، رغم اقتناعي بعدم جدوى المذكِّرات التي لا تُقرأ!

جمَعَنا رئيس مجلس الإدارة، من جديد. هذه المرّة كان المدير العامّ أكثرَ شراسةً من ذي قبل. كان يكذِبُ بصورة فجَّة، وكان يُزوِّرُ الحقائق. بُهِتُّ لمنظره، وهو يتحوَّلُ، من رجل ودودٍ مُحبٍّ للخير، ولمساعدة الناس والعطف عليهم، إلى كاذب دجَّال مُصطَنِع للحكايات السلبية، وممثِّلٍ للأدوار الشرّيرة. لم أتحمَّل الموقف. فقد أحسَستُ أن رئيس مجلس الإدارة يقف مع المدير العامّ، وكان سلبيًّا لأقصى درجة. مرَّة أخرى سحبتُ كتابَ الاستقالة

من جيبي، ودفعتُ به، بحَذر، إلى رئيس مجلس الإدارة، فأرجَعه لي، بحذر، أيضًا. التفتُّ ناحية المدير العامّ، الذي عَلتْ مُحيّاهُ ابتسامة انتصار، ووجَّهت له رصاصة مباشرة:

- أعتقد أن هذا الإجراء سوف يجعلكَ ترتاح.

هزَّ رأسه كَمن يحاول التقليل من وقع الحدث. انطلقت الكلمات التوفيقية من فمِ رئيس مجلس الإدارة، كلمات توفيقية باردة، لا تصُبُّ في صميم موضوعنا، وخلافنا الذي يُهدِّد بتصدُّع المؤسَّسة.

كنتُ قد اعتمدتُ الوضوح في التعامل، ومواجهة المختلفين من الزملاء. لم يكُن هذا الأسلوب لِيُعجبَ المدير العامّ، فكان يُلمِّحُ لي مرارًا بأهمِّيَّة فتِّ عضد الزملاء، والإيقاع بهم، ليَسهُل انقيادهم للإدارة. كان يتلذَّذُ بضرب السودانيين بعضهم ببعض، والمصريين بعضهم ببعض. كان يعرف جيدًا من هو غير المحبوب بين الزملاء؛ فيقوم بتقريبه منه، واتِّخاذه مستشارًا، ولو كان لا يمتلك مقوِّمات الاستشارة. عندما اشتكت «الساقطة» مُدَّعيةً أن أحد رؤساء الأقسام قد تحرَّشَ بها، جمعتُهما معًا وأنهيتُ مشكلتَهما، وحدَّدتُ أسلوب عمل كُلٍّ منهما. خرجا من عندي، ولم أتلقَّ شكوى أخرى من هذا النوع. كانت «الساقطة» قد تعاملتْ مع أكثر من مدير قبلي، وكانت تستخدم أساليبَ شتّى في ترويع المدراء أو الإيقاع به. ومن هذه الأساليب قيامها بالتهديد، بأنها على معرفة بمسؤولين كبار، خلال حديثها مع هؤلاء المدراء، وأن هؤلاء المسؤولين يؤيِّدون وجهةَ نظرها، ويدعَمونها. كانت تحشر أسماء مسؤولين كبار (من الجنسين)، في كُلِّ حديث لها، ظنًّا منها بأني سوف أخاف من الموقف، وأوافق على طروحاتها. لكنني كنتُ أُدركُ أسبابَ اقترابها من المسؤولين، وحشر أنفها في اجتماعات المؤسَّسات الكبرى. كانت تُريد دعمًا رسميًّا، مهما كان ثمنه، من أجل البقاء في (وردة). ومن أجل ذلك، كانت المرأة تتخبَّط، و-أحيانًا- تبكي، و-أحيانًا- تصرخ. لقد تمَّ اكتشافُها

من قِبل مؤسَّساتٍ مهمّة، وأوصوني بعدم إرسالها إليهم، في مهمّاتٍ تتعلق بعمل المؤسَّسة. فكانت ترفع أنفها في وجوه الموظَّفين، كونها تلقَّت كلمة إطراء من أحد كبار المسؤولين. إنها فقيرة الحيلة، تعيشُ على الكفاف، لذلك لجأتْ إلى التواجد في المؤسَّسات الكبيرة، كي تتقرب من كبار المسؤولين. والأغرب من كُلِّ ذلك أنها من أكثر الموظَّفين شراسة، واشتباكًا مع الزملاء، لكنها بقيت في المؤسَّسة أكثر من عشر سنوات. بل إنها أوقعتْ بمدراء سابقين، كانوا مثالًا للأخلاق وحُسن الإدارة، وهذا ما يؤيِّد وجهة نظري، بأنها قد وُظِّفتْ من قِبَل جهات أخرى، خارج المؤسَّسة. إنها -أيضًا- مستشارة للمدير العامّ. لا أدري لماذا يَخْضرُّ العفن، وتشرئبُّ أغصانُ الجهل، وتتوسَّع دوائرُ الكذب والاحتيال، في هذا العالم؟

لم أستطع مواصلة العمل في هذا الجوّ المشحون بالبغضاء والشراك، فقد كانت الجدران تنقل الكلام إلى مكتب المدير العامّ. شبَّهتُ هذه المؤسَّسة بوكالة مخابرات. الموظَّفون فيها يحتربون، ويُضيعون نصفَ وقت الدوام في التشهير بأقرانهم، أو تزويدِ المدير العامّ بمعلومات حقيقية أو مزورة ضدّ بعض. تعجَّبتُ من شابٍّ مُتدين. كان يرفضُ دخول «الساقطة» إلى مكتبه، وينصح الزملاء بعدم وضع صور فنانّات على مكاتبهم، وكان كثير الاستشهاد بالآيات القرآنية، في حديثه. وكان يُزيّنُ مكتبه بحِكَم دينية تعني التطَهُّر والأمانة والاستقامة، وفي الليل يختلي بالمدير العامّ وزبانيته، ويقوم بخلع العباءة القذرة، ثم يبدأ في انتقاد أداء زملائه، فيزوِّر للمدير العامّ الحقائق، ويتّهمُني بعدم الكفاءة، وعدم القدرة على أداء العمل. كان المدير العامّ -الذي أوجدتهُ الصدفة، في ذاك المكان- يُعجَبُ بالطريقة التي يتحدَّث بها هذا المُتديّن الدعِيُّ، وكان ينتفخ زهوًا بكلمات الإطراء التي يسبغونها عليه، فيتحوَّل إلى طبلٍ أجوف أو صنمٍ، يستمرئ، ويستمرئون، تحلُّقهم حوله وانحناءهم له.

مشكلة بعضِ المسؤولين، في دول العالم الثالث، أنهم يحيطون أنفسهم ببعض أهل الحظوة، وإن لم يكونوا مؤَهَّلين. ويقومون بتوزيعهم على أملاكهم بوصفهم وكلاء متنفِّذين: منهم مَن يُدير الأملاك، ويلعبُ بالملايين، ومنهم من يُدير المؤسَّسات التي تخسر دون محاسبة، ومنهم من يُعادي المتعلّمين والمثقَّفين، ويُنكِّلُ بهم، نتيجة نقصٍ اجتماعي أو بيولوجي. كان مديرنا العامّ يجمع بين كُلِّ هذه الميزات أو العطايا، التي عادةً ما يتكَّرم بها البعض عليه، و-للأسف- هؤلاء المسؤولون، وإن ضَمنوا ولاء أمثال المدير العامّ، لفترة محدَّدة، يدَمِّرون المؤسَّسات، ولا يسمحون للمؤهَّلين أن يقتربوا منها، لأنهم سوف يكشفونَهم. بعض هؤلاء من (أهل الحظوة) يكونون قد تربَّوا في منزل أحد المُتنفِّذين. أو كان أبوه صبيًّا يعمل عندهم، وإن لم يكونوا من أهل (وردة)، أو يحملون جنسيتها. وقد يكون من الوفاء، ومن الذكاء -أيضًا- توظفيهم، لضمان ولائهم وعدم رفضهم للتعليمات، مهما كانت. كنت أرى آثار الطعام على ثياب المدير العامّ، وشَعرِ لحيته الكثيف، الذي عادةً ما ينسى حلاقته ليومين أو ثلاثة. أرى غترته التي حوَّلها دخانُ السجائر إلى خرقة صفراء، وبحُكم تربية المدير العامّ، داخل زريبة أو كوخ حقير، فإنه لم يتعلَّم أصولَ الإتيكيت أو العلاقات العامّة: فكان يدخل عليَّ، فجأة، ويرفسُ البابَ برِجله، وما كان يُعطي السكرتيرَ فرصةً لإعلامي بوجوده، إذ كان يتوقَّع أن يراني في وضع مشين، أو يسمع مني كلامًا يستلِذُّه. كان عندما يدخل مكتبي يستطلعُ المكانَ جيِّدًا، فيجولُ بعينيه في أنحاء المكتب، لعلَّهُ يجدُ شيئًا قد يزيد في إدانتي. لقد تعلَّم فنَّ المخابراتية، منذ نعومة أظفاره، مع والده. كان يبتسم لي، لكنني أشعرُ بالخنجر في يده الأخرى.

حاولتُ تعليم العديد من الموظَّفين أساليبَ العمل الناجح، وكنت أُوَزِّعُ على بعضهم الكتبَ المفيدة، ولا أبخلُ عليهم بالنصائح والمعلومات. لكن كُلّ ذلك لم يصمد أمام فِرق التخريب التي يوظّفها المدير العامّ، الذي

كانت الحمير تتقاطر على مكتبه. ماذا سيكون عليه الحال لو اجتمع الجهل مع الفاقة؟ كُلُّهم من ذوي الدخل المحدود، كُلُّهم يتقرَّبُ إلى المدير العامّ من أجل مكافأة أو تذكرةِ سفر أو ثلّاجة. تسقط كُلُّ القيم، وتتوارى أخلاقيات الجامعات والمعاهد. مِن هؤلاء، مَن دخلَ عليَّ، ذات مساء، وهو مطأطئ الرأس، منحني الهامة، مكتوفَ اليدين. طلب مني (رمضان)، باسم النبي والدين، أن أساعده لكي يُحضر زوجته، وقال إنه يتعهد بأن يعمل، ليل نهار، دون كَلل، وأنه بحاجة إلى زيادة في الراتب، من أجل الوفاء بالتزامات الزوجة والعيال. كنتُ قد قرَّبتهُ جدًّا مني، فقد لاحظت أنه يحمل فكرًا يقتربُ من فكري. بعد أسبوع، كانت زوجته في أحضانه، يأكلان الشَّهْدَ معًا. لا أدري قد لا يكون شهدًا بالمعنى المطلوب، كما أنني خَصَّصتُ له مكافأة من بند آخر، لا يعترض عليها المدير العامّ. كاد الرجل أن يُقبِّلَ قدميَّ. خلع نظارته، ومسح دموعه، ثم استجمع قواهُ، ورتَّبَ كلماته متحدِّثًا بصوت متقطع:

- شكرًا، يا سيِّدي. لقد أسديت لي معروفًا، لن أنساه، طوال حياتي.

ابتسمت له، ورمقته بنظرة رضا:

- نحن زملاء، ونعمل معًا، ولا بُدَّ أن يُساعد أحدنا الآخر. أنا أخوك الكبير.

تشجَّع الرجل، ورفع صوته بوضوح أكثر:

- سيِّدي... نحن لم نعمل قط، مع مدير مثلك. أنت رائع، كُلُّنا نُحبُّك، ونتعلم من خبرتك. أنت أستاذ كبير.

خرج (رمضان) من مكتبي، قانعًا مستريح البال، وبدأ يُجهِّز نفسه لاستقبال الزوجة والأولاد. خلال أسبوع، كان الرجل يستقرُّ بعيدًا عن سكن العُزَّاب، ووساخته. أخذ أولاده إلى الكورنيش والمَحالِّ التجارية الكبيرة، وأفرغَ شحناتٍ عاطفية، كبَتَها لثلاث سنوات متتالية.

المخبرُ الأسمر، نوع آخر من جواسيس المدير العامّ. كان يجلس معنا في الاجتماعات، دونما حديث، ليسمع ما يقوله الجميع، وبعد نصف ساعة، يُفرغ كُلَّ ما سمعه، في أذن المدير العامّ. نحن، في اجتماعاتنا، ننتقد الإدارة، ونُحاسب ضعفاءَ الأداء... نضعُ أصابعنا على مَواطن الخَللِ في سير العمل. كان المخبرُ الأسمر رئيسًا لقسم العلاقات العامّة، وشكَّلَ ثنائيًّا رائعًا مع مُساعده لتوفير سهراتٍ خاصّة للمدير العامّ. وكثيرًا ما كان هذا الأخير يأخذهما معه في سفراته المتكرِّرة. لقد كان قسم العلاقات العامّة من أفشل الأقسام في المؤسَّسة. لكن رضا المدير العامّ على رئيسه، جعله من أفضل الأقسام. وكثيرًا ما جمع المديرُ العامّ رئيسَ القسم هذا مع رئيس مجلس الإدارة، الذي يُغدق عليه الأموال ليوظِّفها في الاستثمار.

شابٌّ سوداني محترم، يؤدِّي عمله دون أن يرفع رأسه، لا يُسمع له صوتٌ في المؤسَّسة. غارَ منه بعضُ جواسيس المدير العامّ، فوَشَوْا به عنده. فجأةً، أقالهُ المدير العامّ دونما أسباب. جاءني الرجل مودِّعًا:

- أستاذ (ميهود)... لقد أقالوني.

قالها بلكنةٍ سودانية كسيرة، بينما يداه النحيفتان تتلقَّفان خطابَ إنهاء خدماته.

رفعتُ رأسي، بعد أن لامستْ قلبي لهجةُ الخوف والأسى المُتحشرجة في فيه:

- أنت! لماذا أقالوك؟

انكمش الرجل النحيف، وبدا كغُصنٍ أمرد:

- لا أدري. إنها المؤامرات المُستعرة هنا!

أجلستهُ، وطلبت له فنجان قهوة، محاولًا تهدئته:

- هل تشاجرت مع أحد الزملاء؟

رفع الرجل المكسور رأسه، بكُلِّ هدوء... مسحَ نظارته وأعادها فوق منخاره المُربَّع:

- أبدًا... أُقسمُ لك بأنني أُحبُّهم كُلَّهم، وأقوم بأداء عمل البعض منهم. لكن!

تفحَّصتُ وجهَه، من جديد:

- لكن ماذا؟

كنتُ أشعرُ بدقّات قلبه تخرج من قفصه الصدري النحيف. نظرَ إلى الأرض، وجالَ ببصره في أنحاء المكتب، ثم وضع يديه بين فخذيه، وقال:

- أستاذ (ميهود)... الكذّابون والقوّادون يدوسون الشرفاء، في هذا العالم. حتى أنت لن تستمرّ هنا!

استغربتُ من جرأة الرجل. أيكونُ قد سمع بقصَّة استقالتي؟ الأحاديث السلبية تنتشر بسرعة. ابتسمتُ له، محاولًا إخفاء فرحتي، فيما لو قَبلَ مجلس الإدارة استقالتي. لم يكُن بإمكاني التوسُّل للمدير العامّ في قضية السوداني المسكين. العلاقة بيننا وصلت إلى طريق مسدود. تحرَّك الرجل المكسور من أمامي، وغادر المؤسَّسة إلى المجهول.

مضت الأيّام مسرعة. كنتُ قد هيّأتُ نفسي لكُلّ الاحتمالات. ولم أعُد أهتم بمؤامرات المدير العامّ، ولا بمضايقاته. ذات مساء، تواجهتُ، عند السكرتير، مع (رمضان)... الرجل البسيط الذي عادت إليه حيويَّته بعد وصول زوجته وأولاده، نظر إليَّ من تحت نظارته، ولم يُقرئني السلام! استغربتُ من الموقف. طلبت من السكرتير أن يدعوه إلى مكتبي. دخلَ عليَّ، مُنتصبَ القامة، رافعًا رأسه عاليًا. لم يجلس كعادته، ولم يُطأطئ رأسه، كما كان يفعل في السابق. لقد اشترى بدلة جديدة، وربطة عُنق إيطالية. بادرني بلهجة استعلائية:

- نعم... أنت طلبتني؟

بُهتُّ لهذه اللهجة... حدّقتُ في عينيه:

- (رمضان)... ماذا بك؟ لماذا تتحدّث معي بهذه الطريقة؟

تسمَّر الرجل خلف الطاولة، وأبدى مزيجًا من الجفاف والقسوة:

- إنها لهجتي... وأنا حرٌّ فيها. هل تريد شيئًا؟

كانت مفاجأة لي. كيف يتحدَّث هذا الرجل، الذي قال لي يومًا بأنه ساعدي الأيمن، وصديقي المخلص، بهذه الطريقة؟ بدت آثار الاستياء على مُحيَّاي، فرميتُ القلم من يدي. تدحرج القلم على الطاولة، حتى سقط على الأرض، اقتربتُ منه:

- (رمضان)... أنت تعرف مع مَنْ تتحدَّث؟

ردَّ بحدّةٍ وهو يُحدِّق في عيني:

- نعم. أتحدَّثُ إليك.

ردَدتُ عليه، بحدَّةٍ أكثر:

- ولماذا تتحدَّث بهذه الصورة الجافّة؟

زادت حِدَّتُهُ، وتحرَّك قليلًا وسط المكتب:

- أنا حُرٌّ.

كنتُ تائهًا. لم أستطع مواصلة الحديث؛ من أثر الصدمة التي واجهني بها (رمضان)، فتهاويتُ في مقعدي. خرج (رمضان). كانت المرَّة الأخيرة التي أتحدَّث فيها معه. ماذا حدث لرمضان؟ أين الذراع اليُمنى؟ أين رَجُلك المخلص؟ ماذا حدث للرجل؟ قبل شهرين، كان يقف أمامي مُنحنيًا يحاول تقبيل رِجْلي مثلَ الكلب، والآن، يردُّ عليَّ بكُلِّ استخفاف وحِدَّة. هل أصبح من شلّة المُخبر الأسمر؟ هل تمَّ استقطابه وإدخاله إلى الشلة؟ هل لاحظ المدير العامّ تقرُّبي منه، وإخلاصهُ لي، فهدَّده بالطرد، إن لم يبتعد عني؟ حتمًا، لقد جرفه تيَّارُ المؤامرة وحُبِّ العيش... ولم يعد يحفل بصداقتي.

سودانيٌّ آخر، تقرَّب إليَّ، وشكا ضعفَ الحال وقلّة الراتب. حاولتُ مساعدته بأن يعمل إضافيًّا مع قسم الترجمة لبعض الآسيويِّين. بعد يومين، تجمهر أكثرُ من عشرة آسيويين من خِيرة الموظَّفين، مُطالبين بسحب هذا السوداني الذي أخبرهم بأنه مساعدي، مُدَّعيًا أنني أرسلتهُ كي يكون مديرًا عليهم. استدعيت السوداني (بشير). دخل إلى مكتبي كأسدٍ جريح... الشقوق الستة تبدو بارزةً على جانبَي وجهه، والشعيرات البيضاء تقطع حِدَّة سوادِ وجهه، والسنوات غيَّرت مواقعَ أسنانه الصفراء. كان يلبس قميصًا أبيضَ رثًّا، لم يطأْهُ وجهُ المكواة، منذ زمن. الغضب يعلو مآقيه. رمى بمؤخِّرته الكبيرة، دونما اهتمام، على الكرسي. نظرَ إليَّ نظرةً فيها الكثير من التحدِّي واللامبالاة. ابتسمتُ له، محاولًا امتصاص غضبه:

- أخ (بشير)... أنت تعلم مدى ثقتي فيك. إن التعامل الفوقي مع الآسيويِّين، ومع البشر، عمومًا، لن يجلب لك سوى المتاعب.

ركَّزَ بصره نحوي ليستوعب الكلمات، بدقّة. كان يكبُرني بأكثر من عشرين عامًا، وله علاقات عديدة مع الناس هنا. واصلتُ حديثي:

- أنا -عندما طلبت منك مراجعةَ بعض النصوص مع الآسيويِّين، للتأكد من صحة الترجمة- لم أتوقع أن تقول لهم إنك مدير عليهم!

يبدو أن كلامي قد أثاره، لكنَّ الخُبث المُشتعل تحت جلده، نصحَهُ بالتريُّث وعدم الحديث... تابعتُ مدفوعًا بِصَمته:

- أخ (بشير)... أنا لا أُحبُّ المشاكل، و-كما ترى- فإن المؤسَّسة حبلى بالكثير من المشاكل والتحزُّبات وسوء الفهم. عُد إلى قسمك... ولنبقَ على اتِّصال دائم.

يبدو أنه لم يقتنع، كما أن مبلغ الألف وخمسمئة ريال سوف يطيُر من يده. دعاني بلهجة استعطاف كسيرة:

- أرجوك، يا أستاذ (ميهود)... امنحني فرصة أخرى، ولن أتدخَّل في عملهم. سوف أعتذر لهم كُلهم. أرجوك إن سُمعتي مهمّة.

لا أدري لماذا يتحدَّث هذا الرجل عن السُّمعة! فما دخلُ السُّمعة في الاستخفاف بالآسيويِّين؟ واجهتهُ بحزم:

- عُد إلى مكتبك، يا (بشير)... والأيّام سوف تفتح لك أبوابًا تراها مغلقة.

رمقني بنظرة حادّة من وراء زجاج نظارته السميكة. كان في النظرة الكثير من التحدّي والوعيد... حرّك رأسه مُهدِّدًا، وتوارى خلف الباب.

بعد يومين، أصدر المدير العامّ قرارًا بتعيين (بشير) مراقبًا لأعمال إدارتنا! فاجأني القرار. إن (بشير) يعمل معي، وتحت إشرافي، وأنا الذي يجب أن أُرشِّحَه لأيّ عمل آخر، ثم لا بُدَّ أن يأخذ المدير العامّ رأيي، ليس في تعيين هذا الـ(بشير)، بشير السوء، بل في خَلق وظيفةِ مراقب علينا. حملتُ نسخة من القرار، ودخلت على المدير العامّ، وأنا أغلي:

- إنك تأخذ موظَّفًا مهمًّا من قسم الترجمة.

نحّى المدير العامّ وجهه عن الجريدة، التي حَملت صورته وهو يُسلّمُ مندوبًا لجمعية خيرية شيكًا بمبلغ محترم؛ مُساعدةً من مؤسَّستنا لدعم أعمال تلك الجمعية. شفط دخانًا من سيجارته، ثم تراجع بكرسيه المتحرك إلى الوراء نافخًا صدره بصورة تمثيلية... بانت آثارُ المَرق على صدره:

- هذا قراري... أنا المدير العامّ.

نهضتُ من الكرسي الأسود، وبادرته بكُلِّ صدق:

- لكن هذا يَضرُّ بمصلحة العمل.

استدار نحو النافذة، بكُلِّ تَحدٍّ وصلافة، وهو ينظر خارج المكتب، في إشارة واضحة للاستخفاف وقلّة الأدب، ثم ردَّ بجلافة:

- أنا المدير العامّ، هنا!

دخلتْ علينا السكرتيرة، القبيحة، التي تُشاركه المؤامرات على الموظَّفين. شعرتُ بأنه كان قد اتَّفق معها لطردي، سريعًا، من المكتب. أشارت إليه ليُوقِّع قرارًا جديدًا... وقَّعَ القرار، بصورة عنيفة وقال لها:

- أعطي الدكتور (ميهود) نسخة من القرار.

لقد كان ذلك قرارَ نقل (رمضان)، من إدارتي إلى إدارة أخرى بعيدة عن تخصُّصه وقدرته. ماذا يحدث في هذه المؤسَّسة؟ لماذا يفعل المدير العامّ كُلَّ هذه الأفعال؟ لماذا يُحرّضُ الموظَّفين ضدي؟ ما أسباب هذه العدوانية؟ ثم إنني لم أطرُق باب المؤسَّسة من أجل العمل. لقد كنت في بيتي هادئًا قانعًا، عندما اتَّصلوا بي مُبدين رغبتَهم في اختياري للعمل. إن العمل ناجح، والإيرادات تتضاعف، وثقة الزبائن تتوطَّد مع المؤسَّسة. لماذا يكون المدير العامّ ضدَّ نجاح المؤسَّسة؟ هل يعلم مجلسُ الإدارة بكُلِّ ذلك؟ يوجد جواسيسُ، أيضًا، لرئيس مجلس الإدارة، في كُلِّ رُكن من أركان المؤسَّسة. وقد يتحدثون عني بالصدق، لكنهم حتمًا سيقفون مع المدير العامّ الذي يصرفُ لهم الرواتب آخر الشهر، وهو الذي يوقِّعُ الترقيات، ويَهبُ الهدايا، التي يسيل لها لعابُ الموظَّفين، ضعفاء النفوس.

تردَّتْ صحتي: فاجأني ألمُ الظهر، ونمتُ لأول مرَّة -في حياتي- في المستشفى. تعبت عيناي من التدقيق وكشف الأخطاء، فنصحني الأطباء بالراحة وعدم الإجهاد. لم ألتفت إلى النصائح. عدتُ إلى المكتب أكثر إصرارًا على النجاح. رفعَ المدير العامّ مُذكِّرة لرئيس مجلس الإدارة يتَّهمني فيها بالتقصير، ويدَّعي بأن الإيرادات قد انخفضت نتيجة لتردِّي المبيعات، وأن التذمُّر يسود جوَّ العمل، وهنالك تسيُّب وفوضى في إدارتي. قصصٌ واهية، وأكاذيبُ ليس لها أيّ دليل. المدير العامّ يدرك حساسيتي من نقد النجاح الذي حقَّقتهُ المؤسَّسة. أرسل لي نسخة من المُذكِّرة كي يُعكّر صفوَ صباحي الجديد. قرأتُ المذكِّرة. كان يجلس أمامي أحدُ الموظَّفين القدامى،

من الذين يدركون خبايا المؤسَّسة، وعلى اتِّصال دائم بقسم المبيعات. سألته دون أن أُشعِرَهُ بمضمون المُذكِّرة:

- (أبوعلي)... هل تعتقد أن مبيعاتنا زادت خلال الشهور الستّة الماضية؟

اعتدل (أبوعلي) لاهتمامي به... أزاح النظارة عن عينيه:

- لقد تضاعفت المبيعات، يا أستاذ (ميهود)... قبل ستّة شهور كُنا في ذيل المؤسَّسات الخمس التي تُنافسنا، نحن، اليوم، في المقدِّمة. وإذا أردت التحقُّق من ذلك، فاتَّصل بمدير المبيعات.

إنها فكرة! رفعتُ السماعة، وبعد مجاملات وإشادات بعمل إدارته، لاطفتهُ:

- يقولون إن مبيعاتنا انخفضت!

تنبَّه الرجل، وكأنه تلقَّى طعنة غادرة:

- من قال ذلك؟ إن الإحصاء الشهري الذي أمامي يُشير إلى أننا في مقدِّمة المؤسَّسات الخمس المُنافسة... الحمد لله، البركة فيك، يا أستاذ (ميهود).

- هذا النجاح مَردُّهُ لجهودكم المُقدَّرة، وخبرتكَ أنت -بالذات- في العمل.

- قل لي، يا أستاذ (محمد): هل لي بنسخة من الإحصاء الشهري للمبيعات؟

- بكُلِّ سرور... سيأتيك خلال دقيقتين.

شكرتُ الرجل، ثم وضعت السماعة. رفع (أبوعلي) رأسه، وكأنه أسدى إليَّ معروفًا كبيرًا... قال باسمًا:

- ألَم أَقُل لكَ ذلك؟

داخَلني شعورٌ بالرضا والفخر، في آنٍ واحد. لقد وجدتُ ما أَرُدُّ به على مُذكِّرة المدير العامّ الكاذب. في المساء كنتُ في مكتب رئيس مجلس الإدارة،

وبيدي التقرير الذي يُفنِّدُ زيفَ مُذكِّرة المدير العامّ ويكشفها. لم يُبدِ رئيس مجلس الإدارة حماسًا للتقرير. تجنَّب الرجلُ نظراتي الحادةَ، وابتساماتي الهازئةَ بمُذكِّرة المدير العامّ. كانت تحيط بوجهه هالةٌ من برود الموت. لم يطلب لي الشاي في الفنجان الذهبي، كعادته. قرأ نصفَ التقرير، وقلَبَهُ على وجهه. كان حياديًّا إلى درجة التَّشوُّه. حاولتُ استغلالَ الفرصة من أجل تذكيره بعقد العمل، الذي أجَّلهُ لشهور عديدة. ردَّ عليَّ بأنه سوف يأمر بإعداد العقد غدًا، ولسوف نُوقعه معًا، بعد غد. تطوُّر جيِّد. فالعقد يوضِّح الحقوق، ويُحدِّد الواجبات، ويضعُ الأمورَ في نصابها. كما أنه تصرُّفٌ حضاري معمولٌ به في كُلِّ المؤسَّسات. ودَّعتُ الرجل مُحتضنًا يده بكلتا يديّ. تراجعتُ إلى الوراء، وأغلقت الباب دوني. كنتُ في نشوةِ انتصار حقيقية. دخلتُ مكتبي باسمًا. مازحتُ السكرتير الصبور، الجمُّ التهذيب. لقد غيّرتُ السكرتير الغبيّ السابق، ووظَّفتُ سكرتيرًا مُهذَّبًا ومُدركًا لقواعد العلاقات العامّة وحفظ المعاملات والردِّ على الاتِّصالات. إنه سكرتير من الدرجة الأولى. وقَّعتُ المعاملات، ثم اتصلتُ بصديق عزيز، لأُخبرهُ بنتائج مقابلتي لرئيس مجلس الإدارة. دعوتُ الزملاء للاجتماع الاعتيادي اليومي. تداولنا شؤون العمل وشجونه، والتجديدات المُقترحة من الزملاء. فجأةً، شعرنا بالباب يُفتح بقسوة. حيث رفسَهُ المديرُ العامّ برِجله القوية. دخل المدير العامّ وهو ينفثُ دخان سيجارته، نافخًا صدره، بصورة لم نعهدها منه. تصدَّر مكانَ الاجتماع، وجلسَ بجانبي، وبدأ يتدخُّل في الحوار، بصورة فجَّة، ويُحقّر بعض الزملاء، ويلوم البعض الآخر. وأخيرًا، اتَّهم الجميعَ بعدم المسؤولية وعدم الانضباط. كان عليَّ أن أُنهي الاجتماع قبل أوانه، وأطلب من الزملاء الذهاب إلى مكاتبهم.

أطفأَ سيجارته بتحدٍّ، أمامي، إنه يدرك أنني لا أُحبُّ التدخين. اقترب مني وتلهَّى بتقليب الدبّاسة السوداء. ما زال صدره يتَّكئ على كرشه المستدير،

عيناه تتفحصان المكان بدقّة، ورائحة ملابسه تنمُّ عن كوكتيل يختلط فيه المرق بالعرق، بدخان السجائر. فاجأني بكُلِّ حدَّةٍ وصلافة:

- (ميهود)... الليلة، سيأتي المدير الجديد. هل تريد أن تترك المكتب، الآن، أم تبقى كي تُسلِّمهُ بعضَ الأوراق المهمّة؟

ما زالت نظراتهُ تتركَّز على وجهي، وقد فتح عينيه على اتِّساعهما. لم أكُن أعرف بماذا أَرُدُّ. أصابني تشويشٌ من نوع آخر، ولم أجد -حينها- كلمات مناسبة. وقعتْ كلماتهُ كالبراكين الثائرة فوق رأسي. إذن، صدَقت هواجسي: عرفتُ لماذا ثارَ عليَّ (رمضان)، وتحَدَّاني (بشير)، ورفعت «الساقطة» صوتَها في وجهي. لقد كانوا يعلمون أن رئيس مجلس الإدارة قد اقتنع بمُذكِّرة المدير العامّ، التي أوعزَ فيها باستقدامَ مدير آخر، ليحِلَّ محلّي. استجمعت قواي، وردَدتُ عليه، بكُلِّ حزم، بينما كنتُ أشمُّ رائحة المؤامرة في جثَّته الضخمة:

- كلا... أنا أُفَضّلُ أن أستقبلَ المدير الجديد، وأُطلِعهُ على بعض الأمور.

ساد المكتب صمتٌ مُطبق. لم تعُد بيني وبين المدير العامّ أيّة كلمات. لقد بانت الحقيقة، وشَعرَ بتعَرِّيهِ أمامي، دون أية أقنعة. أشعلَ سيجارة وحاول لبسَ جلدِ الشاة:

- لم نتَّفق أنا وأنت... الخلافات واردة بين البشر.

كان لا بُدَّ لي من المواجهة، حتى لو كنتُ سأترك المؤسَّسة التي أحببتها من كُلِّ قلبي، وقضيت فيها وقتًا جميلًا، رغم قساوته. وجَّهت إليه كلامًا مُركَّزًا ومُختَصرًا:

- السيِّد المدير... أنا لم أطرق بابَك أو بابَ رئيس مجلس الإدارة مثل الذين يتسوَّلون عندكم. كنتُ في منزلي، وأنتم الذين طرقتم بابي. حقًّا، كان وجودي في المكان الخطأ.

شعرَ المدير العامّ بطعنةٍ في الصدر، فلم يُعلّق لأنه يدرك مدى ضعفهِ في الحوار واللغة، ومدى تفوُّقي في السرد والكلمات الكبيرة المُوجعة. دخل

المدير الجديد، فاستقبلته بحفاوة بالغة. إنه ابن عائلة محترمة، وعلى خُلق فضيل. أعطيته بعضَ المعاملات المهمّة التي تحتاج إلى متابعة، وشرحتُ له معاملات الغد، والشخصيات التي ستزوره خلال الأسبوع. بعد عشر دقائق، كان المدير العامّ وشلّةٌ من منافقيه، بمَن فيهم المُخبر الأسمر و(رمضان)، يودعونني الوداع الأخير عند سيارتي.

(بعد فترة، اكتشَفتْ الإدارةُ في المؤسَّسة، أن المدير العامّ كان يستخدم سيّارات المؤسَّسة، وكذلك موظَّفي المؤسَّسة، للعمل في مؤسَّسته الخاصّة، أقالته المؤسَّسة، بعد أن انتشرت رائحتهُ النتنة في البلد. (رمضان)، هو الآخر، غادر المؤسَّسة فجأة، دون أن يعلم أحدٌ بالأسباب. تساقطت زبانية المدير العامّ، وتمَّ تنظيف المؤسَّسة من الأحقاد والدسائس).

عدتُ، من جديد، خارج نطاقِ الأشياء والأماكن والأزمنة. تَلقّاني شارعُ الكورنيش، وشريطٌ من حوادث المؤسَّسة يمرُّ أمامي، بكُلِّ تفاصيله. كنتُ أسير ببطء، حتى أؤجِّل صدمةَ (أمّ خالد). داهمتني موجةٌ من بكاء وأسئلةٍ لحوحة: لماذا لم يكُن رئيسُ مجلس الإدارة عند كلمته؟ اليومان اللذان طلبهما، لتوقيع العقد، كانا لإنهاء العقد. لكنه جَبُنَ أن يخبرني بذلك! هذا هو واقع بعض المؤسَّسات!

وجدتُني أبكي في حضن (أمّ خالد) كطفل. لم أبكِ على ذهاب الوظيفة أو المنصب، بل من انتصار الطغيان والمؤامرة والكذب على التسامح والصدق والحقيقة. لا أدري: لماذا تريد بعض المؤسَّسات، رجالًا غيرَ مُخلصين للعمل؟ ولماذا يُقرِّبون شخصياتٍ مُراوغةً ومزَيَّفةً، لا تقوى على شيء سوى عَملقة الأقزام وتشويهِ الرأي العامّ، داخل المؤسَّسة وخارجها بقصص واختلاقات بعيدة عن الواقع؟

كان عليّ العودة إلى البحث الدؤوب، عن عمل جديد، أو الذهاب -من جديد- إلى الشيشة، وتعليقات (صلاح) و(أبوعبدالرحمن). لقد تغيَّرت

الأوضاعُ في (وردة)؛ فالصحف تتحدَّث عن مبدأ تكافؤ الفرص، ووضع الرجلِ المناسب في المكان المناسب، توطين الوظائف، وفتح أبواب البلاد لكُلِّ مساهم في الارتقاء بالعمل فيها. كان عليَّ أن أُرتِّبَ أفكاري وخططي؛ بحيث لا أقع في فخِّ الاختيار الأعمى، مُدركًا في الوقت ذاته، حدود إمكاناتي ومجالات إبداعي.

قصدتُ الجامعة، بعد إلحاحات مُتكرِّرةٍ من مديرها الشاب، كي أعود للتدريس. كنتُ أمارسُ مهنة التدريس، بالانتداب، منذ أكثر من ثمانية عشر عامًا. إحدى المسؤولات المُعقَّدات، في الجامعة، لم أكُنْ أُعجبُها، (هكذا ودون سبب). وَشتْ بي لدى مدير الجامعة، فحرمني من التدريس. عجبًا لهذه البلاد؛ الجميع يعرف أن تلك المسؤولة غير مستقِرَّة نفسيًّا، وكثيرًا ما عرَضت نفسها على صديقي الدكتور (عقيل)، الذي يُدَرِّسُ في الجامعة، شاكيةً من مشاكل نفسية تحدُث لها، كان يردُّ عليها دائمًا بأن تذهب إلى طبيب نفساني. كيف تستطيع هذه المريضة حرمانَ مواطن تحتاجهُ الجامعةُ ويَجمع بين الدراسة الأكاديمية والخبرة العملية التي تمتدّ لأكثر من ثلاثين عامًا في مجاله؟ كيف تتحول العقول -خصوصًا، في حرم الجامعة- إلى أوعيةِ وشايةٍ، واستهداف للمخلصين الذين يُمكن أن يُحرّكوا رتابة التعليم التقليدي، ويقفزوا فوق التعليم التلقيني الذي درجتْ عليه العديد من الجامعات العربية؟ إنه زمان أكثر من رديء. المسؤولة تلك، لم تبقَ في مكانها أكثر من عام، حيث اصطدمت مع كثير من الأساتذة، وتمت إحالتها إلى التقاعد.

أعلنَ مجلسٌ جديد النشأة عن حاجته لمدير مُتخصص. قدّمتُ لهم أوراقي. تصوروا أن أَخضَعَ -بعد ثلاثين عامًا من الخبرة والمؤهلات العلمية- إلى امتحان تُجريهِ لي بنتٌ في عُمر ابنتي (شيخة)، ومديرٌ معها لا يعرف التخصُّص الذي قدَّمتُ عليه. بعد امتحانٍ -شعرتُ خلاله بأنني سأكون الأوَّلَ ضمن المتقدمين- أنبَؤوني بأنهم سوف يتّصلون بي خلال أسبوعين.

لم يتمّ الاتصال، حتى بعد عامين، وعلمتُ، فيما، بعد أنهم عينوا أجنبيًّا في المنصب.

تذكَّرتُ (يوسف الشيخ) الذي يعمل في وزارة الثقافة. إنه رجل شعبي ومُهمّ، وفي الوقت ذاته، يعرفني جيِّدًا؛ خصوصًا أنني الوحيد في (وردة) الذي ألَّف أكثر من ثلاثة عشر كتابًا، آنذاك، وهذا مؤَهّلٌ جيِّد لأكونَ في الثقافة؛ فقد كانوا يبحثون عن مدير للثقافة. بعد ترحيبٍ جَمٍّ، من (يوسف الشيخ)، وشاي فاخر، بادرتهُ بشرح ظروفي وأسباب زيارتي له. لم يكُن (يوسف) يريدُ التسويف، أو يضيِّع وقته أو وقتي. أخبرني - بكُلِّ صراحة- بأن «نجمي لا يركَب على نجم وكيل الوزارة»! ماذا؟ ما للنجوم والثقافة؟

حاولتُ تفسيرَ هذا الموقف الماورائي:

- أخ (يوسف)... أنا لا أعرف الوكيل، وهو لا يعرفني، فكيف لا يركب نجمي على نجمه؟

تلهَّى (يوسف) ببعض الأوراق... نظرَ إليَّ من تحت نظارته السميكة:

- قلت لك: لا تحاول... هذه هي نفسية الوكيل، وأنا أعرفه جيدًا.

بدأتُ أدخلُ في دائرة الانفعال، شيئًا فشيئًا:

- الثقافة والعمل الثقافي، لا تتدَّخل فيهما النفسيات. الثقافة موهبة وعطاء، والذي يُثبت نفسه يستمرُّ، كما أن اختلاف الآراء في الثقافة إثراءٌ لها.

تفحَّصتُ وجهَ (يوسف) جيِّدًا. لا يمكن أن يكون مخمورًا في هذا الوقت المُبكِّر من الصباح! كنتُ غير واثق من كلماته الغريبة. ما دخل النجوم والنفسيات في قضايا الثقافة؟ لم يودّ (يوسف) إطالة دهشتي واستغرابي، فقذف كلماته بلهجته الشعبية المعروفة:

- أخ (ميهود)... ودَدتُ أن أكون صريحًا معك، أنت تعرفني منذ ثلاثين عامًا.

- أُقدّر لك هذا، ولكنك تعلمُ بأنني أكثرُ أهلِ (وردة) تعاملًا مع الثقافة، وتعلمُ عددَ الكتب التي أَلَّفتها... وبحوثي العلمية، ومشاركاتي الخارجية في مجال الثقافة... أنت تعلم كُلَّ ذلك.

داخلَهُ المللُ، فقاطعني بحِدَّة:

- أعلم كُلَّ ذلك... لكنك لا تصلح لأن تعمل مع الوكيل.

قطعَتْ كلماتهُ سيلَ العتب الصادق من لساني، عرفت بأنها النهاية كي أخرجَ من مكتبه. هل كان ينقصني شيءٌ كي أحظى بثقة الوكيل؟ هل يكون الشيء نفسه، أفتقده مع مدير الجامعة أو مدير المؤسَّسة الجديدة؟ لكن، ما هو هذا الشيء؟ لا يمكن أن يتَّفق كُلُّ هؤلاء ضدي، خصوصًا مدير الجامعة، الذي أعتبرهُ من الأكاديميين الدارسين في الولايات المتَّحدة المُتَّقدي الذكاء، الذين لا تسيِّرهم الأهواءُ والانتماءات القبلية! هكذا اعتقدتُ.

تنتشر العقول المُتجمِّدة منذ عشرين عامًا، وتُعشِّش في الدوائر. تزداد ممارساتُ الصبية الصغار وطروحاتهم الغبيّة. تُغيِّبُ العقولُ المُبدعة والشخصيات التي ترى الضوء الآخر، والمعنى الأسمى في التعامل، وتمارسُ فعلَ العقل لا العاطفة، أو الانحناء الغبيِّ للمواقف الطارئة التي لا تفيد (وردة). تشنُّ العقول المُتجمِّدة حربًا ضدّ العقول السليمة. تلغي ممارساتُ الصبية كُلَّ التاريخ، كُلَّ الثقافة، كُلَّ الخبرات البشرية، التي صرَفت عليها الدولة الملايين؛ ويؤتى بتوجُّهاتٍ عبثية، لا تستند إلى منطق أو تاريخ أو حضارة. تُشوِّهُ هذه العقولُ وجهَ الأرض، وتُثقبُ عمقَ العقل، وتحجبُ الرؤية عن حقيقة الموقف. الرايات خفّاقة. الصحف تمارس الفحولةَ ليلًا. الأجساد العليلةُ بالسُكَّري والنقرس وارتفاع ضغط الدم ما زالت تمارسُ المشي الصحّي على الكورنيش. عذاباتُ المَخادعِ الباردة تستمرُّ. زوجةٌ تنتظر دورَها، فقد عملَ الزوجُ جدولًا لزوجاته الأربع، ويستمتع ذاك الفحلُ بمعاشرتهنّ (كلٌّ واحدة بدورها)، وتتسابقن هُنّ لإرضائه، بكُلِّ العطور، والمساجات، والقطع الصغيرة

من أغطيةِ مكامِنِ الاشتهاء. بيتٌ متهاوٍ، لا يكفي صاحبَه راتبُ التقاعد، ليس لصاحبه مال لتصليح البيت، ولا لتصليح السيّارة التي أتلفها ابنهُ في حادثٍ ليلي. أسعار النفط في ارتفاع. الخير يزيد بكثرة. العيون والآذان تترقَّب زيادة الرواتب. يتكاثر المُحالون إلى التقاعد في التسكُّع في جنبات سوق الأوراق المالية. الكُلُّ في حَذر، وترقُّبٍ للمستقبل. لا بُدَّ من زيادة الدخل والمغامرة -أحيانًا- تفيد، مع أنها تؤَرِّقُ صاحبها ليلًا. صغارُ الموظَّفين يُدركون أنهم سيغادرون المكان، لا بدَّ من الاستغلال الأمثل، والاستفادة من المَنصب، قدْرَ الإمكان قبل فوات الأوان. شركاتٌ، كالطحالب، تنمو وتكبر. ممنوع على الموظَّف الحكومي العمل بالتجارة! مساحات الإعلان تكبر. التعيينات تزداد، والإقالات تنمو. يبتسم الوكيل (الفاهم) في الصور؛ لكنه -حتى اليوم- لم يرُد على استجداءاتي الأربعة. في هذا اليوم، تذكرتُ رسالة صديقي (محمود). فردَدتُ كلماته الصادقة: «أين الزبالة يا (ميهود)»؟

كنتُ قد أيقنتُ أن عقلي بحاجة إلى زبالة أكبر من زبالة وزارة البلدية التي تنتصبُ خضراء، أمام المنازل المحزونة في المدينة الجديدة. لم تكن الزبالة بأصعب من الكفن. أجل. نحن لا بُدَّ وأن نشتري أكفانَنا، ونحن نضحك، قبل أن تفاجئَنا أكفانُنا الرسمية بالبريد الممتاز أو عبر الفاكس! (محمود) يقبع في الوزارة التي لا يعرفُ نصفُ موظَّفيها ماذا يعملون. يجرحُ حساسيَّته الفائقة أمرٌ من وكيل وزارةٍ عابر، أو رسالةٌ من مدير الشؤون الإدارية والمالية، الذي أنشأ شركة كبيرة، وهو ما زال يتربَّع على كرسيِّه، مستفيدًا من منصبه الكبير، الذي يصل إلى أعماق الشركات الكبيرة المحلِّيّة والخارجيّة. و(محمود) ما زال يُحدّثهم عن المهنية والأمانة والمصداقية، لكنهم قومٌ لا يسمعون. (محمود) ما زال يصرخ في أعماقه: «لعن الله الدكتوراه... تبًّا للصدق في هذا العالم الكاذب.. تبًّا لهذه الوجوه التي تلبسُ عشراتِ الأقنعة، وهذه العقول التي لا تساوى جزمة شحّاذ في شوارع بومباي أو القاهرة. ساءلتُ نفسي: «أنكون،

أنا و(محمود)، نُبالغ في الأمور، ولا نأخذها على قدْرها، في الواقع؟ هل نحن نصارحُ أنفسنا أولًا، ثم نصارح الآخرين، بكُلِّ ودٍّ وشفافية، وأن هذا المجتمع لا يستوعب الصراحة، ولم يتعَلَّم الشفافية؟ هل نحن نسبقُ عصرَنا؟ هل نحن لا نستوعب فنَّ التعامل مع العصر؟ هل نحن لا نشارك في توزيع الزبالات على البيوت الحزينة؟ هل نحن لا نشارك في المؤامرات الليلية التي تُصَنِّفُ البشر إلى فسطاطين؟ كما استخدم هذا اللفظ (أسامة بن لادن)، في إحدى رسائله الفضائية. هل فعلًا لدينا فسطاطان: فسطاط الموالين وفسطاط المشاغبين»؟ تذكَّرتُ كلامَ المسؤول الكبير، عندما رشَّحني للعمل في (وجد): «نُريدك أن تُمثِّلنا هناك، وكُفَّ عن مشاغباتك»، وتذكرتُ أيضًا نظرتي إليه.

قابلتُ ذلك المسؤول، بعد أربع سنوات من عودتي من (وجد). ما عاد يربطني فيه سوى الاتِّصال الإنساني. وجَّهتُ له سهمًا ظلَّ عشر سنوات في قلبي: «سعادتك، لقد عملتُ ستَّ سنوات في (وجد)، ولم أكُن مشاغبًا يومًا واحدًا؛ وإلَّا جاءَتك التقاريرُ بذلك». تجاهل سعادتهُ الموضوع وشكَرني باقتضاب. المؤهَّلون يتساقطون؛ كُلٌّ إلى زبالته أو قبره. الديناصورات المُعَمِّرة ما زالت تركب (المرسيدس)، ولا تلتفت إلى الواجب الوطني أو الواجب المهني. تدمَّرت عشراتُ الإدارات، وتراجع فيها العمل؛ نتيجة غياب الخبرة، ولا عقل يرضى أن يُناقش، طالما أنهم يبتسمون في وجه المسؤول ويَحنونَ له الهامات وهم كاذبون. كيف لأبنائنا أن يؤمِنوا بالديمقراطية والرأي الآخر، وهم يرون آباءَهم يُحضِّرونَ أكفانهم، ويلقونَ بعقولهم في الزبالة؟

كان الليل يَمرُّ بطيئًا. نظراتُ (أمّ خالد)، على البُعد تَستحثني إلى صلاة الاستخارة. كان عقلي يعجُّ بالمواقف والوجوه والأشكال. هل هي حربٌ مُنظَّمة ضدّي؟ استعرضتُ تاريخَ حياتي منذ ثلاثين عامًا، لعلّني أجدُ ما يُمكن أن يضعني في خانة الخائنين أو السَّفَلة أو المارقين أو سارقي المال العامّ، أو حتى المُتحزّبين ضدَّ الحكومة! لم أجد أيّة علامة أو موقف يضعني في

موقف سلبي ضدَّ التوجُّه العامّ. كنتُ، دومًا، من المطيعين الملتزمين بالتوجُّه العامّ، ولم أتصوَّر نفسي يومًا في جهة المعارَضة، أصلًا... لا توجد معارضة، والمجتمع تفاهَمَ على أسلوب حياته.

طفتُ في ردهات الوزارة المهمّة، وجلستُ مع الأعوام الخمسة والعشرين التي قضيتها في خدمة الوزارة، وحفظِ أسرارها، وتأدية واجباتي كما تفرضها المصلحة العامّة، واتّباع أوامر المسؤولين، فلم أجد ما يُمكن أن يدعو للشكِّ في صدق ولائي وانتمائي لـ(وردة) وللحكومة أيضًا.

استعرضتُ مئاتِ المقالات التي كتبتها، وعشراتِ الندوات التي أعدَدتها في الداخل، وفي الخارج، فلم أجد فيها ما يُمكن أن يشوِّهَ علاقتي بـ(وردة)، أو يجرحُ صدقَ ولائي لها، بل توقَّفتُ عند بعض الألسن التي وصفتني بـ«المنافق» لأنني وقفتُ إلى جانب الحكومة، طوال حياتي.

تغيَّرَ الوكيل، وجاء وكيلٌ مثقَّف، يعرفُ أعمال وزارة الثقافة جيدًا. دعاني إلى مكتبه، عارضًا عليَّ أن أكون مستشاره في الوزارة. رحَّبت بالعرض، وشكرته. عملتُ معه لمدّة ثلاث سنوات، كانت من أخصب السنوات في عملي، وتعاونت مع زملائي من الخبراء، وبعض الموظَّفين الصغار، على تنفيذ عدّة مشروعات ثقافية. كان الوكيل متواضعًا وصاحب أخلاق عالية، ولم يكُن مثل سابقيه.

تغيَّر الوزير! نعم... جاء وزير آخر ليس له علاقة بالثقافة. ظللتُ في عملي لمدَّة عام، عاملته بكل احترام، وكنتُ أُترجِمُ له عندما يجتمع مع ضيوف من الخارج. فجأةً، وأنا في زحمة الإعداد للمهرجان الثقافي، يصلني كتابٌ منه، إنه كتاب التحويل على بند التقاعد! ما زلتُ، حتى اليوم، لا أعلم ما سبب ذاك الكتاب، وتلك مصيبة أخرى، من المصائب التي لقيتها في حياتي.

لقد تم تجريدي من كُلِّ شيء، دون تهمة أو ذنب. حتى حبّي لـ(وردة) وصلهُ الشكّ. بدأتُ أنفرُ من هذا العبث. انقضت ثلاثُ سنوات. والهاتف

لم يرن، والفاكس صائم عن بثّ البُشرى. الشخصيات الكرتونية تستعرض عضلاتها الرخوة في صدر الصحف. طلابُ الجامعة يسألون عن موعد عودتي إلى التدريس. التطبيل مستمرّ، وهو تطبيل يُسيءُ أكثرَ مما يفيد. موزِّعو الصحف على الدوارات يُصبحون صحافيّين محترفين. صحافيٌّ من الدرجة العاشرة، لم يكتب، في بلده حرفًا، يُصبح مدير تحرير لمجلَّة نافقة. تجاوزات صحافية لقواعد المهنة، لا أحد يُحاسب عليها. حمَلةُ الدكتوراه ينتظرون أدوارهم لخدمة مجتمعهم، وحاملو المؤهلات المتوسِّطة من المنافقين الوافدين تُستأجر لهم بيوتٌ، إيجارها الشهري ثلاثة أضعاف ما يُدفع للمواطن من فئة كبار الموظَّفين. خبيرٌ عربي، يتم تصميمُ وظيفته قبل حضوره، ويُمنح راتبًا ضعفَ راتبي، وهو لا يمتلك نصفَ خبرتي. يشترطُ هذا «الخبير»، أن يكون منزله في مُجمَّع سكنيٍّ راقٍ لا يقلُّ إيجارهُ الشهري عن عشرة آلاف ريال. أمثال (الساقطة) و(المُخبر الأسمر) يتكاثرون في فضاءات الإعلام والتجارة والمؤسَّسات المُعلَّبة، حيث ينشرون، نهارًا، غير الذي يأتون به ليلًا. الاستنساخ للوجوه والأشكال السلبية والقبيحة يزيد، بينما تذوي الوجوهُ الطيّبة، ويموتُ أصحابُ الأمنيات الصادقة. عبواتُ المياه البلاستيكية الفارغة ما زالت تنتحرُ على الشاطئ، بالقرب من المقهى الشعبي. الدخان يحفر صدورَ الشباب في المقهى. آهاتٌ وأنَّاتٌ تُحاصرها الأضواء الكاشفة. الألسنُ تتلوَّى وتنسى لغة الإتقان. النفط يتدفَّق. الفواتير والكمبيالات تتدفَّق أيضًا. الناس لا يجتمعون إلَّا في المآتم أو الأفراح. الكُلُّ يقول: «أنا... ومِنْ بعدي الطوفان». التقييم يأتي عبر الماضي لا عبر الحاضر. الدنيا كلُّها أضحت مقلوبة. نحن -فعلًا- في حالةِ اندهاشٍ مستمرة.

هل صنعت الجهاتُ الحاقدة مني بطلًا كرتونيًا، وضَلَّلت المسؤولين عن توجُّهاتي وسلوكاتي؟ ومن أكون حتى يهتمُّون كثيرًا بأمري؟ هل تُعتبر كتاباتي (السياسية)، في الصحف الخارجية تُهمةً للطعن في وطنيَّتي

وإخلاصي لمجتمعي؟ هل تَدخَّلَ أحدُ الحاقدين وشوَّهَ سمعتي عند كبار المسؤولين، الذين أحبُّهم وأكنُّ لهم كلّ تقدير واحترام؟ هل هو انتقام من الشابّ المُزوِّر، الذي يعمل والدهُ مع جهات مُهمّة، كما كان يُعلن وهو على مقاعد الدراسة؟

بدأ حُضنُ (أمّ خالد) يضيقُ ذرعًا بي. لقد لوَّنتُ المنزلَ بكآبة كربلائية وأفسدتُ العديد من الجلسات الحميمية مع (أمّ خالد). الأسئلة تحاصرني، وتتراءى، أمام ناظري، مشاهِدُ الفقد والأسى التي أُصادفها في عيون الناس. الكُلُّ يسأل عن حاجة (وردة) إلى خبراتي وثقافتي. الكُلُّ يستنكرُ إحالتي المُبكِّرة إلى التقاعد. البعض يريدني أن أنافق وأُذلّ نفسي من أجل الوظيفة. تبًّا... لماذا تعلَّمت وتغرَّبت كُلَّ تلك السنين؟ إذا لم تنفعني خبراتي وسيرتي الحسَنة ومؤهِّلاتي، فلن ألجأ إلى الأساليب الملتوية، وأحني هامتي التي لم أحنِها إلَّا للخالق. بعض القريبين من المسؤولين لا ينقلون إلّا السلبيات وخططَ الإيقاع بمَن يظهر في الصورة على هيئة مُصلح اجتماعي أو مبدع أو ناشط ثقافي.

لم يتصل بي سكرتير الوزير... وأعتقد بأنه لن يتصل.

ضاقَ حُضنُ (وردة) عليَّ أكثر، بل كاد أن يَسحق ضلوعي! تبًّا لهذا الحُضن الإسمنتي، ألا يتَّسعُ لشخص آخر؟ أهو نسخة من حُضن (الجوهرة) المتمرِّد؟ أهو حُضن (الجوهرة) نفسه، التي رمتْ (أحمد) على طريق الهلوسة والجنون؟ ألا يتَّسعُ حُضنُها، هي الأخرى لـ(أحمد) الذي أحبَّها أكثر من عشر سنوات؟ تبًّا لهذه الأحضان التي ترفض المُحبِّين الأنقياء؟ ماذا عن الأجساد الموبوءة بالجرَب، والسفلس، والإيدز، الأجساد التي تزرعُ في الطرقات الأحقادَ والمؤامرات، ولا تقول الحقيقة للمسؤولين؟ ماذا عن الخبراء الذين يستجلبونَهم للعمل، ولدى أبناء (وردة) خبراتٌ أكثر من خبراتهم؟ ألا يُمكن أن يكون أبناء (وردة) خبراء؟ يتَّسعُ صدرُ (وردة) لكُلِّ هؤلاء، يستقبلُ المزيد

من المتخصِّصين وغير المتخصِّصين. يَتبوَّؤون مناصبَ شتى، ويقيمون عائلات ناجحة.

كثيرون هم الذين يعملون ويُخطئون، بل إن بعضَهم يسرقُ المال العامّ ويفشلُ في عمله ويظلّ مستمرًّا. بعضهُم أصبحوا كالديناصورات، وما زالوا يتربّعون على كراسيهم. لقد غادرتهم شهيّةُ العمل والإبداع، وبدت عيونهم ترقبُ ضغط دمائهم وفحولةَ (الفياجرا) في عروقهم المنسيّة، وانحناء ظهورهم، وما زالوا متمسِّكين بشهوة البقاء. يتّسعُ صدرُ (وردة) لهم كُلّهم إلّا أنا! (وردة) تُماثلُ (الجوهرة) في ثقافة الهجر. لماذا يرفض صدرُ (الجوهرة) وجهَ (أحمد)؟ ولماذا يرفضني صدرُ (وردة)؟ لماذا أنا -بالذات- يرفضني هذا الصدر؟ لماذا أنا؟ لماذا أنا؟!

انتهت